U0084689

宋朝那些事兒

景點──著

不看宋史看甚麼?!

宋朝共有十六位皇帝，其中六人無子繼位。這能說明甚麼？說明他們的生育能力實在有問題，那麼多女人（三宮六院七十二妃）卻還沒兒子——丟人。

對於封建王朝來說，皇帝駕崩沒兒子繼位，問題相當嚴重，因為沒有明確的繼承人，甭想也會加劇宮廷內部的鬥爭。按說這種特殊的繼位形式肯定會造成國家危機，可怪了，人家沒有，不但沒有，還創造了不同凡響的時代！牛吧？

著名史學大師陳寅恪曾說過：「華夏民族之文化，歷數千載之演進，造極於趙宋之世。」就連耶魯大學中國現代史教授喬納森·斯彭斯，他老兄對宋朝也曾有過這樣的評價：「當時的中國，是世界上最偉大、也是最成功的國家。」

看到沒有？致力於挖掘歷史真相的專家們都這麼說，看來，宋王朝還真有兩把刷子——事實上，人家真的有。

中國的四大發明，厲害吧，對人類發展起到多大推動作用啊！這個全世界都知道。值得強調的是，其中三大發明就出自宋代。比如，讓人類能夠更準確確定方位的指南針，能夠迅速傳播與記載人類文明的活字印刷術。第三項更牛，就是既能要人命也能破壞地球的火藥（雖然發明於唐代，但實用於宋代）。

這個朝代，還擁有很多世界之最，比如最早使用紙幣，最早出版醫學著作，最早研發出先進的冷武器，當然還研發出中國歷史上最好的瓷器。瓷器這東西的英文「CHINA（中國）」就是

源於這個。

宋朝還有很多未解之謎，似乎需要出土更多文物來解疑，當然，也許永遠都解不開啦！比如宋太祖趙匡胤與弟弟趙光義打造的「燭影斧聲」懸案，以此引發的「金匱之盟」之謎等。還有個怪現象就是，宋朝繁榮而不強大，這都成為宋史的可讀性與亮點。當然，值得讀的並不只是這些懸疑，最有含金量的是歷史事件中，永遠包含著我們的生存經驗……

目錄

第一章

小孩噴香

為甚麼宋太祖趙匡胤的小名叫「香孩兒」，顧名思義，就是這孩子的味道好聞，讓鼻子感到幸福吧。

趙匡胤出生在後唐天成二年（公元九二七年）三月二十一日，至於地址嘛，據說在洛陽的夾馬營，要再具體就讓我汗了。

據史書說，那天夜裡，趙匡胤的父親趙弘殷出差回來，老遠看到自家被紅光罩著，心就提到嗓子眼兒上了。

壞了，家裡失火了！

他腦子裡裝著懷孕的妻子，狂奔至家，發現並未失火。納悶啊？這光是從哪兒來的？老趙跑進房裡，頓時聞到異香撲鼻，便懷疑家裡煮好吃的了。這時，接生的產娘從內房跑出來，臉上忙得紅暈暈地報著喜訊——

「夫人生了，是男孩兒，渾身噴香呢！」

這就是趙匡胤小名的來歷。

老趙感到好笑，婆娘懷孕期間也沒吃多少花椒茴香啊，這孩子怎麼會香呢？

他走進產房，一看可嚇著了，天哪，這是甚麼孩子？渾身焦黃，微微泛光，熏著蒸騰的香氣。他心裡納悶啊，小心翼翼地湊到床前，驚恐地問：「這，這孩子怎麼是這種顏色的？」

杜氏委屈地抽泣著說：「不知道，我也不知道為甚麼啊？」

老趙見孩子不缺胳膊腿的，這才稍微放心了些。

由於趙家的房上罩著紅光，又有奇香隨風傳播，動靜鬧得這麼大，鄰居家自然知道了，就都跑到家裡來問個蹊蹺。當他們得知趙軍官家生了個男孩像刷了金粉，像用檀香熏透了似的香，開始議論，紛紛說：不正常，是怪物吧？老趙與杜氏也鬱悶，啥事兒，人家生個孩子都好好的，咋就我們生個孩子，不是夭折就是顏色不正？

他們擔心這孩子的質量有問題，於是，去了家後不遠的寺院，想給孩子求個符以保平安。這座寺院叫「應天禪院」（可能是後來叫的），院裡種植著無數牡丹，品種繁多，正被季節渲染得怒放。風撩撥得它們噴著濃鬱的香氣，讓人心曠神怡。

院裡還擺有做法事的用具，香爐前堆積著厚厚的紙灰，看來是有錢人投資的活動。總有人不喜歡施捨窮人，卻很大方地巴結神靈。

說到這裡我們可能回過味來了，也許房上的紅光是被燒紙映的吧？也許孩子的香氣是牡丹的香味兒，也許那孩子渾身黃是有黃疸病。事情應該是這樣的，可問題是這孩子後來當皇帝了，牡丹哪敢比他香，寺院哪敢跟他爭光，黃疸哪敢在他身上染成病啊？這些自然現象，演繹成皇帝應該是皇帝的瑞兆了。

在中國歷史中，哪個皇帝的出生都要與眾不同，沒有的也得編一編，何況，人家趙匡胤還有這種巧合啊……

一個後來當皇帝的孩子，自然不能只是出生時與眾不同。

他的童年也會讓後人倍加矚目的。

據說，趙匡胤在三歲時，母親領他去寺院裡進香，他發現念經的小和尚偷著瞅他娘，便跑過去掄起木頭玩具，把和尚的頭當木魚敲，還叩叩叩地敲，邊敲還邊喊，讓你不好好念經。硬把那

個和尚給敲哭了。當住持知道這件事後，非常不高興，把小和尚給辭退了。

念著經還看女人，不念經豈不更不正經啦？

不辭退你，還辭退誰啊？

在趙匡胤七歲時，就顯示出他天生的領導能力了。他為了當孩子王，指著大樹上的馬蜂窩說：「哎哎哎，哥們兒，誰要敢把它摘下來咱們就聽他的。」孩子們仰著頭瞅著蜂窩，咬著下唇，滿臉的茫然。

馬蜂都把窩兒捂了，誰還敢上去找碴？

他們都用異樣的眼睛盯著趙匡胤，那意思是：你小子敢嗎？

小趙吸吸鼻子，把鞋子用腳後跟啃掉，哧啦哧啦爬到樹上，騎到離蜂窩近的枝杈上，折根樹枝去搆蜂窩，一傢伙就給它挑落了。

馬蜂嗡地就蒸騰了，但沒有去螫趙匡胤，卻讓下面仰頭看的孩子胖了很多天。為甚麼不螫趙匡胤，不是他噴香嗎？更應該招蜂引螫啊。沒辦法，人家是真龍天子啊，小蜂兒哪敢給天子「打針」啊（水分夠大了吧）！

還有更邪的呢！

趙匡胤曾與夥伴韓令坤在房裡賭博，聽到門外小鳥叫得好聽，兩人便爭相起來出去抓鳥。別說抓鳥，就是抓老鷹都沒有特別的，特別的是他們剛跑出房去，房子就轟然倒塌了。這件事放在平常人家那是因為房子質量不好，年久失修的結果，可發生在趙匡胤身上就不同凡響了，因為他後來當皇帝了。

在趙匡胤少年時代，對於他的教育問題，趙弘殷與杜氏始終就有分歧。杜氏在香孩兒之前已經生過兩個孩子，但都沒長命，而這個孩子出生時又不像正品，她不想讓這個孩子有任何閃失，

因此，不同意他舞槍弄棒，只想讓他學習文化課。

還有個原因是，趙弘殷身是職業軍人，每天帶兵打打殺殺的，她每次做夢都是丈夫渾身血淋淋的，驚醒過來，用手壓住胸口的「豐滿」好久，那心才肯落回老窩兒。

身為軍官的趙弘殷卻有不同的看法，自唐朝碎成五代十國，各地的將軍無論出身貴賤，只要有點兒野心，有把力氣的，招呼幾個人就敢稱王稱帝，並不顧親情，不惜骨肉相殘，只顧爭奪自己的利益。

外域的勢力在虎視眈眈中原這塊肥肉，使環境變得很惡劣。

普通老百姓生活在這種恐怖的處境下，早晨還活蹦亂跳，說不定晚上就暴屍荒野，也說不定就埋葬進野狗的肚子裡了。在這種形勢下，如果不會擺弄幾下把式，自保都困難，更不用說找份養家糊口的工作了，所以，練點把式還是有用的。

就這樣，趙匡胤在父母的分歧意見中，開始往文武雙全的大方向發展。

至於史書上說他自幼愛好騎射和練武，我感到這並不準確。愛玩是孩子的天性，如果不正確地引導或強制性教導，有時候還真不行。

在趙匡胤十二歲的時候，家裡又添了個小弟，取名趙匡義（後來就改為趙光義）。

他這個小弟超厲害，就是歷史上著名的宋太宗趙炅。他厲害並不是多麼偉大，而是趙匡胤的「終結者」。若干年後，他與這個弟弟表演了皮影戲「燭影斧聲」，留下了驚世懸案，讓後人猜測了幾百年，至今也沒有定論（這個以後再說，怕說也說不清楚，畢竟拖太久了）。

在趙匡胤的兄弟中，除了終結者還有個後娘生的小弟，名叫

趙廷美，這哥們兒也是苦命的主兒，也沒折騰幾下，就被他二哥趙光義給整死了，死得很慘。

好了，言歸正傳啦……

在此後的幾年裡，由於戰亂不斷，趙弘殷每天忙於軍事，而杜氏則把更多的時間用來照顧趙光義，這無疑放了趙匡胤的鷹。

小趙憑著有把力氣，每天領著一幫兄弟到處惹事，攪得四鄰不安，讓街道上的商家都痛恨不已。這時候的趙匡胤無疑是個黑社會小流氓頭目，他逞強好勝，不知道天高地厚，處處都在彰顯武力。

一天，趙匡胤領著幾個兄弟在街上晃蕩，突然發現兩個軍士拉著匹高頭大馬前行，由於那馬不聽使喚，把兩人累得滿頭大汗，就差哭鼻子了。趙匡胤張揚地晃過去，歪著頭笑說：「哎哎哎，跟牠玩拔河呢？」

軍士擼把臉上的汗水說：「剛從外域弄來，還沒馴服呢！」

趙匡胤梗著脖子說：「那你們為甚麼不馴服牠？」

軍士尷尬地笑笑說：「我們哪有這個本事啊？」

趙匡胤仰起頭說：「這樣吧，讓我幫你們馴服牠。」

兩名軍士心想：不行，要把趙匡胤摔壞了，趙弘殷不找我們麻煩才怪，這絕對不行。趙匡胤以為這兩個大兵瞧不起他，不信他有力氣，臉就拉長了。幾步躥上去，劈手奪過韁繩，縱身上馬，得意地瞅了一眼大兵。那意思是，怎麼樣，俺牛吧？

趙匡胤高興了，馬可鬱悶了，俺啥時候讓人騎過？於是開始狂蹦亂跳，想把背上的人甩下來，結果把他顛得就像三流的鬥牛士。而小趙呢？依舊像狗皮膏藥黏在馬背上。這馬折騰累了，見還不能把人整下來就急了，狂奔而去。在經過城門時，趙匡胤的頭嗵地撞在門檐上，人就嗵地砸在地上了。

那馬自由了，輕鬆地跑遠了。

圍觀的人看到這裡心想：完了，趙匡胤這頭沒法要了，怕是嫩豆腐都濺出來了。大家跑過去看趙匡胤，沒想到小趙在地上滾幾下，爬起來，對大家咧嘴一笑，拔腿又去追那匹馬了。

至於趙匡胤是否追上馬，或把馬馴服，沒多大意義，這件事的最終目的是用來說明，未來的皇帝多麼勇敢，頭皮多麼鋼，多麼與眾不同！

這件事，傳到了杜氏的耳中，她感到憂心忡忡。

孩子的腦袋瓜子質量好不是壞事，可是他胡作非為，不計後果，將來會出大事的。於是跟丈夫商量，香孩兒老大不小的了，你就不想辦法給他找個事做，讓他閒得皮癢肉疼，到處惹事兒？

當時的政權正處於洗牌階段，趙弘殷也面臨著事業的轉折，正想找大腿抱，但苦於找不到抱誰的更準確更踏實，哪顧得上這些瑣事啊？於是瞪眼道：「他有多能？看他能上天去！」

這句話厲害啊，他沒有想到人家香孩兒後來還真的就能上天去了。

後來，趙弘殷委曲求全，也可能不顧尊嚴，下狠地拍新主子的馬屁才勉強保住軍銜，保住了全家的飯碗。這時候杜氏舊話重提，給香孩兒找工作的事情。

趙弘殷嘆了口氣說：「現在時局動蕩不安，哪有甚麼合適的工作？除非去打仗賣命，可你捨得嗎？」

杜氏當然不捨得讓香孩兒當兵，因為有個丈夫當兵就夠她提心弔膽的了，她受不了這份擔心，於是只好轉開話題說：「香孩兒也不小了，要不給他成個家吧？也許成家後，會收心、會變得穩重。」

「好吧，不過一切從簡。」

其實想不從簡也不行，那年代他們家鬧經濟危機啊！

就這樣，在趙匡胤十八歲那年，杜氏張羅著給他成了婚。

女方賀氏金蟬，是軍校賀景思之女。人雖然不是特靚麗，但知書達理，性情溫和，極其賢惠，典型的老婆型女人。成婚後的趙匡胤跟新娘子膩歪了幾天後，又跟同伴們開始胡作非為。由於他們無惡不作，讓很多人牙根兒癢，暗裡咒他不得好死。

杜氏老是替香孩兒擦屁股，擦得很沒尊嚴。她感到這樣下去不行，於是跟兒媳賀氏商量，改改趙匡胤的毛病。計畫是賀氏對趙匡胤說：再出去胡鬧就不讓你親近了。當計畫落實後，趙匡胤老羞成怒，把賀氏打成熊貓眼，還把她的陪嫁扔到院裡，指著鼻子狂叫，老子今天就把你給甩了，滾回你娘家去吧！

賀氏跑到婆婆那裡哭道：「我說不了他，一說他就打我，還要把我給休了，我管不了他，婆婆你自己處理吧！」

「算了吧，由他去吧，等他吃了教訓，就知道改了。」

趙匡胤變得懂事，是父親在軍營備受冷落之後。

據正史說，到了趙匡胤二十一歲時，家裡的生活十分艱難。據野史說，一次趙匡胤飯前要喝點酒，賀氏說沒有，他抓過來就要打，賀氏百米衝刺到婆婆那裡抹眼淚，說：「他想喝酒，俺說沒有，他就照死裡打俺，可俺去哪裡給他弄酒喝啊？」

杜氏聽到這裡內心冷笑道：你爸在外面拼死拼活，賺的錢還不夠基本消費的，你個二十多歲的大小夥子正事兒不做，還想吃香的喝辣的，你是俺大爺行了吧？

她平靜地找到趙匡胤，邊解衣襟的襻扣邊說：香孩兒啊，家裡揭不開鍋了，哪有酒？要是你真想喝的話，就過來喝娘的奶

吧，要不去喝你爸的血。

趙匡胤自然不喝，拔腿就跑，夥著同伴去街上飯店裡拿保護費吃霸王餐，還吃起來沒完沒了。街道上幾家商鋪的老闆很牙痛，他們商量過後，認為趙匡胤這小鱉羔子太可恨了，於是就給趙弘殷的上級送了保護費，說：趙弘殷的兒子實在太欺負人了，俺們都沒法活了。

領導就從趙弘殷的工資裡扣錢賠人家，還說：娘的，告訴你吧，那幾個商人都是俺親戚，要是再敢欺負他們，就把你兒子給弄死。趙弘殷領不到工資還讓領導給罵了，鬱悶啊，沒有工資，家裡買糧的錢都沒有了，這可是很嚴重的問題啊！

那天趙弘殷垂頭喪氣地回到家，委屈地抹抹潮濕的眼角，跑進裡間，把祖輩留下的寶劍拿出，去街上找到趙匡胤，撲通跪倒在地，雙手托起寶劍，淚流滿面地說：香孩兒，你去把這件東西賣了順便買點米回來吧，家裡實在揭不開鍋了。

有關趙弘殷給兒子下跪的事情，在若干年後，很多人都在說：帝少時，父殷曾跪，蓋因其異也！

可是當時誰知道這個小混混能當皇帝啊？街道上的人都在議論，趙匡胤這狗日的真能，當爹的都給他下跪了，雷也不往他頭上轟，電也不往他脖子上閃。

這件事對趙匡胤的打擊挺大，他突然意識到，自己之前的能是瞎能，都把祖宗的臉給能丟了。

趙匡胤在家裡老實了半個月，見家裡的日子過得捉襟見肘，於是跟賀氏商量出去打工賺錢。賀氏說：好啊！他說：路費呢？

賀氏把自己的首飾賣了，又去娘家膩歪了些錢，給趙匡胤放進包裡，把他送到城外，抹著眼淚說：「混好了可以忘了俺，但不能忘了父母啊！」

趙匡胤瞪眼說：「少在這裡要死不活地歪膩，滾回去！」

他轉過身闊步走去，眼裡的淚水頓時噴湧而出，朦朧了面前的路。

這時候的趙匡胤並不知道，他這次革命性的決定，將會走出光輝前程，會在中國歷史上留下深深的腳印。

他初始的想法，只是想去相對穩定的南方找份工作，多賺些錢，讓家裡的人過上好的生活，讓街巷裡的人知道他趙匡胤並不是瞎能，是有真本事的，是相當有真本事的。看來卑微的初衷同樣會產生偉大的結果，也許這就是人生吧……

第二章

天子流浪

在家萬事好，出門事事難，這句話可不是白說的。趙匡胤滿腦子裡裝著白麵大米，一路南下，只想找份工作混口飯吃，賺多了用來貼補家用。問題是，全國內戰不斷，外侵不息，做買賣沒甚麼環境，能種地的農民都被抓去當兵了，這時候想找份工作難了，比我們現在找份工作都更不容易。

當他把所帶的盤纏用盡，卻還沒能找到工作。而擺在他面前的問題是肚子餓了，餓得還挺難受。

他忍著飢腸的轟鳴聲，拖著沈重的雙腿走在街上，心裡感到很悲哀。甚麼世道啊？有才能有力氣還找不到工作。他很想哭，但他知道哪兒都不相信眼淚。天無絕人之路，就在這時，他發現有個高門樓旁寫著招夥計。趙匡胤眼睛頓時亮了，像搶東西似的跑到門前，敲響希望之門。

挺著鍋底肚的中年人出來，瞇著眼睛問了一聲：「哎哎哎，有事嗎？」

趙匡胤問：「你們是不是招夥計？」

富人說：「是的，不過，只管飯不給工資。」

趙匡胤心想：只管飯不給工資，跟看家的狗有甚麼區別？我不是，我出來不只是為了混飽肚子的，而是想讓家人也吃上飯的。他朝地上呸的一聲吐口痰，表示對富人的不滿，又往前走去。可是當他轉了幾個鎮子之後，還是沒有找到工作，最後連零工資試用的都沒有了，他餓得兩腿打晃，蹲在牆腳，眼裡的淚水再也忍不住了。

男人有淚不輕彈，只因未到死難時。

他抹去眼裡的淚水，吃力地站起來，決定去找父親的舊同事王彥超，找份工作幹。在臨來的路上他還挺自信的，感到自己文武雙全，相當有才，到哪兒都是香餑餑，找份好工作當白領沒問題。他從來都沒想過借用父親的關係。可是想像與現實的差距太大，這是肚子告訴他的，也是現實告訴他的。

他很鬱悶，也很無奈。

當趙匡胤來到王彥超家說明身分，老王很熱情地把他迎進家裡，備上酒菜。

趙匡胤狼一樣地席捲了酒菜，塞得那嘴都滿了，顧不上說話，水都來不及喝，那樣子很慘。

王彥超見他穿身髒兮兮的衣裳，滿臉污垢，就像八輩子沒吃過東西的餓鬼似的。由此，王彥超判斷出趙弘殷面臨的處境。

他拉著臉，眼皮也耷了下來。

人類歷史上有個潛規則，那就是幫富不幫窮。

趙匡胤吃飽喝足，抹抹嘴說：「叔，麻煩您給我找份工作吧，我有力氣。」

「甚麼，你想找工作？」老王耷著眼皮說：「就現在這世道，我自身都難保了，哪還有能力幫你找事做啊！這樣吧，給你回程的路費，趕緊回去。」

於是就像打發乞丐那樣，給了趙匡胤十五吊錢，把他趕出了家門。

趙匡胤攥著冰涼的銅錢，面對著老王那冷漠的樣子，很想把錢砸到門上，然後昂首挺胸地離去，顯得很有志氣。

可是他哪裡還有志氣，至少現在是沒有了。

當時王彥超做夢都沒有想到，這個要飯傢伙會在不遠的將來成為他的老闆，未來的老闆，這是多大的諷刺啊！

當趙匡胤真的變成老王的上司後，倒並沒有為難他，而是在某個場合開玩笑地對他說：「老王啊，當初你在夏州，朕前去投奔於你，你為甚麼不接納我啊？」

王彥超沮喪啊，他想：我哪有那麼遠的眼光，知道你有今天的造化啊！他臉紅了，但他還是很有水平地回答說：「我那勺子水哪能夠容得了真龍啊！」

插曲是後來的事情，後來的事咱們知道，可他們不知道。說實話，如果老王真留住他，說不定就沒有宋太祖了。

當時的趙匡胤手裡握著老王給的錢想扔，但沒法扔，因為他太需要這個。他只是把錢緊緊地握住，咀嚼著世態炎涼，拖著虛弱的身子慢慢地離去。他來到街上，突然不知道去哪裡，也不知道以後的日子將怎麼過？他知道，這些錢只能打發兩天肚子，兩天後肚子還會餓。就在這時，他發現前面有個賭場，便想用這些錢換來更多的錢。

在家裡的時候，趙匡胤吃喝嫖賭樣樣精通，自然懂這個的。他走進烏煙瘴氣的賭場，看到那些盯著錢眼睛發亮的人，瞅準機會，勇敢地把自己的錢押上了。

這時候他的心開始嗵嗵跳，這時候他在默念老天保佑。沒想到他的手氣相當好，竟然每押必贏，只幾個時辰，兩天的飯費就滾成半年的生活費了。

小趙高興啊，開始收拾桌上的「周元通寶」，準備找家館子好好吃頓香噴噴的飯，再喝點小酒。

那些輸紅了眼的賭徒，吃定了他是個外鄉人，於是蜂擁上去，把小趙摁倒在地，拳打腳踢，搶了他的錢揚長而去。

這是標準的虎落平陽被犬欺，也只有這樣，才對小趙產生了強烈的刺激，從而使其獲得生存的經驗。

可憐的未來「趙總統」兩手撐著地，艱難地爬起來，踩著地上那攤鮮血，踉蹌著走去，留下了一串漸淡的殷紅腳印……

一個未來的皇帝舔著嘴角上腥鹹的血，鼻青臉腫地蹲在牆腳，慢慢地恢復著自己的體力，他能做的只是流眼淚，沒有別的辦法。天下最硬的道理又擺在了面前，不吃飯就沒有力量。

他餓了，求生的渴望讓他站起來，搖搖晃晃地奔著如血的夕陽而去。他來到鎮外的樹林裡，跌坐在濕潤的草地上，伸出顫抖的手，抓把野菜塞進嘴裡，用力地咀嚼著，嘴角上溢出蔥綠的汁液。他回想著賀氏給她煮得香噴噴的飯，洗得乾乾淨淨的衣服，鋪得暄軟的床榻，不由淚流滿面……

趙匡胤離開夏州以後，他來到隨州投奔刺史董宗本，這董宗本也是他父親舊識。老董這人比王彥超厚道些，看在舊友的分上把他留了下來，並說以後有機會幫他找份工作。於是就讓趙匡胤先跟他的兒子董遵讀書、練武。

可是小董內心惡劣，根本就不把趙匡胤當哥們兒，而是把他當下人使喚：「哎，小子哎，給俺把尿盆倒了。哎哎哎，給俺把槍拿過來。把書翻到第幾頁。」

如果趙匡胤稍微慢了一些，就罵他：「你是豬啊？你他娘的真沒用。」

這些話，讓心懷大志的趙匡胤聽了心裡難受啊，他想我不能再在這裡受這份屈辱了，我為了能夠吃飽飯，像條狗似的任人使喚，時間久了我就真變成狗了。

於是，他只好來個不告而別。

賭氣不告而別的趙匡胤，又踏上了他追求理想的道路。

在接下來的兩年裡，他過著流浪的生活。

在這兩年裡他品味了世態炎涼，目睹了人世間最深處的苦難。期間他多次想回家，但他知道不能夠這樣回去，回去就注定了他的失敗，他只能不停地尋找機會，但找不到。

趙匡胤蓬頭垢面，衣服襤褸，彷彿就是個乞丐了。

一天，他遊蕩到襄陽，借宿於寺廟。他不是不想住賓館，可是住那個得需要錢，他沒有。他沒想到這次投宿將會被激發了所有的能量，從此之後，會達到他做夢都想不到的境界。

人生就是這樣的，成功與失敗往往因為很小的啓發。

廟裡的住持很老了，曾經化盡南北緣，走的地方多了經歷的就多，閱人閱世的功力就深。這住持雖見趙匡胤如喪家之犬，但方面大耳，五官端正，身材魁梧，便開始運用自己的經驗，斷定這人，感到他必是大富大貴之人。

當然，如果趙匡胤後來當不了大人物，這件事就沒有人提。可是，人家不是當了嗎？還響叮噹地當上了皇帝。

老和尚為了驗證他的判斷，在樹下備茶與趙匡胤進行交流。住持瞇著腫脹的眼睛問：「公子淪落至此，是你沒有能力嗎？」

趙匡胤指指遮著他們的大樹說：「這棵樹架著鳥窩，你認為它不能當樑嗎？」

住持又問：「聽公子口音不是本地人，為何來此？」

趙匡胤嘆口氣說：「本想南方平安，想來找份工作，唉！」

住持點頭說：「南方雖然相對穩定，也許能夠找份工作，填飽肚子。北方正處於戰亂之中，卻能夠亂世出英雄啊！因為你只

想填飽肚子，所以你常常挨餓。如果你有了野心就不同了，必將成為人上之人（好像有人說過，窮人缺的不是錢，而是缺乏變成有錢人的野心）。」

他想了想又說：「如果你相信老衲，馬上離開南方，去往那戰火紛飛的北方吧。記住，哪兒沒有安全哪兒亂得厲害，就在哪裡發展，只有這樣你才能像鳳凰那樣在火中涅槃飛昇……」

好傢伙，這通話太牛了。

像墨夜中的桅燈那樣，讓趙匡胤頓時有了方向。

最終老和尚堅信自己的風險投資眼光，把自己的坐騎毛驢贈給趙匡胤，還給了他去往北方的盤纏，並親自把他送到山下。

想想吧，當時有匹好馬頂咱們現在有輛賓士，一頭毛驢怎麼也頂輛吉普車吧？如果住持沒有眼光，怎會輕易拿出這筆財富？

他也有理想啊，他還想在有生之年建座舍利塔呢。建塔需要很多錢的。也許，住持感到憑自己的能力沒法建成塔了，還不如把這些錢進行投資，也許日後的利潤回報，能夠幫他完成願望。

誰知道呢？

人高馬大的趙匡胤，騎著那頭嘴上像沾了石灰的毛驢，慢慢地向理想走去。驢雖然慢了些，但是他不是張果老倒著騎，他是往前走啊！未來的皇帝騎著驢蹣跚地穿行在叢林之間，不停地回味著住持所謂的「野心」，結合自己兩年來的失敗，他終於明白人生追求的真諦，那就是你的心有多遠？就能走多遠；你的心有多高？就能夠爬多高……

可憐的小毛驢，被趙匡胤給騎得越來越瘦了。

牠再也走不動了，最後撲通跪倒在地，把趙匡胤給摔了個驢打滾。

從此之後，趙匡胤就得牽著牠走了。路上，很多從北方逃荒

的人背著大包小包，領著老婆孩子，滿臉的愁苦。

當小趙走出城鎮來到荒野，把驢拴在樹上讓牠吃草，自己坐在樹下考慮是不是把驢殺掉，裝進肚子裡，化為奔往理想的力量。他想到這不行，有牠我就有底氣，現在不能殺。不想吃驢肉那就得去吃草。好在趙匡胤腦子裡裝著理想，手裡還有幾十斤肉，他並沒有感到這草多麼難吃。一路走來他早已經習慣了。

趙匡胤吃飽了草，坐在樹下瞇著眼睛睡覺。

他想休息，身上的跳蚤虱子忙起來了，把他給癢得難受。他把衣服脫下來，認真地在尋找著那些剝削牠的小東西。

一個未來的皇帝，坐在樹下捉虱子，而不是領著百萬雄師縱橫於中原大地，這情景確實悲壯了些。不過這有甚麼呢？沒有這些磨難，就沒有以後的宋太祖。

我們不能忽視任何成功前的過程。

未來的宋太祖趙匡胤把破爛衣服披到身上，瞇著眼睛瞅著天上的太陽，發現太陽這麼狠心，不聲不響地就把蔽蔭挪走了。他又把自己挪到陰涼處，瞇著眼睛，腦子裡就像過電影似的，放著他從家裡出來的兩年裡，種種的遭遇與苦難。

有幾雙眼睛正鑲在樹隙裡，死死地盯著他跟那頭驢子。

由於長年戰亂，百業凋敝，很多餓得要死但還不想死的人能幹甚麼？夥起來佔山為王唄！上來就先從事打富濟貧的義舉，把富人打沒了咋辦？那就不按規矩出牌，對付窮人去。

最終，他們把匪業經營得食不果腹，衣不蔽體。

就是一個這樣的團隊忍著飢餓，正憂慮著明天的糧食從何而來時，突然發現了這頭小毛驢，他們能放過這美味嗎？

他們見趙匡胤穿上那件破褂子，以為他想走了，於是就呼隆蹿了出來，把他與驢子團團圍住。趙匡胤自然吃驚，當他看到是

打劫的就安穩下來。他感到好笑，哈哈，劫我，這是多大的決策失誤啊，我現在窮得叮噹響，連身上的虱子都養不住了，你們劫我，這不是浪費感情嗎？

他笑著向他們擺擺手說：「大家好、大家好。」

說實話，在趙匡胤流浪的幾年裡從事過甚麼工作，雖然歷史上很少記載，但我們可以想像到，以他的身材與武藝，還不至於淪為乞丐，那麼，他極有可能參加過土匪工作，至少階段性地從事過非法活動。

可貴的是趙匡胤知道這樣的生活雖然能夠吃上飯，但不是他最終想要的那種生活。他的信仰與追求從未改變過。

當然，我們現在說這些只是想證明，他面對一票匪徒的時候，那種冷靜與從容不是空穴來風。

那位滿臉落腮鬍子的匪首，用刀指著他喝道：「你，你還不逃命？」

「都是貧農，我為甚麼逃命啊？」

「哎哎哎，難道我們不像土匪？」

「像啊，像極了，不過我知道你們有你們的難處。」

「知道那就把驢、錢，放下，像兔子那麼跑吧！」

趙匡胤頓時愣了，他想：壞啦壞啦，我還有財產啊？於是就回頭看看那小毛驢，握緊韁繩，問：「各位大哥，錢沒有。就這頭瘦得見骨的驢吧，你們要牠幹嘛？」

那匪頭差點笑了，叫道：「要牠幹啥？老子都快餓死了，想用牠下酒。」

「大，大哥，咱們還有酒嗎？」一個小嘍囉問道。

「不說話能憋死你。去，把驢牽過來。」匪首斥責地道。

小嘍囉吸吸鼻子，跑上去硬從趙匡胤手裡奪過繩子，拉著驢

往回走，那驢卻掙著不走，還戀戀不捨地回頭去看趙匡胤。因為，一路上牠被趙匡胤給騎出感情了。

匪首走幾步，回頭見趙匡胤還在那裡站著發愣，便瞪眼道：「再瞪猴眼，把你砍了和著驢一起燉了，反正老子餓得都想吃人了。」

趙匡胤後悔得要吐血，早知道這樣還不如自己把驢給殺掉。大意，實在大意了。他明白現在後悔是沒用了，但是他必須得要吃上驢肉，因為這是他的驢，因為他還想要有力氣趕路。

「哎哎哎，你們想過沒有，吃了這驢，明天還不是得挨餓？」他說道。

匪首不耐煩了，瞪眼道：「用你說！」

「我有個辦法能夠讓大家以後有飯吃，不知道你們是不是會感興趣？」

「你有辦法？有甚麼辦法就趕緊說，老子還急著殺驢呢！」

「那就邊殺驢，咱們邊說吧！」

他們把趙匡胤帶到山上，也不管他了，都圍著在對付那驢。他們並沒有等到煮熟，就被那香味拉到鍋前吞口水。

趙匡胤湊上去，吞著湧上來的口水。

落腮鬍的匪首說：「他娘的，差點給忘了。對啦，你剛才說甚麼來著？」

「我說，今天吃了這驢，明天吃甚麼？」

「那你說吃甚麼？」

於是趙匡胤便吹噓說：「兄弟我嘛，在北方有個親戚當軍官，如果你們跟我前去投奔，以後吃飯問題就解決了。說不定還能混出點兒名堂，回來光宗耀祖呢！」

這話厲害，那些沒家室的漢子也沒有怎麼考慮就嚷：我去，俺去，俺也去。有家室的漢子感到沮喪，因為他們擔心走了，家裡的老婆孩子會餓死。

趙匡胤心裡暗暗得意。

其實他小趙可不是什麼來頭，也沒有那麼硬氣的親戚，就算有現在也不會正眼瞅他。他有著更深的想法，你去投奔人家，肯定不受重視，可帶幾個人效果就不同了。

道理很簡單，帶個兵團過去投順便會受到重視。

從這裡我們可以看得出，趙匡胤後來取得巨大成功不只靠運氣，而是他在遇到問題時，善於動腦子。

趙匡胤不只吃了驢肉，還喝了驢湯，帶著十多人踏上了理想的征途。在路上，趙匡胤需要考慮的是，北方亂的面積那麼大，勢力集團那麼多，我抱誰的大腿才有肉吃啊，才能拿到工資，或者得到提拔啊？他這麼想沒錯，很符合人才的雙向選擇。

沿途，趙匡胤每遇到迎面走來的人，都會問北邊的形勢哪個主兒最牛？經過多次調查，細心推斷，趙匡胤得出了結論，在北方那戰火紛飛的地方，最有勢力，口碑最好的，就算是後漢樞密使郭威了，他決定就去投奔這郭威了。

那麼，這個郭威是個甚麼來頭呢？

郭威於公元九〇四年出生在邢州堯山（今河北省隆堯縣西），本來姓常的，小時候母親帶著他改嫁給了郭簡，就跟繼父姓郭了。沒過多久，燕軍攻陷順州後，他繼父郭簡被殺身亡，母親沒有多久也病死了。成了孤兒的小郭威，被姨母韓氏收養了。

人有時候就是這樣的，在困境中成長的時候，他本能地就往強壯裡長。這就是人類進化中適應能力的本能。郭威就在這樣的環境裡長得人高馬大。由於他從小失去雙親，缺少安全感，於是

就苦練武藝，把弱勢給變成了強勢。

郭威長得人高馬大，還會點把式，在同伴中變成了孩子王。看到沒有？青少年時代就能的人，長大就更容易創業。拿我們現在的話說，在學校裡當班長的學生，協調組織能力就強，在未來的職業生涯中就會更有競爭力。

在郭威十八歲時，聽說李繼韜與晉王李存勖反目成仇，叛晉歸梁，正在徵兵，於是就去參軍了。他就從小兵開始做到樞密副使，擁有雄霸一方的重兵。可是他並沒有想到，他將會替趙匡胤努力打下江山，還要教會他管理國家。

在後漢乾祐元年（公元九四八年）春天，郭威的粉絲趙匡胤帶著幾個乾巴瘦的兄弟來到軍營門前。趙匡胤盯著站崗的哨兵心裡直撲騰，他想：我得想辦法見到領導郭威才是啊，見到他，才可能會得到賞識啊！

他真的不想從二等兵幹起。

當他跟站崗的兵提出求見郭將軍時，哨兵瞇著眼睛，端詳著他的容貌與穿戴，再看看他的幾個兄弟，顴骨尖削，臉色灰暗，嘴唇爆皮，就跟要飯的差不多，便耷下眼皮，要理不理地——

「想見我們頭兒，你開國際玩笑吧？」

「我是前來投奔郭將軍的。」

「每天來投奔的人那麼多，為什麼要你？」

跟隨在趙匡胤後面的兄弟急了，解釋說：「我們趙哥吧？是你們頭兒的親戚。」這句話讓站崗的不得不重新審視眼前這位人高馬大的漢子，發現還真有些與眾不同。心想：也許真是頭兒的親戚吧？就問了些甚麼，去彙報了。

沒多大會兒，站崗的回來說：跟我來。

趙匡胤尾隨哨兵後面，心想：怎麼才能引起頭兒的重視，爭取到好的位置？他明白，如果得不到重用，被分派到下面某個小隊裡，就算再賣力也不會被領導看到，就算戰死也引不起別人的注意。

這不是趙匡胤想要的結果，這起步太低了。

當趙匡胤被帶到指揮帳裡，他抬頭看到案後坐著位身裹戎裝的漢子，高大健壯，眼尾上吊，兩眉如劍，獅鼻，鼻翼處兩道深紋掛到嘴角。有著短而齊的落腮鬍，臉色鐵青。當他抬起頭來，兩隻眼睛就像深夜中的初月就像牛刀，讓人不寒而慄。

趙匡胤明白，這就是傳說中的郭威了。

他跑上去撲倒在地，跪在案前高聲說：在下趙弘殷之子趙匡胤帶人前來，為將軍效勞。

瞅見沒有，趙匡胤這人心眼子多啊？他首先報出父親的名來，說不定人家知道他父親是軍官或者是舊識，最少也能說明他的出身好，不是貧下中農。

他想說帶人前來，就說明自己還有些號召力。

這些話雖然平常，卻體現著趙匡胤的智慧。果然，這些話引起郭威的注意，他慢慢地抬起頭來，瞇著眼睛問：「講，你為何冒充我的親戚？」

趙匡胤不慌不忙地答道：「你的親戚不見得能為你而死，可是我能，所以我勝過一般的親戚。」

「敢說這麼大的話，有甚麼本事啊？」

「有，相當有，要不在下給您老人家耍幾下看看？」

巧的是正說著，趙匡胤耳邊突然聽到炸吼一聲：「郭威，拿爾命來！」

小趙嚇得縮著脖子，回頭見有人拉滿弓，箭正對著郭威。趙匡胤稍微愣了愣，突然躍起來擋在郭威的案前，伸開雙手罩住身

後的郭威，顫抖著聲音喊道：「別別別，別射，別射……」

他只能祈求老天爺那武士的箭法很臭，射不準，最好射壞他的衣服，然後在放第二箭前被繩之以法。這樣的話，他的風險投資就會得到最大的回報，但是沒有兩把刷子誰敢當狙擊手啊？

就在趙匡胤身上的水從汗毛孔裡嗞嗞冒時，只見那武士把箭放下了。郭威笑著點點頭說：「嗯，年輕人，你不錯嘛，就跟著我幹吧！」

這時候趙匡胤那顆心，終於從嗓子眼裡落下去了。

原來人家是試我的忠誠啊，多虧我顯得忠誠了，還沒有尿褲子。後來，趙匡胤才知道，郭威常採用這種辦法來測試前來投順的人。在這樣的過程中，趙匡胤想明白了個道理，那就是風險與回報是成正比的，當面臨絕境的時候，會出現大的機遇。

只要你把握住，你就會成功。

第三章

暴動實習

本來趙匡胤想得挺美，來到軍營就會大有作為，可事實遠遠不是這樣的。你就是個小當兵的，上邊的婆婆媽媽很多，如果你把事情做不到位，上級還動不動媽拉個巴子的，每天都在嘴裡非禮你娘的。

趙匡胤鬱悶啊，我千辛萬苦來到這裡，就是為了讓小軍官用嘴巴非禮我娘的啊。超鬱悶的。這時候的趙匡胤做夢都想有場戰爭證明他的英勇，得到上級重用。

當真的有仗打了，他提出要帶兵應戰，人家郭威並沒有批准。郭威並不是不想讓他立功，而是感到小趙大塊頭，看上去有把力氣，還相對忠誠，留在身邊當個保全人員倒還挺不錯的。

再說他壓根兒就不相信這小子會帶兵打仗，有時候打仗不是靠力氣。他可不想拿著兄弟們的命，來測試小趙的帶兵技術，這太殘忍了。

沒關係的，不讓帶兵沒有甚麼，只要你有追求就會有機會。機會終於來了，後漢內部發生暴亂，差點把漢隱帝劉承祐給搞倒，這讓劉承祐惱火啊，你們也太像樣了，不拿「總統」當領導了，那麼我就讓你們知道，甚麼叫做權力。

他把惹事的顧命大臣楊邪、史弘肇和三司使王章，還有很多參與暴動，也許要參與暴動的大臣，統統給殺掉了。

有人說：「還有某人對陛下您不利。」

「那你還廢甚麼話啊，拿著刀去砍他啊！」

又有人向劉承祐彙報說：「陛下啊，郭威擁有重兵，又在邊防，如果他要造反，問題就很嚴重了。」

就是沒有人提這件事，漢隱帝劉承祐都會為這件事睡不著，如今有人提起來，他就更牙痛上火了。他很想把郭威給殺掉，但是郭威這人不好殺啊，殺不好會起副作用的，於是跟親信們商量，怎麼才能除掉郭威？

說實話，劉承祐這傢伙夠差勁。想當初他剛即位不久，河中節度使李守貞、永興節度使趙思綰、鳳翔節度使王景崇相繼擁兵造反，朝廷用了吃奶的勁都沒打過人家，最後還是郭威用最樸素的戰略方針，把李守貞逼得放火燒了自己。人家郭威又帶兵北伐，把契丹也給打敗了，讓他劉承祐的皇位才坐得穩了，現在卻要殺人家郭威。

這就是標準版的「兔死狗烹、卸磨殺驢」的戲碼。

劉承祐明白，如果讓郭威知道自己有生命危險，肯定會革命，到時候被殺的可能就是他了。於是就決定採取祕密行動，把郭威與王殷暗殺掉。

接到這項任務的是李弘義，由於他與王殷的交情好，於是對他說：「哥們兒啊，趕緊逃命去吧，陛下讓我想辦法把你們給殺掉，我不殺，他就殺我，你跑了我也好回去彙報啊！」

王殷火了，我跑了，我家人怎麼辦？不能跑啊！

於是他跑去對郭威說：「完啦完啦，陛下派出了『特別行動小組』，要咱們的命，你得趕緊想想辦法吧，要不咱們就真的沒命了。」

「甚麼甚麼，要把咱們給殺掉，你有沒有搞錯啊？」

「千真萬確啊，是李弘義親口告訴我的，還有假啊？」

「娘的，咱們在外面吃盡萬里黃沙拼死守衛邊疆，他們在後方花天酒地，還想殺咱們，這還有天理嗎？」

王殷點點頭說：「是沒天理啊，人家陛下已經殺了很多人了，反正看著不順眼就殺，也沒差你一個！」

郭威多麼期望這消息不是真的啊，因為他的一家老小還在劉承祐手裡呢。在人家手裡你也得想辦法。郭威馬上把親信們召集起來，商量怎麼應付這場風暴。

謀士魏仁浦說：「事情到了現在這種地步，先把兒女之情放放吧，如果被他們殺了，還是保不住兒女，最後連個報仇的機會也沒有了。」

「那我也不能放著老婆孩子不管啊，你說這檔事該怎麼弄才好？」

「現在我們馬上弄道假聖旨，就說隱帝令您殺諸位將領，而您愛惜眾將不忍心去殺，正準備回朝請罪。這樣大家肯定義憤填膺，推舉您為王，打回首都，把陛下身邊的奸臣全部殺掉，或者乾脆就玩點兒絕的。」

「那我打都城，人家要是把我家人殺了怎麼辦？」

「如果你打他們，他們會把你家人綁起來當人質，是不會輕易殺掉的。」

魏仁浦的計策落實後，那些軍官們就真的急了，噢，我們在前線拼死拼活的，今天陽光燦爛，說不定明天就看不到了，你還殺我們。於是他們就真的擁立郭威為王，要殺進都城，把皇帝給殺了，用小刀慢慢地割死他。

隱帝安插在郭威隊伍裡的祕密線人，見郭威真的要造反了，馬上把這個消息報上去給總統。隱帝沒想到事情是這樣的，馬上下令：郭威必須盡快地到中央開會，要不然就把你家人給砍了。

可是等了幾天，卻不見郭威來，於是，他老兄就派人要去殺了郭家人。

他的親信說：「不能殺啊，不能殺啊！」

「混蛋！再說不能殺，那就連你也給砍了。」

這時候，隱帝劉承祐犯了個嚴重錯誤，他並沒有聽從親信的勸說，十分果斷地把郭威的家屬全部給殺了。他太沒有腦子了，如果留著家屬，最少還是一張可以打的牌，說不定因為這張牌而能扭轉局勢。可是他太沒腦子了，他等於發給了郭威一張自己的「絕命追殺令」。

隨後他馬上派人去給祕密線人送信，讓他想辦法用身邊的人把郭威給暗殺掉。

於是，就有位副將把他身邊的趙匡胤找去談話了。

副將語重心長地對他說：「小趙啊，你來軍營有些時間了吧，至今也沒有甚麼作為，這可不是大丈夫所為，就不想弄出點名堂來？」

「想啊想啊，您多指點在下唄。」

副將走到帳口處伸頭看了看外面，回來對趙匡胤小聲說：「上邊已經把郭威的家人全部鏟除，將軍命在旦夕，你跟著他能有甚麼好果子吃啊？不如跟著我去幹吧，我是皇帝派來的祕密特派員呵！」

聽了這話，趙匡胤心想：俺的命怎麼這麼苦呢？比黃連都苦。俺大老遠跑來抱住郭威這大腿，沒想到是死人腿。他當然不想抱死人的腿，於是就請副將指點指點。

副將湊到小趙的耳朵邊說：「只要你出其不意，把將軍給結果了，那就是大功告成。到時候皇帝肯定重用你，說不定讓你代替郭威的位子，牛吧？」

聞聽此言，趙匡胤感到身上的汗毛像被冷風颼颼地吹過，都豎了起來，正驚訝間，看到副將握著劍柄的手青筋暴突，就知道他已經動了殺機，你今天不答應下來就把你滅口。可問題是，答應下來又怕是郭威派人來試他的忠誠。

他還是點頭說：「好吧，我同意，以後就跟著您混了。」

那麼，這位副將為甚麼要選趙匡胤呢？

這不明擺著嗎？趙匡胤長得人高馬大的，又有把子力氣，再說他相當於郭威的保全人員，有更多的機會接近郭威。當然，副將也有機會接近郭威，也可以出手，但是他明白，殺死郭威容易，自己想活可就難了。

可趙匡胤活不活跟他沒有關係，只要他自己能活著就行了。

副將並沒有想到趙匡胤隨後就跑到郭威那裡，把這件事給報告了。因為趙匡胤懷疑郭威要試他的忠誠，說不定是對他重用前的測試，他不想在這種時候犯錯誤。郭威聽到這件事後，當即把副將給拿住了。

副將在臨死前對趙匡胤說：「你小子夠狠！」

這件事情過去後，郭威對趙匡胤更加信任了。

他每次帶兵打仗都帶著趙匡胤，讓趙匡胤學到了很多用兵之道。當然也肯讓他帶隊人馬，去體現個人價值了。

在中國歷史上，不能不說郭威的文化不高，但他是位傑出的軍事家。他對於趙匡胤的影響那是很大的，我們甚至可以說郭威教會了趙匡胤怎麼搞暴動，並成功地當上了宋朝公司的董事長。

——那當然是後來的故事了。

當時郭威大權在握，威信高得不得了，各鎮節度使見郭威挑頭跟隱帝幹，心想：跟著那個卸磨殺驢的爛皇帝還不如擁戴郭威

呢，於是都向他靠攏來了。

就這樣，他們以強大的實力向京城浩浩蕩蕩地挺進。就在郭威把城快攻下來的時候，隱帝與幾個親信逃到了趙村。

隱帝身邊的郭允明心想：隱帝算是完了，我還是趕緊地送給郭威個人情吧，為自己的未來添磚加瓦。他掏出劍來架到了隱帝的脖子上，說：「老闆，不好意思。」

「甚麼甚麼，你想造反？你吃了甚麼，膽子這麼大！」

「是的，俺造你反。俺想用你的命，換俺的錦繡前程。」於是就把隱帝給砍了，還對其他的人說：「到時候見了郭威，別忘了說人是俺殺的。」

在乾祐三年（公元九五〇年），郭威帶兵攻進京城，隨後就派人把想繼承皇位的劉贇暗殺了，迫使太后臨朝聽政，自己做了輔國大臣。事實上讓太后聽政，也只是個幌子，藉著她好調整朝廷的內部關係。

當郭威把國務院的大臣們給調理順了，就把太后給一腳踢開，自己正式登基做了皇帝，改國號為「周」。

由於趙匡胤的忠誠和他打仗肯動腦子、肯賣力，受到了郭威的重視，把他提升為皇宮禁軍小頭目。

說實話，這官兒真的不算高，頂多也就算是個警衛班長。但是，他生活在皇帝左右，所見所聞對於以後當皇帝很有用。再說在皇帝左右，本來就擁有無形的權力，很容易籠絡人心。

歷來我們都沒有懷疑過太監的潛權力，當然他趙匡胤不是太監，而是「總統」那塊響叮噹的料子，他現在需要的就是這樣的學習機會。

第四章

有機必乘

我們現在來看趙匡胤是怎麼抓住人生第二次機遇的。這將是他人生最正確，也是最為智慧的關鍵環節。這一次的機遇必將幫助他掀開人生的新篇章……

大家都知道，郭威的家人都被隱帝殺死了，其中就包括他兩個兒子。皇帝沒有了接班人，問題很嚴重，郭威知道這個問題。他對自己說我還年輕，我身體還算強壯，我得抓緊了。大臣們知道郭威需要甚麼，於是到處搜尋美女獻給郭威，甚至有人把女兒領來，說：陛下，算命的說我女兒很犀利，能一炮而紅，說不定能生個龍鳳胎呢！

這段時間郭威確實很努力，連做夢都夢到小妾的腹部變得像山，可是醒來就看到成績平平。由於他急於求成，人累得像一條狗，妻妾成群卻依舊沒有任何動靜。可憐的郭威這通窮折騰，精氣神大不如從前了，走在陽光裡影子都顯得單薄。

大臣們又忙著給他淘換補藥，壯陽藥，還請通神通靈的人給他施法。那麼，在這種時候，我們的主人公趙匡胤有何作為呢？他當然不同凡響了，他在想個問題。

這個問題就是如果郭威努力不出兒子，新的老闆將會是誰？顯然，近水樓台先得月，這個「月亮」就是郭威的養子柴榮啊！大家都知道這個道理，但沒有人把這個當正經事兒，而人家趙匡胤卻不怕頭痛地想這個問題，這就是人與人之間的差別。

這件事，對我們當代的馬屁精們仍然有著指導意義。

我們都知道和珅這傢伙精明，混得萬人之上，最終卻難保其身。原因就是他沒有像趙匡胤這樣考慮問題，只顧拍現任老闆的馬屁了，把他給拍得挺舒服，就是沒把未來的老闆嘉慶君放在眼裡，結果遭到抄家。當然，和大人跟趙匡胤沒法比，他們的理想不同，所以他們的追求也是不同的，結果也是不同的。

那麼，柴榮是怎麼成為郭威的養子的？

自郭威當了皇帝後，別說給他當乾兒子，多少人都想給他當孫子，為甚麼他小子這麼命好？給人家當了義子。原來柴榮是郭威妻子哥哥家的孩子。在他小時候，家道衰敗，柴榮想混口飯吃，就投奔了當官的姑父家。

郭威見這孩子為人厚道，也有眼力兒，就收留了他。更重要的原因是，郭威當時只是個芝麻小官，工資也不高，請不起更多的家政（佣人），將柴榮收為養子是讓他幫著做點生意，還不用付工資，便宜啊！

寄人籬下的柴榮是個優秀青年，很有經濟頭腦。他在郭威家曾做過販賣茶葉的生意，用賺來的錢貼補郭家，讓郭威很高興。

柴榮不只是做生意，他知道亂世之中，知識與武功還是立身之本，於是抽空兒就苦讀詩書，勤練武藝。漸漸地發展成文、武、商都不錯的綜合型人才了。

至少是，現代的教育體制下，不太容易打造出來的人才。

可以說像柴榮這樣的騎著驢想找馬的上進心，才是最正確的。他的職業生涯仍然對我們現代人有著指導意義，比如有時候也得當孫子，因為能當孫子才能當爺爺。

趙匡胤當然沒人家柴榮的運氣，想給郭威當親孫子人家都不要。但有個硬道理就是，無論你出身貴賤、基礎怎樣？追求的權利是同等的。追求的標準就是，你必須先把方向選對了，才跑。

趙匡胤選擇的方向就是你們給郭威弄美眉，弄補藥，俺就拍拍未來的老闆吧。有了這個指導思想之後，當柴榮來宮裡拜見姑父郭威，趙匡胤都會變得十分貼心，忙著牽馬墜鐙，躬身迎送，還說閣下有甚麼需要就吩咐在下，在下有把子力氣，能幹粗活。柴榮聽了感到趙匡胤這小夥子，挺不錯的。

由於趙匡胤對人生做出了正確的職業規劃，並且按部就班地落實，終於有了好的回報。柴榮向郭威提出自己帳下缺人，能否把趙匡胤派去協助他的工作。郭威馬上就答應了，說：去吧去吧，反正在這裡閒著也沒事兒，趕緊讓他去。

說實話，在郭威的內心深處對趙匡胤還是不太滿意的，至少現在不滿意了。

自從立周稱帝以來，郭威的身體大不如從前，而英俊威猛的趙匡胤就在身邊轉悠，就像是專門前來證明他的衰老似的。

最讓郭威感到不舒服的是，他與幾個妃子在園子裡散步，正好趙匡胤帶著幾個禁兵在園子裡巡邏經過，他的妃子看著趙匡胤眼睛都會發亮，他就更不高興了。

這可以理解，誰的媳婦盯著帥哥眼裡放光，誰都不舒服。

趙匡胤來到柴榮跟前上班，依舊低調做人謙虛做事，盡可能地為柴榮分擔著工作，這讓柴榮對他越來越看重了。而就在這個過程中，周太祖郭威的身體越來越不行了，終於病倒了。

他病了說起來很合理，因為夜夜寵幸美眉，平時不太注意鍛鍊，身體當然會被抽乾了，免疫力下降。雖然病了，但還是堅持上班，生怕外人說他現在不行了，也怕自己的病會讓外力產生非分之想。

他苦苦地撐到公元九五四年的元旦，就再也撐不住了。年僅五十一歲的郭威躺在病床上，滿臉的灰暗，氣喘吁吁，身體根本就沒法兒承載他偉大的靈魂了。

他讓侍從把重臣與乾兒子柴榮叫到跟前，悲切地說：我不行了，等我死了，你們要盡快地把我給埋了，千萬不要停在宮院裡太久，讓外勢力感到有機可乘。你們給我修墓時，要儘量地節儉，不用搞甚麼石坊石獸的，只要在墳前豎塊碑，上面刻上大周天子臨晏駕，與嗣帝約，緣平生好儉素，只令著瓦棺紙衣葬。

最後他流著淚說：把我的盔甲、刀、劍，分別埋在我作戰過的地方作為我的陪葬吧！說完這句話，他閉著眼睛費勁地呼吸了幾口，又把眼睛睜開，長長地吁口氣說：「你們要加強邊防，先封鎖我去世的消息。以防不測。如果遇到甚麼意外，要先以國防為重，就算我死了，也不要因此而影響疆土的完整。」

還有一句話，是郭威最不想說的，但是他今天必須要說了。

他說：柴榮雖不是我親生的，但勝似親生，等我去世後，由他接班。你們要好生輔佐他，治理好國家，然後再擴大版圖……唉——郭威長嘆一聲閉了上眼睛……

郭威是帶著遺憾走的，可哪個人不是帶著遺憾走的呢？

甚麼叫做機遇？那就是別人的大意、錯誤、失誤、缺點，都是你的機遇。

由於郭威沒有兒子，柴榮就等於白撿了個皇帝，他就是歷史上所謂的周世宗。

柴榮上任後，自然要像所有的總統那樣要開個會，講點話，表點態，嗯啊幾下。不同的是柴榮並沒有對六大班子大刀闊斧，只是做了小小的調整，基本保留了原來的模式。他不是不想動，

只是現在還不是時候，怕給動亂了。

郭威死後，趙匡胤雖然沒有得到提拔，但這有甚麼關係呢？他現在已經是柴榮最信任的人，這就是附加權，這才是真正意義上的權力。

柴榮上台後推出新的路線方針，就是先把工、商、農給搞上去，因為只有強大的經濟基礎，才能保障國防事業，才能有大的舉動。我們相信柴榮搞經濟肯定是把好手，因為他以前就搞過。

但是柴榮並沒有時間去落實他的改革開放政策，或者搞活經濟的策略。因為北漢劉崇聯合遼朝開始要吞併後周了，因為郭威死了是柴榮的機會，是趙匡胤的軟機會，但同樣是人家北漢與遼朝進攻的機會，這都叫做機會……

第五章

初露鋒芒

北漢這個集團勢力不大。它是在北漢隱帝的兒子劉贇被郭威殺害後，由劉崇成立的，說白了就是原來北漢的殘餘勢力。

劉崇在晉陽（太原）稱帝後，仍然以漢為國號，喊出的口號就是要光復漢室為先帝報仇。由於實力太薄，自保都成問題，還談甚麼雪恨？有志氣沒實力的結果，是先得喊人家遼主叔叔，借用人家的力量自保。沒別的辦法，他只能這麼做。

劉崇曾對周朝發動過幾次挑戰，每次都沒有賺到便宜，他說君子報仇十年不晚。他說機會是留給有準備的人的。

這個「機會」就是周太祖郭威死了。

他知道任何新皇帝上台政局都會不穩的，何況柴榮是外姓人接班，可能會更加不穩定。於是給遼寫封信說：親愛的叔叔啊，現在小侄等到報仇的機會了，您趕緊地派人來幫小侄吧……

遼國果然真的派了些兵，支持他去打周朝。

這樣一來，周朝就有壓力了。

不過柴榮也沒有辦法，你當上皇帝是你的運氣與機遇，你剛上台政權不穩定同樣是人家劉崇的機會，人家現在不打你，還等你準備好了再打啊？人家腦子進水啦，或是被驢給踢啦？

當柴榮聽說潞州節度使李筠初戰失利後，感到挺鬱悶的，剛當上皇帝就吃敗仗，多倒楣啊！他對自己說：柴榮啊，你現在需要有場勝利來證明你自己，樹立威信啊！你需要親自帶兵去打敗

北漢讓別人看看，你不只會做茶葉生意，你還會打仗！

於是，柴榮在朝上對大臣們說：「國家危難了，朕不應該坐在後方指揮，而應該御駕親征，與戰士們共生死，你們大家看怎麼樣啊？」

馬屁精們說：「老闆，不能去，不能去，危險啊！」

柴榮心想：誰都知道打仗危險，我也不想去，可我必須得去。下班後，他私下裡問趙匡胤說：「小趙，你說我是否應該御駕親征啊？」

「哎！我覺得老闆您的決定是正確的，不過前提是先要確保安全才行。」

「說得很對啊，朕確實應該親征。至於……這個安全呢？就由你費心了。」

趙匡胤心裡高興啊，你想啊，人家老闆讓你保證他的安全，那你在他的心目中的地位有多重要啊。他睡不著覺了，在想這場戰爭中可能發生的意外以及應付的對策。因為他明白柴榮的安全並不屬於柴榮本人而已，而且還屬於他趙匡胤。

自從他成了皇帝的紅人之後，以前那些稱他小趙的人開始稱他官職了，看上去是尊重了，有時候尊重也是疏遠的表現，甚至是嫉妒你。他明白柴榮的安全對他的前程至關重要，如果柴榮死了，新上任的人就不會再這麼重用他了，說不定還會排擠他。

所以說在某些時候，維護老闆的權益，維護公司的利益，實際上也是在維護你的權益與平台。有個企業老闆曾說過，誰砸了企業的飯碗，企業就砸誰的飯碗，這話還是有點兒意思的……

趙匡胤跟隨著柴榮，率領著後周的軍隊開赴邊疆，一路上都在想，我怎麼在這起戰爭中，突顯出自己的能力，受到重視，得到提拔呢？

就像有個笑話說的，將軍問士兵你的理想是甚麼？士兵說我的理想嗎？就是您掉進溝裡。甚麼，這就是你的理想？士兵說您掉進溝裡，我好把您救上來，您不就會提拔我了嗎？

其實這也是趙匡胤的理想。

後周的大軍與漢軍在山西高平相遇，沒那麼多廢話，動傢伙吧。兩軍廝殺起來，就像颶風下的高粱般那麼地活潑。

趙匡胤對柴榮要求道：老闆啊，讓在下帶隊人馬去殺敵吧。柴榮搖搖頭說：老實待著。也許柴榮是這麼想的。噢，一打仗就把身邊的人派上去，就好像沒人似的。

可趙匡胤心裡感到苦啊，到現在，我在皇帝心目中，還只是個保全而已，這樣哪行啊？雙方開戰不久，趙匡胤終於等來了展示自己才能的機會。

這個機會是後周的大將樊愛能、何徽送給趙匡胤的。

這倆哥們兒也是老將了，看見敵人太猛，竟差點嚇得尿濕了褲子，還臨陣怯場帶領大家逃跑。其實戰爭就像兩條狗在打仗，當一條發現另一條夾了尾巴，鐵定會撲上去撕咬。現在北漢就看到後周腿下的尾巴了，於是越打越猛，把周給打得潰不成軍。

世宗柴榮看到這種情況，開始後悔御駕親征了。

他都後悔得要吐血了。

如果把小命扔在這裡，那就是他最大的失敗。那麼他為甚麼這麼害怕？不是帶來了很多兵嗎？是的，是帶了很多兵，但讓他給分成兩隊了，他的身邊只有趙匡胤和將軍張永德所率領的親兵四千人，就這些人馬根本就沒法與人家對幹，一下子準會被人家給收拾掉了。

柴榮回頭問張永德：「這這這，這可怎麼辦呢？」

張永德心想：還能怎麼辦？拔腿跑唄！人家兵強馬壯，人多

勢眾，凶猛異常，不跑那就被人家給幹了。

他說：「咱們趕緊撤退吧，今天打不贏，還有明天嘛！」

柴榮的心情很沈重。我身為皇帝，御駕親征，上來就趕緊撤退，影響多不好。甚麼叫撤退？這不是逃跑嗎？要是我上來就逃，這面子何在？以後這仗還怎麼打啊？

就在他感到為難時，我們的主人公趙匡胤同志發話了，他說：「陛下，如果我們撤退，必然會影響士氣，那就真的潰敗無疑了。如果上來就打退堂鼓，以後這仗也沒法打了。請陛下考慮考慮，不要輕易撤兵。」

張永德朝他瞪眼，那意思是：你站著說話不腰疼，道理誰都懂，可當前的任務是先保住老闆的命啊，如果命都沒有了還談甚麼以後？他皺著眉頭問：「我說小趙啊，你這麼說難道你有甚麼好辦法嗎？你真的有辦法嗎？你真的能把敵人打敗嗎？」

柴榮充滿期待的目光盯著趙匡胤，這給了小趙最大的鼓勵。

他分析說：「陛下，敵人這麼猛，我們就不要跟他們正面衝突，可以兵分兩路，從兩側包抄他們。我們先跟他們折騰著，用不了多少時間，咱們的援兵就到了，到時候就可以實現三面夾擊，打敗他們。」

柴榮有些懷疑，問張永德：「你看這樣行嗎？」

張永德也感到這是個好辦法，心裡有些懊惱。為甚麼我就沒有想到，卻讓這個不起眼兒的小趙給想到了？他點頭說：「小趙說得沒錯，咱們的援軍馬上就要到了，只要咱們再堅持半個時辰，就可以對他們三面夾擊了。而我們現在的兵力，還真的可以跟他們打兩個時辰了。」

柴榮高興了，命令張永德與趙匡胤各帶一隊人馬，避開了敵人的勢頭，從兩邊側面包抄過去。

趙匡胤心裡美啊，因為他的主張得到了上邊的認同。

他與張永德兵分兩路，像剪刀似的從兩側向敵軍切去。

正在衝鋒的敵軍，沒想到人家突然給他們讓出空道了，隨後兩翼被人家給攻擊了，於是馬上改變戰術，向兩側用力。

畢竟他們人多勢眾，又有遼國的騎兵，很快就讓周朝的兵力抵擋不住了，可就在這時後周的援兵到了，立刻投入戰爭，對他們進行了三面包抄的攻擊。

漢遼聯合部隊這才發現他們麻煩了，只好收兵撤退了。

柴榮感到無比自豪，因為他出來就是要打勝仗的，就是要用一場勝利來樹立自己的威信的，如今首戰告捷，他能不高興嗎？

當然，他對於趙匡胤這傢伙，更是刮目相看，這小趙不僅忠誠，會伺候人，還能做很漂亮的大事。

在接下來的戰爭中，趙匡胤再接再厲，充分地表現了他的勇敢，忠誠與軍事才華。柴榮越來越喜歡這個小夥子了，他想我的眼光沒錯，早先就知道這小夥子有出息，沒想到他還真有兩把刷子呢！

在高平之戰後，周世宗柴榮在朝上高度評價了趙匡胤，並提拔他為殿前都虞侯，副指揮使同掌殿前班直，兼領嚴州刺史。

這一提拔，趙匡胤就步入後周時期的高級將領的行列了。

以前小趙也有權力但只是軟權力（簡直是惡勢力），就像皇帝門前的狗似的。如今不同了，他現在成為後周不可或缺的明星級的軍事將領了，他成功了。

高平之戰勝利，成為周世宗的得意之作。他雖然得意，但並沒有驕傲自滿忘乎所以。通過這次戰爭，他得到了他想要的榮譽，最重要的是發現了周軍中的很多不足之處。就像右軍統帥的

兩位老將樊愛能和何徽，身為高級將領，關鍵時候嚇得逃跑，這簡直是後周的恥辱，還差點把他給害死，這是絕對不能輕饒的。

柴榮想殺掉樊愛能等人，跟張永德商量這件事情。

張永德連想都沒想就說：「殺啊，趕緊殺，不殺，留著他們幹嘛？」

在談到趙匡胤時，張永德又說：「沒想到這小夥子還真是個人才呢！值得重視，這對於將來的統一大業是很有幫助的。」

隨後，柴榮下令將臨陣脫逃的將領以及士兵，全部給殺了。

對於趙匡胤來說，由低級軍官進入高層軍事中心，可以說他已經成功了。但趙匡胤明白，越是在這種時候你要越發地低調。人在失意的時候不能失去氣節，在得意的時候不應該忘了自我約束。他做事情的時候更加細緻小心，對上級或老臣還是那麼尊重，對於下邊的人還是那麼有親和力。

柴榮看到趙匡胤這種表現，對他越來越滿意了。

趙匡胤在皇帝面前越來越紅，他也越來越擔心了。

後周的「軍委主席」是張永德，他是後周太祖郭威的女婿。想想吧，柴榮是接郭威的班，他和張永德又是親戚關係。這個張永德對於柴榮有多麼重要吧。趙匡胤擔心的是自己的位置升得這麼快，會不會讓張永德感到不舒服，或者會排擠他呢？

為了防備這樣的不幸發生，趙匡胤平時總愛去找張永德坐坐，並每次去都帶點好酒啦，或者是珍貴的玩意兒。

他表現出來的意思，以後我就跟著您幹了，您就是我的老闆了。張永德本來就不是那種很有心計的人，見小趙取得了這麼大的成績還很謙虛，還主動來跟他套交情，還給他送禮，他也樂意把小趙拉到自己這邊，增強他的實力。

從此，張永德便常常在柴榮面前說：「像趙匡胤這樣的人

才，應該緊緊地把他抓住，讓他死心塌地地為朝廷做事。」

柴榮是聰明人，他知道這話的真實意思，於是對張永德說：「小趙結婚了嗎？」

張永德搖搖頭說：「還真沒有談起過這件事兒，還年輕，也許沒有吧？」

柴榮點點頭說：「如果沒有，朕準備給他介紹一個宗室裡的閨女。」

於是，張永德找到了趙匡胤，問道：「小趙啊，你有沒有家室了啊？」

趙匡胤聽了這話，撓了撓頭，有點訝異地問：「您怎麼突然問起這個來了？」

「如果沒有，陛下想把宗室的閨女介紹給你。」

聽了這話，趙匡胤後悔得都要吐血了。

如果沒有多麼好，娶了宗室的閨女就變成皇親國戚了，那麼就等於給自己的地位加道保險。他想：如果說沒有，真娶了金枝玉葉，以後大家知道他家裡有老婆，這是甚麼性質啊？就算柴榮不辦你，別人也會瞧不起你啊！

他咂舌說了一句，「實不相瞞，在未參軍前，父母已經給在下成親了。」

張永德聽到這裡也深感遺憾。

這件事被柴榮知道後，對趙匡胤的好感增加了。他想：若是品德不好的人，碰到這種好事兒，肯定會隱瞞婚史，甚至會偷著派人把元配夫人幹掉，借以高攀。

隨後柴榮便找趙匡胤談話，既然你有家室，也不要兩地分居了，就把家人接到開封吧，再說，放在城外多危險。

他之所以操心這事兒，可不僅僅是關心那麼簡單。

如果把重臣的家屬安排在都城，對於把握重臣是極有好處的。當將帥們在戰爭中遇到困難、誘惑，或者有的沒的，他們想想家人往往會更拼命，拼不過也會選擇讓家人變成烈士遺屬。

趙匡胤想了想說：「陛下，臣現在很忙，他們來了，也沒時間照顧他們。」

柴榮說：「這件事情就不用你操心了，我派人去請他們。」

當一隊快馬來到夾馬營，把街上的人嚇得四處亂奔。由於今天打著這種旗的人馬經過，明天打著那種旗的部隊掃蕩，他們都搞不清哪夥是「子弟兵」了？

大家見這隊人員，直奔趙弘殷家去了，他們才放心了些。畢竟趙弘殷曾是軍官，有官兵找他也屬正常。

當趙弘殷聽說香孩兒在後周闖出名堂了，還當了禁軍高官，他並沒有多麼高興。現在天下亂得沒樣兒，今天自稱天子或者王的，明天說不定就變成屍體扔在溝裡，被那些紅著眼的狼或狗圍著，你說當個禁軍高官有啥了不起的。所以他不高興。

杜氏把這個消息告訴了賀氏，賀氏心裡高興，但是仍有些擔憂。她問：「娘，匡胤不會瞧不起我了吧？」

「瞧你說的是什麼話，要是他瞧不起你，就不會再派人來接咱們了。」

賀氏聽到這話心裡高興啊，幹起活來叫個帶勁啊，沒多大會兒就張羅了桌好菜。等把酒菜擺到案上，賀氏就與婆婆退到內室去了。

賀氏拿起銅鏡看著自己的臉龐，看到鏡子裡的女人面黃肌瘦，以前的顏色已經消失殆盡。她感到很傷心。可是這有甚麼辦法呢？公公的事業不順，丈夫又出去闖了，她為了減輕家裡的負

擔，不得不日夜操勞，平時哪還有心情收拾自己的模樣兒。她現在只能把身子洗乾淨，把頭髮梳得溜光，穿上最好的衣裳。

杜氏看到兒媳這身打扮，她說：「你沒必要打扮得這麼鮮靚，就把你平時做活的衣裳穿上，也不用把頭梳得溜光，就這麼去吧！」

「娘，俺怕他嫌棄俺。」

「放心吧，我讓你帶件東西，他看到了，就絕對會對你感恩戴德的。」

杜氏所以讓兒媳穿著粗布衣裳前去，是有深意的。她想讓京城裡的人看到，香孩兒雖然當了禁軍高官後，面對這麼鄉巴佬的媳婦卻不嫌棄，自然會對他的人格增色。

賀氏當然想不到這麼深，問道：「娘，不是一塊去嗎？還帶甚麼東西？」

「你爹不同意去，我們就不去了。」

就在這時，鄰居家的女人都擠進房裡來，七嘴八舌地說：「我說吧，從小就看到香孩兒有出息，你看真的就出息了吧！」

於是，忽略了趙匡胤小時候的惡劣，說他多麼的與眾不同。還有人領著兒子來，想要跟著去開封，跟著香孩兒混口飯吃。

話說禁軍護送著賀氏回開封，他們對賀氏相當照顧。

因為他們明白趙匡胤是皇帝的紅人，是他們的頂頭上司，而眼前這位看上去很農村的婦人，跟趙匡胤說的話肯定也有威力，最少不能讓她說你的手下人太差勁了。

趙匡胤帶著幾個同僚與下屬，在開封城門前候著家人。

當同僚們發現趙匡胤的妻子穿著破衣，蓬頭垢面地從車裡出來，他們不由得感到吃驚。同時他們感佩趙匡胤的品質了。面對金枝玉葉果斷拒絕，卻不棄糟糠之妻，這是多麼高尚的品格啊！

就連皇帝柴榮聽說此事後，對趙匡胤都讚不絕口，賞給了賀氏很多絹帛衣料。

大家都說趙匡胤好，有人就不服了。

這個人就是現今掌握重兵的李重進，他當著大家的面說：好甚麼好，人都是有缺點的，都是有私心的，如果這個人表現得過於好，那就等於說明這個人心機過重，把自己的缺點或本性隱藏得過深，說句大白話就是很滑頭嘛！

李重進是誰？難道他就不怕得罪趙匡胤？

這個人當然有來頭，他是周太祖郭威的外甥，福慶長公主的兒子。看到沒有？又是皇親國戚，又掌握著兵權。在周朝他與張永德是當時最有權力的兩個人物，兩人也常因為爭權奪利，搞得不和，而他聽說趙匡胤與張永德走得近，自然是有情緒的，自然會說趙匡胤的壞話。

當趙匡胤聽說了李重進的這些話後，誠惶誠恐。

他心裡的那點成就感頓時沒有了，不得不慎重地衡量整個朝廷的勢力。他突然發現，朝中掌握重權的幾乎都是皇親國戚。其實歷代都是這種形式，上層聯姻是一種鞏固勢力的手段。趙匡胤聯不成姻，只憑著世宗對他的信任，感到自己還很單薄，並且也沒有防火牆。

他擔心這樣的權力，是經不起風雨的。

那麼，趙匡胤應該做些甚麼呢？

他明白，就是盡快地把關係網建立起來，給自己加道防火牆。如果這件事情做好了，就算有甚麼風吹草動，或者朝廷政變，他也有點兒資本折騰了。就是別人想對付他，也會因他的關係網而顧忌。趙匡胤知道做這件事情必須小心點，如果別人說你

結黨營私，或者圖謀不軌，那就真的完了。

由於世宗想做點大事，於是就在上朝的時候，提出了從現在開始，就要做好準備，消滅南唐。

趙匡胤感到還是在打仗之前，盡快把父親與家人接來為好。死要面子活受罪在和平年代沒甚麼，頂多賺個虛偽，但放在戰爭年代就很要命。如果發生戰爭，他在戰場表現得越勇敢，敵人就越有可能把他的家人綁票用來要挾他，還得麻煩他大義滅親。

大義滅親是件好事兒，但他並不想沒有爹娘。

趙匡胤向世主柴榮請假，說回去把父母接過來，並說幾個弟弟也成人了，讓他們來為朝廷出力。柴榮聽了非常高興，他說：你去吧，快去快回，不要誤了大事。

趙匡胤就帶著隊人馬直奔洛陽夾馬營。

他這次回去，那就是傳說中的衣錦還鄉。

當他帶著人馬來到小鎮，整個鎮子都轟動了，都堆在巷子裡想看看當初那個打街罵巷的臭痞子，現在變成甚麼樣了。而趙匡胤呢？走進鎮子裡就從車裡鑽出來，頻頻地向鄉親們揮手致意。

趙匡胤看著那些熟悉的環境，回想著小時候的情景，不由感慨萬千。當他走到小時候戳過馬蜂窩的樹前，還抬頭看了看樹，還伸手摸摸樹榦。當他站到自家門前，看到家裡的模樣，跟走的時候沒有甚麼兩樣。當然沒有變樣了，他把工資都用來送禮請客了，從來都不往家裡捎，家裡還能有甚麼變化？

他走進家門，看到母親背對著他站著。她的頭髮已經灰白，風正掀動著粗布裙。衣服雖然舊了，但是像以前那樣洗得乾乾淨淨的。趙匡胤慢慢地走過去，母親轉過頭來，只是繃著臉點點頭。「娘！」趙匡胤還是看到母親的眼裡閃著淚花。

她臉上的皺紋多了，顯老了，但臉上那種堅定的表情依然如舊。杜氏領著香孩兒進了正房，對趙匡胤說：「你父親在內房裡！」

趙匡胤來到內房，見父親正坐在椅子上吸煙，耷著眼皮，就像沒有聽到他進來。他明白父親就是這副德行，從來都沒有給過他好臉色，從來都沒有拿正眼瞅他。

當趙匡胤看到父親眼裡潮乎乎的，突然明白，其實父親內心深處還是對他有愛的，只是不善於流露罷了！

趙匡胤走過去，喊道：「阿爹。」

「不是給你捎信說，我們不去了嗎？你的光俺沾不起，也不想沾。」他說話永遠都是這麼不好入耳。

趙匡胤知道父親就這熊毛病，好好跟他說句話就像會死人。

趙匡胤說：「爹，馬上就要打仗了，你們留在城外，這很不安全，也不能讓孩兒打仗的時候分心。」

趙弘殷也沒再堅持，同意全家遷到開封。

他真實的想法是我還年富力強，還能帶兵打仗啊！為甚麼不借這個機會，證明我這把老骨頭還不是太老呢？

第六章

價值體現

世宗柴榮在高平之戰得到勝利之後，心氣兒越來越高，自信也像用氣筒抽了一百多下，膨脹起來了。他哪來得及落實治國政策發展基本經濟，而是把重點放在軍事訓練與儲備糧草上了。

他謀劃著收復後周失去的土地，還要去奪人家的土地，最終完成大業。皇帝的大業不外乎一統江山，這是他們的終極目標。在這方面做得比較突出的，我們都知道，那就是人家秦始皇。

後來的皇帝雖然多有嘗試的，也確實有統一之說，但是並沒有出現真正意義上的統一。正因為這個有難度，所以才能會變成皇帝的追求，才是衡量皇帝的偉大的終極標準。

當然了，人類發展到我們現代，標準已經發生了變化。

沒辦法，人類本來就是貪婪的，人類的行為規則沒有永恆。

在顯德二年（公元九五五年），柴榮召開內閣會議，重議吞併南方四州的方案。他的想法是先把南方給吃掉，再想辦法對付北漢，最後再把遼國給拿下。

大家都知道，把南方拿下不是傳說，但想要把遼國拿下可就不容易了。

遼國的契丹族是中國東北地區的少數強悍民族，他們北魏時就開始在遼河上游活動，在唐末即變得強大起來。

唐滅亡之後，他們於公元九〇七年建立契丹國，後改成遼國統治北方地區。

有關契丹族的來歷是有故事的。

據說在北方草原上流淌著兩條河，一條叫西拉木倫河（黃水），另一條叫「老哈河」。說一位駕著青牛車從潢河而來的仙女，與從土河騎著白馬來的勇士在兩河交匯處相遇相戀，結為夫妻。他們便是契丹族的始祖……

為甚麼中國歷代多有被遊牧民族騷擾或者統治的經歷？這沒辦法，按照最俗的說法人家是食肉動物，歷來食肉動物就比食草動物更狡猾更強悍。按照最理性的說法，中原的民族凝聚力還差點火候，難怪孔子老被外人欺負。

就在我介紹契丹的時候，後周大軍勢若破竹地拿下了秦州，並攻破南方的很多城池。他們這仗打得也太沒壓力了，把鬪志都打沒了。

當他們來到後蜀的邊界時，遭到人家的拼死抵抗，他們的將士又沒鬪志，就有些不耐煩了。由於長期在外征戰，將士們都累得夠嗆，很多人都在嚷：這麼打法還讓人活嗎？都快累死了，還不讓休息。

這讓將領王景、向訓沒有底氣了，於是便貫徹下去，誰勇敢就讓他升官發財。衝啊衝啊！兵士們聽到這話都在撇嘴，這些說人話不辦人事的東西，有好處都是你們的，拼命的事都是讓我們做，我們是後娘養的？

再次打仗的時候，他們腿上就像綁著沙袋，走得那麼沈重。兩位將領知道這種狀態，哪是去打人家，這是去找打了。沒有辦法，趕緊寫信向「總統」柴榮彙報，現在遇到強敵，士兵們又都累了，都嚷著要班師回朝，請指示。

柴榮感到很惱火，為了這次征戰，政府投入了大量的人力物

力，如果攻下幾個不疼不癢的小城就收兵，這說明甚麼？這說明整個作戰計畫都存在著問題，這表明你周朝這個皇帝幹得相當沒有水平。

這不是他要的結果，他要把南方的各個集團各個擊破。他問趙匡胤：「將士們多次要求回京，你對這件事情是怎麼看的？」

「臣認為在沒弄清原因的情況下，不能讓他們回來。」

「是啊，朕也是這麼想的啊！這樣吧，你去看看，停滯不前的真正原因是甚麼吧。如果確實對我方不利，就不要再勉強了，如果有著可持續性，是絕不能放過這個機會的。」

於是，趙匡胤帶著幾個人趕到前線，把王景、向訓等人叫來傳達了皇上的精神，又聽取了他們的彙報，然後帶著幾個人去前線偵察情況。

他看來看去，終於看出問題了。

王景見趙匡胤臉上的表情好像很有心得，忍不住小聲地問道：「哎哎，小趙，你看出甚麼原因了嗎？」

看出甚麼也不能和你們說啊，趙匡胤心想：噢，我把辦法告訴你們讓你們去立功，然後老闆表揚你們，我不白幹活了？我傻啊！他說：情況就是這樣的，我趕緊向陛下彙報，讓陛下做出是去是留的決定吧！

他在夜裡寫奏摺，詳細說明敵我雙方的情況，並表明之所以停滯不前不是因為敵人多麼凶猛，而是我們採用的戰術不對路，如果讓臣指揮戰爭，臣有把握取得勝利。

送奏摺的騎著馬走了半個月又回來了，趙匡胤見詔書上寫著，委任他為總指揮，帶領大軍繼續征戰，爭取達到預期的目標……趙匡胤心想：我得趁著這個機會好好表現表現了。事實上自他離家出走闖蕩生活的那天起，就在尋找著表現的機會，並且他不會放過任何機會。因為他是趙匡胤，他以後會當皇帝。

他把大小軍官叫來，命令他們去鼓動士兵，讓他們變得勇敢起來。有人問怎麼鼓動？說讓他們升官發財，人家不信了。

趙匡胤皺著眉頭說：不管用就換種方式啊？傳下話去，首先攻進城的百名士兵馬上分紅，從繳獲的東西中挑出好的玩意兒，對他們當場進行獎勵（分贓遊戲），只要他們表現得好，馬上就可以得到實惠。

士兵們聽到這裡開始議論，都說趙匡胤這人的口碑不錯，那就試試吧。在接下來的戰爭中，趙匡胤果然履行諾言，親自跟勇士們握手，親自發給他們獎品，並宣布對他們的提拔。這些士兵們分紅了，也有坐騎了。這讓很多士兵感到眼紅了，他們都在摩拳擦掌，想要得到這種榮譽。

作為領導，你不能要求你的兵都是雷鋒同志，只會犧牲奉獻，這不現實，讓他們在為了自己的利益同時給你帶來收益，才是最正確的管理方式。

由於趙匡胤善於鼓勵士兵，採用了比較靈活的戰術，在短短的時間內，就把前沿的蜀兵給打敗了。

至於具體打勝的就不說了，反正就是用更好的辦法殺人。

柴榮接到捷報後，心想：這個趙匡胤還真的有兩把刷子。好，太好啦！他開始考慮要御駕親征了。

後蜀的皇帝孟昶正與花蕊夫人載歌載舞，聽說前方吃了敗仗，馬上派出重兵救援。重兵派去沒多久聽說又被人家後周給打敗了。孟昶就慌了，他想這樣打下去，非得亡國不可啊，我還是主動投降吧，於是向柴榮獻了很多國寶級的文物，還寫信道：別打我們了，以後你就是我的老闆，我就跟著你跑腿了。

正因為孟昶只圖享樂，只顧眼前，導致的後果很嚴重，以至

於他最後被趙匡胤的宋朝打敗，還把他給殺死，至於他那如花似玉的老婆嘛……以後再說吧！有些失敗，並不體現在失敗的那個時刻，而在於之前。

言歸正傳，柴榮見這仗打得很順，於是就下令，再接再厲，把南唐也給拿下。南唐的國都建在金陵，先主名叫李昪，中主是李璟，後主就是著名的詩人李煜。在後面我們還會著重介紹他，現在我們只說，他們擁有三十五個州，地盤從如今的江西省，到安徽、江蘇、福建和湖北，以及湖南地區。人口有五百多萬。

可以說，他們是南方最有實力的割據勢力了。

在顯德二年（公元九五五年）十一月份，世宗柴榮任命李谷為淮南道行營都部署，王彥升為副部署，率領侍衛馬軍都指揮使韓令坤等十多位大將，帶兵征伐南唐。

李谷率領先鋒部隊來到淮水渡口正陽，他們用小船架起浮橋渡過了淮水，在十二月份來到壽州城下。他本來以為很快就能把壽州給拿下，沒想到人家守城的劉仁贍很有軍事才能，他們就是不出城迎戰，罵也不出來，有本事就來攻城，只要不怕被砸破頭皮，不怕被箭給穿起來，你們就來攻吧！

他們多次攻城，結果是，在城牆上扔下不少被箭給裝飾得像刺蝟一樣的屍體外，沒有任何別的效果。看著那些屍體，士兵們知道那就是他們攻城的結果，於是都有些害怕了。

李谷沒有別的辦法，馬上向柴榮求援，說壽州城太硬了，他們這些兵力拿不下來。柴榮沒想到是這種結果，他親自率軍來到壽州，對李谷吼道：就這麼個小薄城，費這麼多時間沒拿下來，你是不是等著人家的援兵趕過來，把你給砍了啊？

「陛下，他們躲在城裡不出來迎戰。」

「人家為甚麼要出來？你不會攻城嗎？」

柴榮隨後下令馬上組織攻城，輪著班攻，白天黑夜地不住下，要用最少的時間把城給拿下。這一攻才知道果然不容易。正在柴榮牙痛上火時，不好的消息傳來了，南唐駐紮在滁山的軍隊正往這裡趕。問題有點嚴重了，如果援兵到了，他們就會被人家夾在當中打，保得住保不住小命都是問題，更別說攻城了。

柴榮對趙匡胤說：「喂！老弟，這裡你就別管了，馬上帶兵去狙擊援軍。」

於是，趙匡胤率軍向後唐援軍來的方向奔去。

一路上他都在想這個問題——怎麼才能把他們給消滅掉？而不是把他們嚇跑。嚇跑雖然也叫勝利，但跟真正地打勝仗還是有區別的。他必須要利用一切可能的機會，為自己加分。

沒辦法，你的追求高就得多努力，你想打得好就得多思考。天下最正確的棋只有一步，誰找到了誰就能夠勝利。他皺了半路的眉頭，終於想到了辦法。馬上下令停止行軍，先挑出幾百名騎兵，把其他的兵力都埋伏在山道兩側。

他對騎兵隊的隊長說：「你們馬上去迎擊唐軍，記住，我可不是讓你們去送命的，在吃虧前馬上逃跑，記住，一定要拿出逃跑的樣子來，把他們引到咱們的伏擊的圈圈裡來。」

幾百名騎兵聽了，就一溜煙遠去了。

他們迎著敵人的大隊奔去，就像塊石頭砸進湖裡，撞起浪花。浪一起他們馬上回馬狂逃。他們邊逃邊回頭看，生怕人家不追來，害他們又得重新回去再招惹。當他們發現唐軍真追來了，知道他們的任務完成了。

事實上，並非人家是在追你，而是急著要去支援壽州。

說實話，就是趙匡胤不用幾百名騎兵此地無銀三百兩，人家也往你伏擊圈裡奔。可是唐軍的目的性太強，他們就想往壽州奔了，忽視了這幾百名騎兵的不正常，結果大軍進入伏擊圈時，只聽轟隆一聲，溝裡、林子裡，冒出無數的周兵，他們像洪水那樣淹了過來……

由於情況太突然，他們來不及擺陣勢，只得倉促地應戰。結果不言而喻，被趙匡胤給打敗了，大將何延錫也戰死了。

趙匡胤這一仗算是賺大了，不只把敵軍剿滅，還繳獲了五十多艘戰船與眾多的給養，還有沾著血的冷兵器。

他勝利地回到壽州，向柴榮彙報戰果後，柴榮拍著他的肩說：「好，太好啦，朕有你這樣的將帥沒有打不贏的仗。這樣吧，你馬上去攻打清流關，以防滁州的唐兵前來接應壽州，相信在你們拿下清流關時，我們這裡也進城了。」

第七章

英雄相惜

大家可能發現了個問題，那就是在周世宗兩次御駕親征的過程中，好像只有趙匡胤這哥們兒在打仗，似乎別的大將都躺在那兒看螞蟻上樹了。可不是這樣的，他們同樣勇敢，同樣牽制著敵人。之所以把他們寫得少，是因為他們後來沒有當上皇帝。

因為我們主要寫的是——趙老大匡胤兄。

因為史料上更多的是記載他，想寫別人也不太知道。

話說趙匡胤被柴榮拍了兩下肩，鼓勵幾句，就像充足了電的機器人那樣，動力十足地率軍隊奔清流關去了。在路上的時候他又開始思考了，這關地勢十分險要，攻下來並不像耍嘴皮子那麼容易啊！

到了前線，他並沒有急著去攻關，而是讓部隊停下來，帶著幾個人，背了些糧食與肉品，去拜訪了當地的人家。

當地人也看不清哪隊人馬是好是壞，反正他們知道糧食與肉是好東西，至少在兵荒馬亂的年代裡比黃金都好。有位老頭就看在糧食的面子上給趙匡胤介紹說：這清流關後面有條山路，是我們村裡人上山打柴打獵時踩出來的，外人都不知道。你們通過那條路上去，就直接到關口了。

趙匡胤點點頭說：「好，謝謝你了，我現在就去看看。」

老頭看看桌上放的糧與肉，吞口唾沫說：「這些東西，要不，你們拿回去吧！」所以這麼說是怕人家不但不留下，說不定

還把他給砍了。因為在他們的心目中，軍隊跟土匪沒甚麼區別。

趙匡胤擺手說：「老人家，看你說的，聽了您的指點，我都覺得不成敬意了。以後吧，以後再路過這裡還來拜訪您。」

老頭有些感動，心想：哇，子弟兵哎！

他看在糧與肉的分上，親自領著趙匡胤去後山看了那條小道。趙匡胤抬頭望去，只見那條道在樹叢若隱若現地飄到山頂了，他就望著這條羊腸小路想到了好的計策。

計策就是讓大部隊從正面攻關，挑出百名山區來的戰士，讓他們抄小道直插敵人的心臟。等敵人發現大本營亂了，肯定會自亂陣腳，這樣就可以把他們打敗了。

當他把計畫落實下去，便開始攻關了。

南唐將領皇甫暉與周軍在山腳進行了殊死的較量，並沒有任何的劣勢。然而就在這時，他發現大本營裡像是炸了鍋，便知是遭人偷襲了。他不知道山上有甚麼情況，也沒敢回去，帶著大部隊向滁州逃去。

趙匡胤又開始想了，他們進駐滁州城，還是得麻煩去攻啊！不是有繳獲來的戰船嗎？號令軍隊坐上，用力划，用盡吃奶的力氣划，趕在皇甫暉到達滁州之前，把他們給攔下來。

畢竟水路近，他們乘船到了對岸佈了陣後，皇甫暉的部隊才露面。皇甫暉抬頭看到甩在後面的敵軍竟然在前方出現，他都懷疑自己是不是跑錯方向了。沒有別的辦法，他只得倉促間佈陣，準備與周軍玩兒命。

這時，趙匡胤帶著幾個人來到硬弓搆不著的地方，對著他喊道：「哎哎哎，你們大勢已去，別再硬撐了，撐下去也是失敗，還是棄暗投明吧！」

皇甫暉喊道：「哎，你遇到不利局面會投降嗎？」

趙匡胤當然不能說投降，這話說出來就嚴重了。那也別廢話了，還是動真傢伙吧，讓冷兵器說話比較正點。於是各為其主的兩軍混戰起來。趙匡胤年輕力壯，打起仗來又玩兒命，也肯往前衝，把下屬們都給帶動起來了。

皇甫暉的軍隊漸漸抵擋不住，很多人扔下手裡的刀槍就逃。看到這種情況，皇甫暉帶著幾個人想逃跑，不想被冷箭給傷了，從馬上掉到地上打了兩個滾。他剛要爬起來，周兵就把他給死死地摁住，成了後周的俘虜。

接下來，趙匡胤帶軍一鼓作氣攻下了滁州。

趙匡胤見皇甫暉的傷口感染了，要是再不治療會沒命。心想他為自己的主人能夠英雄如此，也實屬難得。戰爭是不以成敗論英雄，人家失敗了也是英雄，值得尊重。

於是，就派人把他送往後方治療。據說後來，皇甫暉見到世宗說了趙匡胤很多好話，說他勇敢，俠義，有人道精神等等。

看到沒有，趙匡胤都能讓敵人讚美他，相當的牛啊！

趙匡胤把皇甫暉送走之後，他帶著部隊前去向柴榮彙報了。

柴榮聽說他此去把關也破了城也拿了，還活抓了南唐兩位重將，又高興地拍著趙匡胤的肩說：「嗯，朕就知道你無堅不摧，好，太好啦！」

他正高興的當兒，卻接到戰報說：「韓令坤見李景達人多勢眾，嚇得逃跑了。」

柴榮聽到這裡怒髮衝冠，吼道：「甚麼甚麼，他敢臨陣脫逃，不想要命啦！」

趙匡胤感到很沒面子，因為他與這兩個人是好朋友。特別是韓令坤，他心裡那個氣啊，兄弟啊，太不給哥我爭臉了。為了防止他們釀成大錯，趙匡胤對柴榮說：「陛下，臣不相信他們會

逃，也許他們這只是戰略戰術，或者是撤退。」

「打不過人家拼命地往後方跑，這是撤退嗎？」

趙匡胤說：「這樣吧？陛下，臣前去看看，如果他們真逃跑，我將他們殺了以懾服軍心。就是我親爹跑了我也不會輕饒他。」

柴榮點點頭說：「如果我後周將領，都像愛卿這麼有勇有謀有節，統一大業就不會遠了。好吧，你就過去吧！」

趙匡胤帶部隊迎著韓令坤的退路堵去。他心裡氣啊，哥們兒我剛露了一小臉兒，你們就給我臉上抹灰。早知道你們是這副德行，當初就當不認識算了。

他派隊騎兵，讓他們趕到前面的路口等著，遇到逃跑的，殺掉，讓他們知道怕死，就會死得更快，還不光榮。

隨後他寫了封信，找了匹快馬，火速給韓令坤這傢伙送去。

這封信的大體意思是——哥們兒，腦子進水啦，被驢給踢啦！你逃能逃到哪兒去啊？佔山為王去，老婆孩子不要啦！你逃這是甚麼性質？上對不起陛下，中對不起家人，下對不起朋友，內對不起自己，你怎麼能這麼做呢？你逃回來也是死，還是逃兵孬種，被砍頭了家裡還得不到撫恤，不如戰死呢，戰死了你老婆就有個革命先烈丈夫，你兒子就有個英雄豪傑父親，政府也會關照他們的。再說你不怕死地往前衝，說不定能殺出條血路來……

韓令坤看了這封信之後，終於算清楚賬來了，不再逃了，而是馬上佈好陣，對將士們說：「大家想過沒有，逃回去也是死，還不如死在戰場上給家裡賺點光榮呢，說不定我們還能殺出一條生路來！」

大家聽了雖然有些悲壯，但也英雄起來，他娘的，反正橫豎都是死路一條。

當唐軍的李景達聽陸孟俊說，他們根本就過不了韓令坤這關，就有些奇怪了。先前不是說姓韓的跑得比兔子還快，怎麼現在就勇敢起來了？李景達又想：過不了韓令坤也不至於全軍覆沒吧，我還是去打趙匡胤吧，他長途跋涉疲憊不堪，肯定容易打。再說了，我把支援韓令坤的趙匡胤給打了，不也就解決了陸孟俊的困難了嗎？

當趙匡胤聽說李景達率軍向六合（江蘇六合）來了，感到十分鬱悶。老子都快累死了，還要去支援韓令坤，你又來打我們，你也太會找時間了。他並沒有選擇與李景達正面交鋒，而是把兵力分成三隊，讓他們埋伏在路旁，由他帶著兵在那兒等著。等李景達他們率軍來了，三股力量就像剪刀把這條長蛇給掐成三截，他就帶人去砸蛇的七寸，這仗還能不勝嗎？

李景達只知道人家趙匡胤累，戰鬥力不強，他就沒想到，打仗關鍵不在力氣，而在腦瓜子好使。他更沒有想到，他帶著部隊急行軍，士兵也氣喘吁吁的。他滿腦子直搗黃龍，不停地催促著將士們跑快點，於是他們就很積極地跑進趙匡胤的伏擊圈了。

當他帶著兵來到了嶺上，抬頭看看前面，知道再翻過那個小嶺，就是六合了，就可以把疲憊不堪的趙匡胤給收拾了。就在這時，兩旁呼隆冒出三股周軍，把他們的隊伍給衝開了。

他正準備回馬去打呢，又看到趙匡胤帶兵奔來，嚇得他就像被狼追著的老太太那樣，逃得非常難看，但還是有速度的⋯⋯

在此同時，周世宗柴榮親率的大軍還在攻打壽州（今安徽壽縣）。他並沒有在趙匡胤打下清流關後拿下壽州，也沒有在趙匡胤打敗李景達後拿下壽州，他感到很苦。由他親自指揮，幾個月都沒有把這座城拿下，太傷自尊了。他擔心這時候北漢與遼國有甚麼行動，於是想班師回朝。

當他聽說趙匡胤在六合取得決定性的勝利，把南唐的精銳部隊打得落花流水，他感到南唐的士氣肯定低落，這時候是滅掉南唐的最佳時機。於是他打消了回朝的想法，率兵在揚州和趙匡胤會合，繼續南下，準備把南唐的老窩兒端了，永絕後患。

由於趙匡胤越戰越勇，唐軍又沒有援軍來到，李景達和陳覺只好逃回金陵（今江蘇南京）。

柴榮見唐軍回到了都城，他對趙匡胤說：「朕出來久了，怕朝廷有甚麼事情，朕就先回開封去了。你留在這裡繼續指揮戰爭，爭取把後唐給拿下來。」

趙匡胤說：「陛下放心，臣會盡力而為。」

柴榮當即把趙匡胤提拔為義成軍節度使，晉封檢校太保。反正是封建王朝，皇帝說了算，也不用投票，他說提就提了。

趙匡胤受到提拔後更來勁了，帶領著大軍繼續痛打唐軍，突破了層層防線，把南唐給打急了，說：別打啦，別打啦！我們臣服了。於是他們將廬、舒、蘄、黃四州獻給後周，並表示以長江為界，以南的就由他們管理，並每年向後周繳稅。

柴榮對這個結果還是不滿意，因為他要的是絕對臣服。在後周顯德五年（公元九五八年）五月，柴榮向南唐施加壓力，說：如果你們臣服只能稱王不能穿皇袍，得穿我們後周特製的紫袍。要是不同意那就派兵去打你，把你打成死皇帝。

南唐被打怕了也不想再打了，於是就消帝號稱國主，並開始使用後周年號。當然心裡是不服的，同樣是皇帝為甚麼向你稱臣。論資格我們南唐比你老。為甚麼？就因為柴榮的獵狗趙匡胤厲害。

有人向南唐後主李煜說：「如果我們把趙匡胤給收買過來，南唐就有希望了。」李煜感到這個辦法好，他說：「好，不怕花

錢，你們去辦吧！」

於是南唐準備了很多貢品，準備前去開封獻給柴榮，而又另備了三千兩白銀，一塊兒拉上用來收買趙匡胤。

他們趕到天黑的時候進城，在半夜裡把白銀拉到了趙匡胤家。當趙匡胤看到這些白銀不由愣住了，當他醒悟過來，送禮的人早就走了。他從箱子裡摸出封信，看到上面寫著：如能得到你的協助，將來與君共享天下……

趙匡胤坐在那堆銀子上思考一個問題，他自問：小趙啊小趙，你要的是甚麼？他心裡的另一個他回答：我要的不是這些硬石頭，我要的是權力與富貴啊！他想通的問題就是——他要的不是一潭死水，而是條源源不斷的清泉。

隨後趙匡胤就想了，南唐如此遙遠，帶這麼多銀子目標挺大。這麼想過，他嚇得目瞪口呆了。回想到剛投奔郭威之時，郭威自導自演地試他忠誠，那麼柴榮是精明的商人，是政治家，是在郭威家長大成人的，難道他就不會用這些伎倆嗎？

再說：就算不是柴榮玩的花兒，我也不能賣主子啊，我出賣主子跟隨唐主，真的幫唐主恢復尊嚴，人家也不會重用你，肯定會想：這小子既然能背叛後周，就能背叛我南唐。

這不行，我不能要，他堅定地說。

想好了，趙匡胤帶上這些東西送到國庫，拿著清單去對世宗說：唐主派人送給臣這些東西，想收買臣。別說是這些東西，就是金山銀山，匡胤也不為心動。人應該要感恩，做事要有原則，是你的才能要，不是你的不能動手。當時我之所以沒有果斷拒絕，主要是考慮到咱們幾次戰爭之後國庫不太厚實，正好可以用這筆款來購置軍用物資，用來加強我們的國防事業，並且還能讓唐主知道後周的大臣不容易收買，花錢也是打水漂，以後他們就不會再送了！

柴榮表揚他說：「匡胤啊，我知道你是忠誠的。」

隨後柴榮把趙匡胤封為忠武軍節度使，讓他負責整頓禁軍。

這個工作有點兒厲害了，這相當於最高指揮官學校的校長。

他面對的都是些甚麼人？

至於趙匡胤在擔任這個工作期間獲得了甚麼，以後再說。

現在有件事情需要說明，那就是趙匡胤的父親趙弘殷病倒了。也許他以為寶刀未老，隨軍征戰染上了病，但也可能是舊病復發。

世宗親自派御醫前去幫助治療，也送了好藥，但最終醫治無效而去世。

世宗賞給趙匡胤很多財物，並囑託要厚葬。世宗還追封趙弘殷為太尉、武清節度使；封趙匡胤母親杜氏為南陽郡太夫人。

我們應該知道，禮永遠是送給活人的。

這些加封也只是封給趙匡胤看的，讓你知道你出了力你忠誠，我就對你家的死人多好，然後讓你更忠誠，更加為我賣命幹活……

第八章

權力聯網

可以說趙匡胤後來的成功並不是披上龍袍的那時候。再說每個又紅又大的蘋果，都不是天上掉下來的，砸牛頓頭上的那一個也不是。

果子的成長需要有樹，有陽光，還需要很多因素。同樣趙匡胤之所以能夠當上皇帝，也不是天上掉下來的，也需要很多因素。最關鍵的因素就是他擔任軍校校長。也許這個時間他並沒有當皇帝的打算，但是打下了當皇帝的基礎。

後周的軍隊本來很差勁，可在趙匡胤的訓練下，變得有紀律性，有原則性，作戰能力也有了顯著的提高。這對於後周的國防事業來說，是個質的變化，但對於趙匡胤來說，他得到的更多。

為甚麼說他在當高級軍官學校校長的階段很重要？

因為他在整頓禁軍的過程中，有目的、有計畫地結交了很多高級將領。這些將領就是後周的中堅力量，他們有石守信、王審琦、楊光義、李繼勳、王政忠、劉慶義、劉守忠、劉延讓、韓重贇等人。

他們就是歷史上所謂的「趙氏義社」十兄弟。

這些將領之所以願意追隨趙匡胤，並不是姓趙的多麼會打仗，這個他們也會。並不是他長得好看，他們都沒有同性戀的傾向。最主要的是趙匡胤與老闆的關係非常好，這種關係，足以決定他們這些中級軍官的職業生涯。就算他們不想得到趙匡胤的照

顧，最少也得不讓他在老闆面前說他們的壞話，何況他們還想得到趙匡胤的提拔。

沒辦法，人為了生存，必須要不停地為自己築防火牆。

那麼問題來了，他趙匡胤結交這麼多兄弟，難道就沒有人向老闆打小報告說趙匡胤現在網路黨羽，有謀反的嫌疑啊！當然有人去說了，他還滿臉神祕的表情，說：「陛下，不好了，出大事了，真出大事了。」

「甚麼不好啦？你老婆跟人家跑了？」

「老婆跑了是小事，國家之事是大事啊！」

「有話直說，少跟朕繞彎子。」

「趙匡胤結黨，看來有所行動了，這事不能不管了。」

那人講完這句話，是想到柴榮會氣得跳高，或者當即下令對付趙匡胤的。

果然他生氣了，不過是生告狀人的氣。他皺著眉頭吹鬍子瞪眼道：「啊，這是甚麼意思啊？不是挑撥離間嗎？這不是嫌我們後周不亂嗎？你給朕記住了，以後要團結同志，不要胡亂猜疑，搞得人人自危，否則朕就對你不客氣了。」

「是是是，我記住了，我以後再也不敢說了。」

他本來想打個小報告撈點獎賞的，不但沒獎賞還挨了罵，心裡就恨上了，娘的，等著瞧，你們家的天下早晚得讓這傢伙給奪了。哇，這人的眼光挺毒，竟然知道以後發生的事情。難道世宗的眼睛就有白內障或者近視甚麼的，視而不見，聽而不聞？他當然知道趙匡胤在網羅關係，當然知道實力強了會出事兒。

問題是，難道他就不怕趙匡胤造反嗎？

這可是讓每個皇帝最頭痛的事情。

怕不怕咱們先別說，再有人告趙匡胤的狀時，趙匡胤還是沒有任何的感覺，他還按部就班地把心腹羅彥環、田重進、潘美、米信、張瓊，和王彥升等人都安插在禁軍中，讓他們擔任中高級將領。而接下來，他更加大膽了，繼續網羅人才，把趙普、呂餘慶、沈義倫、李處耘，和楚昭輔等人也給拉到他這個班上了。

後來趙匡胤還把自己的弟弟趙匡義也給吸納進團隊。趙匡義就是後來的趙太宗，就是他把趙匡胤給殺掉的。也許這是趙匡胤人生中做得最失敗的事情，但是這世上有幾個人真開了慧眼，能看到前後五百年啊？

我們再問一遍，難道他柴榮就真的不怕趙匡胤的實力強大了，會奪他的位子嗎？他柴榮可是商人出身的啊，是會算計的，自然也是有判斷力的。

過了不久，又有人向他彙報說：「趙匡胤這傢伙結黨營私，不能不管了。」

他還是淡漠地說：「這有甚麼可疑的，趙匡胤這麼做本身也為了增強軍隊的凝聚力，對於國防事業，還是有促進作用的嘛！朕可警告你，以後不要再做挑撥我與重臣之間的事情，否則對你不客氣。」

那人就灰溜溜地走了。

從此，再也沒有人來提這件事情了。

事情發展到這裡，我們肯定柴榮的表現是不正常的。但是對於柴榮來說這是最正確的選擇。為甚麼這麼說？因為柴榮雖然當著皇帝，但實權都掌握在與他同輩的兩個人手裡，這就是與郭威有親戚關係的李重進與張永德。

真正讓柴榮擔心的是這兩個人的權力太大了，已經威脅到他的皇位了。而趙匡胤剛上台不久，也沒什麼大不了的根基，自然

沒有實力去造反，只能緊緊地圍繞在他的身邊，替他去賣命。

柴榮便想了，為了平衡李重進與張永德的權力，我必須讓我的人有權力。這也是他把趙匡胤任命為高級軍官學校校長的原意。雖然柴榮不可能明確表態說：小趙啊，趕緊形成你的勢力來平衡朝中的權力吧，但是他曾暗示過，也許默認過趙匡胤去發展勢力。他的這種默許或者支持，是有戰略目的的。

無論甚麼時候，作為領導，他都應該學會平衡下屬的權力。下屬的權力太集中，很容易把你給趕下台去。下屬的權力只有兩派，他們很容易聯合把你給抬下去。可是有三個派別的勢力那就很不容易聯合，單方也不敢有所行動。因為你行動，另兩方就可能把你給幹掉。所以三方都會緊密地團結在老闆的領導下，相互監督，相互較量，並且都想好好工作，不輸給另外的兩方。

能夠證明柴榮這種戰略思想的，就是他把趙匡胤提拔成節度使，讓他變成左膀右臂，掌握軍政大權。並且在聽到或看到趙匡胤網羅高官，從來都沒有提出過異議。

趙匡胤同時也明白柴榮的這種想法，他恰恰利用了這種微妙的關係，組建了自己的團隊，在朝中形成了與李重進、張永德勢均力敵的第三股力量。

如果說之前趙匡胤並沒有多少奢想，只想跟老闆走得近點，把自己的權力給武裝得經風經雨的，可是隨著他的權力越來越大，勢力越來越強，難免會產生更上一層樓的追求……社會就是這樣才進步的。

人生存的意義其實是很簡單的，那就是產生欲望，滿足欲望，然後又產生新的欲望……這種不斷追求的過程。

趙匡胤真正地想當皇帝，是他在與李重進的矛盾中產生的。

李重進從來都不把趙匡胤放在眼裡，有時候跟他談話的時候夾諷帶刺的，說：小趙啊，你太有本事啦！能在這麼短的時間裡網羅這麼多人，我真的懷疑你想當皇帝。甚麼時候想當就哼聲，將來我還要跟著你沾光呢！

這話太惡毒了，趙匡胤恨得牙根兒都癢得想去小便。

在機關上混，如果你不是局長，同事喊你局長，那是對你最惡毒的攻擊。

趙匡胤聽到這話突然感到，雖然自己現在的權位挺高，也網羅了這麼多兄弟，但還是不保險的。如果自己哪點做得不合老闆的心意了，他還是很容易把你給整掉，甚至像拍蒼蠅似的把你給搞死。那麼，怎麼才能做到自己的前程自己說了算呢？這就得是當皇帝。

這個問題，在趙匡胤腦子裡閃現了出來，都把自己嚇了一跳。可是，有時候某種衝動在腦子裡出現後，就不容易消失了。

從此之後，趙匡胤便開始想怎麼才可以當皇帝，當皇帝的理由是甚麼？這時候他只是產生了理想，還沒追求。因為李重進與張永德的實力都比他強，如果這時候就傻傻地想追求皇位，他會死得很難看。

好在，趙匡胤並不是那種心動大於行動的人，也不是盲目行事的人。他在睡不著覺的時候想，如果我想當皇帝，需要排除的困難是甚麼，自然他需要把自己的權力達到能夠蓋過李重進與張永德的程度。這太難了，因為他們與柴榮都是表兄弟關係，而你僅僅是個外人，你想達到他們的那樣的職位都難，更別說要超越人家了。

趙匡胤想道：不行，我必須要把其中某個人擠下去，然後佔上他的位置。

在分析李重進與張永德這兩人時，趙匡胤感到李重進這人脾

氣暴躁，有野心，擁有的兵力是也精銳的，而張永德這人是直脾氣，也沒有多少城府。他準備要與張永德聯手，先把李重進給擠下去，只有這樣他的職位才有可能得到提升。

而張永德呢？一直以來也對李重進比他的權力大而感到惱火。都是周太祖郭威的親戚，都是同輩人，能力都差不多，為甚麼你的權力比我的要大呢？

當趙匡胤表示站在他這隊時，他當然樂意，因為趙匡胤的加盟，才讓他們的勢力與李重進相等了。在趙匡胤的元配賀氏去世後，張永德還給他做媒娶了彰德軍節度使王饒的女兒為繼室。

周世宗柴榮還賜了件鳳冠霞帔，封新娘子為琅琊郡夫人。

看到甚麼叫做命了沒有？可憐的賀金蟬，嫁給趙匡胤就開始守活寡，在幾年的時間裡在趙家當家政婦，日夜操勞，從不拒絕歲月在她身上踐踏，才剛過上幾天像樣的上層生活，給趙匡胤生了一子一女，就撒手人寰了。

難怪有人說，沒有吃不了的苦，卻有享不了的福呢！

據說，在趙匡胤再婚時，張永德贈給他很多的財物，讓他把婚事辦得很漂亮。從這裡我們可以看得出，張永德的大方已經超出朋友之間的幫忙，昇華到一種收買與拉攏的目的。

李重進也不是傻子，知道張永德與趙匡胤的聯盟，對他的權力構成了威脅，於是就去警示柴榮，讓他明白，如果張與趙聯手政變，那麼就真的不好辦了。世宗只是笑著說：沒那麼嚴重吧？臣子和諧，作為君主，應該支持的嘛！

其實世宗真正擔心的，並非張永德與趙匡胤，雖然他們的權力加起來挺有實力，但是總和也不會超過李重進的實力。李重進掌握著重兵，誰都不放在眼裡，已經嚴重地損害了他皇帝的威嚴，並撼動了他的皇位。李重進這人遇到看不慣的事就敢說，從

來都不給他留面子。柴榮相信一個不尊重領導的人，更容易反對領導。

當然，他柴榮至死都不會想到，真正想奪皇位的竟然是他最信任的趙老大，他想不到的事情太多了！

趙匡胤想找個機會，把李重進給搞下去。

這個機會終於讓他等到了，因為在顯德六年（公元九五九年），周世宗突然決定要御駕親征，再拿北漢。當趙匡胤接到這個通知後，那天夜裡，他並沒有睡著。

他在考慮，怎麼利用這個機會把李重進給擠下去？

他用了缺斤少兩的睡眠，終於把辦法想得成熟在心，化成笑容美在臉上了。

天亮了，趙匡胤收拾收拾去上班了，柴榮看到趙匡胤的眼睛都紅了，還以為他是為思考作戰方案而熬夜呢！心裡還挺感動的。看到沒有，你永遠都不可能了解你身邊人的一切，當然你最不了解的還是你自己。

後周的大軍出發之後，遼國卻揚言你去攻打北漢，我就把你的老窩給端了。正在前線的柴榮得到這個消息，馬上返回京城汴梁，並決定改變作戰計畫，先把遼給收拾了，徹底消除後患。否則你放不開手腳去做別的事情。

周軍北上，遇城攻城，遇鎮過鎮，勢若破竹地來到瓦橋關，周世宗柴榮突然病倒了。大軍只得暫時停下來原地駐紮。本來柴榮想只是場感冒，也許過兩天就好了，沒想到過了一個禮拜也沒好，他的情緒壞透了。

身為忠武軍節度使的趙匡胤勸他說：「聖體不安，我們還是先回去吧！」

「本來想一舉把遼平滅，沒想到身體卻出問題了。」

趙匡胤說道：「也可能是上天沒有讓遼滅絕的意思，所以讓聖體不安。依臣之見我們還是順應天意為好。等陛下把身體養好咱們再打不遲啊！」

說實話，世宗沒想到自己的身體有問題，同時現在的趙匡胤也不想世宗有問題。如果柴榮在這種時候病死了，那麼，周朝就會變成李重進或張永德的戰場，以他目前的實力很難脫穎而出。那麼他就要輔佐一方。可問題是當你把某人扶上皇位，就宣布你的理想遙遙無期了。新的皇帝絕對不會讓你的權力還這麼強大，肯定是又會培養人來牽制你。

柴榮並不心甘，想再等幾天看看，如果病情有好轉了，再繼續挺進。

打仗不是過街去串門兒，想去就去，想回就回。部隊的花費是很大的。每次戰爭下來，都會讓中央財政出現赤字。

他不想這麼輕易就回去。

夜裡，柴榮想著睡前看點文件，伸手去書囊中摸卻碰到了硬的，掏出來見是三尺長的木條，便感到有些驚異。他湊到燈前看了看，發現上面寫著——「點檢做天子」五字！世宗盯著這塊牌子，眉頭緊鎖，臉越拉越長。

他首先想到張永德，因為張是殿前都點檢、澶州節度使。隨後他又想到張永德與李重進爭權奪利，網羅趙匡胤，看他來真的想篡奪我家天下了。他雖然懷疑，但理智告訴他，張永德的實際權力並不比李重進強，平時也沒有發現甚麼異常啊！

然而事情就真的那麼湊巧，恰在這時，張永德來到他的寢室，探問他的病情。張永德建議說：「陛下的身體這麼差，還是應當馬上回京養病才是。」

這句話，如果放到平時那沒有甚麼，可是現在不同了。柴榮聽張永德說他病得厲害讓他馬上回京，自然就往「點檢做天子」的木條上想了。

他當時就火了，扯著嗓子叫道：「我知道你是被人家教唆，難道都沒有理解我的心意嗎？我看你的福薄命淺，怎麼夠擔當此任呢？你好自為之吧！」

怎麼了？這是怎麼了？張永德一頭霧水，我來勸他回去，他怎麼整出這些話來了？正在鬱悶，又聽到世宗歇斯底里地吼道：你現在出去，朕馬上就回京。

張永德委屈啊，找到趙匡胤後，咳聲嘆氣說了剛才見柴榮的事情。趙匡胤聽說這小木條引起柴榮這麼大的情緒，心裡明白計畫已經有效果了。他壓抑住心中的狂喜，裝出憂心忡忡的樣子說：「陛下現在身體不好，情緒自然也不好，說了氣話。」

張永德說：「我看陛下不像是說氣話，像是要對付我，你說我現在怎麼辦？」

趙匡胤明白，如果他現在說咱們反了吧，張永德肯定沒有意見，但是趙匡胤不會說的，因為他想自己當皇帝。他只是說：沒事的，等回到京城，我幫您說幾句話。

柴榮回到京城汴梁後，經過調養，病情好轉，但那「點檢做天子」的事情卻是心病難去。他努力地判斷這件事情的真偽，也曾懷疑是李重進故意陷害。但他病後體弱，精神也不好，腦子裡就像團亂麻，實在想不透這件事的來龍去脈了，於是就把趙匡胤叫到寢宮，讓他幫著判斷。

趙匡胤說：「依臣之見，這極有可能是陷害。」

世宗皺著眉問：「你這麼為他開脫，難道是因為他對你的恩

惠嗎？」

趙匡胤忙回答說：「不不不，微臣只記得聖恩，對於他對微臣的小恩小惠，微臣明白是拉攏收買，並不會把這些放在心上的。之前微臣就曾多次向您彙報過這件事，表明過臣的立場。說實話，微臣現在承蒙聖恩才有此成績，世代不忘，至於別人都是次要的了。」

一根木條跑到他的書袋子裡，上面寫著「點檢做天子」，讓誰都能夠想到的是迫害，但是柴榮現在有病，心情也不好，他藉著這根木條努力地回憶張永德的所作所為，但是盡想到的是他的缺點，並把那些平時不在意的事情，都給翻出來了。

鄭人疑斧般地去想張永德，問題可就大了。

當柴榮想到當初的石敬瑭不就是後唐明宗的駙馬，結果篡唐稱帝。這張永德不正是郭威的駙馬嗎？他越想越感到張永德想奪位，有奪位的動機，終於決定提拔趙匡胤為殿前都點檢，加檢校太尉，兼忠武軍節度使。免去都點檢張永德官職，讓他擔任檢校太尉，留京隨時聽候朝請。

也就是說，讓你去才能去，不叫你也不用上朝了。

這道文件下來，讓所有的臣子都驚疑不已，都不理解柴榮目的何在？趙匡胤也感到意外，他本想世宗肯定會懷疑是李重進陷害重臣，可能對李重進有所行動的，沒想到事情是這樣的。雖然並沒有按著原來的計畫發展，但幸運的是效果差不多。

畢竟張永德也是他追求最高目標的障礙，先拿掉他也算是成功。最重要的是他現在得到了想要的位置，成為禁軍最高將領，可以與李重進抗衡了。

世宗柴榮之所以敢把大權交由趙匡胤，主要是考慮到他並非前朝重臣，也沒有宗室的關係，不會貿然暴動。再說世宗歷來就對趙匡胤的忠誠看好。他現在想做的是讓趙匡胤掌握重兵牽制平衡李重進的權力。

現在的趙匡胤已經得到了可以當天子的基礎，但他明白現在還是不能操之過急，因為他的對手李重進實力仍然強大。如果貿然行動，李重進會帶領忠於後周的將士，將對他進行打擊，那麼他還真的捂不住。

趙匡胤仍舊低調做人，高調做事，每遇到事兒都去向世宗彙報，並主動為朝廷排憂解難。讓世宗越來越感到趙匡胤是他唯一能信任之人了。

第九章

君弱臣強

當趙匡胤把張永德給擠下去，他與李重進便成了後周兩個掌握重權的人物了。現在的形勢很明朗，再把李重進除掉，那他趙匡胤是後周的絕對權力者，想當皇帝的話太容易了，把柴榮給推下去，自己坐在皇位上不就行啦？

我們沒有處在當時的時代，當然不知道具體的情況。

再說了，他趙匡胤可沒這麼傻，想當皇帝的人多了去了，你在不合適的機會坐上皇位就會變成靶子，到時候都來打擊你，哪受得了啊？再說，想除掉李重進不容易，就算容易也不能現在除，你變成了周朝最有權力的重臣，世宗柴榮就會敏感地覺得你威脅到他的安全。他會在短時間內培養新的權力來平衡你，還不如留著他呢！

他已經擁有不可撼動的實力了，你急甚麼啊？

現在他需要做的是繼續把世宗的馬屁拍好，把他拍舒服，奔著可持續發展的方向推進。在這個過程中，可以繼續網羅人才，增強實力，等待合適的機會。他相信機會是留給有準備的人的，沒有機會也是可以尋找的，可以創造的。

只要你準備好了，你有了實力，每時每刻都會有機會。

在這種指導思想下，趙匡胤開始偷偷地充電。沒事的時候就找來管理天下治理國家的書來看。愛好學習沒甚麼壞處，可被柴榮給發現了，嚇得他夠嗆。柴榮去找趙匡胤商量事情，發現他桌

上擺著治理國家的書，吃驚道：「喲，小趙啊，想進步啦！」

趙匡胤嚇一跳，忙說：「臣想多學點東西，更好地為朝廷為皇上效力。」

柴榮點點頭說：「好啊好啊，那你就繼續學吧！」

由於當時柴榮對趙匡胤信任有加，並沒有懷疑他想當老闆。但通過這件事趙匡胤算是明白了，在領導面前還是少看貞觀之治、少看升官之道、少看老闆真經為好，否則可能會死得很慘。在領導面前不看，但可以在私下裡看，你充電也沒必要到大街上去充啊，就好像多缺電似的，或是要去電誰似的。

事實的發展還真應了那句很破的話——「機會嘛，總會留給有準備的人的。」這不世宗的病情突然加重了？情況非常不樂觀。很多名醫名巫都來圍著柴榮忙，世宗柴榮配合著這樣的或那樣的建議與治療方案。

突然，世宗失去了活下去的強烈願望，認為這是命中注定的病。他失去了活著的信念，這病就真的不可救治了。

據說，柴榮還在給郭威當家政（佣人）的時候曾做過夢，夢到神人送給他一把金黃色的大傘還有卷經書。從此之後他的好運就來了，步步高升。後來做了皇帝，柴榮突然驚醒道：天哪，原來那神人給我的黃傘跟經書，就等於送給我皇位啊！

在柴榮病重的時候他又做了個夢，在這個夢裡他很慘。

神人在夢裡把黃傘與經書又給要回去了。

醒來後的柴榮，回味著夢裡的情景，感到自己要倒閉了。因此不由心如死灰。由於他的憂心忡忡，病情加重，眼看著那枯敗的身體再也承載不住靈魂了。

到了顯德六年六月，周世宗柴榮只剩流眼淚與交代後事的力氣了。他沒法不流淚，他才三十九歲，孩子還小，老婆還漂亮，

國家還未繁榮富強，他就要離開自己的崗位，離開這美好的人間去往未知的境地了。

面對皇帝的死亡，我們怎麼也得有點兒感悟吧！

把身體維護好吧，別拼命追求事業，賺很多錢，買大房子，開賓士車，娶靚美眉生可愛的寶貝。這些追求並不是不能追，但你要想明白，應該把健康放到首位。身體倒閉了，房子裡會住進別的男人，摟住你的老婆，想辦法讓你孩子喊他爸爸，說不定還會打你孩子。

扯遠了。真的遠嗎？其實就在我們眼前！

好了，我們繼續說可憐的世宗柴榮吧，他的生命的火苗如豆在颶風中飄搖。他知道自己不行了，趕緊把宰相范質等大臣召來聽詔。

幾個大臣站在榻前，盯著柴榮那張灰暗的臉，瞪著魚白四起的眼睛。

柴榮瘦陷的雙腮癟幾下，喉頭強勁地滾動幾下，氣喘吁吁地說：「我走了，就讓太子梁王宗訓即位吧！孩子還小，看在我的薄面上，請多操心，輔佐於他。」

他專門讓趙匡胤留下，努力地伸出手握趙匡胤的手悲切地說：「匡胤，等我去了，郭家宗室握有重權者的肯定會有奢想。你看在我的情分上要維護宗訓，千萬不讓別人的陰謀得逞，你要輔佐他慢慢長大成人。朕，九泉之下也會感恩戴德！」

趙匡胤聞聽此言，不由真的流淚了。

這次或許不需用洋蔥頭來催淚。

因為面對皇帝的死，他感到人生的短暫，生命是如此的脆弱。他抹著眼淚向柴榮保證要全力保護君王，輔佐他長大成人，然後幫助他開拓疆土實現統一大業，成為最優秀的君主。

我們知道趙匡胤這句話，口水大得能淹死人。

周世宗於公元九五九年六月病死，柴宗訓繼位時七歲。一個七歲穿開襠褲的孩子自然無法管理國家大事。因此由符太后垂簾聽政，范質、王溥等人主持軍國大事。

柴榮死後很多人都在背後議論，因為他對佛大不敬而受到了應有的懲罰。這件事的起因是這樣的，由於當時佛教地位高，很多地痞流氓、好吃懶做的人就想了，幹這個好啊，穿免費的衣裳吃免費的飯還有房子住，走到哪兒還受人尊重。於是很多人都去當和尚尼姑了。由於出家人素質太低，走在大街上勾肩搭背，常有和尚偷小媳婦，尼姑紅杏出牆，把社會風氣給敗壞得夠嗆。

柴榮命令國內的佛教寺廟，除了由中央政府下令建造的，其他都要拆毀。每個縣裡只留一座，收留那些虔心向佛之人。還要求，從今以後，無論是皇親國戚還是貴族大臣，任何人不得建造寺院剃度僧尼。誰想出家，行，但也不能想出就出，得經過官府審批。

條件是男的必須滿十五歲，女的至少要十三歲，並且當眾能背誦《佛經》七十頁到一百頁的字才可以。哇，當個和尚與尼姑都比得上考舉了，只為了混飯吃的人自然望而卻步。

據說柴榮曾在三個月的時間裡，就下令拆了佛寺30336座，讓僧尼還俗了近百人。「中央政府」還把廟裡的銅件全部蒐集起來送進兵工廠了。

這件事情在當時的影響很大。想必那些被強制驅散的人肯定對柴榮的意見挺大，因此說他抗佛而遭到報應。

不管柴榮是怎麼死的，他都已經死了，活著的人還得繼續活下去。柴榮死後不久，趙匡胤就找到對付李重進的辦法了。

由於周恭帝柴宗訓年紀小，並且剛上任，朝廷上下人心惶

惶。很多人都看不清方向，不知道需要抱哪條大腿或拍誰的馬屁，才更有前途。

這時候，符太后派人去找趙匡胤商量事情。趙匡胤卻說我有點重要的事情可能得晚去些。隨後他去找李重進喝酒。

李重進看到趙匡胤後，有點愛搭理不搭理地說：「哎喲，走錯了門吧？」

「我有些話想對你說，你難道不想聽嗎？」

「那你就說吧，不過你說的話，我可不見得相信哦！」

「您知道世宗駕崩後，朝中誰最有實力發動暴動嗎？」

「你為何說這話？你說這話是甚麼意思？」

「能不能在府上討杯薄酒喝啊？」

李重進不敢怠慢了，因為趙匡胤剛才說的那件事很嚴重啊！滿朝上下，誰都知道張永德停職後，就數他的勢力大了。而在世宗走後，很多官員都來府上拍他的馬屁把他給嚇得夠嗆。如今趙匡胤又提起這件事情，是不是上邊已經開始議論他了？

當趙匡胤跟李重進鬼扯一通之後，才滿身酒氣地趕到後宮，去見符太后。正好范質、王溥兩人也在。符太后嫌他來晚了，臉上有些不快。

趙匡胤馬上表白說：「我本來想立刻過來的，可是之前有人給我捎信說，讓我去李重進家裡喝酒。我想去看看在這種時候他為甚麼要請我喝酒，是不是有甚麼花樣，結果去了才發現，朝中很多大臣都在那兒……於是就遲到了。」

趙匡胤走後，范質、王溥與符太后商量開了，他們感到在這種時候李重進召集重臣喝酒，這可不是喝酒這麼簡單，肯定有奪位之嫌啊。雖然沒有實足的證據，但為了以防萬一，還是採取了果斷的處理方法，把李重進給貶到揚州做節度使了。

李重進心裡那個氣啊，但有氣又發不出來，鬱卒啊！

如果他發脾氣，大家就認定他是欺負小皇帝還小，有謀反之心。他就只能吃個啞巴虧，帶著家人去揚州任命了。在李重進離京的那天，趙匡胤並沒有多麼高興，他獨自在家裡考慮一個問題，那就是從今以後，他就變成對皇位威脅最大的人了。

他明白，相信范質與王溥回過味來，肯定會千方百計來平衡他的權力。情況緊急，他馬上利用下邊的人造謠，說輔政大臣們利用傀儡皇帝公報私仇啦，以權謀私，還說後周將要亡國甚麼的。范質與王溥面對這樣的謠言，焦頭爛額，只得努力闢謠，被搞得很狼狽。

這時候有人開始向朝廷密奏，說趙匡胤現在如果造反，你們怎麼辦啊？還有人密奏道：只有李重進能夠牽制趙匡胤，還把他給弄走了，這是不對的。

後來符太后、范質與王溥終於意識到，當初把李重進明升暗降的做法是欠妥的，因為現在沒有人能夠牽制趙匡胤了。雖然他趙匡胤忠誠，但是哪個篡權奪位的人，不是在忠誠的面具下爬到高位，掌握實權，然後才有實力造反的啊！

王溥說：「張永德已基本等於閒職，李重進所掌握的權力又不足以與之抗衡，這樣對政權的穩定不利，我們應該把他給降職，再考察能夠為朝廷出力的新人。」

符太后認為新皇帝一上來就這麼做是很危險的。目前趙匡胤他掌握著重權，如果他沒有反意，拿他開刀，只能狗急跳牆，反倒是壞事。最後他們考慮了個折中的辦法，改任趙匡胤為歸德軍節度使，檢校太尉。

為了打消趙匡胤對此有任何的敏感，符太后常把趙夫人傳到宮裡跟她閒聊，也肯把好東西送給趙家。顯得對他們家挺好。但

趙匡胤通過這些變化明白，一場戰爭已經開始了。

如果他不勇敢地站出來，那麼他的權力怎麼來的，就會怎麼消失。趙匡胤開始考慮自己現在的實力，如果發動政變的把握有多大。他覺得把握還是挺大的。

現在殿前司系統中空缺的殿前副都點檢一職，由慕容延釗出任。慕容延釗是他的少年好友。殿前都虞侯一職由王審琦擔任，這也是他的鐵哥們兒。殿前都指揮使的石守信，那更是他從小一直一路走過來的夥伴。

可以說殿前司系統的高級將領，都是他趙匡胤的人了。

對於持衛司的系統來說，趙匡胤與韓令坤也是從小就在一塊兒的，京城中實際上只剩副都指揮使韓通。他雖然不是趙匡胤的人，但就他個人的能力，根本沒有實力與趙匡胤抗衡。可以說趙匡胤已經掌握了整個國家，現在只差個儀式成為皇帝罷了！

第十章

春晚插曲

一場真正的較量開始了，也可以說早就開始了。

當符太后他們對趙匡胤採用明升暗降後，趙匡胤敏感到應該採取行動了，如果再這樣下去，他的權力肯定會越來越縮水，最後把他踩進泥裡，再無出頭之日。最讓他擔心的是，如果他的權力再縮水，朋友與兄弟很可能會站到符太后的隊裡去了。

甚麼叫兄弟？在共同面臨困難的時候才叫兄弟。

甚麼叫兄弟？是最不值得利益檢測的一種關係。

趙匡胤自然不會等到這種形勢的出現，他要盡快地把這些跟隨他的人凝聚起來，把皇帝給拉下馬，自己當皇帝。

你當上皇帝之後，你就有主動權了。

怎麼把兄弟與同僚們凝聚起來呢？道理很簡單，就是要讓他們跟自己共同承擔風險，說白了就是要用風險這根繩把他們這些螞蚱穿起來。經過深思熟慮之後，他把弟弟趙光義與親信趙普叫來，憂心忡忡地對他們說：「你們感到有甚麼變化嗎？」

趙匡義問：「甚麼變化？」

趙普點頭說：「看來要有場暴風雨了。」

趙匡胤嚴肅地說：「是的，我們馬上就要遭遇狂風暴雨了。符太后、范質、王溥為首的政權核心，正考慮對朝中的大臣重新洗牌，在這次調整中他們必然將我拿掉。你們應該明白，如果我被拿掉了，所有跟我走得近的人都會得不到重用，希望你們要認

清這個形勢，知道其中的利害關係，知道應該做甚麼吧？」

趙匡義與趙普聽到這話，就明白怎麼做了——還能怎麼做，造反唄。

他們把趙匡胤的義社兄弟們叫到一起，嚴肅地對他們說：「據內部消息說，上邊正準備對付點檢（趙匡胤），並謀劃把所有跟點檢走得近的人，全部給罷免掉，貶到偏遠的地方去。」

自政府對趙匡胤明升暗降之後，大家早就察覺到這種形勢了，都想挑唆趙匡胤造反，但他們感到趙匡胤受柴榮的恩惠太多，可能沒有這種想法。如今聽到趙匡義與趙普主動提出這個問題來，於是七嘴八舌說：我們也不能任人宰割啊！

趙匡義問：「那你們說說，咱們應該怎麼辦？」

石守信是個急性子，心想：都到了這時候了還在這裡繞彎子。他站出來說：「哎哎哎，怎麼辦？誰想對付咱們就先把他打倒啊！」

大家也附和著說：「對啊對啊，先採取行動啊！」

趙普長著黃面皮，丹鳳眼，厚嘴唇。他把本來細長的眼睛眯成兩條線，輕輕地搖頭說：「這件事情關係重大，我們先不要激動。在沒有拿出周密的計畫之前，大家要像以前那樣的工作，平時也不要喝酒，以防不慎走漏風聲，壞了大事。」

石守信瞪眼道：「說出來怎麼了，說出來也不怕他們。」

趙普搖頭說：「行啦行啦，大家多注意就是了。」

為了讓趙匡胤早下決心帶領大家造反，趙匡義與趙普去向他彙報的時候，添油加醋地說：「大家聽說上邊要對付您，都要擁護您造反。」

趙匡胤聽到這裡感到有些欣慰，只要大家都肯做這件事情，那麼就好辦了。

可是趙匡胤並沒有馬上採取行動，他在思考政變的理由。全天下的人知道柴榮對他有知遇之恩，現在柴榮的屍骨未寒，你從他兒子手裡奪天下，是多麼惡劣的行為啊！再說如果你在暴動中發生了流血事件，就算你當上皇帝，大家也會背後罵你，那當上也是失敗的。但是他明白想要平衡這件事並不容易。

趙匡胤還必須要考慮到，時間不能拖得太久，也就是說政變的過程要穩、準、狠。如果你拖泥帶水的，勢必讓周邊的集團勢力感到有機可乘，會乘機攻打後周，你的政變不成功，反倒把後周給葬送了。那麼，你就是歷史上最惡劣的典型人物。

他不想要這種結果，他奪過皇帝還想多幹幾年，當個好皇帝，當個偉大的皇帝。

那麼，趙匡胤想要的效果是甚麼？

他想要的是盡可能地不流血，以期達到和平演變的效果。他還有個最有難度的要求，那就是讓全朝的官員和天下的老百姓都知道，並不是我趙匡胤想造反，是大家逼著我當皇帝，我是沒有辦法才當的。

這太矛盾了，這太需要技術含量了。可是他趙匡胤卻要做到，因此，他就需要更周密的策劃。不過我們回顧趙匡胤的職業生涯，他從要飯開始創業，在沒有任何靠山的情況下苦心經營，能夠在三十歲就爬到「軍委副主席」的位子上，並且擁有暴動的實力，如果沒有水平，怎麼可以達到這樣的效果呢？

在中國歷史上，趙匡胤的成功就是真實版的「傳奇」。

當趙匡胤把大方向考慮好後，對三弟與趙普談話說：這個，你們也知道，我們已被逼到這個分兒上了，沒有別的選擇，革命是必需的。不過我們要和平演變，最好不流一滴血。如果發動戰爭，後漢與遼國肯定會乘機來侵犯，屆時我們不只拿不到天下，

甚至還會葬送後周，這樣的革命是失敗的，我們以後的日子也不會好過。

趙普點點頭說：「這好像有點兒……難度。」

趙匡胤說：「還有個問題需要考慮到，那就是人家柴榮對我有知遇之恩啊，我奪他們家的天下本來就不是光彩事兒。如果我帶著這樣的惡名當了皇帝，就不會得到民眾的支持，肯定也不能長久。所以，你們要充分考慮到維護我的形象。」

趙匡義說：「哪有那麼多的擔心啊？當上天子誰還敢說個『不』字？」

趙普說：「點檢說得沒錯，我們應該把影響降低到最小。」

這個晚上，在燭光下，三人圍著案子唧喳半宿，終於把大的方針制定好了。這就是以外侵的名義迫使朝廷派他趙匡胤帶領軍隊出城。那麼，他就可以選拔精銳部隊，把他們帶出去用來反攻都城，讓符太后與輔政大臣們迫於壓力自願放棄抵抗，接受他們的和平政變，這樣的效果是最好的。

等趙普與趙匡義走後，趙匡胤依舊坐在案前思考著這起政變中，可能發生的意外，以及發生意外後採取的應對方法。

馬上就要春節了，開封城內的攤位上已經擺上年貨，花紅柳綠的挺喜慶。趙匡胤就像往年那樣購買了很多東西準備送禮。每年他都會備幾份重禮送給皇帝，送給皇太后，送給比他位高的重臣，還有那些德高望重的大臣們。當然下邊人也會送東西給他，這種禮尚往來，他是不會吃虧的！

節日在很久之前，便成為腐敗的節日了。

當趙匡胤把皇太后與皇帝的禮品送去後，符太后隨後又賜給趙匡胤家很多財物，並說他為了國家的事務，操了那麼多心甚麼的。符太后還多次把趙匡胤的老婆、母親杜老太太請進宮裡賜她

們赴宴。符太后之所以這麼做，就是怕明升暗降後的趙匡胤有甚麼情緒，當然，更深的意思是，期望通過與趙家人的接觸了解他們有沒有心結？

在公元九六〇年春節，老百姓們都沈浸在節日的歡慶中。

由於連續幾年風調雨順，又沒戰亂，老百姓們的生活都很富足，這是個質量很好的春節。朝廷也舉辦了盛大的文藝晚會，符太后邀請各重臣的家眷，讓他們到後宮御花園聯歡，表示對重臣的慰問。

那天晚上，皇家花園裡酒肉飄香，聲樂悠揚，舞女美若飛天，到處都充斥著香氣。符太后旁坐著七歲的皇帝柴宗訓，他正旁若無人地吃著他愛吃的東西，在他左右是兩位神情莊重的輔政大臣，再左是趙匡胤等人。趙匡胤面帶微笑，觀賞著舞女手中的彩袖，心裡很是不平靜。

今天晚上，對於他來說將是不同尋常的。

因為，今天晚上將是他政變的開始。

他似乎感到這場晚會，是為慶祝他的政變而舉行的。

就在晚會進行到了最熱鬧最高潮的時候，有位軍官跑進晚會現場，把位翩翩起舞的女演員都給撞倒了。他跑到符太后面前結巴著說：「不，不好啦，邊防急報，鎮州（今河北正定）和定州（今河北定縣）長官派人前來彙報，說北漢和遼國的軍隊聯合南下攻打後周，聲勢十分浩大，他們已經沒法抵抗，請求朝廷速派兵救援。」

符太后不由大驚失色，猛地站起來，對那些愣著的歌女喊道：「退下！」

范質也站起來，馬上宣布說：「晚會到此結束，請各位夫人

回去休息。」

隨後符太后召集了國家大臣，召開緊急會議，共同判斷與衡量這場戰爭的勝敗。在整個討論過程中，沒有人懷疑這是趙匡胤的計畫。大家都會換位思考，世宗剛去世不久，新皇帝還小，朝中正處於洗牌階段，老百姓都沈浸在節日的歡慶裡，部隊上的人也會鬆懈，這時候遼與北漢不侵犯，那他們還等到甚麼時候啊？他們又不傻。

宰相范質問：「哪位將領能夠帶兵前去禦敵？」

他見大家都把頭低下，沒有一個人能積極響應，他覺得很挫折很失望。不自覺地看了趙匡胤一眼，才轉身向小皇帝施禮道：「稟陛下，現在國難當頭，臣薦點檢趙匡胤帶領精銳部隊，前去迎戰。」

小皇帝坐在那裡，用童音回了一句：「這件事就由你代朕做主了。」

趙匡胤顯得有些為難地說：「最近臣身體不太好，能不能派別人去？」

范質不高興地說：「甚麼，甚麼，你不會是打退堂鼓吧？」

符太后站起來說：「趙愛卿啊，這件事就有勞你了。」

趙匡胤只好嘆了口氣說：「那好吧，我回去組織軍隊，馬上前去迎敵。」

符太后發現趙匡胤情緒不高，安撫他說：「你多帶些兵力，爭取把漢遼給打回去，讓老百姓過個安定祥和的年。你放心，你對周朝的貢獻，皇帝是不會忘記的。」

趙匡胤走出後宮後就在心裡笑了，他沒想到事情會這麼順利。之前他還想：如果這次不派他去，必須讓他們再弄個假情報就說漢遼已經攻下幾座城，前線吃緊，必須派個重要的人物來。

現在看來，他不用再演第二遍了。

他回到府裡，先把幾個要好的兄弟叫來，對他們進行了安排，誰留在京裡誰跟他去陳橋，家人在甚麼時候藏起來……然後他把其他將領叫到府裡下達命令：禁軍殿前副都點檢慕容延釗領前軍為先鋒，先期北上；調侍衛馬軍都指揮使高懷德、侍衛步軍都指揮使張令鐸，及侍衛步軍虎捷左廂、右廂都指揮使張光翰、趙彥徽率部隨自己出征。留下殿前都指揮使石守信、殿前都虞侯王審琦率兵在京協助韓通把守京城。

這樣的名單分配當然不是輕易發出來的，而是從利於暴動發出的。比如他把韓通名下大半的侍衛司兵力帶走了，留下的都是殿前司的親信主力。你想他暴動的時候，城裡都沒有像樣的兵了，這暴動能不成功嗎？

他帶著最精銳的部隊，於正月初二率兵出城。

正是春節時期，天氣很冷，樹下還賴著雪。

禿枝上的鳥兒被轟隆隆的部隊嚇得飛成黑點了。

趙匡胤坐在馬上，臉上泛出微微地笑容。他左右分別是弟弟趙匡義與謀士趙普。趙匡胤回頭看看灰色的城門樓已在遠處，輕輕地吁了口氣。他明白，他的計畫已經基本成功了。

反侵略的大軍剛離城沒兩天，城裡就有謠言傳出說，趙匡胤將會做皇帝。這件事情傳得沸沸揚揚朝廷才知道。文武百官頓時驚醒到這不是無風不起浪。趙匡胤帶著精銳部隊出城，現在他的兵力，想發動政變實在是太容易了。

符太后與宰相范質和王溥後悔得要吐血，因為趙匡胤出城兩天了，前防卻沒有任何戰爭情況傳來，這能說明甚麼？這說明外侵並沒有彙報的那麼嚴重。他們驚醒到這是蓄謀已久的假情報，

目的就是讓趙匡胤把城裡的兵力帶出去，然後發動政變。

符太后以皇帝的名義寫了親筆信，親自派侍從帶著她的親筆信，還有皇帝詔書，火速去陳橋召回趙匡胤。

理由就是朝中有人蓄謀暴亂，請他馬上回去侍君，並說如果回去晚了，後周將變成別人的了。同時他們做出充分的準備，在趙匡胤回來後馬上把他拿下，或者當即處決以絕後患，反正就是要徹底瓦解趙的勢力集團。

他們想得太簡單了，人家趙匡胤出去，哪能隨便回來啊？

現在的趙匡胤正與幾個大臣開會，其實就是在交流感情。當趙匡胤聽說宮裡有人送信來了，他皺著眉頭說：「就說我現在帶兵前去禦敵了，不知道甚麼時候回來。有甚麼事也得等我回來再說吧。」

其實就算他不看那些破信也明白，符太后已經回味過來了，是想把他給騙回去，然後把他給控制起來，他當然不會落入圈套，他是誰啊，他可是趙匡胤啊！

隨後他感到這樣做不妥，還是看看這些詔書，先把符太后與宰相們穩住才是，如果自己拒不接詔，他們因此知道陳橋要兵變，肯定會馬上佈防，這不是給暴動帶來了不便嗎？於是，他親自接見了內侍，看了詔書，然後親自陪著內侍吃了飯，還賞給他了些值錢的東西，對他說：你回去就說我把這兒的邊防安排好了，馬上就回去了。

趙匡胤送走了宮裡的侍從，他明白必須當機立斷，絕不能給符太后他們調兵的時間。如果他們把李重進或李筠調到都城，那就會形成勢均力敵的場面，最終他是名不正言不順的一方，極有可能被他們給打敗。

他把趙匡義與趙普叫到帳內，跟他們密謀說：事情急迫，馬

上行動。

他們唧唧喳喳商量好了一齣戲，要演場戲給將士們看。

早晨，將領們上班之後，趙匡胤講了關於邊防的若干事項，突然站起來叫道：「啊，近來京城傳言點檢做天子，這可是滿門抄斬之罪，再說了，這種傳言不只害了我，也會把跟隨我的兄弟給害了。」

大家聽到這裡，都嚇得有點腳軟。

趙匡胤看了大家一眼，很淡漠地說：「我走得直站得正，我不怕別人誣陷。」

趙普忙說：「雖然是有人陷害，但現在新主年幼，太后又是女流，只怕他們聽信讒言，會把我們當成後周最大的敵人，想辦法鏟除我們的。」

趙匡義故意喊道：「太沒道理了，咱們在外拼命，他們在朝中享樂，還動不動就懷疑我們，要把我們給趕盡殺絕，還叫人活嗎？以我看點檢做天子的傳言，也許就是天意，乾脆順應天意由二哥您主持天下，帶領百姓過上好的生活得了。」

趙匡胤刷地抽出劍來，照弟弟的頭就砍，被趙普他們死死拉住。他瞪著眼睛吼道：「你怎麼可以說這種大逆不道的話來？我們趙家承受皇恩才有此造化，如果我們造反，天下人都不會答應的，不行，今天我非把你給砍了不可。」

大家趕忙把他攔住了，還不住地勸說：匡義說得並沒有錯啊，您再想想。

趙匡胤把手裡的劍哐啷扔到地上，吼道：「這事兒沒理商量，打死我都不會造反的，我想做的不是皇帝，是報答皇恩。」說完拂袖就走。

走出門，趙匡胤差點忍不住要捧腹大笑了，因為他沒想到自己會演得這麼好。

等趙匡胤走後，大家還在指揮帳內商量事情。趙普明白，在這起暴動中，張永德的態度也是很重要的，於是就問張永德對於這件事情的看法。

張永德對柴榮有恨啊，當初自己那麼賣力，有病的時候去看他，他竟然還把他罵得狗血噴頭，並且因為個小木牌，不問青紅皂白就把他給踢開了，踢得毫不留情，一點都沒有考慮他是前朝重臣，是前朝的皇親啊！

那麼，張永德難道就沒有懷疑是趙匡胤陷害他的嗎？

他當然不會想到，因為他與李重進明爭暗鬥時間長了，他現在仍然堅信是李重進對他打擊報復的。就算是他懷疑趙匡胤，但放到現在的處境，他也希望輔佐趙匡胤登上皇位，那麼他就變成了輔佐重臣，重新得到官位，得到尊重。只是現在的情況還不明朗，他不便發言。

就在陳橋的眾將們在緊急商量時，開封城裡的宰相范質和王溥在後宮，也在跟符太后商量對策。王溥的意思是，趙匡胤回來覆命的可能性太小了，現在應該盡可能地把京城周邊的兵力，進行回防，以備趙匡胤有甚麼舉動。

范質卻認為趙匡胤受皇恩久了，如果發動政變將為天下人不齒，憑著他趙匡胤平時的表現，不可能會在近期造反，還是等他回到京城，先把他控制起來為好。

符太后也認為范質的判斷是正確的，她相信趙匡胤的思想道德，還不至於敗壞到禽獸不如的程度。如果趙匡胤沒有暴動的傾向，你現在急著往京城調兵，以趙匡胤的聰明，肯定能夠判斷出事情的變化，等於是把他給逼反了。

符太后帶著很多東西去了趙匡胤家，跟杜老太太還有趙匡胤的夫人進行了交流。杜老太太說：「這段時間我的身體也不太好，昨天就給匡胤送信去讓他回來，送信的人回來說，他那邊忙完，這兩天就回來了。哎，你說這遼人可真壞，連個團圓年都不讓我們過。」

符太后聽了並沒有多疑，回去跟范質說：「聽杜老太太的話裡，好像趙匡胤要回來。」范質認為只要趙匡胤沒有回來，這事兒就不好說。於是催促符太后再下詔書，命他速回。

符太后卻搖頭說：「我感到這樣不好，如果急著把他召回，他可能更生疑了。再說如果他想暴動，我相信他不會置家人於不顧的。現在他家人全在開封，並無任何異常。這說明趙匡胤近期不會有行動。我們還是等著他回來再說吧！」

第十一章

超級演員

天色漸漸地暗下，趙匡胤心情非常複雜。

他在營帳裡就像踩著燒紅的地板那樣，不住腳地晃著燭下的影子。不同凡響的時刻就要到來，他怎麼能夠平靜下來呢？成功，他就是中原之王；失敗，就會淪為亂臣賊子，將會人人得殺而誅之。同樣的過程，差別就這麼大。

趙匡義與趙普進來，兩人的表情都很凝重。

趙普點點頭說：「已經準備好了。」

趙匡胤用力而緩慢地點點頭說：「嗯，按計畫行事。」

當天晚上，軍隊中就刮起了傳言，說朝政被韓通給把持，不同意給他們發軍餉，以後軍糧也不供應了。官兵們聽到這話感到很是氣憤，我們來當兵又不是去殺人，或者被人家給殺的，我們不就想弄倆子兒養家糊口嗎？我們不就想吃口飯嗎？你們不發軍貼還不管飯了，真把我們當義務兵啦！

那麼韓通是甚麼人物，趙匡胤等人為甚麼拿這號人物說事（製造話題）呢？

韓通是太原人，至於哪年生的沒查到。在周恭帝繼位後，他被提拔成為軍事統領，成為朝中極有實權的人物，也是唯一能對趙匡胤構成牽制力的將領。事實上，新的政府就是想用他來平衡趙匡胤的權力，這是大家都能看得到的趨勢。

用他說事，可信程度會很高的。

不過，通過後來的發展看人家韓通真的比趙匡胤要可靠得多，最少人家拼死拼活地保護主子，不像趙匡胤，謀劃著從恩人的手裡奪權。他們的忠義度沒法兒比。

但我們也不要忽視這樣的現實，人都會變的，當韓通達到了趙匡胤的這種實力後，他會不會也要做趙匡胤今天做的事情呢？這事就不好定論了。

由於軍心被煽動起來了，他們都在用嘴非禮韓通的娘與妹子，說朝廷主管們的眼睛有問題，竟然會重用韓通。

他們都是普通的士兵，思想水平本來就低，哪知道朝廷的眼睛有問題，是體現在重用趙匡胤身上呢！

還有人發火說：殺回開封把韓通給整死，把皇帝身邊的奸臣小人，全部都給扔進油鍋裡。

趙匡義感到這火燒得差不多了，於是派人去開封通知石守信和王審琦，讓他們做好準備，爭取及時地把皇帝與幾個輔政大臣給控制起來。隨後，趙匡義與趙普借著軍餉之事，召集中層以上的軍官開會。

在這次會議上，軍官們的情緒都很激憤，大罵韓通是進行打擊報復，這樣下去，下面的兵鬧起事來，他們也管不了了。

有人站出來叫道：「我們在外面拼死守衛邊疆，他們在朝中尋歡作樂，還勾心鬥角爾虞我詐，貪贓枉法打擊報復，我們為甚麼要替他們賣命？我們的命就活該命苦嗎？我看就推舉點檢為主子，殺進開封，把那些奸臣全部給砍掉。」

趙匡義站出來說：「大家冷靜冷靜。」

趙普走到了高懷德面前，問他：「要不要您回去朝廷給我們說說？」

張永德也想了想說：「我覺得大家說得沒有錯啊！」

雖然他不善於玩政治，但他明白，趙匡胤已經把這件事的基礎打得很牢了，已經開始策劃政變的事情了，現在需要有人發動起來。如果我發動起來那麼我就是功臣。他感到自己應該抓住這個機遇，要主動地煽動大家，而不是當順從者。雖然結果都是要發動政變，但是兩者間的差距，就體現在你現在有沒有表明立場說出話來。

他站出來說：「大家說得沒有錯，皇帝幼弱，朝廷腐敗，已經不能給老百姓帶來福利，也沒法兒對群臣們一碗水端平了，只有擁立新王，我們的利益才有保障，老百姓才有出頭之日。而點檢呢？無論在德行上，還是在軍事上，都是後周的佼佼者，由他帶領大家闖出新的路子，這是我們大家的福分。」

大家都附和著說：「是啊，是啊！」

趙普嘆口氣說：「之前跟點檢說過此事，可他不同意啊，他說世宗對他恩重如山，就算是殺身成仁也不會做這件事，你說這可怎麼辦好呢？」

高懷德瞪眼說：「甚麼，甚麼？還恩情。要是有恩情，就不會懷疑他謀反。他今天不做這件事情，明天就跟我是同樣的下場。我當初就是因為做了點檢，被這樣的謠言給害的，他現在還不吸取教訓，那就是自討苦頭，發展到最後，他甚至還不如我現在的境況好。我們現在就去找他。」

大家附和著說：「對對對，現在就去找他。」

趙普對大家揮揮手說：「大家先別激動，聽我說幾句。為了讓點檢能夠站出來，帶領大家做成大事，我們找件龍袍披到他身上，他不想幹也不行了。」

話剛說完，有個挺周派的人，馬上站出來表明說：「哎哎哎，這樣不妥吧。我們這不是謀反嗎？謀反可是天下人所不齒的行為。有事兒就解決事兒，不要把矛頭指向皇帝。我們打回開封，只要把奸臣除掉就行了，何必要奪位呢？」

趙匡義聽到這裡，臉上的肉皮跳了跳，拍拍他的肩說：「兄弟，你說得真好，來，有件事讓你去做。」等把那人領出大帳，他抽出腰刀猛地捅進那人的肚子裡，冷笑道：「活這麼大了，連點眼色都沒有，活著幹嘛？」說著把刀擰了擰，猛地抽出來，在那人身上蹭了蹭，插回鞘裡，這才回去。

他回去後對大家說：「我把那人給解決了。」

趙普吃驚道：「甚麼，甚麼？你把他給殺了。」

趙匡義冷冷地說：「大家現在要推舉點檢做天子，剛才那哥們兒與咱們的想法有異，他肯定會跑回京城亂說，如果京城知道這件事，點檢還不肯革命，我們這些人都是死罪。殺掉他一個，保住大家的命，難道有甚麼不對的嗎？」

大家想想也是，如果點檢不做天子，他們今天議論的事情就是滔天大罪，也都足夠誅九族了。

他們嚷道：「不做也不行，反正大家都得靠他了，他不能這麼自私，必須得為大家站出來了。」

這時候有人把準備好的龍袍拿出來，撐在手裡說：「給點檢套在身上，他想脫下來都不行，他必須得做。」

趙普把龍袍接過來遞給高懷德，那意思是由你給套上更有說服力。高懷德自然樂意接受這項任務，將來趙匡胤當上皇帝，肯定會記住是誰給他套的龍袍啊！這可是很光榮的任務。接過來對大家說：跟俺來。說完，領著大家往點檢的房裡奔去。

月亮懸在天空像牛刀一樣，風鼓動著營帳就像遠方傳來的戰

鼓聲。遠處的山巒像臥在那裡歇息的駱駝。風吹在大家因激動而燥熱的臉龐上，他們感到無比的痛快。一個新的時代馬上就要拉開帷幕了，他們的前程也隨著這件事的成功而成就。

這時候的趙匡胤靜靜地坐在榻前，盯著桌上的酒杯在發呆。他正在盼著激動人心的腳步聲敲來敲進帳內，把龍袍給他套在身上。當他真的聽到雜亂的腳步聲後，把酒端起來喝了，口朝空中噴了噴，頓時帳內彌漫著一股濃濃的酒味。然後躺在榻上用手猛搓臉，搓得發熱發紅，然後倒在榻上打起呼嚕來。

趙匡胤躺在那兒，感覺自己的心頂得嗓子眼都癢了。驗證奇蹟的時候到了，他能不激動嗎？他算心理素質好的，要是普通人，怕是這時候心臟就出問題了。

當趙匡胤聽到大家來到他的臥室，他感到血直往腦門裡竄，手心裡滿是汗水。他必須還要打呼嚕，生怕因為激動而把鼾聲給打成了顫音。

高懷德手裡拖著龍袍，對旁邊的人點點頭。他們慢慢地向床湊近，猛地把趙匡胤給摁住，七手八腳地往他身上套那袍子。趙匡胤很想把手主動地伸進衣袖裡，但他不能這麼做，他就像醉得軟了那樣，在別人的擺弄下套上那件衣服，繫上玉帶。

他感到這件衣服已經完全裹在身上了，這才用手搓搓眼皮子，開口罵了一句——

「誰啊，煩不煩啊，還讓不讓人睡覺！」

睜開眼睛吃驚道：「你們甚麼時候來的，有甚麼情況？」

大家都跪倒在地齊呼：「陛下！」

趙匡胤這才裝模作樣地看看身上，然後咧著嘴哇哇哭兩聲，眼淚都流下來了。當然是激動的淚水。他藉著眼裡的水推波助瀾地叫道：「你們太過分啦，你們為了自己的利益，把我給推上這

不仁不義的地步，沒法活了，沒法活了，我只能用自殺來向世人表明對先帝的忠心。」

說著動手去解皇袍，哪裡是在解，簡直是在亂扯，而且還怕扯壞了。於是，大家七手八腳地把他拉了起來，擁進驛站大堂後，分站兩旁，聽從他的吩咐。

趙匡胤拉起袍襬看看，嘆了口氣說：「哎！我真的不能穿這玩意兒啊！」

趙普上去拉住他的手說：「陛下啊，這不是穿不穿的問題，穿上是一種責任，穿上，就要帶領著大家走條可以生存下去的道路，你難道能眼睜睜看著你的兄弟們沒法混了、沒法活了，還不管不問嗎……」

趙普心裡在笑，沒想到趙匡胤演得這麼好，還能用眼睛放水，這簡直是超級演員嘛！

趙匡胤把手抬起來，滿臉委屈的樣子，又嘆了口氣，說道：「這天子可是你們讓我當的，你們讓我當就得服從我的命令，如果不服從，那我還是趕緊脫下來，別受這罪了，省得背上叛臣賊子的惡名。」

大家說：「自然要聽陛下命令，不聽那就是死罪。」

他說：「既然大家要做大事，咱們就把做大事的規矩說說，到了京城之後，要確保太后與幼主的安全，連根汗毛都不能動。還有，不許侵犯朝廷的大臣，不准趁著這起運動去搶國家倉庫裡的財物，不准乘機動老百姓的財物。如果誰能遵守，事後必有重賞；誰敢違犯，咱們就以軍法處置。」

大家都行禮道：「尊陛下之詔。」

隨後，趙匡胤便命令王彥升，作為先頭部隊攻打京城。

王彥升乾脆俐落地走出來應道：「臣領命，臣定當不孚陛下

厚望。」

這時候，王彥升心裡有些感動，因為他沒想到會把這項任務交給自己，要是趙匡胤真的當上皇帝，那他的功勞不就大得不得了了？

那麼，趙匡胤為甚麼把這項任務交給王彥升呢？因為他有鮮明的特長。他的外號叫王劍兒，也就是說，他的劍法相當出色。

說白了，他是後周「頂級的劍客」。

王彥升生於後唐同光三年（公元九二五年），在前蜀滅亡之後，十一歲的王彥升隨父親來到洛陽，在後晉少帝北征至澶州時，由於他的劍術好，被選成為十勇士之一，後被提拔為護聖指揮使。在顯德五年四月份，遼軍攻佔後周沿邊州縣時，王彥升升為殿前司散員都指揮使。

當然，趙匡胤並沒有想到王彥升這傢伙品質太差了。品質差的人做甚麼事都沒有好結果。本來是十分完美的政變，由於王彥升的問題，給這政變染上了血腥……

當趙匡胤套上皇袍帶兵奪城的消息傳到宮裡，宮裡亂套了。符太后、宰相范質和王溥碰頭後馬上召集將領們，商量怎麼抵抗趙匡胤叛軍。會開得很倉促也很冷場，這沒辦法，很多將領都是趙匡胤親手培養出來的，他們巴不得早點打回來奪取皇位。

中立的人，也不敢輕易發言。

誰不知道趙匡胤已經具備奪取皇位的實力，你這時候站出來逞能，將來，趙匡胤當上皇帝不回頭對付你啊！有時候「沈默是金」這句話，還真的是金子了。

符太后美麗而憂鬱的眼睛，看著大家那死氣沈沈的臉，非常失望。她本來以為大家都會義憤填膺，自告奮勇，站出來要討伐

趙匡胤的，可現實真的很悲哀，竟然沒有人敢說句實話。有人說實話了，他說以點檢現在擁有的兵力，以他帶兵的能力，想守住開封看來是難了，這可怎麼辦好呢？

韓通瞪眼道：「你這麼說是甚麼意思，守不住就不守嗎？」

那人忙搖頭說：「老韓，俺沒別的意思，只是實話實說。」

小皇帝還小呢，哪知道事情有這麼嚴重？他見兩位大臣吵起來了，就像平時處理政事那樣擺擺手說：「愛卿們不要吵了，有甚麼事就問宰相范質和王溥，由他們代朕決定好啦！」

符太后聽到這句話，不由淚流滿面。

她抹著眼淚說：「人心都是肉長的，他趙匡胤怎麼可以做出這種事呢？想當初世宗對他多好啊，誰能想到是養虎為患，最後反遭其害。眾位愛卿，你們可要為我們母子做主啊！要是你們不給我們做主，我們娘倆就沒有活路了。」

韓通說：「國家危難，作為臣者，應奮起禦敵，以報皇恩，豈能做縮頭烏龜？臣願帶兵前去守衛城池。」

他說完這話顯得很悲壯。因為他明白就自己這點兵力，是遠遠不能夠抵擋趙匡胤的。擋得住擋不住那是實力問題，抗不抗那是忠義問題。他都必須去。

在韓通去後，范質命人把趙匡胤的家人都給帶到宮裡來，把他們當張牌，到時候跟趙匡胤交涉，或許趙匡胤會看在家人的面上，不至於把事情做得太絕。

去的人很快就回來了，說趙家空了，連家丁都找不到。

范質等人聽到這裡不由面如蠟色，臉上泛出細密的汗珠，他大吼道：「他們去哪了？你們不會去找嗎？難道還等他們自己回來嗎？」

「我們找啦，附近都找遍了，也沒見著人影。」

符太后愣了好久，慢慢地抬起淚眼來，可憐巴巴地望著范質問：「這可怎麼辦好呢？趙賊打進來不會殺了我皇帝的命吧，我們能不能調集邊防部隊回防開封？」

王溥搖頭說：「陳橋離開封只有三十里，我們把消息送到邊防最少也得半個月，看來遠水解不了近渴。再說，如果這時候撤走邊防，外域肯定乘機侵犯，就算把趙匡胤打敗了，怕是也保不住周朝了。現在只能發動開封城裡的民眾，全部武裝起來守住城牆了。」

到了這種時候，他們知道把李重進給整走是個嚴重的錯誤。如果他在京城，也許趙匡胤不敢這麼做。現在說甚麼都晚了，大錯已經釀成，現實已擺在面前。

符太后說：「不管怎麼樣都得先保住都城才行。馬上派人去通知李重進、李筠等臣，讓他們帶兵回防。我們要發動民眾，儘量多守幾天，以爭取援兵到來。」

符太后幫小皇帝寫詔，蓋上璽印，派信使快馬加鞭，去給邊防大臣送信。

潛伏在開封城裡的石守信與王審琦等人，正在召開緊急會議，準備分工控制皇宮奪取城門，放王彥升的隊伍進來。當他們知道王彥升的隊伍已經露面了，石守信站起來說：「哇，來得這麼快啊！好啦，按著我們商量好的，馬上行動。我現在就去找韓通，勸他不要再做無畏的抗爭了，他是擋不住革命行動的。」

他馬上帶著部隊向皇城南門奔去。

此時韓通正站在城門樓上，看到趙匡胤的大軍像洪水般淹來，再回頭看看自己那點兵力，知道無論如何也是守不住的。但是他對自己說：身為臣子我必須要在這裡盡我的忠義！

這就是信仰的力量，信仰是唯一能夠超越死亡的信念。

當王彥升帶兵來到城門前，韓通指揮著那點可憐的兵守城。他回頭看到石守信他們帶兵來了，以為是前來支援的。心想：平時還真沒看出來石守信還挺忠烈的，能夠在關鍵時候把握住大方向。可是當他發現石守信的人並不是幫著守門而是去奪門，就急了，帶著人馬下城與石守信等人廝殺起來。

石守信邊跟他過招，邊說：「哎哎哎，老韓啊，不要再硬撐了。你想想就憑著你個人之力，能守住這個京城嗎？你難道就不怕死嗎？」

「我死了是忠臣烈士，你死了是亂臣賊子。」

「你難道就不考慮家人的性命嗎？」

「如果只考慮生死利益，那還叫人嗎？」

由於韓通與石守信在比畫，石守信的兵跟站崗的兵在比畫，門就沒有人把守了。沒多大會兒，城門被王彥升撞開，大軍擁進來。王彥升看到石守信還在跟韓通比畫，便不高興地說：「守信啊，平時的本事哪兒去了？讓開，看俺的。」

我們之前說過，王彥升這人的小名叫王劍兒，那劍法很是了得。他挺劍上去，與韓通打兩個回合，一招兒「背指南山」就把劍插進韓通的胸膛裡了。

石守信叫道：「慢著慢著。」話音未落，只見王彥升把劍轉幾下，猛抽出來。韓通胸前血流如注，眼睛瞪得越來越大，身體晃了晃仆倒在地。

石守信急了：「我說老王，你怎麼把他給殺了？」

「難道還讓他把俺殺了不成？」

石守信站在那裡，看著躺在血泊中的韓通呆愣著。

王彥升並沒有理會他，帶著大軍向皇城趕去。當他路過韓通府前突然停住了。因為他突然想到前不久韓通剛娶了個小妾劉

氏，那模樣兒相當好看，何不趁著這空兒去劫個色呢？於是帶兵擁進家裡，把全府裡的人都給控制起來，圈在院裡。

他拉住劉氏對官兵們說：「你們守著，俺進去問這小娘們兒點事兒。」

王彥升硬把劉氏拉進南房裡，對她說：「跟你說實話吧，韓通已經死了，你要是從了俺，保你的榮華富貴；如果你不從，俺就把你全家給殺了。」

劉氏嚶嚶哭著並不答話。

王彥升以為小娘們兒服了，可任意擺布，上去撕她的衣服，沒想到劉氏突然咬住他的手腕還用了力，疼得王彥升大叫一聲，猛地把她甩開，看看手腕上那塊肉都快掉了。他抽出劍來猛地捅進劉氏的胸部，然後又狠狠地拔了出來。

劉氏漂亮的衣服上出現個黑洞，隨後即噴射出鮮血來。

王彥升提著滴血的劍出來，對守著韓通家人的兵丁吼道：「把他們統統殺掉！」阿兵哥們揮著手裡的長槍往人堆裡刺，用刀去砍，用箭去射，頓時慘叫聲不絕於耳。

血腥味在風中彌漫……

王彥升卻在旁邊往手上搽創傷藥。

隨後，他們把韓通家裡的物件翻了翻，把值錢的東西全部找出來裹走了……

第十二章

所謂太祖

負責後宮保衛工作的人，正在門外唧唧喳喳。

宮裡符太后正摟著柴宗訓，眼圈紅紅的，淚水就汪在眼角。小宗訓看看兩位大臣紫紅爛黑的臉，再瞅瞅母后臉上的淚水，他的表情變得怯怯的。他伸出小手抹著母后臉上的淚水，想哭卻又不敢哭，那嘴顫動著。

有個侍從跑進來叫道：「不好啦，不好啦，韓通被王彥升給殺死啦！」

符太后聽到這話，身體劇烈地顫抖了幾下，把柴宗訓放到地上，怔怔地盯著范質，期望他能想出個甚麼辦法。

范質能有甚麼辦法，他臉色死灰，抓住王溥的手說：「我們促他派兵迎擊，這是我們的錯誤啊！」由於他過於緊張，用力太大，手指甲都掐進王溥的肉裡了。

王溥垂著頭，忘了疼痛，也不敢說甚麼。

符太后淒淒地問：「他，他們不會殺了皇帝吧？」

范質搖了搖頭，好像他的頭很重，搖得那麼困難。他的喉頭劇烈地蠕動幾下，沙啞著嗓子說：「太后可放心，陛下的生命沒有問題，只是……」其實他是想說，命是保住了，但皇位不保。

說實話，王彥升殺掉韓通的家人，並不只是有負面的影響，也有正面的意義，對這起暴動也起到威懾作用。

這種作用就是，讓很多想抵抗的大臣通過韓通的下場，而更

多地保持了沈默，更多地想到了全家人的性命。他們在這時候沈默也是可以理解的。拋開仁義來論，一個人的生命並不屬於你自己，而是屬於所有關心過你，或需要你關心的人。

小皇帝柴宗訓看到大家表情這麼難看，他縮著脖子說：「有，有甚麼問題，你們就代朕處理吧！」

符太后聽到這裡再也忍不住了，捂著臉放聲哭出來，她哽咽著說：「官人，你走得太早了，臣妾沒法兒完成您的囑託，臣妾沒辦法啊，臣妾沒臉去見您了啊！」

范質與王溥，還有那些大臣們，他們都低著頭，都不說話。現在，他們能說甚麼呢？身為大臣，你們並沒有完成世宗的重託，最後導致皇位被人家給奪去，你們是有責任的。

如果你們不疑神疑鬼，把李重進留在京城，他趙匡胤能這麼隨便就政變嗎？如果你們早對趙匡胤有所提防，看穿他的詭計，能讓他把城裡的重兵給領走了嗎？

就在這時，他們聽到外面傳來嘈雜的腳步聲。

符太后猛地把柴宗訓抱了起來。

范質嘆了口氣對符太后說：「你們先去後邊避一下。放心，他們是不會傷害你們的。等老臣見到趙匡胤，爭取讓他改過自新，不要再做傻事了。」

符太后點點頭，抱起柴宗訓匆匆地離去了。

那些大臣們看到事情不好，趕緊地拔腿就跑，偌大的空間裡只有范質與王溥立在那裡，臉上的汗水從鼻子尖上往下滴著。他們也拿不準，還有沒有機會去勸說趙匡胤？他們知道王彥升其人向來就狠，說不定一進來就把他們給砍了。

當王彥升握著染著鮮血的長劍奔他們來時，兩人大汗如豆，往旁邊躲開，閃出門來。他們的腿軟得都站不住了，只得靠邊牆

上，就像畏寒般地哆嗦著。

王彥升走進大堂，歪著腦袋，臉上泛出了冷笑。

范質與王溥低著頭不敢與王彥升對視。他們的身體哆嗦得都快站不住了。王彥升握著劍圍著他們轉了兩圈。多虧就轉了兩圈，再轉一圈他們就得泥在地上。

突然，王彥升定住，冷冷地說：「知道怎麼辦了吧？」

范質小聲說：「我，我們想見點檢。」

王彥升說：「想見陛下，你們準備好了嗎？」

范質知道需要他所謂的「準備好」是甚麼？但他還是說了句：「老臣愚鈍，不知道說甚麼。」

王彥升不耐煩了，用劍拍拍他的肩說：「俺說老范啊，你可別老糊塗了，再裝糊塗就把你的頭給砍了。」

范質忙說：「願聽將軍的指點，願聽將軍的指點。」

這時候，在點檢衙門的大殿裡，趙匡胤坐在正位上，激動得那臉就像個紅蘋果，因為心想事成的時刻就要到了。在他下手兩側，站著跟隨他發動政變的兄弟們。他們滿臉不耐煩的樣子，因為他們感到趙匡胤想得太多，這時候了還讓他們在這裡候著，而應該讓他們去把宮裡的小皇帝給殺掉。

趙匡義急了，問：「為甚麼不去皇宮大殿裡等著？」

趙匡胤搖頭說：「你能不能安靜點啊？無論做甚麼事情都需要過程，過程是成功必需的條件，耐心等等吧！」

甚麼過程，趙匡義心想：整個過程就是篡權奪位，既然都篡到這種程度了，還要甚麼面子，你再講面子這性質也不會翻過來吧？他心煩地在房裡踱了幾步，走出門來看了看，發現王彥升還沒有來，便罵道：「娘的，拖拖拉拉的還像個做大事的嗎？」

而這時候的趙匡胤心裡非常不安，他不確定范質與王溥是否會屈服。如果他們誓死不配合，事情還真不太好了。雖然不會影響他成為皇帝，但會影響他的聲譽。

一個得不到前朝重臣支持的皇帝，是不利於將來的工作的。

一個得不到老百姓支持的皇帝，以後是不利於落實政策的。

他的所作所為本來就是不上講的，他心虛啊！

就在這時，門外傳來王彥升的聲音：「點檢，俺回來了。」

聞聽此言，趙匡胤猛地站起身來，隨後想到，噢，我現在是皇帝了，得有點兒樣子。於是又慢慢地坐下，沈著聲音說：「讓他們進來。」

王彥升摁著范質、王溥進了大殿。

范質抬頭看著趙匡胤端坐在那裡，顯得那麼陌生。天哪，人生的意外真多，這還是那個以前見著他點頭哈腰，逢年過節就給他送禮的年輕人嗎？還有旁邊站著的那些將領，以前哪個見著他不是笑臉相迎，老遠都打招呼，過年過節的時候往他家裡送東西，還怕他不收。現在他們就像見著仇人，不但把手握在刀劍的柄上，還翻白眼呢。

這就是人生，你活著，大多時候你沒法決定你自己的命運。

趙匡胤從座上站起來，走到范質與王溥跟前，臉上堆出痛苦的模樣就差點掉下眼淚了。也許他想流點眼淚現在流不出來。他抬手拍拍腦門顫著聲音說：「唉，我承受先皇的厚恩，應該——這個應該——唉！誰能想到今天會是這樣的。這個我沒辦法啊，我是被眾將逼迫的啊，我有苦說不出來啊！」

范質老淚縱橫，聲音顫巍巍地說：「點檢，現在……現在為時不晚啊！」

趙匡胤的臉頓時冷下，問：「老范，現在甚麼不晚啊？」

范質看到趙匡胤的臉突然變了，不敢再說了，忙低下頭盯著自己的腳尖了。

王彥升實在等不及了。事情都發展到這種程度了還演甚麼戲啊？弄甚麼虛偽啊？直接把他幹掉不就得了。他抽出劍來幾步躥到范質跟前，梗著脖子叫道：「實話告訴你吧，我們沒有主子，今天必須讓點檢做我們的主子，敢說個『不』字，就是你這輩子還能張嘴的最後遺言了。」

本來范質還想勸趙匡胤回頭的，看這種情況，知道再說可就真沒命了。他沒命了還賺個忠烈之士，可他家人都會跟著遭殃，所以他現在忠烈不上去。

他向趙匡胤拜道：「事情到了這種程度，唉，天意啊！」

趙匡胤點頭說：「是啊是啊，這是天意。」

范質深深地嘆口氣說：「臣願意尊您為主。」

王溥見老范這樣了，也不甘示弱，忙行禮道：「眾將所歸，天下之福啊！我們也別在這裡了，還是去大殿裡議事吧。」

——真是皆大歡喜。

大家擁著趙匡胤談笑風生，一起來到皇帝的「辦公室」。他們把趙匡胤摁到皇位上，然後打發人去通知文武百官前來上朝，誰不來就別想在開封裡生活了。

趙匡胤還沒坐慣那破位子，感到很彆扭。在過去的時間裡，他曾多次對著這個椅子上的人跪拜，如今他坐上去了感到不太舒服，感到有些暈乎，有些輕飄飄的。

這些時候，趙匡胤突然想起件事來。他想：我不能就這樣當皇帝啊，這跟強搶明奪有甚麼區別啊？就算我是強搶明奪也得讓柴宗訓表個態，說明他是自願禪讓於我的。是假的但最少也好看

好說點吧？

他嘆口氣說：「大家擁戴我，不知柴宗訓是怎麼想的啊！」

翰林學士陶谷從人群裡分出來，說：「稟陛下，柴宗訓早已把禪位的詔書寫好交給臣了，讓臣在這裡宣讀。」

說著從袖裡掏出來，向大家展示了幾下。

趙匡胤點頭說：「好，好，陛，柴宗訓真是深明大義啊！」

他心裡高興啊！嗯，沒想到這陶谷還挺會辦事的，提前把這件事準備好了。陶谷抑揚頓挫地念那詔書，無外乎是，皇帝自感年幼，自感能力差火候，怕不能夠給老百姓帶來幸福生活，也無法抵禦外域的侵略，為長治久安，為子民利益，決定把皇位讓給點檢云云……

詔書念完後，大家給趙匡胤套上龍袍，重新把他擺到座上。

群臣們都跪倒在地行臣之禮節。趙匡胤看到下面跪著的眾人的腦袋瓜，感到有些暈乎，突然有種不知身在何處的感覺。這時候他的腦子就像放電影似的，極速閃回了夾馬營的破房子，嘴裡嚼著草的苦澀以及戎馬倥傯。人生真的有太多的未知了，他何曾想到自己會有造化坐到這個位子上啊！

人生真的就像有句話說的——

「只有你想不到的，沒有你做不到的。」

有很多事情，你不想所以不成功。

有很多事情你想了也沒成功，因為你沒做。

很多事情你想了、你做了也沒成功，這不是你的原因。

由於趙匡胤所領導的歸德軍在宋州（今河南商丘），於是定國號為「宋」，改元建隆，定都汴京（今河南開封）。從此趙匡胤便成為歷史上的——宋太祖。

這一年，趙匡胤只有三十四歲。

這一天，是正月初五。

這一刻，趙匡胤暈得都不知道姓甚麼好了。

趙匡胤登基之後，心裡雖然高興，但並不輕鬆，因為千頭萬緒的事情需要解決。而最讓他頭痛的是，跟隨他創業的那些兄弟們竟然居功自傲，趁亂搜刮民財，還接受小軍官的賄賂。

只要小軍官拿著東西找到他們，表示跟他們幹，他們就會說：跟著俺幹準沒錯，現在的皇帝是咱哥們，你們就瞧好吧！

對於兄弟們這種作風，趙匡胤還來不及去抓。

他現在需要考慮的是怎麼處理符太后、小皇帝等人。

這是件難以抉擇的事情。留著他們就等於留著後周的希望，肯定會有人謀劃扶持他們。殺掉他們倒是一了百了，但你沒有理由殺他們，因為你要的效果是，人家把皇位禪讓給你。人家讓給了你你還殺人家，這道理說不通。雖然人人都知道政變是真，其餘都是假的，可是假也得弄得像真的那樣，就算吃了人也得抹抹嘴唇上的血吧。他把趙普與趙匡義叫來，問他們怎麼處理柴宗訓與符太后？

趙匡義說：「還怎麼處理，符太后可以留著，小屁孩是絕不能留的。留著他，大家始終認為後周沒有滅亡，會找機會重新擁立他的。」

趙匡胤說：「光義啊，道理我懂，可我不能殺他，不僅不能殺，還要好好保護他們。如果他現在死了，誰都想到是我殺的。我們不但不能殺還要保護他們的安全，要讓全天下的人，看到我對他們多麼好。」

對啦對啦，為甚麼趙匡胤稱趙匡義為光義？

需要說明的是，不是他趙匡胤當皇帝了，當了皇帝，才有

《百家姓》上的趙錢孫李。他當了皇帝，兄弟與大臣的名也不能與他有重的，就把弟弟名字的匡給改成光了，從此之後，我們也順著趙匡胤的叫法喊趙匡義為趙光義了。

但這不是趙匡義最後改名，將來他還會給自己改個名的，因為他後來當皇帝了。

言歸正傳，趙匡胤為了讓這次暴動變得好看點，把柴宗訓封為鄭王，符太后封為周太后，並讓他們遷居西京，以後不用從事任何工作也可照發工資。

趙匡胤還立下規矩，表明只要他宋氏家族當總統，都要對柴氏的子孫進行照顧。

由於趙匡胤心虛得厲害，為了表明他對於柴家人的感恩，還發了道密令，內容是：⑴是趙家世代要保全柴氏的子孫，就是他們有人犯了罪也不能動刑，犯了死罪也要寬大處理；⑵是不能殺害士大夫以及上書說事的人；⑶是如果子孫違背了上述誓言，就會遭到老天報應。

這道密令剛發不久，滿京城裡都知道了，有人說這是趙匡胤為感激柴宗訓讓位才發的密令。有人說甚麼感激，人家柴家對他有知遇之恩還奪人家的天下，現在心裡愧得慌了，於是就發這麼個破令，好讓大家知道他多麼仗義似的，其實狗屁不是。

有人說：甚麼密令？還不是全城的人都知道了。

不管別人怎麼說，但趙匡胤還是想盡辦法表明自己對柴家好。也許這樣做不只是給大家看的，是對自己良心的慰藉。隨後趙匡胤又給柴家發了「丹書鐵券」，表明柴家子孫無論犯甚麼大罪，光憑著這玩意兒都可以保住性命。

丹書鐵券這玩意兒厲害，就是把些命令或旨意，刻在了金屬品上，永不失效……

當時的恭帝柴宗訓還小，當他聽說以後不去坐那把大椅子了，也不用板著臉聽大人亂嘮叨了，他還挺高興，對符太后說：太好啦，太好啦！

符太后聽到這話，哭得就像個淚人兒。後來柴宗訓長大了，明白了事情的原委，曾偷著哭道：孤兒寡母地讓人家把天下給奪去了……

雖然趙匡胤做了大量的安撫工作，掩蓋自己竊取天下的醜惡，但他感到還是不夠。你可以讓大臣們不敢說話，但是你沒法堵住老百姓的嘴啊！

他對趙普說：「我現在身為皇帝，可我擔心老百姓們議論我啊。一個受不到老百姓擁戴的皇帝，當得多鬱悶啊！這個，你們有甚麼辦法嗎？」

趙普這人腦子十分管用，他當然有辦法，他說：「放心吧！陛下，這件事就交給在下來處理。」

當趙普領到活動資金回去後，派人請來國內知名的宗教領袖，給他們錢，讓他們通過信徒告訴廣大民眾，趙匡胤就是天命所為的天子，是不容置疑的。這樣的皇帝是全國人民的福音，是值得期待與擁戴的。

有錢能使鬼推磨，何況是這些宗教人士。

當時的宗教人士就愛用迷信來迷惑老百姓，獲取供養，而老百姓又信他們。讓他們去宣傳效果太好了。從此之後，有關趙匡胤的神奇傳說，忽然間就多起來了。

比如，道士陳摶騎驢出遊，聽說趙點檢做了天子，高興得從驢上摔下來滾了三個滾，還拍手說：「摔得好舒服啊！」

「別人問，摔了還舒服？」

「從此之後，天下就太平了啊，我高興啊！」

這種包裝一直「武裝」到趙匡胤小的時候的種種……

趙匡胤不是小名叫香孩兒嗎？其實也就根據夾馬營後邊寺院的花味兒起名的，也許是趙家生了個大胖小子，高興，叫香孩兒。包裝師們就想：也不能白叫香孩兒，於是就開始編造，說他生下來的時候身體散發著異香，那香味兒嗆人。

為了進一步證明這種奇異的現象，說他出生那天，家裡就像失火似的發光。

洛陽夾馬營的人聽到這些傳說，都差點笑掉了大牙。但是別的地方不知道底細的啊，他們就深信不疑了，認為這個皇帝是老天爺派來的，那是正品啊！

為了把陳摶那些包裝顯得更有邏輯性，於是他們又編造出在趙匡胤與趙光義兄弟小時候，為躲避戰亂，母親杜氏用筐子挑著他們走。這時候恰巧被陳摶道士給碰到了，於是感嘆道：「都說現在沒有真龍天子，看到沒有，這位大姐挑了兩個。」

成為皇弟的趙光義也沒閒著，而是成立特別行動小組，分插到京城各處，以各種職業出現在街頭上，甚至潛入大臣們的家政（佣人）隊伍裡。他們的主要職責是蒐集情報，發現有對總統不利的言論，然後執行任務。

有位潛入大臣家的冒牌家政，看到人家小妾超美，忘了條例（規矩），竟然去偷人，被家人當場抓獲，要將他打死。

那人被打急了，高聲喊道：「慢著慢著，我可是皇帝的親弟弟趙光義的人，敢動我就沒好果子吃。」

其實就是他不說，人家也知道是趙家哥們搞的鬼。

於是，就把他抓起來關在柴房裡，然後去找趙匡胤那兒抹把眼淚說：「陛下，家裡抓到了個賊，他說是趙光義派來的，臣拿不準這件事情，如果殺錯了，怕招來禍事，所以特地過來向您請

示一下。」

趙匡胤心裡氣啊！你說你個趙光義做事，怎麼可以這麼不小心呢？他把大臣安撫走之後，把趙光義叫來，咆哮道：「你找的都是些甚麼人，地痞流氓啊！弄出這種事來讓大臣們多心寒啊。這件事情影響太壞了，你馬上把這件事給擺平了。」

趙光義聽說出了這種事兒，牙根兒癢得厲害。

好啊你，敢出賣我。

他跑到那個大臣家裡對著人家嚷：「哎哎哎，甚麼意思啊，別人說我派的就是我派的，要是有殺人犯說你派去的，那就是你啊？在沒有把事情的經過搞清楚前，不要亂說亂告的，這樣對我的影響多不好。你快去把那個王八蛋給我弄出來，我倒要看他長甚麼樣兒。」

大臣的管家把人從房子裡揪出來，趙光義瞪眼道：「你是誰啊？敢大膽冒充我的人。」說著不讓人答辯，抽出劍來照那人的脖子就砍，弄得人家滿院子血。

他回去之後，把所有特工人員召集起來，說：「誰敢藉著行動整些有的沒的，我不僅殺他，還要把他全家給滅了。」

這些人看看趙光義那張臉，就像要吃人，把他們嚇得身上冷颼颼的，從此在執行任務的時候，就老實多了。

第十三章

領導美容

哪位新總統上台都會首先組建自己的領導班子，利於推行他的治國之策。趙匡胤沒這個福氣，他沒法組建。他並不是常規上任，頭三腳當然也不能按常規去踢。

他首先要做的是，把因為政變而造成的影響降到最低，他比較看重這個。

民眾的支持率雖然不會影響他當皇帝，但想當個好皇帝還是需要民意的。在處理舊臣的問題上，盡可能地放寬政策，能加官就給加，反正以後再給你擼掉。沒法加的就給實惠的，反正不能讓你們產生情緒，站出來亂說亂嚷的。

對於那些跟隨他奪取天下的哥們兒，不用多說，自然要安排到最重要的位置上。因為哥們兒才是他政權穩定的保障，最少現在是這樣的，以後的事以後再說。

由於他幾乎把全部的舊臣都起用了，讓舊臣們感到有些受寵若驚。本來舊臣們認為趙匡胤當上皇帝後會來個大換血，他們這些人的職業生涯可能結束了。從高官淪落到平民，想過平民的日子都困難，心理落差都適應不了。突然又得到了重用，自然高興，就像貴重的東西失而復得那麼高興。

有時候，我們找到丟失的貴重物品，比買個新的都高興。

命最好的要算是范質、王溥、魏仁浦這三人了。

他們本來就是「政治局常委」的，兼任「副總理」職務，現

在趙匡胤依舊讓他們當「副總理」，繼續參政議政。范質主管司空平章事，王溥成了禮部尚書平章事，魏仁浦是刑部尚書平章事。這是當時的國家三大部門，相當於現在的六大班子。

雖然舊臣們保住了官位，還可以像過著優越的生活，但內心深處還是挺留戀後周的。這個沒辦法，人都是感情動物，事過境遷，換了主人與國號，但情結不是隨便換的。他們現在能做的只是在心裡懷念，但表面上還得要裝出很不懷念的樣子。

趙匡胤比較重視的就是高懷德了。

因為他不只是老皇帝的親戚，還曾擔任過後周的重臣，可以代表大部分其他的舊臣與宗室成員，把他變成自己人，對於將來管理國家起著不可小覷的作用。可是怎麼才能把他變成自己人呢？這是趙匡胤需要考慮的。

機會總會出現的，這不？高懷德的夫人突然死了，正好趙匡胤還有一個守寡的妹妹。趙匡胤那個被封為燕國長公主的妹妹曾嫁給米福德，米福德死後變成寡婦多年。他本來還有個妹妹的，小時候死了，現在就剩長公主了。

他想把這位妹妹利用起來，讓她為自己的政權出點力。於是找到母親杜太后說：「母后，高懷德的夫人走後，至今沒有再娶，能不能把我妹妹介紹給他？」

杜太后想了想說：「是好事兒，可你也知道你妹妹的性格，我們可不能擅自做主，得跟她商量商量。她同意那就好辦，不同意也不能強逼她。」

「母后，這件事對孩兒很重要，您就多操心。」

「俺知道重要，俺會儘量說服她的。」

長公主自從米福德去世後，也曾有幾個人向她求婚，但她沒一個看得上的。當趙匡胤幹了皇帝後她變成了公主，求婚的人更

多，其中還不乏大戶人家的在室男。這些處男的目的很簡單，娶了她就會有好的前程。長公主沒有接受這樣的求婚，因為她是公主了，眼光也高了，最少要找個層次差不多的人吧？

杜太后找到長公主，語重心長地對她說：「孩子，難道就這樣孤身過下去嗎？將來我百年之後，還有你們這些孩子去埋我。可是你將來年齡大了，突然有個不合適的，半夜裡都沒有人給你倒碗水啊！這可怎麼辦好呢？」

「娘，有甚麼話就直說唄，看您繞得這麼遠。」

「這個，你覺得高懷德這個人怎麼樣？」

長公主曾經見過高懷德，感到這人還挺不錯的。身材高大魁梧，看上去有男人氣概，說話也挺謙虛的，辦事還挺牢靠的。她猶豫了會兒，低著頭對杜太后說：「媒妁之言，父母之命，我能不聽從嗎？」

她明白這是自己最好的機會了，高懷德身居高位，嫁過去也不跌份兒，再說年齡大了確實需要個伴兒。她才三十多歲啊，生活水平提高了，住的房子大了，吃的東西營養高了，夜裡還真的有些寂寞難耐，她真的需要……

既然長公主同意，趙匡胤感到事情就好辦多了，找來趙普，說：「家妹雖然寡居，但是也是我比較疼愛的妹妹，你看有甚麼合適的，給她介紹一個吧！」

趙普這位仁兄是幹甚麼的？自然明白趙匡胤的心思，說：「陛下您還別說，真有個合適的人選，您看高懷德怎麼樣？雖說他在工作上不是多麼有能力，但為人忠厚老實，正直，目前正好又沒有配偶。當然，臣知道，憑著長公主的條件，要找個年輕後生也是很容易的。」

「找甚麼年輕的，你胡說甚麼。」

趙普尷尬地笑笑說：「臣知道，臣馬上就去。」

他來到高懷德家，笑著說：「老高，弄幾個菜喝點吧！」

高懷德問：「喲，大忙人，怎麼有時間跑我這兒喝酒了？」

趙普笑著說：「可不是普通酒，這是喜酒。」

高懷德問：「你又升級啦？那你得請咱喝酒唄。」

當趙普把他與長公主的事說出來，高懷德明白這是政治聯姻，但他並沒有拒絕。

他說：「我倒沒有意見，得看人家長公主的。」從心裡說，高懷德還是挺看好這門親事的，以前他就是皇親國戚，當這個有很多別人沒有的尊嚴與優惠，他習慣這種優越了。

就這樣，在趙匡胤的安排下，長公主嫁到了高懷德家裡。

趙匡胤用盡心機，不停地平衡著大臣的懷舊情結，不停地往臉上貼金，但有件事情讓他感到難以處理。這就是王彥升把韓通全家殺了的事情。他每想到這事兒都牙痛上火，要不是這傢伙搞出這樣的插曲，這次政變幾乎是完美的。

他始終都沒有想到好的處理辦法，但是必須要處理。

從個人感情上來說，韓通是他的敵人，不殺他殺誰啊？但從大的道理上來論，人家韓通比你趙匡胤大義。人家是忠臣你是大竊國者，這沒有可比性。趙匡胤經過慎重的思考，決定從大局出發，把韓通給定義成烈士對自己有利。

在上朝的時候，他很高調地宣布，把韓通定義為忠列之臣，追封他為中書令，並成立治葬委員會負責厚葬他的家人，如果有外親，也給予人道上的照顧。

這件事，引起了強烈的反響。太可笑了，你強調韓通為忠義之臣，那麼你趙匡胤是甚麼臣，那不就成了亂臣賊子了嗎？很多人想不通這樣的矛盾，但他們不敢言論，他們就當看八卦了。別

人不敢說，趙光義忍不住了。你怎麼可以這麼做呢？你還吃奶嗎？把你的敵人說成忠烈之臣，那你呢？

他找到趙匡胤，問：「陛下您這是甚麼意思啊？」

「怎麼了？我又哪兒惹著你了？」

「你把韓通定為忠臣，那你自己是甚麼呢？」

「我不定他為忠臣，大家也認為他是忠臣。」

其實趙匡胤也明白這樣的道理超矛盾，超級矛盾了。可是他想要的效果是向世人證明俺謀取皇位，只是想帶著大家過好日子，不是殺人的。還想讓大臣們看到，我趙匡胤是多麼的偉大與仗義，對曾公開跟我幹仗的人、敵人，都表現得如此大義。你們追隨著這樣的君主你們知足吧？

當然趙匡胤還有更深的想法，就是讓至今沒有歸順的李重進與李筠看到他的態度，我現在連敵人都這麼尊重，你們還猶豫甚麼啊？趕緊來到我的懷抱裡吧！

接下來趙匡胤讓人下通知，叫王彥升到宮裡來有事。

王彥升接到這個通知後，感到不太好了，其實在宣布韓通忠義之臣的時候，他就感到不好了，因為是他殺掉了忠臣。他現在懷疑趙匡胤會不會為了皇帝的臉面，把他給殺了，以平衡韓通之死帶來的壞影響。隨後他心裡就生氣，娘的，老子殺他又不是自己當皇帝，還不是為了你趙匡胤嗎？你當上皇帝了就拿著我的血化妝，太差勁了。

他來到皇宮見到趙匡胤，撲通跪倒在地，哭喪著臉說：「陛下，我之所以殺掉韓通，是因為他拼命抵抗影響了我們進城。至於殺他們全家，是因為他家人進行反抗。如果陛下認為這都是臣的錯，那就把臣殺掉吧！」

「你看你看，我還沒說句話呢，你就說這麼多！」

「那陛下叫臣過來，是甚麼事啊？」

「這個你也知道，當初我曾在眾將面前說過，進城之後不能傷害大臣與他們的家屬，也不能搶佔財物的。當然了，他韓通不識抬舉，認不清形勢，拼命反抗，不殺他還能殺誰啊？不過呢？有件事你做得確實過分了，這就是把他全家給殺了。我怎麼也得挽回點影響是吧！」

王彥升說：「那就把在下殺掉吧！」

趙匡胤瞪眼道：「你怎麼這麼說呢？今天叫你來，就是提前跟你說聲，明天上朝的時候，朕可能要當著大家的面批評你，說不定對你降級處理。不過你要明白，這只是做給別人看的，等這件事過去啊，朕心裡還是有數的嘛！」

王彥升感動啊，人家把我叫來跟我提前打聲招呼，就是要保護我啊！忙跪倒在地，磕頭道：「陛下，明兒上朝你儘管罵我，就是打我二十大板，也不叫屈。」

坦白說，在這件事情上，趙匡胤做得實在有夠漂亮，值得每一個當領導的學習。

如果他不提前跟王彥升說好，明天上來就打擊，要是老王急了亂叫亂喊，說你卸磨殺驢，說兔子死光了要殺獵狗，這會傷害那些幫他政變的兄弟們的心的。提前跟他說，他就能夠心平氣和地接受訓話，這樣就可以顯示出他的公正仁義，威不可犯，還可以警告其他大臣。

果然第二天早朝，趙匡胤慷慨陳詞地表揚韓通，說他是多好的忠臣，多麼勇敢，多麼受老百姓歡迎。說著說著猛地站起來，對著王彥升吼道：「啊，當初朕多次強調，不要傷害前朝的大臣，你還把他給殺了，這是甚麼道理？」

王彥升撲通跪倒在地，馬上認錯說道：「為臣罪該萬死，甘

願接受懲罰。」

趙匡胤吼道：「殺了你，就能解決問題了嗎？」

他看到跟隨他創業的大臣們都低著頭，樣子挺尷尬，於是話鋒一轉說：「當然啦！戰爭就是要死人的嘛，他韓通雖然忠義，但他不識大局，執意頑抗，所以遭到殺身。不過這件事情並不只是殺了韓通這麼簡單，說明你根本就沒有把我的命令放到心上，如果都像你這樣自作主張，那我還當這個皇帝幹嘛？」

大臣們聽到這裡，心想：這哪是批評王彥升啊，這是拿著他的事來說我們了。

事過不久，趙匡胤就把王彥升提拔成恩州團練使，領鐵騎左廂都指揮使了。這並不是他真的想提拔王彥升，而是他曾聽人私下裡議論說：因為攻城殺了敵人還要挨訓，以後這仗還有法打嗎？難啊，做人難啊，做個好人更難啊！還有個原因是，現在李重進與李筠還沒有歸順，說不定還得需要人打仗呢，而王彥升還是很能打的。

他當然能打，要不小名兒怎叫王劍兒啊！

接下來，趙匡胤開始辦理韓通的喪事了。

這件事讓趙匡胤非常尷尬，你想啊，需要說韓通是忠臣就等於說自己是賊臣，還得說，還得給他操辦喪事兒。他成立了治葬委員會，對他們講話說：這個，要按著理臣的規格厚葬。啊，這個葬儀要隆重，墓地選擇要開闊高敞，要先看好風水，要在墓前立碑，要表明他忠肝義膽的一生。這墓要建得高大，還要在裡面放很多值錢的東西，要多放些。把墳裡放進值錢的東西，這個墳一般都等於白堆了。

對於趙匡胤來說，反正我給你把墓堆起來了，給你放些寶貝，肯定有人去挖你的墓。人家挖出來就跟我沒關係了，挖了更

好，總比你堆在那裡證明我篡權奪位好吧？

對於韓通比較近的親戚們，趙匡胤親自批示，給了他們政策上的優惠，沒工作的就給安排個工作，沒勞動能力的就讓他們享受低保社會福利，反正要讓所有人看到，他對韓通有多麼好，自己是個多麼好的皇帝。

據說，在埋葬韓通的時候，那場面相當壯觀。

那是鑼鼓喧天，那是旗幡蔽日，那場面有夠嗆！

沒辦法，愚民也是政治手段，不會愚民的總統也是沒有工作能力的表現。當然，拿著老百姓當傻子的皇帝，更是沒有工作能力的表現。

第十四章

上黨之勇

對於剛當上皇帝不久的趙匡胤來說，面臨的挑戰並非大臣們的懷舊情結，舊臣們都是牆頭草，雖然他們心裡不太接受現在的宋朝，但他們還需要跟他混口飯吃，一般都不會拿著自己的飯碗開玩笑。

那，難道是後漢與遼國的虎視眈眈嗎？

後漢與遼國對後周有著刻骨的仇恨，按照常理來說，他們不會妨礙趙匡胤奪取後周天下的，說不定還偷著樂呢！至少現在他們還不會出來干涉。後漢之所以對宋朝沒有干涉，很大程度上是因為宋朝屬於和平演變，如果亂得厲害，肯定乘機下手。

當前來說，那麼對趙匡胤最大的威脅是甚麼？

事情像沙子在眼裡硌著的，是後周的重臣李重進與李筠。他們現在帶著大量的軍隊駐守在外，對於趙匡胤的稱帝沒有反抗也沒有歸順，這讓趙匡胤有點摸不著頭腦。

他最擔心的問題是，如果這兩個集團勢力聯合起來對付他，天哪，以後這日子得把兩條腿搭在馬背上過了，還不如以前當點檢的時候舒服呢！如果這兩個集團再聯合周邊的小國家來攻打宋朝，他趙匡胤的命運就更慘了，以後的主要工作就是逃亡，或者背著篡位的惡名寄人籬下，受不到別人的尊重。

難道事情真的這麼嚴重嗎？當然很嚴重了。

作為後周的開國功臣的李筠，威信是不可小覷的。在他當兵

的時候，趙匡胤算甚麼東東，他還穿著開襠褲用尿和泥玩著呢！

在李筠當節度使的時候，他趙匡胤才是禁軍小頭目，相當於警衛班的班長，也許是個副班長。李筠跟隨郭威為後周的建立立下汗馬功勞，受到郭威的信任與重用，在後周時的威力與號召力也很強大。

他趙匡胤這個小輩兒，還真的沒有人家的號召力強。

讓趙匡胤感到難辦的是，這兩個主兒都佔據著險要地帶，擁有重兵，很不容易對付。再說了，現在宋朝剛成立不久，需要處理的事情太多，這時候發動大規模的軍事活動，是很容易出問題的。如果他們幹起來，後漢與遼國肯定會乘機把後周這片地奪過去。說白了，後周的天下本來就是奪人家北漢的，人家弄回去也很正常。

趙匡胤的日子不好過了。

他想不出對付李重進與李筠的好辦法。

他跟趙普商量說：「愛卿啊，國家剛剛成立，在這種時候朕不想馬上投入戰爭。對於李重進與李筠的問題上，你有甚麼好辦法嗎？」

趙普想了想說：「儘量勸服他們。要他們真不服，也沒辦法，還得打。」

趙匡胤親自寫封信，在信裡表明，老前輩啊，這不是我想當皇帝，是群臣硬讓我當的，是後主迫於壓力禪讓的啊！現在大局已定，新的政府成立了。新政府將一如既往地貫徹為人民謀幸福的宗旨。經過新政府的研究決定，感到您在外防守外侵，對於國家的和平做出了突出的貢獻，已經批准您升職了，現在您就是中書令了，馬上回來任職吧……

使者帶著這封信狂奔去了上黨。

當李筠聽說趙匡胤的使者來了，恨得牙根都癢，咆哮道：「馬上，立即，把信使給推出去砍了。娘的，老子才不看他的屁話呢！」身邊的人當然要勸。老闆，這事兒不能衝動。您看咱們不妨這樣，看看他寫了甚麼，再做決定嘛！

「看甚麼，還不是想要老子順從他。」

「那我們就裝著順從他啊，爭取時間做我們想做的事情。比如我們練兵，備糧草，或者跟別的集團聯合甚麼的。如果上來就鬧僵了，他趙匡胤就來打咱們，那我們就沒有時間幹別的了，這樣多不利啊！」

李筠點頭說：「有道理。來人啊，準備酒菜，請使者。」

他親自接待使者，並按臣的禮節承接詔書。

他看著這封信心裡就上火了，不過他想：忍著，不能表現出情緒來。可是他陪著使者喝了幾杯酒就忍不住了，把手裡的杯子扔了，跑進內室，把郭威的畫像拿出來掛在正面牆上，端起酒來祭奠，還哭得嗚嗚作響，就差點沒罵趙匡胤是個叛臣賊子了。

下屬們心裡急啊！開始說得好好的，你怎麼把畫像給掛上了，還用眼睛放水。他們忙對使者說：「哎，太不好意思啊，我們老闆嘛，喝了酒把持不住自己。再說啦，畢竟他老人家跟隨周太祖打過天下，現在掉幾滴眼淚也是合情合理的嘛，這件事情就不要對上邊說了。」

使者用力點頭：「我不說，我不說。」

但他心裡在想，這麼重要的事我能不說嗎？

說實話，李筠這麼做沒任何意義，你哭有用嗎？你哭死了人家更高興。再說你掉這幾顆淚珠，只會讓人家認為你的歸順也很假，很讓人不放心。通過他這種表現可以看得出，他過於感性了。感性對於做人來說並不是壞事兒，但對於將領來說那可是兵

家的大忌啊！

他的失敗在這時候已經表現出來了。

使者回到宋朝，誇大其詞地把李筠的話學給趙匡胤聽，說李筠又哭又罵，根本就不像是要歸順的樣子。

趙匡胤也明白，啊，這種情緒還說服從領導，你把我當吃奶的孩子啦！

石守信的脾氣本來就不好，聽說李筠還對著郭威的畫像哭，就火了，叫道：「跟他廢甚麼話，讓我帶兵把他抓起來，不但把他給打哭，還把他給打得尿流屎滾。」

趙匡胤搖頭說：「不行不行。我們現在去打李筠，他必然與李重進聯合作戰，那就被動了。宋朝剛剛成立，不宜發動戰爭。現在不打他，但他這樣，就是讓你們看的，還是要密切關注他的動靜。對啦，馬上派人去關卡路口守著，以防止他與李重進有甚麼互通聯繫的。」

接下來，趙匡胤繼續安撫李筠，下詔任命他的兒子李守節為皇城使。他的策略是，無論如何也得把李筠給哄住，最好把他給騙到開封然後對他洗腦。如果他就樂意把周太祖的畫像當楊柳青的年畫給貼上，如果不費這事兒，乾脆把他給殺了，讓他去陰間跟周太祖喝酒去。

李筠當然不會服從，他只是在爭取時間。

李筠在使者走後，就派遣劉繼衝去向北漢睿宗說：以後我們就跟你們一起幹了，支持我去打趙匡胤吧，後周的地盤就是你們的了。他的想法很好，後漢與遼國的關係那麼鐵，只要我跟他聯合就等於跟兩個集團合作，要打敗趙匡胤那就容易多了。

後漢主劉鈞是世祖劉崇的次子，於後漢乾祐七年（公元九五

四年）即位。這麼多年來，他始終記著父親劉崇被後周在高平打敗的事情，曾多次發誓，要跟周朝奮鬥到底的。由於他勢單力薄，幾次挑戰都沒有成功。事過境遷，後周卻成了宋朝，他終於吁了口氣。可是，畢竟後周是他們先祖的地盤，他很想趁著趙匡胤與後周將領幹起來時，乘機奪來。讓他感到非常不解的是，趙匡胤的政變，竟然沒有引起大的戰爭。

當他接到李筠的信後，重新燃起收復中原的欲望。

他想如果有李筠的幫助，就很容易把尚未站穩的趙匡胤給拿掉，這樣乘機把中原收復回來就容易了。等把趙匡胤給打敗，如果他李筠這老兄老實乖巧就留著他，不老實就把他給除掉。

劉鈞想好之後，馬上派人給李筠送去蠟丸密函，與他約定了發兵的日期。

李筠接到劉鈞的蠟丸後，打開看了看，然後想利用這封信穩住趙匡胤，讓他知道我現在已經歸順你啦！北漢跟我聯手，我都不聯了。

於是，他對兒子李守節說：「把這蠟丸送到開封，對姓趙的說，我們絕對不會做對不起陛下的事情，還有，提醒他，不要老盯著咱們，還是多關注北漢的動靜吧！」

李守節問：「父親，您不是跟北漢聯合嗎？」

李筠瞪眼道：「長沒長腦子啊，這叫做兵不厭詐。」

李守節嘆了口氣說：「父親，宋朝已經替代後周，已經變成不容改變的事實了，我們有必要跟趙匡胤作對嗎？無論誰掌權都不會慢怠您，都不影響咱們的生活質量，何苦呢？」

「甚麼跟甚麼！你竟然說出這麼沒骨氣的話來。」

「不是沒骨氣，這叫識時務者為俊傑。」

「甚麼俊傑！竊國之臣人人得而誅之，我豈能歸服於他？」

李守節沒有辦法，只得帶著幾個人向開封奔去。

一路上，李守節都憂心忡忡的，因為他知道父親有多大的本事，如果早有本事早就提拔上去了，也不至於長年窩在偏遠地區，玩不出啥名堂來。

如果跟趙匡胤較量，可能會禍及家人。

來到開封，李守節得到了趙匡胤的接見。

誰想到，趙匡胤一見到他，便開了一個大玩笑，說道：「喲喲喲，太子啊，您來有甚麼吩咐啊？」

本來李守節心裡就不安，聽到這話，嚇得跪倒在地，結結巴巴著說：「陛、陛，陛下，您怎麼這麼說呢？是不是有人離間我父親了？」

趙匡胤笑了笑：「把李守節扶起來，請他入席。」

「小李啊，朕聽說，你多次勸你父親不要跟朕作對，朕對你的印象不錯感覺良好，朕不會虧待你的。最少比你父親對你好，他把你派來，是不想讓你回去了，他怎麼這麼狠心呢？」

聽這意思——人家好像甚麼都知道了啊！

李守節更害怕了，滿臉的汗水，努力地表白說：「為父可能有點兒情緒但絕沒有別的想法，請陛下放心。」說著把蠟丸掏出來呈上說，解釋道：「這是父親讓我獻給您的，並建議陛下嚴防北漢，他們可能想乘機侵犯宋朝。」

趙匡胤打開蠟丸看了看，點頭說：「回去對你父親說，在我沒當天子的時候，他想幹甚麼我不管，可現在我是皇帝了，他就必須要服從我。如果他有甚麼異想，後果就很嚴重了。希望你回去勸勸他，不要拿生命開玩笑。」

李守節用力地點點頭，說道：「請陛下放心，家父不會背叛陛下。」

在回去的路上，李守節回想趙匡胤說的那些話，意識到人家可能知道父親有異心了，感到事情真的嚴重了。

回去後跪倒在父親面前，抹著眼淚說：「父親，趙匡胤已經知道您有異心了，肯定做好準備了，咱們就不要與他為敵了，還是徹底歸順人家，過安生日子吧！您不能只為了自己著想，也得為家人想想吧！」

「你是不是讓人家灌迷魂湯了？」

「父親您這麼做是自私的。」

「老子輪不到你來教訓，老子吃的鹽比你吃的飯都多。」

李筠氣得臉都紅了，甩袖而去，心想：我跟你趙匡胤沒完。

他馬上派人去跟北漢聯繫，盡快建立合作。

沒過幾天，宋朝的使者周光遜帶來了最高指示，讓李筠去開封參加重要會議，不能遲到不能請假。李筠火了，把老子當小孩兒耍呢！去了不就被你們抓了，讓你們惡整。他派人把周光遜抓起來進行審問。

在嚴刑拷打下周光遜急了，說：「別打啦，別打啦，不用我說你們也應該明白，讓你去是幹甚麼的！」

「我們明白是我們明白，你不說就往死裡打你。」

「好啦好啦，我說我說！」

「那還不快說，是不是還想吃鞭子？」

「意思就是等你去了，把你給逮起來，這樣行了吧？」

李筠遲遲沒有等到北漢的回音，認為北漢之所以猶豫，可能擔心他已經投順宋朝，是故意釣他們，於是決定提前出兵，讓北漢看到自己的決心，促成合作，他先派兵去打了打宋朝澤州，以此向天下人表明他與趙匡胤勢不兩立，我就是要跟你對著幹，不

是你死我活，就是你活我死。

一場真正的考驗開始了，趙匡胤不敢掉以輕心，馬上召開軍事會議研究對策。他在會上強調，如果我們不能夠在短時間內把這起暴動給摁住，將來的局面就沒法收拾了。據我們的臥底說，他們已經跟北漢進行書信溝通，聯合對付我們。如果這時候李重進再來湊熱鬧，那我們就真的不好玩了，請大家獻計獻策，拿出好的對付方案來。

道理大家都明白，但想把上黨給拿下來，也不是一件容易的事情。

李筠為甚麼跳出來跟你幹，就因為人家感到地勢險要，有太行山作為屏障，不容易攻破他們。再說李筠如果跳出來挑戰，挺周派的大臣們肯定會摩拳擦掌，蓄意暴動。李筠跟宋朝的挑戰可能是個導火線，將會引出更大的反宋行動來。

第十五章

御駕親征

北漢的睿宗劉鈞看到李筠真的對宋朝開火了，他覺得所有的疑問都消失了，可以出兵了。為了能夠藉這個機會，把原來北漢的失地全奪回來，劉鈞幾乎把全國的兵力都調來了。

這讓大臣左僕射趙華感到擔心。

他說：「陛下，現在是收復中原的大好時機沒錯。可臣感到李筠的個人主義嚴重，做事又衝動，不像是成大事的人。如果我們傾巢而出，風險太大了，不如先派個小部隊去看看情況。」

劉鈞梗著脖子問：「你甚麼意思啊？在這關鍵時候，說這種喪氣話！」

「這可不是喪氣話，而是我們必須要考慮到的風險啊！」

「你有甚麼好辦法就說出來，沒有就別在這裡亂叫亂嚷。」

睿宗並沒有聽從趙華的建議，懷著理想與信念，帶領大軍來到了太平驛，打發人通知李筠前來見駕。當李筠來到後，兩人行了君臣之禮，劉鈞心裡高興啊！多少年來，他做夢都是後周的大臣跪在他面前，雖然李筠沒有跪，行了為臣之禮節，也算是好夢成真了。

他賞給了李筠很多東西，還把李筠封為西平王。

李筠也回了劉鈞重禮，並給北漢的重臣們都送了東西。這次見面可以說是極其融洽的。可當李筠回去後，越想越感到沮喪。原因很簡單，就因為他看到劉鈞長得像個社員，根本就沒有社長

的風範。

他對下屬們說：「真沒想到劉鈞長得這副德行，要是別人還說得過去，可是他是皇帝啊！再者，看他們那些兵，根本就不像個樣。我感到指望他們作用不大，說不定還會壞咱們的事兒。」

親信們忙說：「不能以貌取人啊，再交流交流看情況吧！」

接下來的交流就很不痛快了，因為李筠根本瞧不起劉鈞，態度也不謙虛了，說話的口氣也不像為臣了，兩人常因為立場不同而起爭執。李筠脾氣上來了，竟然對劉鈞提出說：「我想過了，後周太祖對我有再造之恩，我不能接受你的西平王。」

「我說老李啊，你以為這是小孩子鬧著玩嗎？」

「這不是鬧著玩，這是操守的問題。」

這時候劉鈞感到很是惱火，想想當初趙華勸說他的，感到這李筠還真的反覆無常，把全國的兵力都押在這裡還真的有風險。一個將領這麼衝動，考慮問題不從大局出發，還怎麼合作呢？他派盧贊率騎兵幾千人編入李筠的軍中，目的是監視李筠，別讓他做出甚麼幼稚的事情來。

李筠更不高興了。

我為甚麼要打趙匡胤，就是不想被他管著，沒想到公公沒送走又迎來了婆婆，我這沒事兒找事兒呢！因此他故意找盧贊的茬兒，兩人老是爭吵。這件事被劉鈞知道後，感到徹底失望了。他只留下了少數的兵在李筠那裡，把主力部隊拉到邊境進行觀望，如果時機好就出兵，情況不對頭也不會有甚麼損失。

這時候李筠想與北漢分道揚鑣，他說：「離了北漢一樣可以打敗趙匡胤。」

閭邱仲很擔心，建議道：「不注重團隊協作精神，孤軍作戰，這樣下去會很危險的。與北漢聯盟還是有好處的。就算人家

幫不上大忙，對宋朝也有威懾作用吧！」

李筠瞪眼道：「誰說我是孤軍作戰？現在後周的將士們都想舉旗，只是沒有領頭的。只要我帶個頭，他們都會擁護我。」

閭邱仲又向李筠建議道：「帶領大軍從懷、孟、塞虎牢經過，直接佔據洛陽，再去攻打開封，這樣就會事半功倍，打敗宋朝就很有希望了。」

可是李筠這個人邪性，認準的事八頭大象都拉不回。他並沒有採用閭邱仲的建議，而是自信地認為憑著他的影響和威望，完全可以促成禁軍反宋大潮，形成全民抗宋的趨勢。於是他讓李守節留守上黨，親自率領三萬大軍出發了。

李筠命令軍隊攻打懷州，沒想到這座城這麼不禁打，沒幾下就給攻破了。他高興極了，這麼打下去，他趙匡胤不倒也難。他留下部分兵力守著澤州，大軍駐紮在澤州之南，然後考慮下一步的計畫，準備用最快的速度蹚過城池，最終把開封奪回來。至於奪回來，是否再把柴宗訓立為皇帝？他可沒想過這個問題。

不過我們相信，就算他現在打著這個旗號去打仗，真把開封給奪回來了，他也會立自己為皇帝。沒辦法，甚麼時候說甚麼話，環境與條件是可以改變人的。

當趙匡胤得知懷州失守後，他急了，馬上派石守信、高懷德率軍挺進洛陽方向，爭取渡過黃河打擊李筠。

他的戰略思想是搶先從孟津渡過黃河再過懷州，把天井關險隘給佔住。只要把這個關給把好了，佔領懷州的李筠斷送糧草，那麼懷州就變得孤立無援了，想怎麼打就怎麼打。

佔領懷州的李筠還在懷州優閒自在，以逸待勞呢！也許他認為自己揭竿而起了，李重進可能會有所行動的，別說是李重進，就是只有懷有兩個心眼的，也不會在這種時候袖手旁觀。

那，現在李重進到底是怎麼想的，他正在幹甚麼呢？

當初李重進聽說小趙把皇帝推下去，自己當了皇帝，差點把肺給氣炸，他當即開會商量去打趙匡胤，還把話說得挺狠。但他的下屬們都明白，用嘴是吹不死趙匡胤的，於是就提議去跟李筠聯手。

李重進點頭，是啊是啊，我為甚麼不跟李筠聯手呢？

他寫了封信準備去聯繫李筠，信沒有送出去，聽說李筠已經歸順趙匡胤了。

李重進又把李筠祖宗奶奶地罵了一頓，然後趕緊回去修城牆了。沒過多久，李重進又聽說李筠突然去攻打宋城澤州，他就笑了，沒想到這李筠的心眼兒挺多，跟趙匡胤玩起了陽奉陰違。

這時候李重進又有私心了，他想我現在不出兵，等你們兩敗俱傷時，我正好把你們全部清理掉，這天下不就是我的了嗎？

謀士們感到這種想法是要不得的，分析說：主公，您的想法是不對的啊，以李筠的力量絕不可能與宋軍抗衡，說不定被打急了還會投降。如果我們現在跟他聯手，那就夠姓趙的喝一壺的了，雖不至於把他立刻打趴下，但能贏得更多的時間用來發展我們的實力。只要有時間，就可以把後周的追隨者凝聚起來，到時候再去打趙匡胤，沒有不把他打敗的道理。

李重進又想：對啊對啊，我得跟他聯手。

所以，他又開始寫信。

這封信的大體意思是，兄弟啊，趙匡胤這龜孫子忒不是東西，竟然恩將仇報，把小皇帝給踢下去自己坐了龍椅。這是甚麼行為？這是為人不齒的，這是鬼神遷怒的，這是天理不容的，這是五雷轟頂的。咱們嘛，都是受恩於周帝的，長時間以來，我們

都懷有報國之志，想效仿忠義之士，留名千古。如今考驗我們的時候來了。您首先挺起槍來誅死趙賊，這是人心所向民意所歸的啊，大大的好啊！我雖然不才，願意與您並肩作戰，同心協力，把趙匡胤這小子打趴下，打得沒氣兒，恢復周朝。

寫完這封信，李重進感到自豪，他沒想到自己竟然寫得這麼好。李重進心裡想了，等把趙匡胤打敗了，我為甚麼要立宗訓那小屁孩啊，自他上台後，竟然把我給貶出了京城，派到了這山窩窩裡，我立你，我有病啊？

隨後，他讓自己的親信翟守殉去向李筠送這封信。

為甚麼讓他去？因為這封信事關重大，因為翟守殉是他最信任的人。翟守殉接過這封信說：「主公放心，人在信在，人不在信也在。」

這意思就是，我的魂飄旋風也得把信颳到李筠手裡。

李重進點點頭說：「你去吧，我會幫你照顧你家人的。」

翟守殉帶了幾個人，騎上最快的馬狂奔而去。然而當他們剛接近李筠的地盤時，意外就出現了。從溝裡突然冒出隊人馬來把他們團團圍住。翟守殉不由暗暗叫苦，再走二里路就到李筠的營地了，在這時候被人家給圍住了。

他刷地抽出劍來，喊道：「衝出去！」

勢單力薄的，沒折騰幾下就被人家給制伏了。

至於史書上說，他拿著信屁顛屁顛地跑到趙匡胤那裡，拍甚麼馬屁，這肯定是宋朝官史編著的故事，目的就是說大宋皇帝多麼英明，李重進的親信都來投奔他。在史書上這種向趙匡胤投順的事情多了去了，有的無緣無故就投，投得莫名其妙。

你想過沒有，李重進派人送這麼重要的信，能不派自己信得過的人嗎？再說他翟守殉的妻小都在李重進手裡呢！他跟隨李重

進那麼多年，李重進對他這麼信任，他憑甚麼拿著信就往趙匡胤那裡跑啊？他難道不知道，如果把這封信送到李筠手裡，兩位有實力的重臣聯手，把趙匡胤給打趴下還是很有把握的，何必再去投奔趙匡胤呢？

言歸正傳，翟守珣被抓後，信被人家搜去了。

翟守珣之所以被抓，並不是宋軍碰巧抓住的，而是趙匡胤早有部署。趙匡胤最怕李筠與李重進聯手，他早就派人密切關注兩軍相通的路口，以防他們有甚麼串通。

這說明甚麼，這說明人家趙匡胤的腦子好使。當然好使，要不他能當上皇帝，別的人當不上啊，這可不只是運氣的問題。

話說趙匡胤看了翟守珣帶的那封信，心裡有些後怕。

多虧早埋下伏兵，要是這封信送到李筠手裡，事情還就真的大條了。你去打李筠，李重進就會從後面打你；你打李重進，李筠還是打你屁股，這就叫做前後受敵，兩面受熱，難受啊！

趙匡胤決定收買翟守珣，讓他回到李重進那裡當臥底，並想辦法拖住李重進不讓他出兵。於是他親自接見了翟守珣，陪他喝酒，並表明了他的想法。只要跟著我幹，好處大大的，給你高職位，高工資，送給你豪華別墅。

翟守珣哭咧咧地說：「臣也想跟您幹，可家裡的老婆孩子怎麼辦啊？」

「這個你放心，讓你跟我幹，就能夠保證你老婆孩子的安全。如果你不跟我幹，就是把你放回去，怕是你也見不著老婆孩子了。」

翟守珣知道李重進脾氣不好，患有神經多疑症，如果讓他知道沒把信送到，肯定會把他給送到墳墓裡。這時候他有兩個選

擇，一是撞牆而死，這個光榮；二是投降。李重進知道他那麼勇敢後，會為他開場小的追悼會，讀哀辭的時候說他是勇士，然後多少會照顧一下他的家人吧？

當英雄是好事兒，沒命就不好了，他最終決定來點實惠的，投降吧！

翟守殉說：「陛下能夠建宋代周也是天命使然。這麼多果敢之士都歸附您手下，這說明陛下的寬厚仁義。如果陛下不嫌棄，在下願為您效力。不過小的真的怕李重進對我的家人下手啊，您鞭長莫及啊！」

「你看你，跟你說過保證他們的安全，就能保證。」

翟守殉點點頭說：「我相信陛下是能夠說到辦到的。」

趙匡胤說：「朕想弄個鐵券丹書之類的，由你交給李重進，你看行嗎？」

那麼甚麼叫做鐵券呢？這玩意兒意義不同。是皇帝賜給功臣重臣的獎賞和盟約性質的憑證，有這個殺了人都不償命，有這個可以享受政府的特別津貼。這種東西發給誰那就是最高的獎勵了。一般就是把皇帝的旨意刻在黃金板上，銅板上，永不失效。

趙匡胤想用這樣的東西，讓李重進看到他的誠意，不要再湊熱鬧了，享你的天福去吧！翟守殉把頭搖得就像撥浪鼓，忙說：不行不行！鐵券是賜給有功的臣子的，他是不會接受的。因為他自己想當皇帝，怎麼會接受這個呢？

趙匡胤聽了，不禁有些為難了，問：「你認為怎麼才能讓李重進歸服呢？」

翟守殉搖頭說：「只要他想當皇帝，說服他就很困難。」

確實困難了些，趙匡胤想：我總不能把皇位讓給他坐吧？實在沒有好辦法了，趙匡胤說：「這樣吧，你回去就對李重進說，

把信送到了李筠手裡了，不過李筠的部隊看上去不像樣，根本就不能成大事，這時候不應該輕舉妄動。只要你能拖他幾天，這就是你的功勞。我提前在都城給你建好房子，戰事平息後，你們全家就搬過來，你就到『政府』這兒來上班。」

「陛下，我帶來的那幾個兵，是不能再帶回去的。」

「放心吧，他們不會壞咱們的事的。」

翟守殉知道這句話的意思，他想說留著他們的性命，但隨後想到這會有風險，如果他們有人私逃回去，那自己的命就沒了。

隨後趙匡胤派人把翟守殉送到了離李重進很近的地盤。翟守殉邊往前走，心裡邊想著他辭行前趙匡胤說的話：老翟啊，你回去大膽地工作，再說了我手下的人並不只有你自己在李重進手下工作嘛！遇到甚麼難處他們也是會幫助你的。要是我們不知道你去李筠那裡送信的消息，怎麼會把你抓住呢？他知道趙匡胤這句話的意思，要是你回去就玩花樣兒，我一樣可以把你給整了。

翟守殉回去後，跟李重進彙報說：「主公啊，為臣這次到了潞州見到李筠後，細緻地觀察又觀察，發現問題了，還是很嚴重的呢。」

「甚麼問題？」

「他們的部隊亂糟糟的，根本就不像做大事的。如果我們貿然出兵，還挺危險的。依臣之見，還是先觀望一下再說吧！」

「李筠到底是怎麼說的？」

「他說希望您馬上帶兵去，多帶些，越快越好。」

李重進這人做事本就不果斷，聽到這裡就想了，這麼急著讓我帶兵去，是不是他現在撐不住了啊？不行，我還真的不能去冒這個險，還是再等等看吧！

就這樣，他打消了立刻出兵的念頭，又玩起坐山觀虎鬥了。

於是又下令再去加固城牆，多搞些箭，以防李筠被打敗後，宋軍前來攻打我們……

當趙匡胤得到消息，聽說李重進只是加固城牆，並沒有出兵的意思，不由心花怒放，太好啦，我要在李重進還沒轉過彎來時盡快把李筠給幹掉。等他轉過彎來時我再把他幹掉！

他親自率兵抵達滎陽，也沒顧上休息，直接就上了太行山，於五月二十九日與李筠開始了決戰。雙方擺開陣勢，擂鼓進擊，經過激烈的交鋒之後，到處都是躺在血泊中的死人。

宋軍取得了完勝，打敗了李筠的三萬人馬，俘虜了三千多人。最有意義的是，把北漢留在李筠這裡的盧贊，給殺掉了。

盧贊的死亡，嚴重地打擊了北漢與李筠合作的熱情。

李筠帶領剩下的部隊退守進澤州，下令把城門關緊，所有的軍力全部上城牆迎接宋軍的攻城之戰。李筠站在城牆上，臉上的表情還挺自信的。也可能他認為這城牆夠厚，宋軍不容易攻破，等他們攻累了，就可以出城打他們了。

趙匡胤聽到李筠帶兵進入澤州，便率領大軍把澤州團團圍住，親自指揮攻城，本來用不到幾天就把城給拿下來，沒想到真攻起來並不容易。這城防設施堅固，又有李筠拼死守著，攻城的次數多了就鬱悶了。

這一戰就是十多天，可是沒有任何效果，就更鬱悶了。

這樣下去怎麼可以呢？這是要出大問題的啊！

趙匡胤一籌莫展之時，他親愛的大救星終於來了。這就是李筠的部下王全德。這哥們兒看到這城圍得就像鐵筒似的，他把小心機一打，感到還是跟著趙皇帝有前途，就帶著兵來了。他把李筠那方的重要情況全都講給了趙匡胤，這讓老趙非常激動，拍著

王全德的肩說：「哥們，你夠意思啊，等戰爭結束啊，朕心裡會有數的。」

當李筠知道王全德投降後很激憤，他在指揮部裡跳著高罵王全德。李筠的愛妾劉氏是個知識分子，有思想，她見宋軍攻城攻得厲害，眼看就要失守了，便對李筠說：「官人啊，你有沒有覺得我們澤州已成為孤城了，再堅持幾天我們吃甚麼啊？看來這城是保不住了，與其在這裡坐著等死，不如想點其他的辦法。」

甚麼辦法？有的話他李筠早想好了，現在沒得想。

劉氏嘆口氣說：「我們不如挑出精銳之兵，組成敢死隊掩護我們殺出條血路，直奔上黨。等回到上黨再向河東求援，我們就可以起死回生。最差也比坐在這裡等死好得多吧！」

這話說得在理啊！李筠點頭說：「看來，只能這麼做了。」

他馬上命人去組織騎兵，等把所有的騎軍給集合起來，也就是千數人。李筠收拾著東西，準備夜晚突圍。他的部下前來勸他：「主公啊，這樣做很危險的。您也知道，現在我們的人都想去投奔趙匡胤，正愁著沒有見面禮呢！如果您出去了，他們很可能把您抓起來，獻給宋朝，這不就前功盡棄了嗎？」

也有人說：「那也比我們在這裡等死強啊！」

還有人說：「反正橫豎都是死，那就死得壯烈點唄。」

李筠在這種時候又做出了選擇。他心裡想：如果我被自己的人給逮住送給趙匡胤那還不得鬱悶而死啊！還不折了我的英名啊！我還是在城裡守著吧，只要我再堅持幾天，相信北漢或李重進就有所行動，那麼澤州之難就解了。

就這樣，他們又把兵力分布到城牆上——死守。

事實上，李筠最想要的結果卻是趙匡胤最怕的結果，他絕對不能在援兵到來之前拿不下澤州。其實也沒有人來支援李筠，但

趙匡胤不知道啊。於是他成立敢死隊，準備把城給硬拿下。

他對那些敢死隊成員講了話。

不外乎說，戰士，死在戰場是光榮，國家與人民，是不會忘記你們的。你們如果犧牲了，我就把你們的親人，當自己的親人供養。如果你們能夠活著回來，那就是要提報的。你們放心地去打吧。可是，要是誰要敢叛逃，對不起，你逃回來還是死，但你家人不但得不到照顧，還會恥辱地活在世上，讓人家瞧不起。

有個叫馬全義的勇士站出來，說自己願意當敢死隊隊長。

趙匡胤點頭說：「好，朕就看你的了。」

這個馬全義被趙匡胤鼓勵了幾下，情緒飽滿地帶著敢死隊衝上去。也不管箭如雨下，也不管身邊的人倒下沒倒下，架起雲梯冒死攀爬。終於在宋軍箭隊的掩護下攀上了城牆，與人家短兵相接起來。馬全義雖然身受重傷，血流不止，但他全然不顧，帶著不多的隊員拼命去奪門。

外面的宋軍就拼命撞門，就這樣兩股勁兒，把門給撞開了。

李筠發現城門被撞開了，也不在那裡掙扎著指揮了，就像受驚的兔子般逃回府裡，抹著淚喊道：「今天失敗的不是我李筠，而是那些貪生怕死之輩。事情到了這種地步，我不會苟且偷生，我要捨身求仁、自殺取義。」說完他取來油柴準備自焚。

小妾劉氏抹著眼淚說：「官人，小妾願意跟您一塊走。」

李筠說：「你現在懷有身孕，他們不會殺你的，留下吧！」

小妾堅持要跟他進房，李筠把她硬拉到院外，把大門給插上了。他走進大殿把房子點著了，倚在門上，被火給烤得受不了，為了盡快地死去，他抽出腰刀，猛地刺進胸部，猛地拔出來，就感覺不到這火太燙手了……

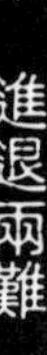

第十六章

進退兩難

坐山觀虎鬥的李重進可不是去動物園逛那麼輕鬆，他就像掐了頭的蒼蠅在房裡亂轉。他越想越感到不對勁了，人家李筠跟趙匡胤在玩命，你明知李筠打不過人家還在這裡坐山觀虎鬥。你這不是等於被人家剝嘴唇等人家砸你的牙嗎？不行，這樣下去牙就真的沒了。他馬上下令集合部隊準備出城支援李筠滅賊。

他們還沒出城就接到消息，李筠已經放火自焚了。

李重進聽到這個消息後就像被打愣了似的，半晌都沒有回過神來。當他醒過來，對著翟守殉破口大罵：「啊，當初要不是聽你的，及時出兵，李筠就不會死，我們也不會落得唇亡齒寒。真不知道你安的甚麼心？」

翟守殉嚇得脖子都縮沒了，心裡非常害怕，但他還是辯解說：「當初在下說得沒有錯啊！如果李筠能夠成大事，也不至於這麼不成氣候啊！如果我們貿然前去，說不定也會被他所累。」

想想也是，他李筠擁有後周的精銳部隊竟沒撐幾天，還能做成甚麼大事啊？

李重進也沒有再為難翟守殉，再說他也沒有工夫廢話了，趕緊地發動全城軍民加固城牆，增強防備。

他的親信說：「主公，城牆都加高兩次了，沒法再加了。」

李重進吼道：「沒法加了，那就都站到城牆上給我候著。」

過幾天，趙匡胤的使者陳思誨來了，帶來了趙匡胤賜給李重

進的鐵券。李重進接過這書信，看到趙匡胤情真意切地邀請他前去京城共享富貴，他有些猶豫了。

陳思誨忙說：「您聽說過沒有啊，李筠已經死啦！」

「他是死是活，跟我有甚麼關係！」

「陛下不想再跟這些老同事玩命了，想著讓您去共享宋朝的成果呢！現在宋朝剛剛成立，百業待興，還需要您去幫著工作，盡快讓老百姓過上安定的生活呢，您還等甚麼啊？」

李重進聽了有點心動，但又擔心趙匡胤把他給騙去，把他給收拾了。

陳思誨彷彿看透了他的想法，忙說：「陛下接過位子之後，把前朝的舊臣都錄用了，還都是升職錄用。想必您也是聽說過的吧？有這樣胸懷的主子請您前去共同治理國家，共同享受安定團結帶來的祥和幸福，您還有甚麼好憂慮的啊？」

這次李重進真的動心了，他想：理想跟現實本來就有點兒小分歧，沒甚麼關係，重要的是我打不過趙匡胤也不想打，見好就收了吧！

當天夜裡，他把幾個重要的將領叫到府上開了個會，把趙匡胤的意思說了說，讓大家談談對這件事情的看法。

手下頓時出現了幾種聲音。

一種是雙方的實力差距太大，以和為貴為上策。不同的聲音是千萬不能去，要是去了開封，誰能保證趙匡胤會怎麼對付您啊？再說了，你們之前就多有不和，他能放過您嗎？

還有種聲音說，李筠雖然死了，但並不是說沒有可聯盟的人啊，比如可以跟北漢，跟遼國、南唐等國聯合對付趙匡胤啊！就跟他們說，誰來幫著打趙匡胤，到時候奪回地盤，就分給他們一半，他們還不跑掉了鞋啊？

本來李重進就沒有主見，聽到大臣這麼說，又開始猶豫了。是啊，對趙匡胤來說，敵人始終是他的威脅，他不會留著我的，等我去了，當時不殺，以後也得找理由把我給害死。

就在這時，又有人說，他趙匡胤為甚麼要給您鐵券啊？就是他也沒有把握打敗咱們。他們來打咱，不得跋山涉水啊，等來到這裡，早累趴下了，也就咱們打他們了。

在大家的爭論下，李重進又做出了錯誤的決策。他決定把巧舌如簧的陳思誨給關押起來，馬上派人去跟南唐聯繫，共同對付趙匡胤。

李重進心想：在世宗時代，趙匡胤曾帶兵把南唐給打得夠嗆，不得不裝孫子稱臣才勉強保住了國家，還只能穿後周給定做的袍子。他們本來想收買趙匡胤，而姓趙的又拒絕了他們。想必他們肯定恨著趙匡胤，沒有理由不出兵的。

李重進趕忙寫了封信，打發人向南唐奔去了。

南唐成立於公元九三七年，是徐知誥篡吳自立成國的，在金陵建都，定國號為唐，徐知誥把自己的名字改為李異。李異當了六年皇帝後去世，當時只有五十六歲。李異死後由他兒子李璨繼位，但這個人綜合素質很差，沒甚麼政治才能，自從上任以來就只有不斷挨打的份兒。

在後周時代他採用的國防策略就是，找東西四處送，說得最多的話就是，從今以後您就是我的老闆了。當他們聽說趙匡胤成立宋朝後，當時就備份厚禮送給人家，說從今以後您就是我的老大了。這樣的南唐，在接到李重進的信後，還能有甚麼表現呢？

李璨看了李重進的信感到很燙手，牙痛般吸溜著嘴。

他想都沒有想合作的可行性，馬上給李重進寫了回信。

信的大體意思是，哥們兒啊，人在不得志的時候跟命運鬥爭這是史有前例的，也多有成功的。但是現在的形勢不適合那麼做。就像李筠那樣牛烘烘的，糾結起些烏合之眾去跟精兵強將較勁，結果怎麼樣？還不是惹火燒身丟了性命。我覺得你的計畫根本就不可能實現，所以我不敢做這個風險投資，就請你諒解了……身體多保重……

李重進本想到這次能與南唐合作成功，沒想到等來這樣喪氣的話，不由大怒。他除了跳著高罵人家沒骨氣外，沒任何辦法。反正人家就不跟你合作，你愛咋的就咋的，反正你還沒有本事打人家。

這樣的形勢讓李重進有些騎虎難下，不由後悔了。

早知道南唐這麼軟，還不如順水推舟、委曲求全，跟人家小趙混得了。雖然沒尊嚴，但最少還能混口飯吃不是，現在倒好，把最好的機會錯過了，再去求人家可能就沒有之前的優待了。

他的親信說：「把陳思誨放出來，再跟他談談？」

「都把人家給關起來了，再跟人家談還能談出甚麼好來？」

李重進又做出了錯誤的決定，他不想在這裡守著城，等趙匡胤來收拾了。他要主動去跟姓趙的小子較量。也許，他真實的想法是去險要的地方把守，也許他感到以攻為守才是打仗。他剛要下令集合隊伍，他的親信又開始說話了，主公啊，反正咱們也打不過人家，還不如投降得了。

聽到這話，李重進瞪眼道：「你們沒有主見啊？」

親信低下頭，心想：我們沒有，你有也成啊，可你也沒有。

李重進突然又想，我主動出去迎擊這不是找挨打嗎？還是在城裡安全啊！於是他又沒有採取行動。沒辦法，這就是李重進，這樣的李重進手下還能有甚麼人才啊？

他領著幾個親信巡視了城牆，發現把牆堆得拔尖高了，過道變得很窄，有的地方都沒有過腳的地兒。就在這樣的城牆四周轉了半圈，把他給累得夠嗆，回到家裡喝口水吧，卻聽到有人急報，說是安友規正要發動叛變。

他把手裡的茶具扔到地上，吼道：「來人來人，把，把他給追回來，要是他敢反抗，就把他砍了。」這下他更慌了，想想他的下屬似乎都有投降的可能，他馬上讓文書寫布告，誰要是敢投降，抓回來就砍頭，把他全家都給砍了。文書邊想邊寫，抓回來砍頭，要是抓不回來你也沒辦法。

那麼安友規為甚麼逃跑？理由很簡單，他感到雙方的實力差距太大，李重進肯定打不過人家，跟著他幹下去就是俘虜，一個俘虜被押到宋朝還能有甚麼前程啊？如果他現在去投靠自然會得到趙匡胤的重視。

安友規正集合隊伍準備出城呢，李重進派來的兵就殺來了，嚇得他用繩子把自己吊到城外，狂奔而去。那些沒有逃得及的同仁們就倒楣了，全部被李重進給殺了。

李重進恨得牙根癢，決定去偷襲宋朝的營地撒撒氣，也算是給將士們鼓鼓氣。李重進這次錯誤，也是人生最後的錯誤了。

趙匡胤本來不想征服李重進了，他已經打累了，還擔心北漢與遼國進犯，想著再對李重進招降，勸降信還沒寫完呢，聽到消息說，李重進竟然派兵襲擊他們的軍營，他就把筆給扔了。

他隨後任命石守信為揚州行營都部署兼揚州行府事，王審琦作為副手，率領禁兵前去攻打李重進。

同去的還有李處耘、宋延渥、安友規。

當遠征的部隊在前線安定下來，趙匡胤決定御駕親征。當然了，如果前邊沒有安排好他是不會出去的。十月二十四日，趙匡

胤率領大軍從開封出發，乘戰船沿汴河向東挺進。在船上，趙匡胤的親信看到有個漁船在遊蕩，上面站著位戴斗笠的姑娘，在夕陽下與山水和諧得挺好看的，便請示趙匡胤，是不是把那姑娘叫來伺候您。

趙匡胤非常生氣，對著那人狂吼，朕是出來打仗的，不是來泡美眉的。你以後再敢說這種話，朕就把你扔進水裡餵魚，讓人家姑娘打肥魚。

在十一月八日，他們來到泗州，登陸後直奔揚州。

那天早晨，李重進正摟著小妾睡得噴香，聽到外面喊道，不好啦不好啦！宋軍來了。李重進慌亂地爬起來，套上鎧甲，提著劍就跑出去了。他趕到城牆上看去，發現揚州已經被宋軍給圍住了。宋軍人山人海，戰旗在風中飛揚。

李重進面如死灰，眼睛都紅了。沒辦法，這幾天上火，滿嘴水泡臭得要命，眼白裡都是血絲。他顫著聲音說：沒想到他們來得這麼快。

看李重進的信息化戰爭發展得多慢，人家的大軍早幾個月就來到揚州了，你還摟著小妾睡大覺。人家皇帝都帶著兵把你給圍起來了，你卻還沒有起床。

這時候李重進有些後悔，他想要是自己早歸順趙匡胤，說不定現在還不用起床呢！既然到了這種地步，他沒法投降了。其實也不是沒法投，只要派人對趙匡胤說：別打了，我們投降，趙匡胤肯定高興。誰願意打仗啊？打仗費力氣還流血死人的。

可是李重進死要面子活受罪，他覺得現在投降就太讓人看不起了。沒辦法，這就是古人講的操守，要是現在的人早投降八遍了。正是由於這樣的氣節，李筠才把自己給燒死了。李重進沒有

別的辦法，只得號令全城軍民投入守衛戰中。

士兵們都知道這仗最終也是輸，他們就不太想打。

打還是輸，這不是白打嗎？

他們的精神頭太差了。特別是那些民兵，都是商人、莊稼人，沒經過甚麼訓練，也沒正規武器，扛著钁頭、鐵鍬，還有二齒三齒鈎子。所以李重進他的隊伍顯得很不正規，亂糟糟的。

當石守信帶領軍隊前來攻城時，李重進扯著嗓子喊，打啊打啊，誰勇敢讓他升官發財。士兵都像用慢動作往城下扔東西，那弓也拉得羞羞的，那箭射出去就像磕頭蟲。更過分的是，有些人抱著頭蹲在那裡哆嗦。

李重進恨極了，舉起劍對著哆嗦的人就砍。

還沒有打死半個宋兵的，先把自己的兵給打死了。

宋軍箭隊開始工作了，他們把弓拉圓滿，那箭動力十足射向守城的兵丁。在箭如暴雨的掩護下，宋軍開始架起雲梯登城。守城的看到這裡不往下放箭、不扔磚瓦塊，拔腿就往城裡跑。

李重進喊道：「誰敢跑我就殺了誰。」喊了兩聲他自己也跑了。不跑能行嗎？不跑就沒命了，他跑得並不比別人慢。

石守信他們撞開城門，帶領大軍灌了進去。

可憐的李重進，狂奔進家裡，瞪著血紅的眼睛叫道：「敵人馬上就來了，與其被人家俘獲後遭受羞辱，還不如捨生求仁呢！我曾經享受過富貴，死了也沒有甚麼遺憾，只是沒能完成大業還拖累了家人，這讓我慚愧啊！」

全家人都抱頭痛哭，都跪倒在地上說：「老爺啊，咱們去投降人家吧！」

「甚麼，投降，要投老子早投了，我死也不投降。」

大老婆看到李重進想玩狠的，要跟全家人同歸於盡。她想：

這該死的李重進，你的心是甚麼做的啊？這麼狠！她向他勸說：「官人，俺來陪你成仁，讓小輩們成人吧，他們還小呢！」

李重進搖頭說：「我是不會留下你們讓別人欺負的。」

家裡人忙說：「老爺，我們不怕被欺負，我們不想死。」

有兩個年輕的小妾嚇得要命，拔腿就往大門口跑，李重進追上去就把她們給刺死了。大家都跪倒在地哭著求條活路，但李重進並沒有同意，用劍把他們趕進廳堂，把房子給點著後，自己走進殿內用背頂著門，揮著劍砍著想奪門而逃的家人。

趙匡胤帶人來到府前街，看著熊熊的大火感嘆道：「唉，李重進你這是何苦呢？你死了也倒罷了，為何要讓家人跟著你死呢？老混蛋！」

他慢慢地回過頭，對下屬說：「李重進之所以走到這一步，都是他的部下挑唆的。把他們全部給拉來，通通把他們扔進火裡，讓他們陪李重進去吧！」

沒過多久，李重進的一百多名親信全被押到府前街，先把他們給殺了，再扔進熊熊燃燒的火裡。

趙匡胤藉著這個機會開了個現場會。這個就很有說服意義了。他講的話內容大體是這樣的，大家看到沒有？這就是不好好輔佐主人的下場。你平時不提好的建議，不起好的作用，就等於拆主子的台。主子做出了錯誤的決策害的不是他，還把自己給害了。親信們聞著焦糊的人肉味，聽了這番話，感觸頗深啊！

沒過幾天，李重進的哥哥李重興聽到揚州失敗後，嚇得自殺了。趙匡胤又密令把李重進的弟弟李重贇，還有他的兒子李延福也給殺了。他不想留下仇恨的種子，給自己以後添麻煩。善待人家得分情況，如果李重進有漂亮閨女或美麗小妾活著，還是可以寬待的，還是可以提供生活費的。但男人不行！

當南唐主李璨聽說揚州已經滅了，李重進自殺身亡，他驚得捂著胸口愣了半天，感到那心撞得手都疼了。隨後他的臉上泛出了驚喜的笑容，慶幸當初自己果斷回絕，否則這麻煩就大了。

他就沒有想到，正是他沒有與李重進合作的戰略眼光，失去了樹立尊嚴的好機會。後果不比李重進強到哪兒去。他從李筠與李重進的事件上吸取的教訓是，弱肉強食啊，該當孫子的時候就得當，最少還能活著。於是，他派人給趙匡胤送去了很多東西，說是慶賀他們取得了勝利……

第十七章

總統失眠

隨著宋朝把李筠與李重進鏟除掉，坐山觀虎鬥的集團也安靜下來了。本來還想等兩位老李跟趙匡胤掐得你死我活時，順便撈點漁人之利的，沒想到這兩個牛烘烘的傢伙這麼脆弱，讓人家趙匡胤幾下子就給整垮整死了。

戰爭的結束就是和平，和平的結束就是戰爭。為了承受和平之後的戰爭，或者主動發動戰爭奪取利益，趙匡胤決定盡快地發展經濟讓宋朝強大起來。強大起來才可以面對未來的種種挑戰，才可以實現一統中原的理想。問題是他的系列治國之策，總是不能夠得到很好的落實，於是他鬱悶透了。

難道他的路線方針不切實際？或者是定得太高？

這都不是，落實不力的主要原因是他的義社兄弟們，他們身居要職，自以為功勞蓋世，牛烘烘的，不好好工作。就算他們用心工作都可能做不好，何況還吊兒郎當的。義社兄弟的專業技能是領著人去殺人，這跟搞行政管理還是有點區別的。

趙匡胤很想把他們都給拿下去，但是又不能拿。畢竟在政變時期，這些人為他當皇帝出了不少力，你現在當皇帝了，位子坐穩了就卸磨殺驢，不讓人心涼如冬啊！而就在這時，曾在政變中當先鋒的王彥升開始惹事了。

王彥升惹甚麼事兒了？

這不，趙匡胤為了更好地利用王溥，把他的父親王祚任命為

宿州防禦使。父子同朝為官共同為宋朝出力，本來是佳話，可人家王彥升他老兄知道後不高興了。我為了你當皇帝出了多大的力啊！你不重用我，卻提拔那些對建國沒有任何功勞的人，提的官還比我高。

王彥升心裡有氣，當然不能對趙匡胤發，但他忍不住啊？於是就把矛頭對準了王溥，想把他給扳倒。

為了得到更多人的支持，他請很多將領吃飯，在喝酒的時候，挑唆地說：「哎哎哎，有件事你們知不知道啊？王溥的父親王祚被提拔成宿州防禦使了。」

大家點點頭說：「聽說過，怎麼了？」

「你們想過沒有，咱們可是為了宋朝的建國出了大力的，上邊不提拔我們，卻去提拔對建國沒有任何功勞的人，這公平嗎？這樣吧，咱們大家寫封聯名信，把王溥爺們兒給搞下去，看他們還能不能？」

人家可沒有他老王這麼傻，都乾笑幾聲不說話了。

這個世界上不公平的事情多去了，你身上癢癢撓的時候都不公平，因為手指頭有長有短。心理不平衡你也得忍著，忍不住你就倒楣。王祚的官是皇帝任命的，你現在站出來反對這性質就嚴重，你這是干涉皇帝的權力，你干涉了他的權力，他就可能把你的權力給拿掉，那麼你以後就有了更不平衡的理由了！

王彥升見大家都不支持他，還把話往別處引，便感到有些失望。心想：他娘的，都不是站著小便的人。

找不到幫手，他還是不肯罷休，費了九牛二虎之力，寫了封自認為很有文采的彈劾奏章，派人送到趙匡胤手裡，然後他就每天等著董事長關愛的眼光。

他本來想到這封奏章會起到好的作用，可是等了兩個多月也

沒有聽到任何動靜。當京城有過來辦事的，問起王溥父子，聽說現在陛下挺看重他們的，王彥升內心更不平衡了。

我費了那麼大的勁兒寫了奏章，還不如狗放個屁，放個屁還讓人捂捂鼻子，也算有點兒行為吧，可是我的信就像沒寫。因為心理不平衡，工作熱情也不高，每天都跟同僚約著喝酒。喝多了就會埋怨領導沒把一碗水給端平，把同僚嚇得再也不敢再跟他喝酒了。有些人還把這件事彙報給了朝廷。

趙匡胤聽到王彥升對自己的意見這麼大，心想：再把他留在外面就危險了，要是他帶著兵叛國而去，這影響多壞啊！於是把他給調回開封了。

王彥升回到京城後，沒有想過趙匡胤為甚麼把他調上來，也許他想到的是，自己功勞大，趙匡胤照顧他。從此之後，他更加放肆無禮了，有事沒事就往王溥家裡跑，去了也不客氣。

「小王，給叔泡杯茶。」

「小王，給大爺我弄點酒喝。」

王溥心裡煩得要命，但還是忍著。他忍，王彥升以為對方怕他了，更是變本加厲了。一天晚上，王彥升領著幾個人巡街來到王溥家門前，硬把門給敲開要喝酒。他說我職位低，工資少，都不夠養家糊口的，很久都沒有喝過酒了。

王溥把他讓到房裡，馬上安排人去準備酒菜。

王彥升喝酒的時候，還踩著人家的茶几，見著人家的女眷還說這女人好像在哪裡見過，是不是個女演員啊？

別看今天的女演員挺風光，在古代的女演員的層次，就像當今專門在做那種事的「小姐」一樣。這可把王溥給氣壞了，你喝酒喝茶踩著茶几我都忍了，可是你不能說我家裡的女人是在賣的、是青樓女子啊！

他剛要發火，可是突然就笑了。

他為甚麼笑？因為他感到對付這種人對他發火是對他好。父親對兒子發的火最多，但最終還是給兒子買房娶媳婦，很少給別人的兒子去操辦這些。王溥的主導思想是我養你的毛病，把你的毛病養得大到有人收拾你了，那不就是省我事了嗎？

你說我的老婆長得像個母猴子，我就說還沒有母猴子好看。

你說讓我喊你叔，那我就喊爺爺行了吧？

反正就慣你的毛病，慣得你不知道天高地厚，就會犯錯誤。

但是最讓王溥不能忍的是，王彥升常常喝多了酒，在院裡的花池上就撒尿，還搖搖晃晃地說：「我，我一泡尿就把你們家沖了。」這傢伙扶著水龍頭東灑一泡、西灑一泡的模樣兒，把家裡的女人嚇得都跑進了房裡。

事後家裡人對王溥哭道：「你在朝中的官也不算小了，卻連家人都保護不了。」

王溥等不及王彥升自生自滅了，他要主動出擊了。

他找到趙匡胤，抹抹眼睛說：「陛下，在下想辭職。」

「甚麼甚麼，你想辭職？」

「是的，臣不想再幹了。」

「為甚麼會有這樣的想法？」趙匡胤吃驚道。

「為臣怕給陛下添麻煩，所以要求辭職。」

「是不是有甚麼事情啊？你說出來讓朕聽聽。」

王溥抹著眼淚說：「自從彥升調回來，他每天都去我家裡白吃白喝，還說我老婆是做『小姐』的，還當著女眷拉開褲頭就在院裡撒尿，還說他的尿能把大宋江山給沖了。臣怕這樣下去會落下嫌疑。再說王彥升是個功臣，而我只是個舊臣。」

聽了這話，趙匡胤氣得臉都紅了。

你王彥升竟然想用一泡尿把我的江山給沖了，你這尿也太牛了，我得治治你。想來想去還是不好辦，總不能因為舊臣的幾句話，就把你政變的先鋒官給辦了吧？通過王彥升的事情，趙匡胤想想義社兄弟，雖然沒有像王彥升那樣用尿沖江山的，但是他們的行為不正是讓宋朝走下坡路嗎？

他煩啊，他想出去走走。

自從住進皇宮裡，從早忙到晚沒有消停的時候，晚上本來想好好睡個覺吧，幾個美妃想盡辦法跟他同床，把他給整得挺累了。他真的想出去走走了。

當他把自己的想法跟趙普說了，趙普聽了搖搖頭說：「陛下，宋朝成立不久，舊臣還有懷舊情結，相信有些人內心之中，隱藏著對陛下不利的想法，這時候出去，很危險啊！」

「危險我也出去。我當的是皇帝，又不是個蹲大牢的。」

趙普說：「那我們也得把安檢工作做好。」

「有人把朕給殺了，這是朕的命不好。」

趙普隨後就去找趙光義，說了趙匡胤的想法。

趙光義皺著眉頭說：「事情那麼多，還閒著沒事兒亂跑甚麼啊？多危險啊！」

但生氣歸生氣，安檢的工作還是要做的，他當即把自己的親兵們叫來，給他們安排任務，讓他們明天穿著便衣在巡視的沿線上盯著，發現有不良企圖的人，立即把他們給抓起來。

建隆元年（公元九六〇年）正月，趙匡胤帶著群臣巡城。

開封城裡奔走相告，說皇帝出來了，都擁著去看，讓安檢工作顯得有些吃力。當他們的人馬車隊經過大溪橋時就出事了。「嗖——」地一聲，一支箭已經插在御輦後面的木拱上了。

大家頓時慌作一團，馬屁精們馬上把御輦圈起來，脖子縮在領裡。拍馬屁是有好處，可是被箭給插了就不太好了。

趙匡胤見大家把他圍起來，知道安全問題不大，故做平靜地說：「啊，可笑啊，就是把朕給殺死，皇帝的位置也輪不到你來坐啊！」

大臣們聽到這話心裡很不是滋味。因為趙匡胤懷疑這刺客是他們當中的人派出來的，大家都怕遭到懷疑。

就在這件事發生的第二天，趙匡胤把王彥升派往唐州任團練使去了。這等於從部級幹部降到地區武裝部部長了，降得十分明顯了。這項決定發布之後，大家都聯想到刺客，議論說是王彥升派人幹的。

王彥升帶著全家赴任那天，本來以為兄弟們會送送的，結果卻沒有人來。他感到鬱悶，最讓他鬱悶的是趙匡胤竟然在這種時候把他給降職了，讓大家都以為是他有謀殺皇帝之嫌，搞得所有人都不敢跟他走得近了，他現在成了孤家寡人。

總而言之，還是你王彥升沒腦子，淨是往槍口上撞，能不受傷嗎？再說趙匡胤現在正想整人沒找到合適的理由呢，你就給他理由，他不拿你開刀啊？

王彥升剛調走不久，趙匡胤又聽說他的義社兄弟的孩子，結幫在街上胡作非為，讓開封城裡的居民很頭痛。趙匡胤感到很惱火，他想：當初我父親只是個小軍官，我就那麼不知道天高地厚胡作非為了，現在這些孩子的父親都是朝廷重臣，他們還不知道會怎麼胡鬧呢！

這時候，趙匡胤決定必須要想辦法解決這些功臣了。

他這種想法雖然有兔死狗烹、卸磨殺驢的嫌疑，但作為皇帝來說還是可以理解的。你當皇帝不僅是為了享福的，不僅是與親

朋好友分享的，還要做點皇帝應該做的大事，比如讓老百姓都過上好日子，合適的時候再去開發些地盤。

趙匡胤想來想去，感到拿掉義社兄弟們的權力並不容易，如果硬拿，肯定會把他們給拿火了，說不定還會發生甚麼事兒？

一天，他下班後把趙普叫到自己的書房裡，跟他進行了交流。說：「愛卿啊，朕有個問題，想了很久了都沒有想通，今天叫你來，想著聽聽你的想法。」

「啊？陛下您還有想不通的事兒？俺不相信。」

趙匡胤的表情很嚴肅，嘆了口氣說：「自唐末以來，短短的幾十年裡換了十多個皇帝，你覺得是甚麼原因？還有，戰爭連年不斷，老百姓苦不堪言，你說這是為甚麼呢？朕想結束這種戰爭不斷的局面，為國家建立長治久安的計策，你有甚麼辦法嗎？」

哇！趙普心想：這哪是一個問題，好幾個大問題啊！

他故做思考，然後抬起頭來說：「陛下，您能夠這麼想，這可是天地之福啊（拍，我拍）。自唐末以來，之所以戰爭不息，國家不安，沒別的原因，就是因為地方政府的權力太大了，而中央的凝聚力執行力又太弱。要想改變這種處境，應該有選擇地把那些佔著高位工作不力的高幹部進行降職處理，減少年薪，削弱他們的兵權，然後選拔有執行力的官員，讓他們落實中央規劃，這才是可持續發展的道路啊……」

趙匡胤說：「這個道理……朕還是懂的，但具體操作……」

兩個人唧唧喳喳，一直談到深夜，最後交流的結果是想辦法摸摸那牛皮義社兄弟的心氣，打點兒預防針，讓他們有個心理上的準備，然後再拿出軟硬適度的方案，來把他們的權力全部給收上來，讓他們當離職退休的幹部。

第十八章

模擬謀殺

歷史上著名的「杯酒釋兵權」就要開始了。

開始的時候是這樣的，趙匡胤把趙光義叫到後宮對他交代：「過幾天我要領著兄弟們在園林裡宴射，你要確保安全。如果發現有人對我不利，你知道該怎麼辦吧！」

「去的都是你的義社兄弟，不可能對您有不利的想法吧？」

「光義，你也知道他們都自感輔佐我有功，個個驕傲自滿，身居高位，卻不好好工作。我想藉著這個機會試試他們的底限，下一步要把他們的兵權收回來。」

「早就應該這麼做了。不過也不用費那事，等你們到了林子裡，我帶領軍隊把他們圍起來，全部給殺掉，不就結了？」

趙光義這哥們兒夠狠，不狠後來就不會殺皇兄了。

趙匡胤說：「雖然這樣能夠解決事情，可是我沒法向群臣與老百姓交代。再說他們都是我的兄弟，畢竟對我有恩，如果我有殺兄殺弟的想法，你以後也不會安心是吧？不要再說別的了，按我的吩咐去做就成了。」

在建隆二年（公元九六一年）春季的某天，趙匡胤派人給石守信、王審琦、李繼勳、楊光義等義社兄弟，以及幾個前朝重臣下了通知，讓他們參加大型的宴射活動。

「宴射」是古代帝王與群臣互動常採用的方式，由於宴會中

要射箭娛樂，這表明皇帝對於大臣的信任，被請的人也感到相當有面子。

早晨，大家來到朝廷，趙匡胤跟他們聊天，問他們生活上有甚麼困難，家裡有沒有甚麼困難，或者需要甚麼幫助甚麼的。由於趙匡胤太客氣，大家敏感到今天老闆好像有甚麼事兒，但不知道到底是甚麼事兒？就在這時，軍械部的人就提著些名弓良箭來了，分發給各位大臣。

趙匡胤說：「我們也別老在城裡悶著了，出去走走。」

石守信說：「陛下，為臣感到還是不要離城太遠了，外頭是非多，危險！」

趙匡胤笑著說：「生死有命，富貴在天，不足為慮。」

正是春天的季節，山裡斑駁著嫩綠，楊柳的綠髮在風中輕輕地悠蕩。他們騎著品種優良的高頭大馬，直奔城外的園林。當他們來到林中的空地，趙匡胤深深地吁口氣說：「如果能過田園生活該多好啊？唉，可是……」

隨從們把帶來的氈毯鋪到草地上，擺上酒菜，並在不遠處的樹上掛上用來宴射的靶子。趙匡胤說：「今天呢？誰射不準，誰就罰酒。」

大家就開始邊射邊喝酒。他們談的都是些戰場上的事情，因為他們是武行出身，始終認為戰場是體現他們價值的平台，所以談起來就沒完沒了。

就在這時，他們聽到趙匡胤發出了極其悲愴的嘆氣聲。大家回頭去看，只見趙匡胤把酒倒進嘴裡，把杯子扔到地上，突地站起來，跑到那棵掛著靶子的樹前。

他把手舉起來，用身體擋著靶子。

大家都感到吃驚，不知道他在玩甚麼？

趙匡胤說：「這裡遠離皇城，林深之處又無外人，誰想當皇帝，只要搭箭射死我就可以如願了。你們還猶豫甚麼，現在就開始吧！」

大家頓時被趙匡胤的舉動，給整愣了。

皇帝今天是怎麼了，怎麼會開這種國際玩笑啊？

當他們驚醒到皇帝的真實想法後，都跪倒在地齊聲說：「陛下，我等對您忠心耿耿，從未有異心。」

趙匡胤仰天長嘆一聲，悲淒地說：「你們擁立我當皇帝，就應該盡職盡責，把我的想法給落實好了。可是總有些人以為自己功勞蓋世，認為朕沒把一碗水端平。我感到這個皇帝當得累啊，我都快崩潰了！」

大家聽到這裡，又齊聲喊道：「陛下，臣有錯誤，請您要不客氣地指正呀！」

趙匡胤看到大家跪在那兒，滿臉的恐慌，他突然哈哈大笑起來，走過去扶起石守信，說：「不好意思啊，剛才喝多了，竟把我心裡的話說出來了。其實我有壓力啊，我鬱悶啊，論起來我都不如你們過得舒服，不如當刺史過得舒服。你們想過沒有？我每天早起晚睡，要去思考方方面面的事情。如果國家治理不好，老百姓過不上好的生活，這都是我的責任啊！所以我的壓力大，今天說出這番話，大家別見笑啊！」

通過剛才的演戲，趙匡胤發現，這些跟隨他創業的兄弟們如此驚惶，他知道接下來用甚麼力度來整治他們了。

這很關鍵，你如果拿捏不準可能會出現副作用。

他們隨後又坐下來喝酒玩樂，但是大家受驚了，也沒有心情喝酒了，都盼著這場宴射早早結束。他們心裡很不服。你口口聲聲說當皇帝累，累誰讓你當啦，你不會禪讓給別人嗎？你還不是

怕別人奪你的位子，故意給大家敲邊鼓。

宴射結束後，趙匡胤把趙普叫進宮裡，問他：「通過這次宴射說說看法吧？」

趙普想了想說：「陛下，臣看可以開始了。」

趙匡胤點點頭說：「是啊，朕感到他們還是很知趣的，還是可以把握的。」

趙普說：「最好先從邊遠的將領開始，至於朝廷重臣，最好讓他們知難而退，主動提出辭呈。」

大家通過上面的故事可以看得出，趙匡胤在野外模擬被殺過程，是想著測試收回兵權的強度與可行性。現在他知道了這樣的強度，於是就開始了他回收權力的策略。首先要從二級軍官動手，為拿掉那些元帥們做好過渡與鋪墊。

就在宴射的第二天，他下令通知都點檢鎮寧軍節度使慕容延釗，侍衛軍節度使韓令坤，回京商量大事。甚麼大事？其實就是想跟他們談談，要降他們的職。

當兩人來到開封，趙匡胤親自接見了他們，問了些邊防的事情，問了些生活方面的問題，然後話鋒一轉說：「有個問題得跟你們說說了。現在大家都在議論禁軍容易失控甚麼的。雖然我知道這是打擊報復，或者有別的甚麼目的，不過朕還是從保護你們的角度出發，想取消殿前都點檢之銜。也藉著這個機會呢！把侍衛軍在內的禁軍指揮，以及可有可無的機構都要取消了，實行中央集權制，你們對此有甚麼看法？」

慕容延釗吃驚道：「陛下，萬萬不可，這兩個部門對國防事業至關重要啊！」

韓令坤也說：「還請陛下三思，千萬不要聽信讒言，走專政的路子。」

聽他們這麼說，趙匡胤非常的不高興。

老子都把話說得這麼明白了，你們不順著台階下，還賴在位子上不想走，這不是自找難堪嗎？趙匡胤打發人給他們安排住所，說白了就是把他們給軟禁起來，讓你在房子裡好好想想，你們現在應該怎麼做呢？

當他們住進有人把守的套房裡，他們終於明白皇帝的真實意圖了。開始後悔當時的逞強，要是早知道趙匡胤的想法，順著桿兒下，說不定效果會更好。

就在他們鬱悶的時候，趙普笑哈哈地來了，跟他們進行了談話。「陛下說了，如果你們能夠支持中央的改革呢，就給你們另安排個職務，工資待遇是不變的。如果你們還想擔任原來的職務，也沒關係，你們可以說出來。」

他們還能說甚麼呢？

他們現在只能說：我們尊重中央的安排。

心裡是極為不服。我們幹得好好的，沒犯甚麼錯誤，為甚麼要拿掉我們？你拿掉我們就直說得了，還把我們給軟禁起來，真是伴君如伴虎。當然，他們也只能在心裡不服，表面上還要裝出很服，很高興的樣子。畢竟你的命運還掌握在人家趙老闆的手裡，你態度好了，還可以得到個養家糊口，甚至是保持上層生活的優渥。

就這樣的，在第二天上朝的時候，慕容延釗與韓令坤上奏說：「陛下，現在多有傳言，議論我們的職位。既然這個職位如此敏感，臣自願請調個工作。」

趙匡胤點點頭說：「是啊！是啊！確實有很多人在議論這件事啊！」

於是，就把韓令坤任命為成德節度使，也對慕容延釗也進行

了調動。

他之所以要罷免慕容延釗不再設立殿前都點檢，是因為這個職位太重要了。殿前都點檢是禁軍的最高統帥，禁軍是中央主力軍，是國家軍事力量的支柱。

周太祖郭威因點檢之職而發動政變，而李重進因點檢之職被懷疑，他趙匡胤也是在點檢這個位置上把柴宗訓給推下台的，趙匡胤當然對這個職位有所顧忌，他必須把這個職位給取消了。

當趙匡胤把這兩個人拿掉，預示著這起洗牌正式開始了。

他知道，改革就會有不同的聲音，甚至有不同的反響，或者有反對的行動出現。在推行計畫之前，他對趙光義狠著臉說：「如果在接下來的改革中聽到了不同的聲音，是絕對不能留情的。」意思很明白，如果誰敢反對或者想鬧事兒，那就讓他永遠消失在地球上了。

趙光義點點頭說：臣弟明白，臣弟已經做好充分的準備了。

在建隆二年（公元九六一年）七月七日，趙匡胤與趙普策劃了第二次著名的文康娛樂晚會。這個晚會必將對宋朝的長治久安產生重大的影響，也會在中國歷史上留下了一記重筆。

到會的有侍衛馬步軍副都指揮石守信、殿前副都點檢高懷德、殿前都指揮使王審琦、侍衛都虞侯張令鐸、步軍都指揮使趙彥徽等等。反正趙匡胤以前的同盟與義社兄弟全都到齊了。

宴會的規格相當高級，形式也極為誇張。

這個晚會上聚集了從國內選拔上來的優秀舞蹈演員與知名歌唱家，還備了山珍海味，久藏老酒。大家入座後，心裡就開始撲騰開了。因為他們敏感到今天可能會發生甚麼事情。現在他們都讓趙匡胤給搞怕了，都驚窩子了。

他們偷著看看趙匡胤與趙普的臉，只見他們還是樂哈哈的，顯得平易近人。當他們看到趙光義的臉時，不由害怕了，因為老三這傢伙滿臉殺氣，眼睛就像利刃在泛光，像探照燈射著在座的每一個人。

大家內心裡更不安了，有人甚至懷疑這酒裡有毒。

趙匡胤臉上掛著笑容，端起酒來，聲音歡快地說：「大家不要拘於君臣之禮，今天讓大家來呢？沒有別的，就是喝酒的，就是為了感謝各位對我的支持的。好啦，我先乾為敬啦！」說著把酒倒進了嘴裡，還把空杯子對著大家示了示。

大家也紛紛把酒倒進嘴裡，但是由於心情太複雜了，都沒注意酒的滋味，也沒有嘗出菜的味道來。但他們知道今天肯定有道大菜要上，是甚麼？不知道，但他們強烈地感受到昔日的兄弟趙匡胤，已經變得越來越陌生了。

舞會正式開始，音樂奏響，美女翩翩。

趙匡胤端著酒杯，頻頻向大家祝賀、感謝，顯得親密無間。當晚會達到高潮的時候，趙匡胤對導演揮揮手，歌舞立時停止，演員們像退潮的水那樣無聲地退到場邊。會場裡靜得有些嚇人，都能聽到自己的心跳聲。趙匡胤長長地嘆了口氣，對大家講了番話。由於原文很彆扭，咱們就說說大體的意思吧！

他這番話的意思是，要建大型建築物是需要千把人的合力才能完成的。至於立國，得需要在座各位的輔佐才能成功。這就叫做團隊的力量。沒有百川不能匯集成河，沒有百河不能匯集成江海。沒有土石難以成高山。朕現在之所以能當上皇帝，擁有天下，這都是因為你們的鼎力相助。你們的功勞無可表述，我每每想到這些都不勝感激啊！

大家連忙說著：「陛下您是上天授權的真命天子，微臣們的

作用微不足道。」

趙匡胤把手裡的杯子放下，垂下眼皮，顯得無比的憂傷。

他聲音顫動著說：「你們的輔佐之功，蒼天可鑒，我已經深記在心了。朕今天成為天子，受萬民景仰，好像是至高無上，可是你們並不知道，當天子也有天子的難處啊，我都感到不如做節度使快樂!」

那意思就是說，當國家總統，還不如當個省長舒服呢！

石守信笨笨地問道：「陛下為甚麼這麼說呢？節度使哪能跟天子相比呢？」

趙匡胤悲愴地說：「當天子，治理國家，憂國憂民，寢食難安啊！老百姓過不好，莊稼不收，當官的不廉潔，敗壞政風，我擔憂啊！我擔憂的事情多了去了，比如國防事業，文教衛生，國稅地稅，等等，都是我所擔憂的。」

大家心裡很不明白，還要在臉上堆出表示理解的樣子。

趙匡胤接著說：「大家都以為當天子容易，可是其中的難處誰能知道啊？當年孫權曾上書勸曹操稱帝，自己甘願稱臣。曹操卻說，孫權是想把他放在爐火上烤……」

他把話挑明了，端起杯酒來倒進嘴裡，坐在那兒低著頭，不再說話了。

大家聽了這番話，感到心裡拔涼拔涼的。

在春天那時候趙匡胤就說誰把他給射死誰就可以當皇帝。如今又跟大家說這麼多當皇帝的難處，你是甚麼意思？當皇帝不好你還奪，當皇帝不好你還怕大家威脅你的權力，就生怕別人跟你搶。人家曹操沒有稱帝是人家有自己的時代背景與自己的想法。儘管他沒有當皇帝，但管理著皇帝跟當皇帝有甚麼區別？

石守信怕冷了場子，趕緊附和了一句說：「陛下以天下為己

任，憂國憂民，真乃萬民之福也!」

大家也忙低聲附和著說：「是啊，是啊！」

石守信認為自己與趙匡胤是真正的鐵哥們，最親密的夥伴，最親信的大臣，所以才在晚會上打圓場。

其實他哪知道，現在趙匡胤最想拿掉的，就是他們這些鐵哥們的親近大臣。

在這場晚會不久，趙匡胤與趙普帶著很多東西來到石守信家。石守信對於趙匡胤他們的到來倒是沒有甚麼想法，可是看到他們還帶來了很多財物，就感到有些不對勁兒了。自己這段時間工作上沒有甚麼特別的成績，也沒有別的甚麼貢獻，他們憑甚麼送這麼多東西來？

等大家坐下來後，趙匡胤說：「守信啊，我們今天來是想跟你商量個事兒。你也知道，咱們打天下的兄弟很多都開始變質了，勾心鬥角，不務正業，牢騷滿腹，影響極壞了。再這樣下去，我們親手奪下來的江山就會給葬送掉的。」

石守信點頭說：「是啊，有些兄弟確實不像話！」

趙匡胤接著說：「過幾天呢？我可能叫上你們幾個去喝酒，到時候可能提出拿掉幾個人的兵權。你呢？就起個帶頭作用。等這件事過去，我再獎賞你。你看這件事怎麼樣啊？」

石守信聽到這裡放心了，也感動了。

趙匡胤來找他幫著唱戲，說明對他好啊！明天唱好這齣戲，別看當時被降職或者免職，但事情過去後還是會把他給提拔上來的。於是，他欣然同意，幫著趙老大把這場戲演好。

其實趙匡胤這人心眼多，他不會在沒做好功課的時候上來就拿大臣的兵權，這樣做會產生敵對情緒，可能還會壞事的。如果

他們有了情緒，想爭口氣，跟你玩命，可就出大事了。

這就是領導藝術，有時候你發現，領導在狠狠地批評那個人的時候，千萬不要認為領導很討厭他。在單位裡，領導敢扇耳光的，準是他的兒子。你千萬不要認為虎毒會食子，一般不會。所以趙匡胤提前把工作做好，是為接下來的工作做好了鋪墊。

七月份的某個晚朝後，趙匡胤約石守信等人去喝酒。

不知情的幾個人還挺高興，心想：還是皇帝跟我們鐵。可是喝得剛暈乎了點兒，趙匡胤把侍從揮退，對石守信他們說：「沒有你們的幫助我就沒有今天。可是你不知道，我做天子多不容易，真不如做節度使快活。唉，我平時都沒有睡個囫圇覺，我累啊！我都快累死了，還要硬撐著，你說我容易嗎？」

石守信知道這場「好戲」開始了。

不知道的人還問：「陛下，這有甚麼好擔心的？」

趙匡胤皺眉說：「天子這個位子，誰不想坐啊？」

大家跪倒在地，磕頭道：「陛下，您怎麼這麼說呢？如今天命已定，誰還敢有異心啊？最少我們幾個從沒有想過，都圍繞著陛下在工作。」

「就算你們沒有異心，可是你們旗下的人要是貪圖富貴怎麼辦？就像當初，如果有人把皇袍強迫披到你們身上，你們還有甚麼選擇？」

大家聽到這裡總算明白了，這幾齣戲唱的尾音，原來是在這裡啊！

石守信嘆口氣說：「是啊，陛下說的是啊！」

大家終於明白趙匡胤擔心他們奪權，所以想先把他們的權力給擼掉。他們不知道怎麼好了，就都跪倒在地請求給他們指條明路。現在他們終於知道甚麼叫兄弟了，原來兄弟是拿來墊腳的，

是順著往上爬的啊！

趙匡胤嘆口氣說：「這個這個吧，人生在世，就像白色駿馬，在細小的縫隙前跑過一樣那麼一閃而過。所以企求富貴的人不外乎多存點款，多置些地，好好享享福，讓子孫也不要吃苦。你們何不放棄兵權，我可以給你們好的田地，給你們很多錢，給子孫後代置下永久的產業。平時你們飲飲酒，跳跳舞，這不是人生最大的快樂嗎？」

大家聽到這裡，心底哭得更傷心了。

心想：你說得比唱得好聽，既然你感到那是快樂，你為甚麼不把皇位讓出去，自己去喝酒跳舞，享受人生最大的快樂呢？

趙匡胤接著說：「如果你們不相信我的誠心，那我與你們相互聯姻，咱們不就變成親戚了嗎？你們想過沒有？你們家裡有我家的骨肉，我能對你們差得了嗎？這樣咱們君臣就不再猜疑，各自為安，這不是很好的事情嗎？」

石守信他們回去後，聚在一起商量該怎麼辦？

由於其中幾個人都是趙匡胤提前談過話的，他們就商量說：「既然這樣，咱們就辭職好了，反正當這個官也沒甚麼意思。」

那些趙匡胤沒做過工作的，見幾個比他們位置高的人都這麼低調了，他們也沒有甚麼可說的了。

第二天，石守信、高懷德、王審琦、張令鐸、羅彥瓌等人，都一起上書稱自己身體有病，要求辭職。

看到沒有？這麼多人集體辭職，哪是幾杯酒能釋的？

這需要做多少功課啊！

所以，我們不能把杯酒釋兵權看得太簡單了！

趙匡胤見計畫順利落實，高興啊！他把兵權收上來後，馬上給他們安排到地方政府工作。除了石守信，還名義上保留侍衛親

軍馬步軍都指揮使的空名外，其他禁軍職務都被拿掉了。

當然，趙匡胤還是履行了聯姻諾言的。他將自己的兩個女兒分別嫁給石守信和王審琦的兒子，又讓他弟弟趙光義做了張令鐸的女婿。

這樣的政治聯姻有效地穩定了回收兵權帶來的不良情緒，避免了意外的事情發生，成功地把權力給中央集中制了。聯姻是古代帝王最善於利用的政治手段。就像唐朝，在李世民時代那麼強大，他還是把公主嫁給各勢力集團的頭子。親生的女兒不夠嫁的，還把兄弟叔伯家的閨女封成公主，嫁給人家。

當然了，趙匡胤不是把重臣們的權力收回來，把所有的事情都自己做了。

在工作上，一竿子插到底的領導，是最失敗的領導，累死了也不會有好的業績的。他在成功地把石守信他們的職務進行了調整後，就想著重新選拔自己用著順手的人，來幫他推行主張。

事過不久，趙匡胤想讓天雄軍節度使符彥卿統領禁軍。

符彥卿是周世宗柴榮的岳父。

趙普感到這個任命有些危險，於是對趙匡胤說：「陛下，現在符彥卿的官位已經夠高了，不應該再讓他掌握兵權。這樣做會有未知的風險的。」

「你的擔心是多餘的，我相信符彥卿不會辜負我的。」

「有句話，臣不知當講不當講？」

「你有甚麼話就說出來，咱們之間還用弄這些彎嗎？」

「那臣就斗膽問陛下了，您為甚麼能負周世宗呢？」

哇！這句話可真夠厲害啊！頓時把趙匡胤給噎得夠嗆，只見他臉色通紅，眨巴著眼睛沒有說出話來。

趙普看他臉都脹紅了，忙說：「臣胡言亂語，陛下，您想怎

麼著您決定吧！」

趙匡胤嘆了口氣說：「我明白你的意思了，去忙你的，讓我再想想。」

趙匡胤當天晚上就睡不著了，想來想去，感到趙普說得並沒有錯。當初世宗待我勝過近親，我還把他的天下給奪了，何況符彥卿與舊帝有親戚，如果他心裡有恨，掌握了重權之後，說不定真的把我給打下去，然後重新立他的外孫宗訓為皇帝。

因此，趙匡胤就沒有對他再委以重任。

接下來，趙匡胤開始對各節度使也開始不放心了，便想把他們的兵權也給收了。這時候趙普又建議道：「陛下，這樣做雖然對中央集權有好處，但搞得太狠了，我們的軍隊素質必然會受到影響的。有經驗的軍事人才都下去了，新上來的人又沒有甚麼經驗，如果發生了甚麼不測，怕是他們應付不了的。」

趙匡胤搖頭說：「我大宋人才輩出，不會有甚麼問題。」

在開寶二年（公元九六九年）十月，趙匡胤設宴招待幾位掌握兵權的節度使。在飲酒時，趙匡胤拿出體恤眾臣的樣子說：「愛卿們都是國家的功臣，戎馬一生，本來就很辛苦了，如今駐守在外，這真不是朕優待賢士功臣的本意啊！」

王彥升聽到這裡，他明白趙匡胤是個甚麼想法了！

這時候的王彥升已經學得乖多了，於是主動提出來：「臣本來就沒有做多少貢獻，也不敢冒充有功，也不想得到甚麼特殊的待遇。臣現在老了，精力不如從前了。如果能夠給臣一處可以住的地方，臣就滿足了。」

當王彥升說出這樣的話來，連趙匡胤都感到吃驚。

天哪，沒想到他現在進步得這麼快啊！心想：你懂事了，你

進步了，我不會虧待你的。其他幾位節度使，如武行德、郭從義、白重贊和楊廷璋，雖然也明白太祖的意圖，但他們不想把兵權交出來，都在訴說：這個我們當年吧，征戰沙場，為建國是做出了傑出的貢獻的。現在我們年富力強，還想為朝廷出力呢！

趙匡胤冷冷地說：「你們說的那些功勞是前朝的事情，跟宋朝有關嗎？」

第二天，趙匡胤就把這五個人的職位免了，只給了他們個閒職。至此，他已經基本把兵權給收回來了，現在他才略微感到安心了些。

從始至終，趙匡胤收兵權這件事情，都沒有歷史上說得那麼神乎，他採用的不外是經濟回收權力罷了！

當時的社會風氣是，官員們熱中於收購土地，貪戀財物，他們認為實惠的東西比官職更重要。在等量代換的前提下，他們選擇了財物，心甘情願地放棄了權力。

總之，趙匡胤削奪兵權、改革兵制的措施，雖然保證了政權的穩定，消除了內部暴動的可能，但是這件事還是有很大副作用的。你想：那麼多能征善戰的大將離職退休了，自然就會影響到軍隊的素質和戰鬥力的……

第十九章

雪夜訪臣

經過幾次漂亮的「演出」之後，趙匡胤成功地把權力收回來了。他重新選擇了年輕有為的人才，把他們安排到各個崗位上。

這些人沒有功勞也沒有靠山，卻有很大的發展空間。他們都憋足了勁，聽趙匡胤的話、賣力地工作，想得到重用。

宋朝在新的領導班子的管理下，政治、經濟、文化都有了長足的發展。

國家富足了，趙匡胤就開始想做點大事了。皇帝的大事，不外乎去奪人家的地盤，或者夢想著管理全天下。

從此，他開始衡量天下局勢。宋朝北邊是遼國，遼國跟山西的北漢處得不錯，兩個勢力集團處於聯盟狀態。

宋朝的南部有七個割據的政權。

比較而言，南方的集團雖多但分散，還是容易打的。趙匡胤決定先謀取南方，等把南方的各割據勢力解決掉後，再圖謀山西的北漢，北方的遼國。為了驗證他的作戰計畫是否正確，他與弟弟趙光義去拜訪趙普。

那天夜裡正下著大雪，颳西北風，兄弟倆來到趙普的門前，趙光義用腳磕磕門喊道：「家裡有人嗎？」

院裡傳來了聲音：「誰啊誰啊？大半夜的還讓人睡覺嗎？有事不會明天再來？」管家把門打開發現是趙匡胤，撲通跪倒在地，喊開了：「老爺，陛下來了。」

趙匡胤忙說：「大半夜裡你喊甚麼喊？」

趙普聽到院裡的動靜，趕緊地起床，跑到院裡問：「亂說甚麼呢？這大雪天裡半夜的，陛下來這裡幹甚麼？」

管家說：「真來了，現在客房呢！」

趙普聽了馬上小跑步衝進了客房，看到趙匡胤兄弟倆果然來了，慌忙行禮道：「陛下，您有甚麼事兒打發個人來叫臣過去不就得了，這大雪天裡，要是凍著您，這就是臣的罪過了。」

他心裡忐忑不安起來。

趙匡胤兄弟倆為甚麼這麼晚來，是不是有甚麼大事要發生了？是不是來勸他辭職的？以前他跟著趙匡胤沒少做這種事兒，想把哪個重臣給拿掉就在夜裡去拜訪人家，給人家做工作，真真假假地說通話，然後讓人家心甘情願地辭職。

「你難道就不問問朕，為何而來？」

「那您有甚麼事，儘管吩咐在下，在下聽著。」

「朕睡不著啊！」

「這個，為臣對醫術不太精通啊！」

「行啦行啦，也別打啞謎了。實話跟你說吧，我的床上睡的都是別人，我能睡得著嗎？今天來，就是想讓你想個辦法的，要不我也不會這時候來。」

趙普這顆心終於落下了，臉上的表情也鬆弛下來。心想：身邊臥著的都是美人，要我我也睡不著。其實趙匡胤想的問題，趙普早就想過了。如果他不能揣摩主子的心意，也不會在歷次運動中保全了自己，他早就判斷出皇帝下一步的打算了。

他知道，但沒有馬上闡明自己的觀點。如果你上來就回答，就好像你沒有想過似的，說出來人家也不領情。

趙普搬個椅子放到趙光義下手，歪過頭問：「陛下，現在咱們宋朝政治穩定，國力充足，兵強馬壯，是應該南征北伐了。但不知道陛下想從哪裡開始呢？」

「噢，朕想先把太原給拿下。」

聽到趙匡胤這麼說，趙普心裡有些苦，因為他知道陛下現在變態了，跟他說話也開始打啞謎了，於是他不說話了。

趙匡胤再三追問，他就是不說話，直到趙光義都惱了，趙普這才說：「陛下，臣覺得把北漢拿下，並沒有多大好處，拿下它，西邊與北邊就得由我們佈防，這不得花費精力啊！留著它可以牽制其他集團，為甚麼不留著它呢？等我們把別的勢力給打垮了，他們自然向我們稱臣。」

事實上，趙匡胤現在幾乎不敢信任任何人了，就算是他最親密的搭擋趙普，也開始懷疑了。

他剛才之所以說先謀取山西，只是故意說個錯誤的方向，如果趙普贊同他的說法，那麼就說明趙普懷有異心。有異心就不會在意你的決策是對是錯。如今趙普說出了他的真實想法，自然高興，笑著說：「其實朕也感到先圖謀南方為好。」

趙普點點頭：「噢，那陛下為何說先取北漢呢？」

「我只是想試試你罷了！」

趙匡胤為甚麼要說得這麼明白呢？目的很簡單。這麼多年來，趙普的權力與威信不斷升高，做事的時候有些過分了。他要明確地告訴他朕是不好糊弄的，千萬別跟我玩花樣兒，如果有甚麼異想，朕會對你不客氣。

你想：趙普能用半部《論語》治天下，基本水平還是有的。水平不體現在你讀多少書上，而是你把知識轉化的多少與質量。

這起雪夜訪趙普的故事，表面上看著很感人，顯得不恥下

問，胸懷夠海，其實這是君臣之間最隱祕最細緻的鬥爭，是種心理上的較量，是相互警告與警備。這樣的拜訪根本就算不上甚麼美談？只是政治家們過招中的鮮明細節罷了！

在與趙普談過後，趙匡胤在上朝的時候表明了開拓疆土的提議。接下來的討論中，趙匡胤決定，首先要攻擊的目標是盤踞荊湖地區的兩個政權。當將帥們主動請戰時，趙匡胤又猶豫了，他說：打人家也得需要個理由吧？

有人說，還要甚麼理由，想打他就是理由。

但趙匡胤有自己的原則，要想動人家怎麼也得找點理由，沒有理由也得惹人家先發怒了再打，沒有理由的事情是萬萬不去做的。再說南方的各勢力集團雖然獨立，但是他們都是向宋朝稱臣的，人家都叫你老大了你還打，更需要點理由吧？

到了建隆元年（公元九六〇年）八月，南平王高保融病得要歸西了，由於他的兒子高繼太小，根本就沒法兒接任他的工作。等高保融兩眼一閉，他的弟弟高保勗就把政權獨攬了。

趙匡胤對兵部尚書李濤說：去弔喪一下，順便也看看情況。

李濤來到南平，高保勗用接天神的標準伺候他，好吃的，好玩的，好用的統統地奉上，只求他回去向趙匡胤說點好話，不要打他們。自然，還讓姓高的帶很多好東西給趙匡胤。當他回去後，趙匡胤問他：怎麼樣？

他點點頭說：看著還行，不像有問題的樣子。

其實高保勗也不傻啊，自己剛上台不久，政權不穩，很容易招來別人的打擊。他在李濤走後不久，又選出國寶級的東西獻給了趙匡胤，表明從今之後你就是我老大，我就是你小弟，就跟你混口飯吃了。說白了就是臣服了。

趙匡胤挺高興，甚麼叫做高級勝利，不戰而勝才高級。

他當即賜給高保勗代表皇帝權威的信物，還任命他為荊南節度使，只要每年向宋朝繳稅，就能保證他的安全。

這個高保勗裝孫子贏得安定之後，不用功治理國家，每天都拼命地享樂。他玩得很超前，比如常弄些「AV女優」在府裡，並選擇身強力壯的男兵，給他演出真槍實彈的示範。而他卻摟著姬妾，躲在帳後邊看著3D立體感的春宮秀，邊行樂。

由於他玩起來像沒有明天似的，結果就真沒命了。他才當了兩年皇帝，而他在兩年的時間預支終生的幸福與生命長度。

高保勗這個勢力集團不復存在，趙匡胤又開始向南用兵。他們以破竹之勢輕而易舉地就把湖南境內的十四個州，六十六個縣，全部納入囊中了。

其實趙匡胤拿下這些早已臣服於宋朝的國家，是具有更深的戰略意義的。這些國家雖然臣服，但他們仍然割據地方，隨時都有可能變得強大起來。還有個更重要的目的就是，荊湖地區盛產糧食，奪下這些地方就等於擁有了天下的糧倉。

奪下這些地方，在這裡佈兵演習，是為了方便攻打後蜀、南唐、南漢。這三個集團才是南方真正的大戶，才是他趙匡胤真正想要的。

到了乾德二年的年底，趙匡胤命令王全斌為西川行營都部署。劉廷讓、崔彥進為副都部署。王仁贍、曹彬為都監。分成六股力量向蜀地進攻。

在臨出師之前，趙匡胤對王全斌說：「攻下城寨，繳獲了東西，就不要上繳朝廷了，全部作為將士們的獎賞吧，朕要的只是土地。」

當時趙匡胤只是想讓將士們更勇敢些，可是他沒想到自己這

個命令，給他惹來了很多麻煩。麻煩就是王全斌超水平地執行了他的命令，走到哪兒洗劫到哪兒，一邊為國家開發土地，一邊藉機中飽個人私囊，把老百姓都給欺得要死。

王全斌於開平二年（公元九〇八年）出生，算是將門出身，從小膽識過人。他曾跟過幾個主子，在唐明宗即位時曾提拔為禁軍列校。後晉初以戰功官升聖指揮使。

在後周時曾擔任右廂都指揮使、行營馬步都校等。他曾跟隨周世宗平定淮南，攻克瓦橋關。

趙匡胤之所以派他去，還是考慮到，他隨著幾個朝代的君主征戰，有著豐富的經驗。王全斌告別京師，帶領大軍，信心十足地向後蜀挺進。從此，歷史上的流氓之師也就形成了。

第二十章

終極娛樂

在中國歷史上，後蜀皇帝孟昶他老兄的享受，可以說沒有人能比得上了。

他於公元九一九年出生於晉陽城（太原），祖籍是邢州龍崗（河北邢台）。他是第五代後蜀高祖孟知祥的第三子。當他剛當上皇帝時還真像個好皇帝，把政權經營得穩定，興修水利，重視農業基本建設，國家的經濟文化與軍事發展迅猛。由於打下了很好的基礎，他們把地盤都給開拓到西安地區。

然而，當國家穩定下來後，孟昶就開始變態了。

他每天變著法兒享受，再不問國事了。他對於生活的品位要求，都超越了普通人的想像。他不惜動用巨資裝飾宮殿，有甚麼好看的、值錢的，也往這房子上貼，連供自己撒尿的夜壺都鑲上七彩寶石，並美名為七寶溺器。

說實話，如果他把這些東西用在國防上，那還不固若金湯了。但他沒有，他把所有的精神與經濟，都用來找感覺了。

孟昶不只對生活環境要求高，好色的標準也很高。

他下令在國內精心挑選美女，這個過程比選拔國家人才要複雜得多。他曾對部下說：如果你們要是漏掉美人，或者把美人給私藏到家裡，別怪朕對你們不客氣。大臣們都害怕，娶老婆都不敢娶比宮女好看的，否則孟昶肯定不會放過你，當然也不會放過你老婆。娶了也白娶，還不如娶個看得過去的得了。

宮裡的美女越來越多，為了便於管理，孟昶親自為她們分了級別，一共分了十二個等級，並且選拔出美女管理者各負其責。

好傢伙，就等於個美女王國，等級分明。

在這些宮女當中有個徐貴妃，那模樣兒長得好看得不得了，她要走到大街上，街上的女人都顯得像母猴那麼醜。這位徐貴妃就是歷史上傳說的「花蕊夫人」。正因為她，讓歷史上很多文人騷客更騷了，還寫過很多的騷故事。

花蕊夫人非常喜愛牡丹和紅梔子花，孟昶就下令全國都種牡丹，並揚言說：啊，大家都說洛陽牡丹甲天下，我要讓成都的牡丹勝過洛陽的。

因此不惜重金，派人到處選購優良品種，還專門成立研究人員，讓他們對種花進行混血，要培植出更多的品種來。

他在宮裡建了「牡丹苑」，每天與花蕊夫人在這裡與群臣搞聯歡。這時候的花蕊夫人，不只是天下最美的女人，還是最有實權的女人。她很容易就讓某個大臣失去官職或生命，所以大臣拍她的馬屁，比拍孟昶的要好用，於是甚麼好東西都獻給她。

由於孟昶這人縱慾過度，身體虛空，怕冷怕寒的，他親自設計，命人在摩訶池上建築水晶宮殿作為避暑的地方。那規格相當了得。三間大殿全部用楠木為柱，用老粗老粗的楠木。用沈香作棟，珊瑚嵌窗，碧玉為戶，主體是用琉璃磚做，那透明度好啊！晚上在房裡擺幾顆鵝蛋大小的夜明珠，整個房裡都變得通明，角角棱棱裡都散發出綺麗詭異的光芒。

此景此夜，何似人間。

就在他拼命地消耗著國力與體力，享受著人間至樂時，人家趙匡胤帶領著兄弟們把後周給變成了宋朝。當時有人勸說：「陛下，趙匡胤把後周給滅了，成立宋朝了，您也不能老玩了，還是

管理好國家，以防出現甚麼意外。」

「哎哎哎，這跟朕有甚麼關係？」

「臣擔心他們穩定下來，會來打咱們啊！」

「我們蜀地有天然的屏障，沒甚麼擔心的！」

他依舊與后妃們享受著人間至樂，不把國事當回事兒。在這樣的過程中，人家趙匡胤穩定了政局發展了國力，並開始攻打荊湖了，這時候孟昶才感到有些熱。他想荊湖被滅，接下來不就輪到我後蜀了嗎？怎麼辦？要不給他送點禮，別讓他再打我了。

大臣王昭搖頭說：「陛下，臣認為沒有這個必要。我們在長江水路上增設水軍防守，宋軍是不容易打過來的。再者我們可以跟北漢聯盟，讓他們發兵南下，我們派兵北上，把宋朝夾在當中打，沒有打不敗的。這麼多年來我們都屈服於他們，這次也該長點志氣了。」

孟昶感到這個辦法不錯，說：「好的好的，我馬上寫信。」

這個策略真的挺完美的，你想啊，趙匡胤的主力部隊南下，京城必然虛空，這時候北漢乘機出兵，宋軍就顧不上打後蜀了，不得趕緊回防啊？你想回去就不讓你回去，追著屁股打你。就這樣兩面夾擊，還真的夠宋朝嗆的。

孟昶寫了封信，派趙彥韜帶著出使北漢。

在這裡又出現了個可笑的細節，那就是趙彥韜轉了個彎兒，把蠟書獻給太祖趙匡胤了。當初李重進派使者去聯繫李筠，人家拿著信就往趙匡胤那裡跑，如今這個趙彥韜又拿著信跑到趙匡胤那裡，難道不可笑嗎？事實真的是這樣的嗎？當然不是，因這宋朝官修的史書必須要寫趙匡胤如何的偉大啊，如何有人格魅力？就得說他天生有與眾不同的感召力。

歷史已經被時間埋深，我們沒有辦法創造歷史，只能按著史

料去寫。史料中的趙匡胤得到這封信後高興啊，他說：太好啦，太好啦，之前朕還感到去打後蜀沒有理由呢，現在這不就是站得住腳的理由了嗎？

是啊，多好的理由，你聯合北漢來打我，我能不打你嗎？

噢，可憐的後蜀，他們以為把信送到北漢後，就可以完美地落實計畫了。到時候把趙匡胤給踩進泥裡，再在上面跳幾下，再砸上幾塊石頭讓你萬劫不復。自從你上台來，我給你送了多少好東西啊，你不感恩，還來打我，也太不仗義了！

當王全斌帶兵殺到蜀地後，孟昶並沒有害怕，而是想：來得正好，還怕你不來呢！你們來的人越多，北漢就把你們的京城打得越慘，讓你們無家可歸。

他馬上派王昭遠為都統，趙崇韜為都監，韓保正為招討使，帶兵去迎戰。王昭遠在誓師的時候慷慨激昂地說：「啊，啊，這次出兵，可不只是克敵那麼簡單，謀取整個中原也是易如反掌啊！」這話說得好像草原上都沒有牛羊了。

後來的事情，當然就跟吹牛沒關係了。

真打起來，王昭遠這才意識到起先把牛皮給吹大了。

他們連著跟人家打三架，沒賺到任何便宜不說，還吃了大虧。對他打擊最大的是招討使韓保正，都成了人家的俘虜。王昭遠只得臉紅著說：撤退撤退！

其實就是逃跑，還要快速逃跑。

他帶著兵退到劍門天險處，準備一夫當關，萬夫莫開。

正是冬天，西北風夾刀裹針地往他們臉上刺，往袖口裡鑽。你想：他們是南方人，最冷的時候就只穿件毛衣，誰能想到這天氣這麼冷啊！

王昭遠望著肅殺的冬景，揉揉紅彤彤的鼻頭，回想出兵時的

豪言壯語，感到很丟臉。那臉又凍又羞，就像喝酒上臉了。

天氣太冷了，前線的士兵受不了，很多人都投降宋軍。

王昭遠很痛苦、也非常無奈。

這時候人家宋朝的王全斌在幹甚麼？他備上酒肉正跟投降的軍官喝著，交流戰事。瞧人家這命。在這樣的交流下，王全斌他終於找到了突破口。於是派出精銳的特種部隊，讓他們抄小道，以浮橋渡過嘉陵江，繞過劍門直接擊王昭遠的司令部去。

這招兒太絕了，他王昭遠哪想得到啊？

當宋軍特種部隊突然出現在官道上時，王昭遠都不敢相信自己的眼睛，等他清醒過來，人家就像猛虎下山衝進羊群。他的部隊亂得不成樣了。因為他不知道有多少敵人來了，也不敢迎戰了，嚇得帶著部隊退守到漢源坡（今四川劍閣北）。

由於天氣冷，一驚一嚇的，他病了，關在房裡不出來了。

趙崇韜請示王昭遠問：「咱們接下來怎麼打啊？」

王昭遠躺在床上說：「看著打吧，怎麼打好就怎麼打！」

沒過兩天，有人向王昭遠爭報：「不好啦，敵人突破了我們第二道防線啦！」

王昭遠從床上爬起來，也來不及穿鞋就去找地方藏。最後他鑽進了糧倉裡，哭得鼻涕流多長，眼睛都變成紅透的桃子了，但也不敢哭出聲。這時候的他，再也不是那個誓師時慷慨激昂要謀取中原的王昭遠了。

沒過多久，王昭遠就被宋軍給搜出來了。

當他出來後，發現趙崇韜也被人家俘了。

王昭遠被俘的消息傳到成都，孟昶真慌了，問手下人誰還想為國出力？誰可以把局面控制住，朕就封他個王侯。讓他失望的是，官員們的頭都像是霜打的茄子，沒有抬起來。沒辦法，他指

著太子玄喆叫道：「你，馬上帶兵去迎戰。」

這位太子哪知道戰爭的意義，平時就跟他父親學泡美眉了。他帶兵出征還帶著漂亮美眉在戰車裡搞那一檔事，搞得其他將領們焦躁不安。當他們行到半程，聽說劍門也已失守，嚇得他帶著人馬向東川方向逃走了。

孟昶聽說太子嚇跑了，感到心裡拔涼拔涼的。

他抹著眼淚說：「我好穿好吃的養兵四十年了，遇到敵人來犯，竟然沒有人幫朕去放一箭。」他感到這仗沒法再打下去了，只得寫了封求降信交了上去，說你們別打了，我投降了。

王全斌他們也累了，也不想打了，於是欣然接受了孟昶的投降書，帶領著大部隊進成都。他們進城後沒有幹別的，而是到處搜尋城裡的好東西。

等把成都佈防完後，他們不急著回報，也不急著回京了，開始四處搜尋漂亮妞兒，盡情享受著。當官的這樣，下邊的士兵們也學，就像日本鬼子進南京那樣。

蜀地的老百姓對宋軍恨透了，曾發動幾次暴動，但都讓王全斌鎮壓住了。曹彬屢次向王全斌提出班師回朝，但他正樂哈著呢！哪肯離開？他正打算抽個機會去劫花蕊夫人的色呢！

在開封的時候他就曾經聽說過，孟昶的老婆長得那模樣兒，能把人的魂給勾出來，摸摸朽木都會開花。他對崔彥進、王仁贍說：我怎麼也得想辦法會會花蕊夫人。

崔彥進感到孟昶不是普通人物，動了他的女人會有風險，上邊怪罪下來就麻煩了。勸道：「好女人有的是，為甚麼非去動她，找這麻煩呢！」

可王全斌卻說：「將在外，君命有所不從。」

將在外，你不從，但也不是說去劫色啊！

就在他準備動手之時，皇上下令，不要傷害孟昶家人與群臣，保護他們馬上班師回朝，不得耽擱。王全斌接到這個命令後很沮喪，心想：他娘的，早不來晚不來……

在回開封的路上，王全斌是雁過拔毛，走到哪裡禍害到哪裡。當他們來到綿州（今四川綿陽），遇到了最強的反抗。

有夥號稱興國軍的集團以文州刺史全師雄為帥，對王全斌的部隊進行了狙擊。王全斌派朱光緒前去招撫，沒想到這姓朱的把人家給打敗後，霸佔了全師雄的女兒。

這讓全師雄憤怒了，他自稱興蜀大王，帶領著他的憤怒之師，在幾天內就打下了川蜀十六州。他走到哪兒，附近的老百姓都積極響應，隊伍越來越強大。

這能怨誰呢？如果他王全斌能夠站在他人的立場著想，知道自己的妹妹或女兒被人家霸佔了，也會生氣，也會變得勇敢，就不會有今天這事了。

沒辦法，他只得帶兵前去討伐。

他們屢戰不勝，還被人家給打得夠嗆，最後只得退到成都了。當時王全斌考慮到城中還有三萬的降兵，如果他們這時候發動暴動，那就是真正的內外夾擊，就真的完了。他做出了個驚人的決定，把這些降兵全給殺掉。

有人說：「這樣做，不太好吧？」

王全斌瞪著眼說：「反正比讓人家砍了好。」

於是，王全斌設計把俘兵全部帶到街道上，用箭射了。

王全斌好色好財是事實，但是還是很有軍事能力的，又帶領著宋朝的正牌軍，打得義軍節節敗退。他們無論是裝備，還是士兵的作戰技能，都比雜牌軍要好，打勝也是正常的。在十二月

份，他們在灌口（在今四川灌縣）打敗了全師雄。

全師雄又氣又恨，竟然病了，病了沒有幾天就去世了。蜀兵沒有了頭兒，他們才平息下來。

宋朝在後蜀取得了完勝，但他們真的勝利了嗎？

由於王全斌軍隊的惡劣行為，讓蜀地的人民產生了刻骨的仇恨，他們曾多次發動武裝對駐軍進行多次的襲擊。

這件事，讓趙匡胤聽了非常震怒，好你個王全斌，我當初是說過，讓你們把財物作為獎勵，但也沒讓你們去強姦民女，殺人越貨啊！你這不是給我添亂嗎？這讓天下人怎麼看我宋軍，這不是流氓土匪嗎？且看我怎麼收拾你……

第二十一章

花蕊夫人

當趙匡胤知道征蜀大軍正押著孟昶等人回京，他有些激動。這倒不是打敗了蜀軍激動，而是馬上就要看到孟昶的漂亮老婆花蕊夫人了。他早就聽說，這個花蕊夫人長得那模樣兒，根本都沒法用凡間的語言來形容，那不就是天仙嗎？

如今，這位傳說中的美人，馬上就要看到了，別說他激動，很多人都激動了，都想看看她到底有多麼美，美得讓男人神魂顛倒……

孟昶他們被押到開封後，趙匡胤馬上就想去看人家，其實是想看人家老婆。突然又想到，我是皇帝啊，我急著去見喪國之君，影響多不好啊！

於是，馬上改口下令讓人把孟昶他們帶過來。

他很想說，順便讓花蕊夫人也過來，但他不能說。

身為皇帝，做甚麼事都要注意形象。

親信們建議，像孟昶這樣的人沒必要見他，乾脆把他給砍了得了。其實趙匡胤也想過這個問題，一個夜壺都鑲七彩寶石，每天用尿柱去頂這麼高級的東西，確實沒必要見他，確實有理由殺他，可是殺了他就成了花蕊夫人的仇人了，他不想與這位漂亮美眉人妻成為仇人。

當孟昶來到大殿，慌亂地看了趙匡胤一眼，馬上就都跪倒在地上口稱罪該萬死，請陛下發落，然後就聽不到動靜了，也不敢

抬頭看，只顧冒冷汗了。

趙匡胤不說話、也不發脾氣，他正在幹甚麼？

他正歪著頭瞅這位看上去黃焦蠟氣的傢伙。難道就是他，用尿柱去頂鑲著寶石的夜壺嗎？就是他擁有天下絕色的花蕊夫人嗎？想到花蕊夫人，他馬上站起來，跑過去把孟昶給扶起來給他賜座，當即封他為秦國公，檢校太師兼中書令。

宋朝的大臣們對於主子這麼厚待孟昶，都感到吃驚。別說宋朝的大臣們吃驚，就是孟昶做夢也沒有想到趙匡胤會給他官做，他都有些不相信自己的耳朵，當他驚醒過來後，滾到地上就磕頭致謝。

他當然不知道，趙匡胤之所以這麼對他，是為了他的漂亮老婆，否則，憑他這種貨色，早就把他給幹掉了。

事情過後，趙匡胤添了心事了，怎麼才能看到花蕊夫人呢？如果他是普通老百姓，可以扒著人家的門框去看這家的媳婦，可他是皇帝，皇帝是不可以這麼隨便的。

他想出了個辦法，那就是賞賜孟昶的母親與夫人很多貴重的東西。

在宋朝有個慣例，皇帝賞給臣子的家眷東西，家眷是應該當面向皇帝致謝的，到時候不就看到花蕊夫人了嗎？

大臣們知道這件事後，有些人不理解老闆是怎麼了，為甚麼拍孟昶的馬屁？

當然還是有人能夠想得到這麼做的真實目的。比如趙匡胤的貼身侍從，比如大臣趙普。他們知道也不能亂說啊，你對別人說：哎，告訴你件事，咱老闆看上人家媳婦了，這麼說可會出人命的啊！

侍從帶著東西來到孟昶家，說：「陛下贈給老夫人與花夫人

東西，請她們來接受吧！」

待侍從看到花蕊夫人之後，驚得差點端不住詔書了。

天哪，這花蕊夫人太美了，美得都要命了。

他結結巴巴著說：「你，你們甚麼時候去宮裡向陛下致謝啊？我好安排時間。」

孟昶問：「明天，明天陛下有時間嗎？」

侍從點點頭說：「那好吧，就明天下了班吧？」

當侍從把花蕊夫人明天要來的消息告訴了趙匡胤，老趙整夜都沒有睡好，晚上做個夢都是春風蕩漾了。

早晨上朝，他的眼圈都發黑，上朝也心不在焉，老早就退朝了。回去之後，他馬上換了最漂亮的便衣，想想，穿著便衣顯不出他威嚴來，於是又把皇袍給換上了，還多次照鏡子看自己。

沒辦法，他是皇帝，可是他也有男性荷爾蒙啊！

當侍從前來報告說，孟昶帶著母親與花蕊夫人就在外面候著了，趙匡胤說：「快快快，讓他們進來啊！」

他端坐在椅子上，眼睛盯著門口。只見孟昶攏著雙手低頭走在前面，他母親與花蕊夫人尾隨身後。由於逆光，由於隔得遠，還隔著人，趙匡胤並沒有看到花蕊夫人的臉兒。當他們來到跟前，跪倒在地，至於說了甚麼他沒聽到，他就光顧盯花蕊夫人那頭烏黑秀髮與頭上的飾品了。

當花蕊夫人抬頭時，趙匡胤就像過了電似的。

天哪，這花蕊夫人果然名不虛傳，美得能沁人心靈啊！

那麼花蕊夫人到底多麼美啊，這還真不好形容了。女人的美有很多種，但是有種美是有殺傷力的，要不哪能傾國傾城啊？你想能把國家與城都給傾了，這得多美啊！

花蕊夫人美得就能把國給傾了。

趙匡胤馬上安排御膳，並親自陪他們吃飯。

在整個過程中，趙匡胤都想去看看花蕊夫人，但他必須得忍著。有時候只能借著轉頭之間掠過那張美麗的臉兒。他心裡是很不平衡，自己皇帝當得比孟昶大，長得也比他高大威武，模樣兒也比他英俊，怎麼老婆就差距這麼大哩？

吃過晚飯後，孟昶跟家人千恩萬謝之後，離去了。

趙匡胤盯著花蕊夫人坐過的那張椅子都想過去摸摸，過去聞聞，但是侍從們都在忙著收拾，他沒法兒這麼做。

這個夜晚趙匡胤失眠了，他滿腦子都是花蕊夫人那張臉兒，想像著那個擁有那張臉的女人，以及她魔鬼身材的內容，心裡就癢得不得了……

這時候，他又想到把孟昶給殺掉的問題，但是想來想去，感到效果不好，如果花蕊夫人剛烈，丈夫死後她尋了短見，就連個人樣子都沒法看了。再說現在大業未成，把他給殺了，將來集團頭子們知道降不降都是死，還不玩命地抵抗啊？

就在趙匡胤為得不到花蕊夫人而心焦的時候，誰想到他三弟趙光義來找他說：「陛下，臣弟有個請求，請陛下一定答應，只要陛下答應，臣弟赴湯蹈火都成。」

「甚麼事情，這麼嚴重？」

「沒別的事，臣弟請求陛下把花蕊夫人賜給臣弟。」

甚麼甚麼？趙匡胤驚得差點跳起來，連想都沒想就擺手說：不行不行，我們打敗孟昶是統一大業計畫之內的事情，如果把他的女人給奪了，將來就不容易收復別的集團領袖了。你想過沒有？人家投順了搶人家老婆，那他們還不頑抗到底啊！

心裡卻在說：要不是我怕這個，早就把他給殺掉，把女人給端了，還輪得到你？

趙光義有些急了，他的男性賀爾蒙也快滿出來了，問道：「不就是個女人嘛，有這麼嚴重嗎？」

「甚麼，搶人家老婆還不嚴重？」

趙光義不高興地說：「不就是個敗國之君的老婆嗎？」

「我可警告你，你要是敢亂來，影響宋朝的千秋大業，可別怪我不客氣！一定記住，不能動他們。」

失意而歸的趙光義，回去後茶不思飯不想的，滿腦子裡也都裝著花蕊夫人。

事實上，不只趙匡胤弟兄倆知道人家長得好看，見過花蕊夫人的宋朝官員們都知道這女人美若天仙，是人間極品。但是他們得到的可能性太小，也就沒有甚麼行動。

趙光義不同，現在他覺得只要孟昶死了，想得到這個女人就容易了。於是他就開始策劃著把孟昶給弄死。於是在孟昶的家政去購物時，趙光義的人就把他們給綁架了，威逼利誘，人家就屈服了。

沒過七天，孟昶暴病而死，他才四十七歲。

趙匡胤聽說孟昶死後，把朝廷放了五天假，還親自穿著素裝，念追悼詞，賜給孟家布帛千匹，還有很多其他東西，並表明由中央政府報銷喪葬費，追封孟昶為楚王。

孟昶死後，他的母親痛苦萬分地說：「你啊，早死也死得有骨氣，可是你貪生怕死寄人籬下，最終還不是這樣的結果？現在你死了，我活著還有甚麼意思啊？」

她開始絕食，沒過五天也死了。

在出殯那天，趙匡胤看到花蕊夫人穿著潔白的喪服，臉上掛著淚水，那模樣兒真是梨花含露，真是觸目銷魂。

第二天，他的眼窩兒都黑了，因為夜裡沒睡好。

自從花蕊夫人來到宋朝，他趙匡胤都快變成大熊貓了。

趙匡胤怕在這時候花蕊夫人出甚麼意外，派人幫著人家站崗。因為他知道肯定會有人乘機去謀劃她的，別人不敢，他弟弟趙光義就敢，因為趙光義這人好色成性。

事實上花蕊夫人以女人的敏感，何嘗不知道趙匡胤對她有好感啊？現在家裡的頂樑柱都塌了，擺在她面前的有三條路：⑴是馬上自殺變成貞烈女子；⑵是過著人人欺負的生活；⑶是抱住趙匡胤的大腿，擁有人見人羨、不低於之前的尊嚴。

她像我們當前的很多實惠派美眉那樣，選擇了權力與大款。

她對站崗的說，要去宮裡當面向陛下致謝。

趙匡胤知道這個消息後，知道美妙的時刻就要光臨了。他馬上讓侍從們收拾房子準備酒菜，還對侍從們說：無論誰來求見都要推到明天。

當花蕊夫人來到後，趙匡胤客氣得不像皇帝，讓人家坐，讓人家喝茶，還跟人家講藝術方面的問題。總之，他們沒有談孟昶與老太太的死事兒，怕影響了情緒。

趙匡胤很客氣地說：「早聽說夫人文才蓋世，能否吟首詩讓朕聽聽？」

花蕊夫人輕輕地點點頭，眯著眼睛吟道：「初離蜀道心將碎，離恨綿綿，春日如年，馬上時時聞杜鵑。三千宮女皆花貌，共鬥嬋娟，髻學朝天，今日誰知是讖言。」

趙匡胤聽了大吃一驚道：「夫人文才了得啊，沒想到能出口成章啊！」

花蕊夫人苦笑著搖搖頭說：「並非臣妾剛作的，這是離開蜀國經過葭萌關時，臣妾寫在驛站的牆壁上的。當年在成都宮內，孟昶曾譜『萬里朝天曲』命我按著節拍歌舞，以為是萬里來朝的

佳讖。到了李艷娘入宮，她好梳高髻，宮人皆學她以邀寵幸，也喚做朝天髻，哪知道卻是經過萬里之遙，來到汴京見您這位宋老闆啊！」

趙匡胤點點頭：「噢，原來還有這樣的故事。」

花蕊夫人說：「嗯，萬里朝天的讖言，成了降宋的應驗，誰能想得到呢？不過看到您，確實有著萬朝來拜的尊嚴啊！」

隨後花蕊夫人又吟道：「君王城上樹降旗，妾在深宮哪得知；十四萬人齊解甲，更無一個是男兒。」吟罷了，眼裡又冒出淚水來，顯得楚楚可憐。

趙匡胤乘機湊過去輕輕地拍著她的香肩，安慰她。

花蕊夫人主動地給趙匡胤斟酒，暗示她的順從……

就在當天夜裡，事情終於發生了……

怎麼發生的？誰都沒有看見，寫出來也是瞎編，而且也變味，就讓他們發生吧，不然喝整夜酒有什麼意思？咱們繼續寫第二天的事情吧！

第二天，趙匡胤就給花蕊夫人安排住下，把她封為貴妃。

趙光義聽到這個消息後非常鬱悶。他本想到孟昶死後，自己可以把花蕊夫人弄到手的，沒想到他二哥出手比他還快。但他哪肯死心啊？老想抽空一親芳澤。於是他有事沒事地就往後宮裡跑，反正他是皇弟，到後宮裡找二哥也沒有人管他。

一天他直接去了花蕊夫人的房裡，說是找陛下有事兒，見二哥剛好不在，撲上去就抱住花蕊夫人求歡。

人家花蕊夫人也是有文化的人啊，先夫孟昶過世後，屈從了趙匡胤就已經夠她難受的了，如今哪肯再屈服這個皇弟啊？如果她今天讓這傢伙賺了便宜，那以後日子就真的沒法過了。於是就

用了些力氣扇趙光義耳光，說：你再不放手我就喊了！

趙光義怕二哥知道會治罪於他，只得鬆手。

他摸著熱辣辣的臉走的時候，心裡就把花蕊夫人恨上了。

趙匡胤得到花蕊夫人之後，別的妃子都很鬱悶，她們也不用再候著侍寢了。因為趙匡胤下班就鑽進花蕊夫人的房裡，兩人飲酒做詩，過得優哉遊哉。花蕊夫人不只長相漂亮，還會做詩，還會唱歌跳舞，放到我們現在比三棲明星還優秀。

趙匡胤喜歡得不得了，都想把她封為皇后。

一天傍晚，當趙匡胤退朝之後來到花蕊夫人的房裡，見她正拜牆上貼著的畫。几上擺著香燭等物。走過去發現畫上的人有些面熟，但不知道在哪裡見過，便問她拜的是甚麼人？花蕊夫人沒有注意到趙匡胤回來，聽到聲音嚇一跳，忙說：這就是傳說中的張仙像，說是虔誠供奉，就可以得到子嗣的。趙匡胤聽到花蕊夫人想給他生孩子，心裡高興啊，忙把她擁入懷中。

事實上，花蕊夫人所供的張仙是蜀主孟昶。

她當然不能畫得極像，畫得太像，讓趙匡胤看出來就會起反感、生她的氣，一旦嫌棄她了，她就不可能過這麼好的生活了。她只能用這種隱蔽的辦法來懷念她的丈夫，畢竟那是她的第一個男人。

無論甚麼，第一次給人的印象都是最深刻的。

一天，趙匡胤找來弟弟趙光義喝酒，讓花蕊夫人同飲。

趙匡胤端起酒來跟趙光義碰杯，可趙光義卻沒有端起酒杯，趙匡胤便皺著眉頭問：「你為何不喝？」

趙光義看看花蕊夫人，指指院裡說：「只要嫂嫂親手去折朵花來遞給臣弟，臣弟喝多少都行。」

趙匡胤便對花蕊夫人說：「那你就去摘朵花來吧！」

花蕊夫人知道趙光義沒安好心，但她還是要給趙匡胤面子的，於是就去到院裡摘了朵花，回來遞給趙光義。誰想到趙光義接花的時候還碰了一下她的小酥手。

花蕊夫人忙把手抽回對趙匡胤說：「你們喝吧，奴婢有點兒婦人家的事。」說完匆匆地回內房去了。

趙光義對花蕊夫人並不死心，還是想抽機會一沾芳澤，可花蕊夫人卻總躲著他。

後來她受不了這種性騷擾了，就跟趙匡胤說：「以後光義再來不要讓妾出面了，他對妾有私心，而妾是陛下的人，不想拋頭露面招人耳目。」

趙匡胤聽到這話越加愛戀她，從而也知道趙光義想好事兒。他生氣了，現在朕已經把她封為妃子就是你嫂子了，你竟然還對她不死心。

有一次，他抽機會對趙光義說：「光義，你尊重我，就必須尊重花蕊夫人。」

「我尊重啊，她是我嫂子，我能不尊重嗎？」

趙匡胤用鼻子哼了一聲，沒有再說甚麼。

趙光義心裡恨啊，好你個臭女人，敢背地裡告我的狀。

由於趙匡胤跟花蕊夫人如膠似漆，每天上朝遲到不說，就是在朝上也是無精打采的，再也不提統一大業了。大臣們去找趙光義，讓他勸勸陛下不要沈迷於娛樂，還是以國事為重。

趙光義聽到這裡，頓時想到了一個惡毒的辦法。

你花蕊夫人不是看不上我嗎？不是冒充貞節女子嗎？那好，老子就讓你變成鬼，看你還臭美不？

過了沒多久，趙匡胤宴請近臣們在宴射，為了烘托氣氛把場

子搞熱，他讓花蕊夫人和著拍子跳舞助興。

花蕊夫人揮著長袖，舞動身段，那模樣兒怎麼樣就不說了。看看那些大臣吧，眼睛就像玻璃球的不轉了，手裡的杯子傾斜著弄濕了衣服。

趙光義心裡又癢又恨，他準備藉這個機會，以報不從之羞。

由於是宴射，場上有弓箭。

趙光義伸手抄過弓來，搭箭上弦，吱呀拉滿，照著婀娜多姿的花蕊夫人射去。

只聽那箭嗖地插到花蕊夫人的胸上，她晃了幾晃，優美地歪倒在地。大家嚇得哇的一聲站起來。

趙匡胤猛地站起來，抽出劍對趙光義吼道：「你想造反！」掄起來就往他頭上砍，不料卻被大臣們死死地拉住了。

趙光義跪在地上說：「陛下，大宋建朝的時間還短，統一大業還沒有完成，陛下應當以社稷為重。花蕊夫人妖媚獲寵，已經讓孟昶喪國了。臣弟不想看到宋朝淪為那樣的下場，臣弟想用自己的生命換她的命，以求宋朝基業千秋萬載，這也值了。」

群臣們都跪倒在地，替趙光義求情。

趙匡胤心疼得要命，可他又不能為個女人而殺了趙光義。你為個寵妃把滿口以國事為重的親弟弟殺了，影響多不好。他不只不殺，還裝模作樣地說：「算啦算啦！這件事就不要再提了，大家繼續喝酒吧！」

侍從們把花蕊夫人抬下去，重新擺了酒。趙匡胤拉長著臉喝，裝作沒事兒人似的，不過他心裡已經哭了，畢竟他與花蕊夫人度過了許多美妙的時光……

第二十二章

迷糊大王

由於花蕊夫人的去世，趙匡胤確實鬱悶了些時間，不過他很快就調整過來了，畢竟是搞大事業的人，他把主要精力都放到了統一大業上。

現在南方只剩下南唐這個集團了，只要把它再拿下就可以全力對付北漢與遼國，離統一中原不遠了。

問題是人家每年向你進貢很多東西，低調得就像孫子你還去打人家，講不講道理啊？趙匡胤這人的做事原則就是——不人道，也得找點兒看似人道的理由。

這麼虛偽，但是表明了他的道德底線。

想找理由打人家，那麼理由就會很容易找，但他沒有想到，在尋找打南唐的理由上，他還真費了番周折。因為南唐的皇帝李煜，很能用他的柔軟包容你的強硬。

南唐的李煜是元宗李璟的第六子，本名從嘉，字重光，因為五個哥哥的夭折，排名往前提了不少，變成次子。他大哥是文武雙全的優秀青年，但嫉妒心重。由於父親很喜歡有文才的李煜，大哥感到他威脅到太子之位，常想把他給幹掉。

李煜非常害怕，多次表明自己沒有半點的野心，因此專心學習文學與繪畫。然而人生就那麼多意外，是你的你不想要都不行。這位奔著文學藝術發展的皇子，不只變成了著名的詩人與畫

家，後來還真當上皇帝了。

原因很簡單，他大哥十九歲時，就死了。

李煜接班當皇帝時二十五歲，定都金陵。

然而，李煜就像父親李璟那樣，是個有文才而沒有政才的人，他懶於管理國事，也不想與人為敵。當他接過父親的位子後，首先做的不是怎麼發展國家，而是向趙匡胤進行彙報，經過趙匡胤的批示，這才敢坐到皇帝的御座上。

當初他父親李璟向後周稱臣，僅僅是去了年號，其他的仍然以王的編制配備，但李煜當得更失敗，他當了皇帝後都不敢穿皇袍，而是穿宋朝使者送來的紫袍，只有當使者走後才取出皇袍穿上，還怕別人向宋朝告密，穿得偷偷摸摸的也不舒服。更多的時候，他寧願穿著便裝上班。

紫袍皇帝李煜從來都顯示出對趙匡胤的尊重，得到甚麼好東西總會打發人送到宋朝。他為了拍宋朝的馬屁，還親自給北漢寫信勸他們投降，可謂把馬屁拍到了極致。

趙匡胤之所以要拿下南唐，主要是不放心，生怕他們奮發圖強之後，國家強大了，以後就不容易控制了。再就是南唐的土地肥沃，手工業也相對發達，把這塊地方奪過來，對於整個國家的經濟發展，都是有帶動作用的。

為了能夠把南唐給拿下，趙匡胤開始做功課了。

他讓軍隊以進攻南唐進行模擬演習，還提前在漢陽部署重兵控制著長江上游。但是趙匡胤心裡明白，南唐雖然臣服於宋朝，但他們並不弱，他們有著強大的經濟實力與精良的武器裝備，想把他們給打垮還是需要了解人家的情況的。

於是他讓使者訪問南唐，賜給李煜很多東西，不讓他察覺到漢陽佈兵的真正意圖。為了把這戲演得逼真，他還多次把前來投

順宋朝的南唐人處死，表明他與南唐的交情夠，相處之下親密無間。經過幾次這樣的表演，李煜認為宋朝不會來對付他，小日子過得挺自在的。

趙匡胤採用的第二個辦法就是，派人去離間南唐的主要將領。江南南都留守兼侍中林慶肇是個有膽有識的人，他對李煜的狀態很不滿意，曾進言道：「宋朝滅掉後蜀又拿下嶺表，他們肯定疲勞不堪，這時候讓臣帶幾萬兵去乘機收復我們的失地，爭回我們的尊嚴，是完全可以做到的。」

李煜聽到這話，嚇得要死：「不行，千萬不能招惹宋朝。」

林慶肇說：「如果再這樣下去，我們國家就危險了。」

李煜聽到這話非常生氣，對著他吼道：「你以後不要再做挑撥離間的事情，朕從來都沒有想過要跟宋朝作對，朕相信他們也沒理由攻打我南唐，絕對沒有理由。」

這件事情被趙匡胤知道之後，認為林慶肇這個人，將是他拿下南唐最大的障礙，因此決定先把他給解決了。

在開寶五年閏二月，江南的使者李從善來到開封，趙匡胤跟他進行交流，賜給他很多國寶級的東西，還給他在京城建了豪宅，想把他給收買了。

不久，又有南唐使者來到開封，趙匡胤讓負責接待的官員把他領到一座豪華的別墅裡，指著掛在牆上的巨幅畫像問：「哎，認得這人嗎？」

使者看到竟然是林慶肇的畫像，大驚失色，問這畫像為何掛在這裡，負責接待的官員小聲地對他說：「我跟你說，你可別亂說出去哦！」

「我知道我知道，我保證絕不亂說。」

「這是我們給林慶肇準備的房子。據說他在南唐有很多主張

都得不到上邊的認可，感到挺鬱悶的，想投奔我們宋朝。前幾天吧，他派人送來畫像作為信物。」

使者差點偷著笑了，心想：南唐人誰不知道林慶肇是主張反宋的，要是他也投降了，南唐就沒有不是漢奸的人了。再說你把我當傻子啊？如果他真投降，你會把這個消息告訴我嗎？為甚麼要告訴我，我不傻你們傻啊！

他當即點頭說：「噢，是這樣的，沒想到啊！」

回到南唐後，李從善把它當笑話講給李煜聽，說：「有件事真好笑，宋朝的官員把我領進一座豪宅裡，指著牆上林慶肇的畫像，說是林老要投順宋朝的信物，可打死我都不相信。」

李煜瞪著眼睛問：「甚麼甚麼，他的畫像在宋朝？」

使者忙解釋是宋朝的詭計，讓李煜不要相信這種事情。

李煜本來是不相信的，可就在這時有人向他打小報告說：林慶肇喝了酒發牢騷說陛下您只會拍馬屁，早晚都會把國家給葬送了。李煜就非常生氣，你動不動就說我亡國，甚麼意思？他感到林慶肇當前的情緒說不定真的有叛逃之心。為了防備這種可能性，李煜決定把這個常跟自己頂嘴的傢伙給除掉。

他打發人去請林慶肇過來，說是有很重要的事情相商。

林慶肇還以為皇帝認同了他的觀點，準備對宋朝發動襲擊呢！心裡挺高興，對自己手下的將領說：看來陛下終於覺悟了。他來到宮裡，見已經擺上酒菜，以為是為征宋而餞行的呢！

李煜端起酒杯來笑著說：「你常對朕提起要防備宋朝，朕想來想去，感到你說得有道理啊！朕想好了，防備宋朝事務就交給你去做了，希望你能夠忠心報國，不孚眾望。來，為了我們的成功與尊嚴，乾杯。」

林慶肇高興地端起酒來，雙手扶著杯子對李煜說：「陛下能

夠這麼想，我們南唐就真的離繁榮富強不遠了，臣代表所有的愛國之士敬您。」把酒喝下，坐在那兒開始談自己的防禦與攻擊宋朝的策略，說著說著感到鼻子裡一熱，流出鼻涕來了。

他想：壞啦壞啦，是不是傷風感冒了？

我怎麼可以在陛下面前這麼邋遢呢？他掏出手帕來擦了擦，發現竟然是紅的，頓時一愣。他抬頭看到李煜滿臉的冷笑，就明白是怎麼回事了。想抽出劍來，把這個不知好歹的臭皇帝給殺掉，但他的視力越來越模糊，渾身越來越無力，想罵句昏君都沒有力氣了。他歪倒在地上，眼角流出血紅的淚水，順著臉頰滑到了耳際。

林慶肇死後，南唐再也沒有大臣敢跟李煜提抗宋的事情了。

當趙匡胤聽說李煜把林慶肇給藥死了，他還有些吃驚，這李煜怎麼這麼豬腦子啊，這麼明顯的陷害都看不出來嗎？這麼好的大臣也給下毒，他不滅亡誰滅亡啊？

因此，他對於攻打南唐更加有信心了。他想：既然你吃這個，那好，我就繼續離間你，讓你把自己的將帥全部給殺掉，省得再去打仗了。

傻乎乎的李煜產生了草木皆兵的恐慌，他始終認為有人謀劃著投奔宋朝，於是又祕密地殺害了幾位對朝政不滿的大臣，搞得大臣們都人人自危，惶惶不可終日。

趙匡胤感到是可以進攻南唐的時候了，但是他總是找不到理由。因為隔不了多久，李煜就會派人來送些值錢的東西，還向他彙報自己的工作情況，那口氣就像是給父輩的人寫信。

趙匡胤想：我就不相信你的脾氣這麼好，我要讓你發火。

他扣留了李從善後，想等著李煜提出抗議來，好去打他。

李煜派常州刺史陸昭符到開封獻上重禮，求趙匡胤把人放了。趙匡胤對陸昭符瞪眼道：「甚麼，放人，不放，回去跟小李說，李從善歸我了，我要讓他當兗州通判，還要把他的隨從全部進行提拔錄用，還要把他的母親凌氏封為吳國太夫人。」

李煜馬上寫了信，又讓陸昭符送到宋朝。

趙匡胤看到回信裡寫道：好啊好啊，那就用吧，我負責把他母親送過去。

趙匡胤哭笑不得，心想：這個李煜是不是男人啊？這種氣都能受。他又把使者陸昭符給扣留，給李煜去信說：我看小陸挺機靈的，把他留下給我當馬夫了。趙匡胤心想：這次李煜肯定會表現出不滿，肯定會提出抗議了。

不過，他還是失望了。

第二十三章

南唐舊夢

由於多次激將南唐都沒有成功，所以趙匡胤始終找不到出兵的理由，這讓他感到很著急。他三弟趙光義不樂意了，在上朝的時候奏道：「陛下，這打仗又不是小孩子玩家家酒，我們何必要用這種伎倆呢？打仗憑的是實力，有實力想打誰就打誰，管他個鳥態度。」

趙匡胤說：「師出有名，這是我做事的原則。」

他也知道這樣拖下去不行，可又沒有理由去打人家，沒法兒跟天下人交代啊！這是矛盾的，他知道這種矛盾，但是他還是堅持要找到攻打人家的理由。

於是，退朝之後，把足智多謀的趙普叫來，跟他商量說：「趙老，你想個辦法，不管是激怒李煜也好，還是讓他違背我的意願也好，反正要讓朕抓住他的把柄，朕好出兵打他。」

「這還不好辦！」趙普說：「通知李煜來這裡開會。」

「他又不傻，能來我這裡開會嗎？」

「不來，那不就找到理由打他了嗎？」

「那要他來了，豈不更難辦了嗎？這法兒不行。」

「來了就把他扣住，在京裡封個官，那就不用再打了！」

趙匡胤跟趙普交流過後，感到自己之前把事情想得太複雜了，有點兒鑽牛角尖了。於是馬上派出使者，通知李煜馬上到開封開會，要按著時間到達，不能遲到。

當使者回來說了說李煜的態度，趙匡胤差點暈死。李煜說：好的好的，臣馬上收拾收拾就往開封趕，您還需要甚麼東西就說聲，我一塊給您帶過去。

趙匡胤嘆了口氣說：「這李先生哪，也真夠可憐的啊，要不是為了統一大業著想，我還真不想動他了啊！」

那麼，他李煜真的要到開封去了嗎？

當然會的。因為他知道現在趙匡胤是故意提出過分的要求，想讓他發脾氣說狠話，好乘機來打他的。如果不去開封，趙匡胤肯定是不會放過南唐的。

當他決定去開封之後，回到後宮對小周后哭道：「趙匡胤也太欺負人了，我把他當爺爺敬著，他還這麼對我。」

美麗的小周后嘆了口氣說：「陛下，奴婢感到您這樣下去也不是長久之計。您應該把手裡的書放放，召集眾臣共商禦敵之法。雖說我們沒有宋朝強大，但我們地處險地，只要做好防守，宋朝想拿下南唐也不是件容易的事情。」

李煜搖頭說：「不行不行，我們打不過他們。」

第二天上朝，李煜對群臣說：「宋朝的使者來讓我到開封開會，如果不去，太祖肯定遷怒於我，會因此對我們用兵。我已經讓使者回命，決定去趟開封，跟太祖好好交流交流，表明我們從始至終都沒有對宋朝有不利的想法，用不著打我們。」

大臣們聽到這裡，都低下了頭，感到臉上發燒。

李煜嘆口氣說：「在我走後，你們要代朕治理國家。」

這時候李煜的親信陳喬再也忍不住了，從臣列裡分出來進言道：「陛下，萬萬不能前去。去了他們肯定會把您給扣住，要脅您獻出南唐。如果發生這樣的意外，臣等死了也沒臉去見先皇了。再說宋朝多次挑釁，目的就是想攻打我們。就算這次僥倖躲

過去，還有下次。說不定他們會提出甚麼更卑劣的要求來。我們不能再忍了。」

李煜問：「那，那他們要打咱們怎麼辦啊？」

陳喬說：「您可以編個理由說最近身體不好，國內的事多，不能夠馬上動身。然後咱們趕緊地調兵佈防，防備他們發動侵略啊！」

李煜猶豫了幾日，最終還是覺得去開封太危險了，於是就寫了封很委婉的信，打發人送到開封。

當趙匡胤聽使者說李煜不準備來開封了，他笑了。

不來正好，來了我還不好處理呢！於是就藉這理由，決定進攻南唐。其實這叫甚麼理由啊，根本就是浪費時間。沒辦法，這就是趙匡胤做事的風格，但不能說是壞習慣，最少他有種原則性，不會發展成戰爭狂人與暴君。

趙匡胤任命曹彬為主帥，潘美為都監，曹翰為先鋒都指揮使，向南唐進攻。所以任命曹彬為主帥，主要是看重他的品德，以防像上次王全斌攻蜀時那樣，無惡不作，雖然表面上把仗打勝了，其實根本上就是失敗了，因為老百姓們對你的抵抗意識都深刻到骨子裡去了，動不動就發動暴動，讓你的守軍顯得很被動。

在曹彬臨行前，趙匡胤還專門對他進行了交代，盡可能地不要損傷老百姓的性命與財物，我們要樹立宋軍的威信，以便能夠順利接管。他賜給曹彬一柄劍，並當著南征的全體軍官說：「拿著這個，要是副將以下的不聽命令，立刻把他給處決了。」

哇，那些軍官們聽到這話，感覺就像有股涼風從頭上掠過。

十月十八日，曹彬率領大軍從荊南出發，向金陵挺進，並於二十五日從蘄陽過江，攻破峽口寨，俘虜了池州牙將王仁震、王宴、錢興等人。他留下部分兵力鎮守，帶著主力部隊繼續向池州

挺進。來到池州後，他們面對著的是個很寬的江面，不架橋是過不去了。

這時候，有個叫范若水的人發揮了作用。

他是江南池州的學子，自幼苦讀，做夢都想考功名光宗耀祖。可他寫的文章都是奔著治理國家的主題去的，李煜根本就看不上。原因很簡單，他李煜是個文學家，認為文章要以藝術性為重，不應該寫成時事評論或者是論文，因此就沒有錄用他。

范若水對南唐失望至極，就想去宋朝發展。他斷定宋朝肯定會從池州的江面上進攻南唐，於是就用小船帶著絲繩，丈量江面，繪製池州圖紙，並於開寶七年（公元九七四年）七月，帶著這些機密文件來到開封，獻上自己的圖紙。

趙匡胤看了他繪製的圖紙後，感到這個人確實是人才，於是就親自接見了他，賞給他很多東西，任命他為舒州團練推官，隨後又把他的家人接到開封，還提升他為贊善大夫。

這次攻打南唐，就是根據范若水的圖紙，在江面上撐起了浮橋，讓軍隊通過。

南唐本來以為宋朝想渡過江面不是容易事，突然聽說人家已經架起浮橋了，馬上派鎮海節度使同平章事鄭彥華率水軍、都虞侯杜真率步兵去采石磯迎擊宋軍。他們從金陵水陸來到采石磯，策劃著溯流而上截斷起浮橋，讓宋軍根本沒法過江。

他們的計畫被曹彬的水軍識破，兩軍在水中交戰，南唐打敗了。面對宋軍的強大攻勢，掌管南唐兵事的陳喬與張洎採取的策略是死守著城池。他們以為宋軍們隔著江面，糧草運輸不方便，幾天攻不下來就會回去的。

李煜並沒有對宋朝的侵略戰高度重視，每天在後院裡與僧道誦經，吟詩作畫，高談闊論呢！由於每天都有人向他彙報軍情，讓他很煩，便對近臣皇甫繼勳說：以後沒有大事就不用向我彙報了，你來處理就行了。

一天，他感到在房裡悶久了，於是就把手裡的書扔下，要去城牆上走走，看看景色，養養眼睛。他剛登上城牆，抬頭看到的不是美景，而是黑壓壓的宋軍，與在風中呼呼作響的戰旗。

他以為自己看花眼了呢！用力眨眨眼睛，發現果然是宋軍。心裡生氣啊，宋軍都把都城圍得像鐵桶了，你個皇甫繼勳還不告訴我，於是回去就讓人把皇甫繼勳抓了起來，下令把他的頭給砍了扔到城外去，讓宋軍的馬給踩碎。

皇甫繼勳叫道：「陛下，是您說不要煩您的。」

「朕說的是小事，現在都被宋軍給包圍了是小事嗎？」

殺掉皇甫繼勳並不能解決問題，他馬上召集掌管兵權的張洎、陳喬等人商量，現在投降還來得及嗎？張洎與陳喬搖搖頭說：投降怕是不保性命，不如我們派人潛出城去，召鎮南節度使朱令贇率軍前來救援，說不定還會有轉機。

李煜馬上寫了詔書，派兵馬突擊護送使者，前去催促朱令贇馬上前來救駕。

使者是突圍出去了，朱令贇帶兵救援金陵，突發奇想，只要衝斷采石磯的浮橋，把宋軍給孤立起來再去解金陵之難。他的想法是不錯，只要把浮橋破壞掉，圍攻金陵的宋軍，就沒有援助，想怎麼打他就怎麼打。

由於宋軍在浮橋周圍豎著長木，從遠處看到就像有兵把守，他們沒敢靠近。正在他們猶豫時，宋軍突然襲擊，他們只得放火掩護船隊逃跑，誰想到這麼倒楣，風突然轉了向，反倒把他們的船給吞了……

金陵已經成為孤立無援的城池，已經沒有可能守得住了。

當宋朝的使者前來勸降時，南唐後主李煜還硬拗了，對著使者大罵，那意思是，趙匡胤真他娘的不是東西，我們送了多少東西啊！多次表示我臣服於你，你們還無中生有找理由來打我們。

他如果早這麼勇敢地對宋朝說「不」，就不會出現這樣的局面了。現在說甚麼都晚了，沒幾天金陵就被攻破了，李煜只能低頭請罪了。

當趙匡胤聽說李煜已經投降，正在押往京城的道路上，他笑了。現在整個中國南部都已經是他盤裡的菜了，宋朝的地盤又增多了不少，他沒法不笑。可是趙匡胤突然感到李煜不好處理，於是開會商量怎麼處理他。

有人說：砍了。

有人說：砍了影響多不好。

有人說：留著也是個麻煩。

在聽了眾說紛紜之後，趙匡胤最終決定善待李煜。再怎麼說是你宋朝不對，在你剛登上皇位的時候，人家就送來東西表態要臣服於你。人家送你那麼多東西喊你無數爺爺，平時都不敢穿龍袍，可你還是不放過人家，於情於理都是你的不對。

當南伐的大軍回來後，趙匡胤下令把李煜帶到接待室。

李煜見到趙匡胤，慌忙跪倒在地，甚麼話也說不出來，淚流滿面，泣不成聲。趙匡胤把他扶起來，當即封他為宋朝的右千牛衛上將軍、違命侯。隨後又對他家人進行了加封，對每個家庭成員進行了賞賜。

當李煜的家人進宮答謝時，趙匡胤看到有個女人簡直像炭堆裡的明珠，挑亮了他的眼睛。這個女人讓他想到當初來宋朝的花蕊夫人，也是迄今為止，他感到唯一能與花蕊夫人媲美的女人

了，心裡便喜歡得緊。當他知道是李煜老婆小周后時，對自己說：算了吧，李煜是個好同志，你不能有這種想法，這樣做的影響是很不好的。

他硬把自己的欲望給壓下了。

趙匡胤命令擺宴，親自拉李煜入席，並對他說：其實在南在北沒有甚麼不同，不同的是從今以後，你可以專心搞你的文學藝術，與家人享受天倫之樂，不再操心政治與國事了。在朕的庇護下，你在開封任職，這是你的福氣……

在拿下南唐之後，趙匡胤沒有再繼續征戰。

雖然趙匡胤並沒有繼續完成統一大業，但宋朝已經成為當時的中原老大了。有個老大對和平是有好處的，最少對那些具有野心的小國，起到了震懾的作用。

由於宋朝的存在，中原迎來了自五代十國以來最為安定的局面。問題是難道他趙匡胤真不想把北漢與遼國給打倒，實現真正的中原統一嗎？沒有皇帝不想做這件事，但理想與現實還是有差距的。北漢與遼國聯盟，想把他們徹底打敗並不容易，再說就是打敗人家，還要派人去管理，這也是麻煩事。

他不想再勞民傷財發動戰爭，去追求形式上的統一了。

他把更多的精力放在治理國家上，並堅持走「抑武揚文，以德治國」的路線。這樣的治國方針推動了宋朝的政治、經濟、文化。老百姓的生活得到了改善，大家都說皇帝是個好皇帝。

趙匡胤並不知道，就在他改革開放搞活經濟的時候，他的弟弟趙光義產生了革命的想法，這就是他想當皇帝……

第二十四章

虛報青史

國家富強了，人們都過上了好日子是好事兒，作為「總統」的趙匡胤，自然感到高興，但是讓他很不高興的是，朝中的大臣們開始變壞，貪污受賄氾濫，甚至有人買官賣官，嚴重地影響政府的形象。腐敗是歷史上最嚴重的執政黨疾病，就像癌症那樣難以克服。癌細胞的擴散可以讓人死掉，腐敗氾濫足以讓整個國家垮掉。

趙匡胤多次在開會的時候強調，誰要是敢玩這個，就對他不客氣。說了很多遍，大臣們就當耳旁風，他就真的生氣了。

他成立了祕密的反貪機構，相當於咱們現在的調查局。開始調查官員中的腐敗行為。證據確鑿，抓起來就用棍子打，打得不喘氣了，扔到鬧市裡讓大家觀賞。或用繩子勒死，扔到熱鬧的大街上曬他幾天，讓蒼蠅在他身邊繞呀繞……

讓那些蒼蠅對官員們說：這就是貪婪的後果。

據史料記載，趙匡胤在任期間，曾經處死過二十八名貪污受賄的官員，有效地打擊了這種腐敗風，但是想根除這種毛病，還是不夠的。

趙匡胤明白，腐敗的根源不在於小官，而在於高層。上行下效是腐敗最不容易解決的惡性循環，他對於高層的要求也是極為嚴格的，可是嚴格歸嚴格，其實還有很多的無奈。反貪腐最大的無奈就是每個當官的都有問題，你不能把他們都殺光。再說了，

他趙匡胤也不敢保證自己就清正廉潔，一塵不染。

有一次，吳越國王錢俶派使者到宋朝辦公事，順便給趙普捎來十瓶海產品，就放在走廊上了。趙普正想把東西搬進房裡，趙匡胤帶著幾個人來了。他盯著幾個瓶子說：「瓶子看著挺漂亮的，裝的是些甚麼啊？」

趙普說：「是使者送來的，說是些海產。」

「甚麼海產用這麼漂亮的瓶子裝？來人啊，打開看看！」

侍從跑過去雙手抱瓶子，一下竟然沒有抬起來，心裡就感到奇怪了，天哪，進口的海產就是厲害，超重。等把瓶子打開，原來裡面裝滿金瓜子，在陽光下燦燦發光。這可把趙普嚇壞了，跪倒在地表白說：「臣真的不知道是這些東西，要是知道早就向您彙報，再繳到國庫裡，早就去繳了。」

趙匡胤笑著說：「朕明白了，他們送錯了，看來把海鮮送到宮裡，把金子送到你這裡了。哎，這個，要是把國家交給你們書生來管理，真不知道會是甚麼樣子的。」

趙普說：「我不知道，我這就繳到國庫去。」

趙匡胤走後，趙普馬上帶著這些東西繳到國庫裡，還把清單報上去，表明自己真繳了，半個瓜子都沒有留下。

說實話，趙匡胤已經很給趙普留面子了，如果想辦你，不管你知道不知道，就把你給辦了。為甚麼他們沒有送給看門的大老爺，就送到你總理家來了。說你是貪污受賄這些就是鐵證，說你是私通外域賣國求榮也是鐵證。

當然，他趙匡胤並不是只對別人嚴格，我們永遠都不會相信只對別人嚴格的領導是好領導。趙匡胤在中國歷史上算是毛病最少的皇帝。他還是能夠嚴格要求自己，給群臣做了好的表率的，最少他做出了這種樣子。

比如他在戰利品中看到孟昶用過的七寶裝飾壺，感到這東西做得非常精緻，非常好看，便感嘆道：「用這麼貴重的東西裝飾，不亡國那才怪啦！來人啊，馬上把它給我砸了。」

侍從看到這麼漂亮的東西，問：「陛下，您確定要砸啊？」

趙匡胤瞪眼說：「馬上砸，不留這種奪人心志的東西。」

當然，可能是他故意演戲，沒有人說戲不能教育人。

在開寶五年夏天，永慶公主要出嫁，趙匡胤專門吩咐說：「啊，這個公主辦嫁妝時，一定不能超出標準，這個婚禮也不能過於鋪張。」

永慶公主是趙匡胤最疼愛的女兒，平常都是撒嬌慣了的，如今聽說父親要給她的婚事降低標準，把嘴給噘起來了。她去宮裡膩在趙匡胤身邊，不高興地說：「父皇，您平時總說最疼愛我，可是真到事上了就不疼了。您平時是不是哄女兒開心的啊？」

「你怎麼說出這種話啊，我甚麼時候不疼愛你了？」

「疼愛還把人家的婚事兒，給辦得像貧下中農。」

趙匡胤開導她：「你可不是普通人，你是公主啊！要是辦得太超標了，朝臣們都會效仿的，這樣會壞了政風，壞了民風。」

永慶公主默默地傾聽著，連連點頭，但臉上分明帶著幾分沮喪，幾分勉強。就這樣，她很低調地成婚了。

婚後幾天，她來向趙匡胤請安，穿著件貼繡鋪翠的短襦，看上去很漂亮。趙匡胤卻盯著她的衣裳皺起眉頭來，說：「你以後再來見我，不要再穿這樣的衣服了。」

永慶公主笑道：「父皇，這不就是件衣裳嗎？」

趙匡胤不高興地說：「這並不是好看不好看的問題，而是你穿這樣的衣服，宮裡的人都會效仿的。京城中翠羽價格本來就已

經很高，買的人多了，小民就會販賣交易，獵手有利可圖就會去殺生拔毛，這樣下去不是敗壞了民風嗎？」

永慶公主雖然心裡不高興，但回去後還是把那件衣裳給脫下來了，平時進宮素面朝天，但是回到家裡，還是穿上了鳥毛。

一次皇后對趙匡胤說：「你都當天子這麼久了，也沒有個像樣的車棚子，要不咱們用黃金裝修裝修吧！」

用咱們現代的話說就是，老公你都當總統這麼久了，還坐著那輛破紅旗呢！咱們去德國訂輛豪華賓士吧，加防彈的。同樣放到現在，趙匡胤肯定說：我就愛紅旗，這是我們自主研發的。

他說擁有四海之富，就是用金銀裝飾宮殿也是能辦到的，別說弄個好點的代步了。可是你想過沒有，這些財物並不是我的啊，而是天下人的，我只是個總管啊，是不能夠動的。古話說得好啊，一人可以治天下，但不可以天下奉一人。如果皇帝只想自己過得舒服，天下人還怎麼擁戴你啊？

從此，皇后再也不提這件事了。

由於趙匡胤平時穿的衣服都很簡樸，都沒有大臣的衣服好，趙光義說：「陛下，您作為皇帝，還是應該要多注意形象的。」

趙匡胤問：「瞧你這話說的，我哪兒不注意形象了？」

「你怎麼也得有幾件好衣服，跟平民百姓區別開吧！」

趙匡胤笑著說：「穿這樣的衣服，更隨意些，也舒服啊，為甚麼非要追求那些形式上的東西呢？」

當然了，我們不能否定，趙匡胤之所以處處嚴格要求自己，甚至是虛偽地去故做仁善，這與當時修訂官史是分不開的。每個皇帝到了晚年，都會讓官史總結他的偉大的一生，要流芳百世。

因此，我們就看到了很多水淋淋的史料。

他趙匡胤雖然處處注意自己的行為，但有時候還是會原形畢

露的。一天，他在後院裡用彈弓打鳥，打了幾下都沒有打著，這時候有臣來求見，說有要事彙報。

趙匡胤聽了他的彙報後，感到都是雞毛蒜皮的小事，就發火道：「你急著來見朕，以為是多大的事呢！就這點小事你不會處理啊？如果這點小事都不能處理要你是幹甚麼吃的？」

「陛下，事兒雖小，但總比彈鳥緊急些吧！」

也許他想到老闆平時就喜歡別人講真話，認為自己講了大實話。打鳥還真沒有他彙報的事情大。可趙匡胤的情緒不好，對這句話非常憤怒，氣得他提起柱斧倒過來，用把兒去撞那人的嘴，硬生生把他的牙給撞掉了，滿嘴的鮮血。

那人又疼又沮喪又後悔，這哪是彙報工作，這是來拔牙了。他蹲在地上，把兩顆血牙撿起來放進袖子裡，然後捂著嘴站在旁邊，淚水在眼裡打著轉兒。

趙匡胤隨手把柄斧扔到地上，瞪眼道：「你藏起來是甚麼意思，是想作為證據來告發我嗎？」

「我雖然不能告陛下，但是有史官會記錄下這事的。」

這句話說得非常大膽，那意思是說：你是皇帝，你的所作所為都會記錄在史冊的。你為了打鳥的事情把彙報工作的人的牙都給打掉了，這樣的事情，你覺得是皇帝所應為的嗎？

趙匡胤聽了突然想道：是啊，官史會記錄，於是就笑著說：「啊，就憑你這句話說得挺有意思，我也得獎勵你些東西。」

於是，就賞了這人很多東西，還對他說：這件事就不要再去宣揚了吧！

第二十五章

抑制平衡

到了趙匡胤晚年，重臣中形成了兩個實權派，這就是趙光義與趙普。可以說自從趙匡胤當皇帝起，趙光義就開始發展自己的勢力。他在開封擔任府尹的十六年裡，培養的親信有精通吏術的宋琪、能言善辯的程羽、文武雙全的賈琰等人。

作為皇帝的趙匡胤，他看到弟弟在發展勢力卻沒有加以制止，甚至是默許的。畢竟由他的親弟弟掌握了相對的權力，對他的政權還是有好處的。他縱容弟弟發展權力，還有個重要的目的就是牽制趙普，因為趙普的威信與實力越來越強大了。

強大到威脅到他的皇位了——這是趙匡胤所不能容忍的。

當然，他明白，趙光義的權力過於強大了，對他的皇位也是不好的，他同樣需要趙普來平衡趙光義的權力。只有相互牽制與平衡，他才能夠把皇帝的位子坐穩。這是每個領導都需要掌握的領導藝術，否則，你的處境就會變得很尷尬。

正由於趙光義與趙普形成了鮮明的兩派，明爭暗鬥也是避免不了的。有時候因為某個觀點的不同，常常爭得臉紅脖子粗的。

趙匡胤不偏不倚，等他們爭得不可開交時，他再根據情況進行表態，兩派就都沒有甚麼脾氣了。

趙光義與趙普的矛盾越來越激化，影響了親信們的心態。開封府判官姚恕去見趙普有事，正好趙普有客人在，在門口站崗的人就對他說家裡有客人，今天不太方便。

姚恕認為這是故意刁難他，當時非常生氣，朝地上啐口痰，怒哼了一聲，梗著脖子就走了。

後來趙普聽說了這件事後，馬上派人去向姚恕賠禮道歉，說自己當時真的忙著接待客人，不好意思啦！之所以要去賠個禮，主要因為姚恕是趙光義的人，他不想因此事而把矛盾搞大。沒想到姚恕根本就不領情，對去的人說：「誰讓我的官位太低呢！被人家瞧不起。要是別人去了，可能早搖著尾巴出來了。」

去的人挨了沒臉，回來說：「這個姚恕實在太差勁了！」

趙普問：「是不是他又說甚麼狠話了？」

那人添油加醋道：「他說您可能有甚麼圖謀，所以不讓進去。」趙普心想：這人太可恨了，竟然話裡話外地說他跟別人圖謀甚麼，這不是說我有甚麼政變的動向嗎？這種栽贓是很要命的啊！他就把姚恕給記恨上了。行，你小子有本事，竟敢挑戰我。

後來澶州缺個通判，趙普就向趙匡胤建議由姚恕擔任。

趙匡胤笑著問：「難道他真的合適嗎？」

趙普說：「天下人沒有比他更合適的了。」

趙匡胤便笑著說：「好吧，那就讓他去，我可不想又被你給纏上了。」

他說「不想被你給纏上」是有原因的。之前趙普曾向趙匡胤舉薦某人，趙匡胤不想用，便說：我感到不合適。第二天趙普又對他提起這個人。趙匡胤有些煩了，哎哎哎，我說老趙啊，昨天不是跟你說了嗎？不合適就是不合適。誰能想到第三天，趙普還是向他推薦這個人。趙匡胤當即就惱了，奪過薦書來當場就撕了扔到趙普頭上。

趙普彎下腰，拾起殘書退出去了。

他回去後把這份奏牘重新糊好，又遞上去了。

當趙匡胤再次接到這份奏摺後，就感到趙普之所以這麼做肯定有甚麼目的。於是就派人進行暗查，這才發現趙普推薦的這個人果然是個人才，並且品質非常好。於是就任用他了。

如果那時候趙普是推薦賢人的話，那麼如今他是公報私仇，難道趙匡胤就看不出來了嗎？趙匡胤當然能夠看得出來，他明明知道趙普的這次推薦是為了打擊報復，那為甚麼還要批准呢？

這就叫做政治，這就叫做人際關係學。

他在跟隨郭威與柴榮的時候，學到了很多平衡關係的學問，因此他也善於這麼做。因為最近這段時間，有大臣向他彙報，說趙光義的親信們現在挺牛，見著人那鼻孔都朝天，他就有些生氣了。就算趙普不提出來打擊姚恕，他都會想辦法把他給整理整理，何況如今趙普提出來了，豈不更省事兒了？

可憐那姚恕，水平太低，根本就沒有看透這種微妙的關係，意氣行事，被人家給平衡了。當他接到調令的那天，跑到趙光義那裡彙報說：「老闆，看到沒有，趙普現在已經開始對我們下手了，如果您再不出面，那麼您的親信將會被他慢慢都給弄走，那麼您就真的變成孤家寡人了啊！」

趙光義聽到這裡，臉色越來越難看。

他找到二哥趙匡胤，以種種理由要求留下姚恕。

趙匡胤搖頭說：「你應該知道，有些官員的調動，是宰相的職責啊！如果我事事都要加以干涉，一竿子插到底還不得把我給累死啊。不要再說啦，這件事情就這麼定啦！除非趙普自己又改變主意。」

趙光義太想留住姚恕了，因為這關係重大。如果留不住姚恕就會動搖跟隨他的那些親信。噢，我們抱你大腿，有狗的忠誠，任你呼來喚去，還不停地搖著尾巴討你的好，如今我們這些狗腿

被打了你都保護不了，我們跟你幹甚麼來了。

就因此，趙光義來到了趙普的家，對他說：「老趙啊，看在我的面上，把姚恕的名額給別人吧！」

趙普笑著說：「我調動他，跟他有沒有後台沒關係，我是從工作出發的。」

趙光義又說：「可是您想過沒有？因為他頂撞了您就把他調到外邊去，這影響多不好啊，還是把他給換了吧！」

「舉賢不避親是品德，我舉薦對我有意見的人，也是一種好品德啊！」

趙光義無話可說了，心裡惱火啊！你趙普也太牛了，連我的面子都不給，你給我等著，我也會讓你難看。但他無論如何發恨，那個不識趣的姚恕，還是被調任澶州通判了。就算把他調到地方去了，趙普還是耿耿於懷。

幾年後黃河在澶州決口，淹了下游的村落，死了不少人，趙普終於找到第二次打擊姚恕的機會了。他馬上請示趙匡胤，以姚恕不及時報告水情為由把他給殺掉了。

趙普殺得很大膽，在行刑時都沒有把姚恕身上的官服給扒下來，還揚言只有這樣才能對身在官位不謀其政的人，有震懾作用。姚恕被殺之後，還被扔到大街上展示了三天，才將屍體扔進了黃河裡。

我們通過這件事就可以看得出，這時候的趙普很不低調了。這件事情讓趙光義對趙普恨得牙根都癢，從此他們總是針鋒相對，明爭暗鬥。趙匡胤並沒有出面解決他們之間的矛盾，因為這比他們串通起來要好得很。

但是趙匡胤縱容他們並不是沒有度，當他見趙普的勢力越來越大，越來越猖狂，竟貪戀錢財以公謀私，大建超標豪宅，已經

是趙光義所不能平衡得了的了，就開始有計畫地削弱趙普的實力，並有意培養新的平衡點。

薛居正和呂餘慶通過這個機會得到了提拔，他們的權力迅速地發展起來。趙匡胤還有計畫有目的地把趙普的心腹，派到地方上去工作。

後來的事情證明，趙匡胤最大的錯誤是在關鍵的時候，把平衡趙光義權力的趙普打擊得太狠了。也就是說，現在趙光義的權力等級要比趙普高多了。也許他認為還是自家的兄弟比較可靠些，但歷史證明這是錯誤的，跟兄弟之間共事的問題反而更多。

不信就跟你兄弟合夥做個買賣試試，問題多得是。

接下來，趙匡胤犯的更大的錯誤，是開始謀劃著把趙普給拿掉。也就這時候，趙普的政敵盧多遜出現了。

盧多遜這人非常精明，知道太祖喜歡讀書，就到處搜尋好的善本來獻給趙匡胤，他還把趙匡胤平時讀的書都給細心研讀。也就是說趙匡胤知道的知識，他盡可能地知道。那麼趙匡胤根據自己的知識問的問題，他總能知道答案。

像他這樣拍馬屁的那是別出心裁。趙匡胤並不知道他做了功課啊，還以為他挺淵博，對他很賞識，因此把他提拔成了宰相。

盧多遜與趙普向來不和，經常在趙匡胤面前說趙普壞話。

趙普感到自己是開國功臣，官居高位，得意忘形，也不太注意自己的言行，終於被盧多遜給抓住把柄了，上朝彈劾趙普結黨營私，把很多大臣都嚇得投順他了。

趙匡胤非常生氣，他為甚麼要這麼做？如果不是想圖謀皇位，他犯得上處心積慮地去拉幫結派嗎？他對盧多遜說：「這樣吧，你聯繫幾個受害者，在上朝的時候講出來給大家聽聽。」

盧多遜下去，聯繫了幾個與趙普有仇的大臣，在上朝的時

候，一齊告趙普的狀。趙匡胤說：「你們說的，朕雖然不太相信，但是既然大家都這麼說了，朕也不能夠無動於衷啊！」於是就借著這個事由，把趙普的官職給降了。

這樣一來，趙光義便成了宋朝皇帝以下最有權勢的人了，根本就沒有人能夠平衡他了，他當皇帝的夢想變成了理想，理想又變成了追求，並且開始謀劃這件事了。

如果說把趙普給打下去是趙匡胤犯的最大的錯誤的話，那麼最致命的錯誤是，他沒有及時把儲君定好，留給趙光義能夠鑽的漏洞了。

當時他的大兒子德昭二十六歲，二兒子德芳也已十八歲，如果把其中一個立為太子，他們會在很短的時間內擁有自己的勢力，就可以與趙光義、趙普，形成三股鮮明的勢力，以達到儲君與趙光義聯手就可以摧毀趙普，與趙普聯手就可以摧毀趙光義的形勢，這樣的局勢對於政權的穩定會有好處的。

至於他為甚麼沒有立太子，成為謎了……

第二十六章

後宮皮影

在中國歷史上很多皇帝都死在春秋之季，不是偶然，而是有科學的必然性。春長秋削，季節輪換，人身體的免疫力縮水。何況他們是把酒當水喝，把山珍海味當飯吃，把後宮佳麗當娛樂，每天處心積慮地維護自己權力的帝王啊！

我們的主人公趙匡胤，也是死在秋天。

但是，他的死跟他的生活習慣，沒有多大關係。

按照流傳最廣的致死版本，事情的發展是這樣的——

在開寶九年（公元九七六年）秋天，趙匡胤突然病了。至於甚麼病史，書上沒有明確記載，也就是說真病假病什麼病都搞不清楚。反正這段時間他常把三弟趙光義叫到後宮裡，跟他聊天。

至於聊甚麼？我覺得極有可能是接班人的事情。

當時的趙匡胤都五十歲了，這年齡在當今社會頂多算是中壯年，因為我們現代人活八、九十歲很普遍。可這種年齡放到中國歷史深處，五十歲就等於現在咱們的八十歲了，到了需要考慮接班人的時候了。

一個皇帝在晚年不能夠確定儲君，對於國家的政權穩定十分不利。如果把儲君確定下來，群臣必然擁戴他，在很短的時間內，他就擁有了可以順利接班的實力了。

趙光義明白，如果他的大侄子接了班，那麼他就會成為威脅皇位的最大嫌疑人，肯定會把他給整得像把爛土稀泥，扶都扶不

起來。換位思考，如果他當了皇帝，他也會這麼做的。

從此之後，趙光義睡不著了，他在想個問題，關係著他生命與前程的問題，那就是怎麼在二哥擬定儲君之前把皇位給奪過來。如果把儲君定下來，向全國下達了接班人的名號，你再去奪就困難了。

他知道二哥現在除了偶爾頭疼感冒的，還沒有大毛病，前不久，後宮有兩位妃子懷了孕，可以說明身體挺好。趙光義等不了那麼長時間，就算他是老虎，再過幾十年也成為沒牙的老虎了。

在一個隱祕的時間與地點，他把親信叫去，跟他們商量這件事情，他說現在陛下正在考慮儲君的事情，如果新的儲君決定出來，陛下必然會削弱我們的權力，來扶持儲君的權力。那麼大家的前程就不敢保證了。

大家聽了這話，他們感到很驚慌，問了一大串——

「老闆，這怎麼辦？」

「甚麼怎麼辦，叫你們來幹甚麼的？」

「只有一個辦法，可以保住我們的一切。」

「沒有外人，有話就大膽地講，不講就滾出去。」

於是，他們就圍繞著以趙光義當皇帝的核心話題進行了縝密的推斷。就在這個夜裡，趙匡胤的生死就被決定了。隨後他們緊鑼密鼓地進行著策劃……

以上的過程看似很合理，但只是我的推斷，至於是不是這樣的，我們通過史書上記載的過程，就可以判斷了。

據史書記載，在開寶九年（公元九七六年）十月十九日夜，宋太祖趙匡胤讓侍人把三弟趙光義喊來，想跟他喝點酒聊聊天。

趙匡胤也想盡快地跟三弟商量把儲君人選定下來，但是他並

不知道這種行為，就像綿羊跟狼商量為孩子請保姆的事情，是很危險的。

已經是十月份的節氣，天氣有些冷，趙匡胤坐在案前等三弟到來。大殿裡的門窗雖然緊閉，但還是像有風逗弄燭光，晃動著他的影子。幾個侍從就在不遠處，雙手袖攏著，微微低頭，臉上泛著微微的笑意，在細心地傾聽著趙匡胤的動靜，以備最快地捕捉到吩咐。

沒過多久，趙光義裹著一身涼氣進來，那燭光劇烈地晃了幾下才穩住。

「天真冷啊！」趙光義說。

趙匡胤點點頭說：「看來要有場雪了。」

他們坐於案前，侍從們幫他們倒酒，趙匡胤揮揮手說：「你們都到外面候著。」侍從們後退幾步這才轉身，邁著無聲的步子走出殿門，把門關得嚴嚴實實的。

殿門關上的那一刻起，一樁歷史上的「千古之謎」就已經拉開帷幕了。

天空陰沈沈的，風裡夾著冷硬的雪粒。

侍從們整齊地站在那裡縮著脖子，袖著雙手，不停地挪動著腳。他們冷，但他們不敢太隨意地活動。因為他們是訓練有素的家政，放在總統家那就是素質超高的後勤工作人員了。

他們要站有站姿，坐有坐相的。其實也沒有多少機會坐，大部分時間都是站著，像皇帝的影子那樣，人家走到哪兒就尾隨到哪兒！

他們不時扭頭看看大殿的門窗，緊閉而成的門縫透出的燈光就像把利刃。紙蒙的窗子上有著如花的木格，映著皇上與趙光義對坐的影子。

突然他們看到趙光義站起身來，好像是謙讓謝絕。他們以為裡面有甚麼需要，於是就把耳朵給支棱起來，生怕聽不到皇帝的呼喚。也就在這時，他們看到趙匡胤手持玉斧戳地的樣子，聽到杵得嚓嚓直響。大家都盯著那映著人影的窗子。

這時傳來了趙匡胤憤怒的叫聲：「好為之，好為之。」

侍從們不知道發生了甚麼事情，但他們明白皇上現在很生氣，相當生氣，頭髮都能站起來，把帽子給頂跑的那種生氣。隨後不久，大殿裡的兄弟倆又坐下，他們喝酒喝到深夜，趙光義便告辭了。

太祖解衣就寢了，第二天被發現死了。

——以上就是史書的記載，如果沒有我超量的古文今譯，那文字少得可憐極了，少得寫成情書都不能打動東施，少得罵人都不能讓人生氣。但是我們知道，皇帝喝完酒，侍從們是需要進去收拾吧！你去飯店裡吃完東西服務員也得收，何況是皇帝？

再說了，皇帝睡覺不像咱們，把衣服脫下來，把鞋蹬掉，縮進被子裡做當皇帝的夢，可人家是真皇帝啊，人家休息肯定要有人伺候的，那鞋也是要給擺得正正的，旁邊是需要有人侍寢的。

但是史書上只記載，太祖解衣就寢而已……

按照史書上說，第二天早晨，大家發現太祖趙匡胤已經駕崩了，說白了就是死了。當皇后接到太祖駕崩的消息後，她哪敢相信這是真的啊？太祖的身體怎麼樣沒有人比她更清楚。於是就帶著幾個宮女趕緊來到大殿查看情況，然後問他們昨天晚上發生的事情，隨後就打發王繼恩召趙匡胤的兒子趙德芳前來。

然而，王繼恩這傢伙並沒有去找趙德芳，而是急匆匆地奔去開封府找趙光義了。問題就來了，難道他王繼恩的耳朵不好使聽

錯了？這是不可能的，侍從的耳朵是職業的，要聽著就答應的，如果他這麼容易聽錯早就被辭退了。

那麼，他為甚麼找趙光義啊，那咱們就接著看好了。

王繼恩來到趙光義的府前，發現門前還站候著一人，把他嚇了一跳。門前站的是程德玄。這姓程的是趙光義的心腹，精於醫學。他的解釋是這不大半夜裡，聽到好像有人喊我，說是晉王讓我過來有事，可我開門後沒看到人，就擔心晉王有甚麼不舒服，於是就趕過來了，見門閉著就沒有打擾，在這裡候著。

過了一陣子，兩人開始敲門。

看到沒有，多麼讓人不解啊？晉王府門口連個值班的都沒有，就像平民百姓那樣關著大門。

話說王繼恩兩人來到府內，對趙光義說：皇后召見。趙光義竟然滿臉的驚異，在房裡來回地踱幾步，猶豫著不肯立刻就去，還說：「我還是跟家人商量商量吧！」

他為甚麼這麼慌張？為甚麼要跟家人商量？商量甚麼？接下來王繼恩說出了答案，他說時間久了，恐怕被人搶先了。

說到這裡事情就明白了，為甚麼王繼恩聽錯了皇后的吩咐？那個大夫為甚麼在門前站候著？趙光義為甚麼猶豫不決了？這是他們早就串通好的，只是到了落實的時候，趙光義有些害怕，所以變得語無倫次了。

三人匆忙往宮裡趕去。這時候的風越颳越大，雪花紛飛，地上已經變白，像預示著甚麼。三人來到皇宮大殿前，王繼恩小聲說：「晉王您先稍等，小的進去說聲。」

程德玄皺眉說：「廢啥話，直接進去不就得了。」

趙光義並沒有反對，三個人就闖進去了。

宋皇后聽到王繼恩回來了，問：「德芳來了嗎？」

王繼恩說：「晉王到了。」

宋皇后以為自己聽錯了，我讓你去找德芳你說甚麼晉王啊？正在這時，抬頭看到趙光義進來了，不由驚得目瞪口呆。

二十五歲的皇后以求生的本能哭道：「我們母子的性命就託付給官家了。」

哇，這官家的稱呼，是宮裡人對皇帝的專稱！

她這麼喊趙光義，那就等於說承認趙光義是皇帝了。

趙光義用力擠巴眼睛，還用手揉眼，心裡想：我得流眼淚，得多流。也不知道他袖子裡是否裝著切開的洋蔥，果然從眼裡流水了。

他用斷斷續續的聲音說：「共保富貴，不必擔心。」

以上這些史料，是對於趙匡胤之死的最長也是最為詳細的敘述了。對於官修的宋史上對以上的解釋更為可憐，就說：「帝崩於萬歲殿，年五十。」還有句話說：「受命於杜太后，傳位於太宗。」除此之外，再沒有更詳盡的介紹了。

那麼在開寶九年（公元九七六年）十月十九日夜晚，到底發生了甚麼？真相已經不可重演，但我們僅能憑著歷史零星的記載也許是演義，最大可能地加以還原。

當時趙匡胤肯定與趙光義在談重要事情，在當前的情況下沒有比立儲更為重要。至於當時趙匡胤是不是有病？史料記載人家趙匡胤這段時間的活動安排得非常多，甚至都安排了去西京洛陽的行程，活動竟然安排到十天內的。

如果他真有病，還會參加那麼多活動，還會預備去西京洛陽嗎？史書上從來都沒有這段時間趙匡胤有病的記載，或者大臣們向他問候的記載。如果他真的有病，官史是需要明確記載的，可是卻沒有任何的文字表明他有病。

也許有人說了趙匡胤是飲酒過度，酒精中毒而死。

這種可能性不大，趙匡胤雖然也喝點酒，但他認為酒不是好東西，普通人喝多了，就會胡言亂語，行為不檢點，如果皇帝沈湎於酒那就誤國誤民，他對於飲酒非常節制。再說他們當時在談重要的事情，也不會喝很多酒的。

為甚麼喝酒的過程中，趙光義會站起來還行禮的樣子，又坐下來喝酒。可能趙匡胤向他託付甚麼，他施禮說：臣弟定不負兄託之類的話。比如說朕就把某某子交給你了，你要好好地培養他，讓他能夠不孚眾望，將來開創大宋的大業。

他於是行禮道：陛下，請放心，臣弟定當盡力輔佐。

最讓人生疑的是，趙匡胤用斧子把杵地，還杵得挺響，還叫道：「好為之，好為之！」這幾個字讓人費解。有人說是——「好好幹，好好幹！」有人說，可能是——「你做的好事兒。」那麼這些話與斧柄嗵嗵、嚓嚓，結合起來就不是很客套的話了。

我們只能懷疑，那酒裡是有問題的。

相信皇后第一時間來到大殿，她看到了事情的真相。再就是，她在等著德芳來的過程中，肯定會問侍從昨天晚上發生的事情。否則她不會在聽到晉王到了，竟然嚇得不行，還哭著說：以後我們母子的性命，就交給官家了……

歷史雖然不能複製，不能重演，但是我們通過事情的演變或結果，有時候還是能夠判斷出當時的基本情況的。就像通過案發現場與作案動機推斷事件的發生那樣。當然，對於趙匡胤的死我可以假設，而同樣你也可以有你的假設，這不衝突。但是下面的故事，也許更能夠證明趙光義在那天晚上到底做了甚麼……

第二十七章

魔鬼化妝

宋太祖趙匡胤在夜晚揮舞著斧子，說——「好為之，好為之」，就稀裡糊塗去世了。死去的人停在那裡做著防腐處理，等墓地完工後擺進去。活著的趙光義很忙，正召開緊急會議，強調先對外封鎖太祖去世的消息，加強邊防以防他們乘機有所行動。

這時候大臣跳出來說：「那些都是次要的。」

「那些是次要的，那你說，甚麼才是主要的？快說啊！」

「國不可一日無君。您還是遵照太后遺詔趕緊登任皇位，安撫臣民，這才是國家大事。否則，必定會發生內憂外患，那樣就不可收拾了。」

這時候的大臣們有兩種心態。

之前與趙光義走得近的大臣們，希望趙光義馬上登上皇位，以防有變。而那些與太祖關係鐵的，曾支持過太祖兒子的大臣們，最不希望的就是趙光義登基，因為如果讓他登基了，他們就慘了。問題是現在趙光義已經基本把中央政權控制起來了，就算有意見，大夥兒也不敢說了。

這時，趙光義聽了還假惺惺地故做為難樣，他說：「陛下剛去世，我不想這麼快就登基，讓大家議論。」

親信們起鬨說：「這不是好不好的問題，是為國家大局著想，臣等恭請您早日登位。」他們說著還都跪倒地上了，顯得很急迫的樣子。

那些心裡不樂意趙光義當皇帝的大臣，只好見風轉舵也隨著大夥跪倒在地。

趙光義為難地說：「我感到這件事太急了些！」

他的親信就說：「要是您不同意，我們就不起來。」

趙光義點點頭說：「好吧好吧，為了國家的安定，我就不再推辭了。」

就這樣的，在趙匡胤死後的次日早晨，也就是十月二十一日，趙光義坐上了大哥的座兒。坐上龍椅的趙光義心裡高興，但他表面上還要裝出很悲哀的樣子，哽咽的嗓音，總結了二哥趙匡胤的豐功偉績，他的這番講話，大體意思是這樣的——

「先皇呢？勤勞治國，不分早晚地臨朝聽政，親自處理繁重的政務工作，日理萬機不知疲倦，因此讓宋朝越來越強大，威名四揚。他能夠體恤農民稼穡耕種的艱辛和勞苦，知道戰士的英勇和辛勤……誰能想到忽然染上了風寒，病情越來越嚴重，在關鍵時刻，留下未完成的事業就走了。太祖將國家重任交付給我，我應該感戴先皇的信任之恩，努力開創新的未來……」隨後，趙光義宣布，大赦天下。

到了十月二十三日，大臣們開始嚷嚷著要讓趙光義馬上上班安排工作。

趙光義假惺惺地說：「太祖剛剛駕崩，我心裡好難受，哪有心思上班啊？」

二十四日，宰相薛居正等人又一起來去勸說趙光義道：「人死不能復生，您必須要壓住悲痛，節哀順變，以國家之事為重啊！就算太祖在天有靈，也希望您能把他的大業發揚光大。」

他趙光義說不上班，並不是真不想上，而是他感到二哥死後就急著上班，好像等不及做這皇帝了，豈不讓別人更懷疑是他殺

了二哥。現在大家都來要求上班，他只好就順水推舟上朝了。在上朝前，他為了顯得自己特別悲痛，故意把眼睛搓得紅腫，端著鏡子看到像是沒斷了哭的模樣，這才走進了長春殿。

他上班後的第一件事，就是對重要的大臣進行工作分配。把皇弟廷美封為開封府尹兼中書令，封齊王。

把趙匡胤的兒子趙德昭封為永興軍節度使兼侍中，武功郡王；二兒子德芳封為山南西道節度使、興元府尹、同平章事。

宰相薛居正，再加官左僕射，沈倫加升為右僕射。

盧多遜為中書侍郎、平章事，楚昭輔為樞密使，曹彬仍任樞密使加同平章事，潘美為宣徽南院使。其他內外官員一律按等級有所晉升。接下來，他還把七大姑八大姨的都封了，與他當皇帝配套的名頭。

雖然他平穩地當上了皇帝，可他心裡虛啊！畢竟二哥暴死之後，他當上的皇帝。他雖然編造出太祖說太后有遺囑，要把皇位傳給年長的弟弟，可是遺囑在哪兒？

別說沒有，就是有也不能讓人信服。

從古至今，在沒有特殊情況下還沒有這麼傳位的。再說杜老太太雖然沒有頭腦，但也不可能會立這樣的遺囑啊！

當時趙匡胤那身體看上去活百兒八十年的都沒有問題，再說他的兒子都已成年，她老太太突然就提出來說：「香孩兒，你死了之後，就把你的位子傳給年長的弟弟吧！」這理由太牽強了，天下肯定沒有幾個人相信。

可是趙光義除了用他娘的遺囑來說明自己當皇帝是名正言順，他找不出更好的辦法，因為這太不合理了。他自己也明白這個理由是沒法兒掩蓋他奪位的陰謀的。因此他登上皇位後，忐忑不安，每天都皺著眉頭。好在太祖剛剛去世，大家還以為他悲傷

的呢，其實是為找不到更強的繼位理由而難受。

有些了解趙光義的馬屁精，明白了他內心深處的憂慮，於是就跳出來說：「陛下，把國號也給改了吧！」

在歷代繼承皇位的先例中，一般來說兒子與弟弟接班當皇帝是不改的。趙光義也想盡快與哥哥的統治劃清界線，於是就同意了這個方案。當然說不定就是他趙光義策劃好了，讓親信幫著唱雙簧的。趙光義說：「不能改，這是太祖創建的，我不能改，大家不要勸了。」

大臣們又跪倒在地上，勸他改。

他說：「那好吧，就改為『太平興國』吧！」

大臣們都說：「國號真好，多吉利啊，多有意義啊！」

那些忠於趙匡胤的舊臣們當然明白，馬屁精們早就策劃好的了，趙光義推托幾下的目的，也就是想說明：你看你看，我不想改，可是你們非讓我改。其實哪個皇帝上台不得演幾場戲啊，當初趙匡胤剛上台是不是也說：哎哎哎，不是我想當皇帝，是他們逼我的，我沒辦法啊！

這就是政治，這就是人玩人的生存策略。

無論怎麼抹光牆，他趙光義心裡還是不安寧的，畢竟他知道自己做了甚麼，可心裡發虛啊！

沒過幾天，他又下令把趙匡胤的兒子，還有齊王王廷美的兒子都稱為皇子，所有女兒都稱為皇女。那意思也是向世人說明，無論他們趙姓誰當皇帝，都共享天下的榮譽與富貴。

事情發展到現在的，趙光義的即位工作算是告個段落了。

可是趙光義總感到自己很不常規地接任了皇位，還把國號給改了，下邊的人肯定會議論他的。大臣們不敢議論，可是老百姓都在議論啊！京城裡甚至把他殺害二哥，篡權奪位編成了歌謠。

這讓趙光義感到非常不安，又沒辦法捂住老百姓的嘴。

他突發奇想，要培養自己的人去各地為官，讓他們宣揚自己的好處打擊那些謠言。於是他首先把自己的親信，比如：程羽、賈琰、郭贄、商鳳等人全部升職。並下達總統令，表明宋朝的國土面積大，人口眾多，需要更多的管理者，想通過科考選拔人才，讓他們補空缺的官位。

禮部馬上報上了貢士名單，趙光義親自去講武殿出題複試進士。這次總共錄用了五百多人，全部賜給綠袍靴笏（當官的行頭），並在開寶寺召開了盛大的慶賀宴會。

在這宴會上，趙光義還即興做了兩首詩，其實這是祕書早給他寫好，用來念的。目的就是說，你們雖然是知識分子，我總統也很有文才。

宰相薛居正上書說：陛下啊，這次科舉錄取的人太多了，如果剛錄取就讓他們上任，恐怕不合適啊？最少要對他們進行培訓，等他們懂得了宋朝的基本精神、基本規則後，再把他們派到各地負責，這樣才能起到好的作用。

「甚麼工作經驗？這是實踐出來的，不是教出來的！」

在那些新進士及各科人員赴任前，趙光義給他們講話，意思是，你們到任後要落實好中央政府的政策，對於那些不利於政府的言論要進行清除，要宣揚黨的路線與方針……他就差沒說：如果有不利於我的言論，就把他們的嘴給捂上了。

雖然培養了對一些自己有利的宣傳者，趙光義還是悶悶不樂。因為他編造了太后的遺囑，可是沒人見過這玩意兒啊，你說你二哥告訴你的，可人家死了，誰知道這件事，是真是假啊？

趙光義現在能做的，是儘量讓大家忽視太祖的事情。

他下令把太祖時候用的禁軍名稱，全部給改掉。

比如「鐵騎」改為「日騎」，「控鶴」改為「天武」，「龍騎」改成「龍衛」。他沒過幾天，竟然把自己的名字給改成「炅」了。之前他叫趙匡義，為了避二哥的名字改為趙光義，現在他又改名，簡直是此地無銀三百兩。

如果你沒殺你二哥奪人家位子，何必這麼改來改去的？

可就在這時，他聽到下屬們彙報，說京城裡對太祖的去世議論得很多，這樣下去怕是影響不好。

趙光義最怕這個，他當即成立了祕密調查小組，讓他們下去監視官員們，密切關注老百姓的言論。結果調查發現，有些僧道術士們為了表明自己的修行好，竟然對朝中的繼位問題進行了大膽猜測，影響極壞。

趙光義感到牙痛上火了，立即下令把那些散布謠言的馬上處死，把那些影響大的僧道術士召上來安撫，把他們培養成中央政府的喇叭（傳聲筒）。

為了進一步樹立威信，有些敏感的小案子他也會過問。比如，京城某家飯店門前有個乞丐向店主人討吃的，主人不給，乞丐不走，於是就僵持在那裡。店主沒法做生意，花錢請殺手從人群裡衝進去，一刀就把乞丐給捅死了。店主哭喊道：「是誰刻意缺德啊？在我店前殺人，我還怎麼做生意啊？」

這件事被官府知道後，馬上派人追拿兇手，但沒有抓到。事情傳到趙光義耳朵裡，他馬上下指示，光天化日之下在大街上殺人，這豈是殺人這麼簡單，這不說明我當了皇帝後，治安沒搞好，人的生命沒有保障了嗎？他對負責刑偵的官員們說：「你們，馬上去把兇手給我抓住。」

刑偵部門就加強了偵破力度，最後才了解到，是店主花錢僱凶，於是就把他給抓起來。馬上向趙光義彙報。

趙光義高興地說：「啊，這件事辦得很及時嘛。不過呢？即使抓到了犯人，還是要複審的，一定不要冤枉了好人……」

這件事情，頓時在京城裡傳為佳話了，都議論說，現在的皇帝真好，連個乞丐被殺都親自過問。

這些話，傳到趙光義耳朵裡，高興啊，因為他太需要這種主旋律的言論了。

老百姓也看到太陽了，以前被冤枉的人、以前被欺負的人，都趁著這個機會進行了上訴，都得到了很好的解決。

比如當初右監門衛率府的副率王繼勳分管西京洛陽，經常強行買平民百姓家的兒女用來淫樂。如果被這花太爺給看上，敢說不賣立刻就被殺掉。有人提出要告他，第二天這家人就不見人影了。因此販子和賣棺材的經常出入王繼勳家，他家都成了販賣美女的市場了。

由於王繼勳是當官的，沒人敢告他，告也告不贏。

可是當他們聽說趙光義都管乞丐的冤案，受害者便聯合起來寫了上訴書。趙光義知道這件事後，馬上下令拘捕王繼勳，對他進行了嚴刑審問，王繼勳招供曾殺害的婢女，超過一百多人。

趙光義馬上下令把王繼勳與人肉販子，在洛陽市斬首示眾。

隨著這些案子的偵破，當官的比之前收斂了很多，社會治安也發生了質的變化。老百姓們突然感到這個皇帝還真不錯。於是大家都開始傳說他的好了。但趙光義並沒有因為這件事，體會到做好皇帝的樂趣，他高興的是通過這些事情，他的政權比之前更穩固了。

第二十八章

皇帝本色

任何領導在剛上台的時候都顯得很低調，做甚麼事情都很小心，可是當他把位子坐穩之後，就會原形畢露了。趙光義這傢伙就這種德行，剛上台後不停地搞小動作往臉上貼金，掩飾太祖死後對他的猜疑。事實上，無論他怎麼掩蓋也沒法左右別人心裡的那桿秤，太祖不是他殺的、還能是自殺不成？

當他感到已經蓋得差不多的時候，他就開始變質了。

自感政權穩定的趙光義，開始想好事兒了。

在還沒有當皇帝的時候就曾經有兩個夢中情人，但也就是單相思罷了，為人家睡不著覺，人家卻不拿正眼瞅他。這兩個美眉就是花蕊夫人與唐後主李煜的小周后。

之前我們已經說過了，趙光義吃不到葡萄說葡萄酸，用桿子都給打落了。花蕊夫人被他用箭給幹掉後，現在小周后卻還美麗地活著。小周后的模樣兒就像歲月對她一點也無可奈何，依舊十足地傾國傾城。

在趙光義沒有當皇帝的時候，他曾多次想過一個問題，如果有幸當了皇帝將幹甚麼？他甚麼都不幹，先把小周后給擁進懷裡。可問題是他當上了，才知道事情遠不是當初想的那麼簡單。人家李煜還活蹦亂跳的，你個總統上來就跟人家搶老婆，這樣風評多不好。

問題是歷來的官員在美色的問題上，一般都把持不住。

他趙光義本來就好色，就更把持不住了。

現在他在想個問題，把李煜給弄死會是甚麼情況？這種衝動折磨了他好幾天，最後還是感到這樣做太猛，可能會有不好的影響。你把他弄死，然後把小周后給弄進宮裡，傻子都知道你是殺人奪妻。

有幾次他按捺不住自己對小周后的欲望，竟然帶著些東西去李煜家訪問，目的就是想看到小周后，可是人家並沒有出來，他又不好意思說：把你老婆叫出來讓我瞅瞅，瘦了沒有？胖了沒有？還漂亮嗎？趙光義心裡感到很是失意。

他回去對管後勤的官兒說：「哎呀！我作為天子，卻不如喪國之君。」

內侍吃驚道：「陛下，您想要甚麼？在下給您淘換去。」

「李煜有何德何能，擁有小周后那樣的美人。」

「這還不好辦，把小周后傳進宮裡，侍奉陛下不就得了？」

「朕是天子，如果這麼做影響不好啊！」

「天下都是陛下的，何況是個女人？」

「你長沒長腦子？天下是你的就不怕影響了。」

於是，後勤部長就給他想辦法了。這不有好辦法，就說宮裡的娘娘們想跟她說話兒，把她給抬進宮裡直接送到您寢室不就得了。他李煜明知道他也不敢說甚麼。

這話算是說到趙光義的心眼裡去了，點點頭說：「好！好！就這樣。」

內侍駕著宮裡后妃們坐的那種彩車，直接去了李煜的府上，對李煜說：「啊，皇后要搞個茶話會，讓你老婆參加。趕緊讓她收拾收拾吧，車子在外面候著呢！」

李煜忙點頭說：「您稍等，我這就去跟她說。」

他跑進內室對小周后說了說，小周后便皺起眉頭來。來宋朝幾年了，皇宮裡的女人都跟她沒有甚麼來往的，突然就讓她去宮裡說話，肯定有毛病啊！她搖頭說：「夫君，就說奴婢病了，改日再去拜訪。」

李煜苦著臉說：「要是不去，人家會不高興的。」

「夫君，奴婢感到沒有那麼簡單啊！」

他點點頭，跑出來對內侍說：「對不起，我老婆病了真的去不了啦！」

「甚麼甚麼，去不了啦，喲，皇后都請不動你們了，架子可夠大的。」

「真病了，現在還躺在床上呢，真不能去！」

既然病得這麼重，那沒辦法，就讓皇后來你們家看望她吧，要不要再提點東西？李煜只得又跑進內室跟小周后商量。小周后明白，今天不去他們的禍事就要到了。

她看了看丈夫那張愁苦的臉，知道現在他不能再保護自己了，便嘆口氣說：「我換件衣服就去。」她只是梳了梳頭，也沒往臉上搽粉，也沒有染嘴唇，就素面走出來。雖然她沒有收拾自己，可一走出內室還是把內侍的眼睛給映亮了。

小周后原是南唐開國老臣周宗的次女，她姐姐娥皇長得好看，好看得都沒法形容。娥皇嫁給李煜後特別受恩寵，把李煜給迷得不思別人。不幸的是這位大美人病了，顏色消盡，樣子不好看了。

她知道以自己現在的尊榮也拴不住李煜的心了，於是，就把自己十四歲的妹妹介紹給了他。作為她們的父母，有兩個女兒成為寵妃，他們自然樂意。因為這是多麼大的榮耀啊！

李煜看到嬌美鮮靚的芳齡少女，對她格外的寵愛，他每天與

小周后纏綿悱惻，都沒時間管理國家了。沒時間就交給自己的岳父來管理。在娥皇去世之後，李煜便把她給立為皇后，稱之為小周后。

由於李煜這人相當有才，詩書畫無不精通，深深地把小周后這個少女給打動了，兩人也許產生了真正的感情。

自從李煜降到宋朝後，她精心地照顧他、鼓勵他，讓喪國的李煜過得平淡而幸福。讓小周后擔心的是第一次見太祖趙匡胤時，他看著自己眼睛發光，生怕因為她的美貌而給李煜招來禍事。更讓她感到害怕的是，趙光義平時領著女人來家裡玩，讓她不得不拋頭露面。趙光義對她垂涎欲滴，她很明白，好在趙光義並沒有胡來。現在趙光義當了皇帝，突然讓她進宮，她明白此去必然受辱。可她明白又有甚麼用？現在的李煜再也不是她擋風的牆了，還需要她來保護。

當她從車裡下來，低眉低臉地跟著內侍走進房裡，只見趙光義端坐在那裡，這就更加驗證了她的擔心。

她從袖裡掏出件東西，對趙光義說：「陛下，臣妾給皇后帶了件玩意兒，不知道她肯不肯見臣妾。」

趙光義就像沒聽到似的，依舊盯著小周后的臉。

說實話，他真的都沒聽到，因為他被小周后模樣兒給震暈了。我們怎麼來形容小周后呢？說增之則長，減之則短？說她濃淡皆宜，天然而成？說她姿若飛天，貌傾瑤池？其實她的美是無法形容的，只要看趙光義那副德行就知道了，眼睛都伸出手了，愣得就像抽去了魂魄。只聽到小周后又喊了幾聲陛下，他打個激靈醒過神來，忙站起來跑過去說：「坐坐坐。」

回頭見內侍還在那裡站著，擺手說：「去去去！」

小周后坐下，兩腿扣著，雙手輕輕地握著放在小腹處，頭微微低著，那顆芳心跳得緊啊！趙光義就像下人似的忙著去給她泡茶，她就明白，今天無論如何也保不住自己的貞節了。現在的她有兩個選擇，那就是在趙光義未施暴前撞牆而死，然後趙光義把怒氣轉移，害死她的丈夫李煜。二是遭受屈辱，讓丈夫李煜平安無事。

趙光義親自倒茶，捧起來遞給小周后。小周后身體微欠，把茶端過放於几案上：「陛下，臣妾給皇后帶了件玩意兒。」

趙光義說：「給她帶來甚麼東西啊，朕還想賞你東西呢！」

小周后還奢想著能夠平安離開，於是站起來說：「陛下，如果沒有別的事，臣妾就告辭了。」

趙光義站起來堵住她說：「跟你說實話吧，並不是皇后要見你，而是朕想看到你。自從第一次見面之後就放不下你了。如果你肯同意，朕將願意與你共享天下。你可能會說天下的女人這麼多，為甚麼非要看中了你？沒辦法，天下的女人再多我也不稀罕，就喜歡你，希望你不要辜負了朕對你的愛慕。」

小周后嘆口氣說：「要是臣妾不能夠順陛下的意呢？」

趙光義臉上變得冷了，說：「朕可以把你給搶來，但朕不想那麼做。你放心，只要你順從朕，朕可以把李煜當兄弟照顧，他就可以寫寫詩作作畫快樂地生活。否則的話朕會很傷心，會變得衝動的……」

小周后心裡很難受，她嘆口氣說：「陛下，我夫君是離不開臣妾的，如果你把臣妾搶了，就算你不殺他，他也會自殺而亡。他死了，臣妾也會自殺。」

趙光義說：「這沒問題啊，朕並沒有想把他殺掉，把你給奪過來。朕還沒有那麼自私。朕只是想讓你陪陪朕，以解朕對你的愛慕之情。」

話都說到這份上了，她沒有別的選擇了……

小周后並沒有想到，趙光義把她關在宮裡就不捨得讓她走了。每天下班回來，就直接跑到房裡向她求歡，就這麼幾天過去了，她非常擔心李煜。自從亡國之後，李煜的情緒變得非常低落，常感到人生無常，活之無意，如果再在這裡待幾天，怕是李煜會崩潰的。

她抹著眼淚說：「臣妾知道陛下喜歡我，可是你想過沒有？如果我在這裡滯留久了，怕夫君想不開。如果夫君出了事，我就真的不活了，你還是得不到我。來日方長，何必求一時之歡呢？還是先讓我回去看看他，安慰安慰他行嗎？」

趙光義聽了，只得痛苦地把小周后放回去了，不過那天他上朝的時候，脾氣變得非常不好。他對大臣們叫道：「啊，我們改朝換代這麼久了，你們至今都沒有拿出治國之策，你說你們這叫幹的甚麼工作啊？如果你們再不提出治國之策，那就別怪朕對你們不客氣了。」

有人站出來說：「宋朝在陛下的管理下，經濟發達，軍事過硬，現在應該把統一大業納入日程了。臣相信宋朝在陛下領導之下，肯定會完成太祖沒有完成的遺志。」

趙光義不高興地說：「要拿出方案來，不要只說大框子。」

他老早就下了班，回到小周后住過的房裡，看到小周后用過的東西還在，她的氣息還很濃烈。想想自己心愛的女人，又回到了那個喪國之君的懷抱裡小別勝新婚，做他與小周后在這房裡做的事情，他都想立刻派人把李煜給砍了，但是他知道這麼做，也可能會永遠地失去小周后。

話說小周后回到家裡，撲在李煜懷裡就哭了，訴說著自己遭受的屈辱。李煜還能說甚麼？他理解小周后的性格，她之所以沒

有以死相爭也是為了保全他的安全。這時候的李煜非常痛苦。叱霸一方的君王最後淪落到要老婆來保全。也許這時候他才會深刻地省悟到，不好好管理國家最對不起的不是子民，而是他自己。

小周后回到家裡沒過兩天，趙光義又派人把她接走了。

這一次小周后半個月都沒有回來，這讓李煜的夜晚變得很漫長。他回想在南唐時候的風光，想想現在的綠帽子，不由悲愴併發，揮筆寫下了著名的《虞美人》：

春花秋月何時了？
往事知多少。
小樓昨夜又東風，
故國不堪回首月明中。
雕欄玉砌應猶在，
只是朱顏改。
問君能有幾多愁？
恰似一江春水向東流。

李煜這首代表作是在極度悲傷、悔恨，以及思念愛妻的情緒下的真實感受。但是他沒想到這首著名的詩，會給他招來了殺身之禍。

當趙光義聽說了這首詩後，想把這首詩定為反詩把李煜給殺掉。他想來想去，要是能殺他還在乎甚麼詩，但問題是殺了他，小周后可能真的就自尋短見，他就永遠地失去她了。他想要的效果是讓李煜像病了似的慢慢死去，這樣他可以借關心之名，感動小周后，為她以後進宮做妃子，做好充分的鋪墊。

內侍接到這項任務後，馬上去找太醫，對他說：「李煜寫了

首詩很反動，上邊想把他給除掉，但是還要注意影響，你想個辦法吧！」

太醫問：「這件事應該去找禁軍啊，我是救人的啊！」

內侍搖頭說：「給他開幾味藥，讓他服了慢慢地死去。」

太醫感到這也太違背醫德了，隨後他想：醫德是全天下醫生都應該有的標準，但是我不做這件事那我就沒命了，我不能為了救命而喪命吧？於是就專門研發了藥，進行濃縮，交給內侍。內侍便開始收買李煜的家政人員，反正又不花自己的錢，有甚麼要求也答應。就這樣，李煜的身體就慢慢地變得差勁起來了。

趙光義聽說李煜病了，非常關心，馬上帶著太醫親自過去看了一下，太醫假模假樣地把了脈，看眼皮看舌頭，說這種病是五臟慢慢地腐爛，很難治的。於是又開幾味藥，囑咐小周后給他按時服下。

趙光義看到面容憔悴的小周后，感到心疼，他說：這樣吧，過幾天朕派幾個人來幫著你看護李煜！

小周后忙搖頭說：「陛下，臣妾能應付得過來。」

趙光義回去後，派人給小周后送了些錢財，但沒有派人去。因為他想到假如真派人去了，李煜死了，別人會懷疑一定是他的問題。

由於李煜服的藥本來就是加重病情的，他的身體越來越不好，最後，他再也撐不下去了，在一個夜晚悄悄地死去了。

趙光義專門成立了治喪委員會，把李煜的喪事辦得也算體面。他之所以這麼做也僅僅是做給小周后看的，是想讓她以後死心塌地跟著他，成為他泄欲的工具。

當李煜的喪事辦完了，趙光義看著服孝的小周后，梨花含淚，更加姣美了。也不管人家現在的心情，還是偷偷地把她弄到宮裡在人家傷口上撒鹽。小周后感到萬念俱灰，她每天不洗臉不梳頭，茶不思飯不想，老是坐在那兒抹眼淚兒。

一天早晨，家人發現小周后去世了。

她去世時，離李煜去世還不到一年的時間。

那天趙光義正跟幾位近臣，在討論國家大事，內侍悄悄地對他說了這個噩耗，他當時就愣了，讓大臣們先走了。他獨自待在房裡，回憶著和小周后度過的很多難忘的夜晚，品味到的美好的享受，不由眼睛潮濕了。看來狼也是有眼淚的……

第二十九章

唱得響亮

歷史有時候是在重複，發生的事情還會發生，並有著驚人的相似。就像趙匡胤在花蕊夫人死後，開始了征伐南唐那樣，趙光義在小周后死去也收了心，開始治理國家，並決定像太祖那樣建功立業，樹立硬漢皇帝的形象。

他決定把太祖趙匡胤沒啃下來的骨頭給嚼碎。硬骨頭就是北漢與遼國。他沒有想到自己會比太祖差，因此滿懷激情地奔著理想去奮鬥，可是理想卻變得越來越遠，最後竟然敗到被人家欺負的程度。

有些大臣們明白，宋朝的博大是理論上的，其實虛胖，這時候出去戰爭可能會雪上加霜，但看到趙光義這麼熱心，沒有給他潑冷水。你給他潑冷水，自己頭痛感冒，沒人會這麼傻。

南方的幾個集團都被太祖給收拾了，只剩下原南唐屬地的泉州、漳州地區的吳越國了。趙光義決定先把這兩個小集團給拿下，除了熱身一下，還可以練練牙口，再去啃北漢與遼國這兩塊硬骨頭。

宋朝剛要打這兩個地方，這兩個集團的首領就自動投降了。趙光義都笑了，瞧吧！作戰計畫還沒拿出來就把他們給嚇壞了。接下來再打誰呢？自然是北漢。

話說曹翰帶領大軍來到太原城附近，也沒有上來就攻城。現在大部隊還沒有跟上來，他明白就憑著自己的實力是拿不下來

的。於是就讓士兵們全部當工兵，不停地挖土堆山。

沒過幾天，一座比太原城牆高的土丘豎起來了，曹翰領著幾個副將站在土丘上，觀察太原裡面的風景，見人家正忙著做防禦工作。太原城裡的軍民看到城外突然出現了這樣的小土山，上面還晃動著宋朝的人，感到很吃驚也很礙眼。

他們明白，以後的日子不好過了。

到了二月份，當趙光義聽說先頭部隊已經順利到達，便決定御駕親征。如果前方的部隊被人家給打得難受，他是不會出去的。皇帝不能去打沒把握的仗，要打就得給自己臉上貼金。

他率領著精銳部隊從開封出發了。

北漢見宋朝的兵力就像趕大集似的擁來，知道這考驗大了，趕緊派人去向遼國求援。遼國與北漢的關係挺好，在世宗與太祖時代他們就聯合作戰。如今遼國見趙光義當上皇帝沒多久，椅子還沒有坐熱乎就想圖謀別人的地盤，非常生氣。於是就派遣玳瑪長壽到宋朝質問：哎，你們為甚麼去打人家？

他問的時候，那樣子看上去還挺橫的。

趙光義瞪著大眼道：「朕為甚麼要告訴你為甚麼啊，你算老幾啊？」

玳瑪長壽冷笑說：「你們可想好了，如果你們去對付北漢，我們不會袖手旁觀。你還是想清楚，如果我們與漢聯手你們有幾成的勝算吧，如果不是太多的話，老老實實地在家裡待著吧。你們大臣們沒事兒可以去幫著老百姓種種田嘛！」

趙光義見使者的態度這麼橫，便冷笑說：「你們不是想要原因嗎？那好吧，河東的劉繼元胡作非為，應當興師問罪，那你們派兵來援助我們吧，要是你們不來，那沒得說，我們只能開戰。還有個問題回去告訴你們的主子，我趙光義從出生以來從沒有怕

過人，如果你們想自取其辱，那就去幫助漢朝，後果自負。」

使者見趙光義的眼睛都紅了，一副要吃人的樣子，沒有再說甚麼。他回到遼國後，就添油加醋地把趙光義的話學了，還分析說：「像這樣的狂妄自大之徒，要是把漢朝給滅了，必將會來攻打我們。」

遼景宗心想：唇亡齒寒，我絕不能袖手旁觀。

他馬上派南府宰相耶律沙為都統，冀王塔爾為監軍向太原進軍，幫助北漢渡過難關。同時命南院大王色珍率領部下軍隊，跟隨大部隊前去，爭取給宋朝以重創。

滿懷信心的趙光義從開封出發後，用了四天的時間來到澶州。臨江主簿宋捷聽說皇帝來了，激動得那顆心狂跳。他從來都沒有見過皇帝，也許這是一生中僅有的機會了，他必須抓住這次機遇贏得皇帝的好感，以爭取得到提拔。

他帶領軍民與家人在城外列隊迎接。

趙光義來到澶州，發現歡迎儀式搞得非常隆重，當下真是龍心大喜。當他看了宋捷呈上的奏章，發現署名是宋捷，聯想到宋朝大軍戰事大捷，心裡就高興了。

我剛出來就遇到宋捷，這是多好的兆頭啊！

他當即就把宋捷給提成了監丞。

宋捷以前從來沒有感到這名字有甚麼特別的，還認為老土，現在才知道他爸媽多麼有才，起了個比拍馬屁都好使的名字。

到了三月初一，趙光義帶領大軍駐紮到鎮州，命令郢州刺史尹勳攻打隆州。隆州是北漢人依靠險要地勢建起的屏障，就是為了阻止宋軍侵犯的。由於這個防線太弱，宋軍沒用幾下就把它給拿下了。接下來趙光義命齊延琛、侯美分兵進攻盂縣，再接著攻

打沁州。部隊還沒有出發，好消息就傳來了，郭進在西龍門砦把遼軍打敗了。這時候的趙光義高興啊！他想就這麼打下去，用不了多久就能把北漢拿下。

北漢雖然小，卻意義不同啊，這可是偉大的世宗與太祖都沒啃下的硬骨頭啊，要是被我給拿下，我不就比他們厲害了嗎？比他們厲害，我就成了牛皇帝了！

由於宋朝連連攻破漢朝的防線，漢朝又盼不來遼的救援，就急了。他們馬上派人去遼國催援，這才知道援兵在白馬嶺被郭進打得很慘，根本就突破不了宋軍的防線。

這個消息讓北漢主真的慌了，如果遼國支援不到位，那他們就真的有亡國的危險了。援助指望不上，怎麼辦？那就趕緊發動民眾全民皆兵，趕緊把城牆給加得厚點、高點，在上面多擺些磚頭瓦塊的，準備砸宋軍的頭。

趙光義知道前來援助的遼軍被打敗後，他明白，北漢朝是他盤裡的菜了。他親自指揮打仗，一跳多高，把他的親信嚇得半死，都說：陛下您在後面看著就行了，讓我們去打。

他好不容易才得到這個機會露露臉呢，想想朕親自指揮攻下太原這多風光啊！於是說：「戰爭就是有風險的，冒著風險往前衝才是勇士，朕希望你們都要以身作則，帶領士兵往前衝，而不是站在後面喊口號。」大家就更勇敢了。

劉繼元聽到宋軍在外面狂喊，哎哎哎，告訴你們，遼國援兵已經被我們在白馬嶺殺得片甲不留啦，你們派出去的信使也被我們給殺了，你們現在是孤立無援了，如果你們聰明的話，趕緊投降吧！如果你們頑抗到底，將來必然是死路一條⋯⋯

本來士兵們還不知道援兵被打敗的消息，這麼一喊，士兵們都驚了。由於宋朝專門找大嗓門的人咋呼，又站得那麼高，把城

裡的空缸空瓮的都共鳴得嗡嗡作響。

太原城裡的官兵與居民都很害怕，但是隨後他們把害怕轉化為憤怒。我們又沒招惹你們，來打我們，不讓我們過安穩日子，我們拼了命也得保住這城。

劉繼元見大家表現得這麼好，心裡感到熱乎乎的。但他明白，勇氣與實力是兩碼事兒，現實是他們太原的兵力遠遠沒有人家多，只不過比人家多了道城牆而已！

趙光義為了讓將士們勇敢攻城，帶人來到太原的西面，向官兵們進行慰問，還擺上酒菜跟大家進餐，還說：同志們，辛苦了！同志們說：為人民服務。隨後趙光義聽取了攻城的策略，感到太原城馬上就要到手了。

這時候趙光義突然想到個問題，不對啊，就我這聲勢，我這些先進的攻城設備，難道他劉繼元沒有看到嗎？他看到了不會害怕嗎？害怕了不會投降嗎？是不是他正缺少個台階下啊，那我就給他個台階下下。如果他們投降，那就不用再打仗了，不戰而勝才是真正的勝利啊！

於是他就開始寫信了，大體意思如下——哎，沒看到我的兵力，沒想到我的實力啊，你認為這仗還有必要打嗎？打仗會死人的，還會擾民，為了防止這種次生災害，別硬撐了，趕緊投降吧，只要你們投降了，咱們還可以共享富貴，不是更好嗎……

他寫完後，認為劉繼元看到，極有可能舉起白旗搖著說：我們投降了。使者帶著詔書來到城下，對守城的將士們喊：別放箭，俺是信使，俺是信使。可人家根本就不同意接受這信，對他吼道：滾回去，要不我們放箭啦！

使者喊道：「看封信有甚麼，不會連信也不敢看了吧？」

城上的士兵把弓拉開，喊道：「再他娘廢話，穿了你。」

使者點頭說：「好吧好吧，我回去。」

當趙光義聽說，自己花了不少心思寫的信，人家根本就不接受，連看都沒看，心裡就感到惱火。給臉不要臉，打你，往死裡打。沒有給他們壓力之前就算這封信送上去，也不會有效果的，那我就先讓他們嘗點厲害的。

他從軍中精選了幾百名看上去很有力氣的，教他們舞劍，要舞得花樣百出，舞得就像天兵天將教的招法，反正看著好看就行了。當他們聽說有個賣耗子藥的舞劍舞得有花兒，於是就把他請來，讓他教大家。

這賣耗子藥的還真有辦法，沒幾天就把幾百名士兵給教得耍起刀劍來像玩魔術了。他們能把劍投到空中還能跳起來接住。

趙光義感到效果不錯，於是就建了高台，讓這些士兵們在上面表演，給人家太原城裡的軍民免費欣賞。

太原人看到這個仗陣，還真的嚇得夠嗆哩！

能把劍玩得這麼有花兒，這得多高深的劍術啊！他們都議論紛紛的，說：「跟他們交手，怕半個回合都撐不下來啊！」

趙光義給太原人演了場戲後，發現城裡沒有甚麼動靜，便知道玩這虛的不管用，人家也不是嚇大的。打仗還得靠實力。於是他號令大軍，沒白沒黑地去攻打太原西南角。為甚麼打這個角，因為這個角的城牆又舊又矮，比較容易攻破。

經過幾天奮戰之後，雙方傷亡慘重，趙光義認為現在的漢軍已經感受到壓力了，應該接受他的勸降信了，於是又打發人去送。為了能夠放到人家手裡，還專門找個持硬弓的傢伙，讓他把詔書綁定在箭上，到時候射到城牆上。

那兵肩負著艱巨而光榮的任務，騎馬來到太原城下，對上面喊道：「哎哎哎，兩軍交戰不殺使者，俺是來送信的。」說著把

弓從背上摘下來，扶扶上面綁著的詔書筒子，使上吃奶的勁頭，把箭射向了城牆。然後咦哎一聲，回馬去了。

當北漢主劉繼元看了趙光義寫給他的信後，當時就哭了。

我們漢家的江山難道從此就改姓了，我可怎麼對得起先祖啊？問題是我們的實力確實不如人家，遼國的援兵又不見蹤影，再打下去，人家必然破門而入，對著城裡的居民亂殺亂砍，這沒有人道主義精神啊！

他對大臣們商量說：「你們看，我們怎麼辦？」

大臣們為皇帝的這種表現而感到失望，他們紛紛說：「把這封信揩了屁股，然後他們決鬥到底。再怎麼說我們也有城牆護著，城內的糧草充足，老百姓都支持我們打反侵略戰，我們如果這時候投降了，既對不起列祖列宗，也對不起愛國的子民。」

劉繼元點點頭說：「愛卿們說得對啊，就這樣吧！」

五月五日，趙光義坐鎮太原城南部，親自為將士們吶喊助威，衝啊，殺啊，誰先攻進城，朕重重有賞。在他的鼓動下，很多士兵抱著美好的理想勇敢起來。

由於守軍玩命地防守著城池，攻過去的人死了一批又擁上一批，死的人堆得城牆嫌矮了。地上的血流成小河。一陣風颳過來，那濃鬱的血腥味，把趙光義給嗆得連咳了好幾聲。

於是，他對攻城的將領說：「讓大家歇歇吧，我再寫封信勸勸他們。」

這封信的大體意思是——小劉啊，別打腫臉充胖子了，撐不了幾天啦！你想過沒有啊？我們衝進城去，肯定會把你們全部給殺了，這樣做值得嗎？如果你投降了，還能保住你與家人的富貴生活，你手下的大臣，我還會給他們安排工作。再說了，你就忍心看著老百姓遭殃嗎？你這皇帝當得太失敗了，為了賭口氣，自

己不想活也就罷了，竟連他們的死活都不顧……

劉繼元面對這封信，真的猶豫了。可是北漢的大將劉繼業卻說：「千萬不能投降，自從戰爭開始，宋軍並沒有佔著多少便宜。他們想近幾天攻進太原，理論上都不可能成立的。只要我們再堅持幾日，相信遼國的軍隊就會到的，他們不可能眼看著宋軍把他們的嘴皮子剝掉，讓他們的牙齒受冷。」

劉繼元哭喪著臉說：「可是他們被打敗了啊！」

劉繼業搖頭說：「臣相信，被打敗只是援兵的一小部分兵力，大批的援軍應該就在後面了啊！」

劉繼元感到很痛苦，他說：「如果他們來不了怎麼辦？」

劉繼業說：「那就等臣戰死之後，再選擇投降。」

就這樣，劉繼業帶著他的兒子劉延郎等人，依舊拼死守衛著太原城。他們打退了宋軍的多次攻城。由於實力懸殊太大，劉繼業的兵力損傷慘重，但他還是堅守在城牆上，讓宋軍根本就沒法攻破城池。他也有個信念，是否守得住是實力的問題，而守不守是骨氣操守的問題。

漢朝已經退休的左僕射馬峰，雖然身患重病，卻一直關注戰爭的發展。當他判斷到無論再如何努力也守不住城時，感到已沒有必要打下去了，再打下去只會死更多的人，結果還是相同的。於是他讓家人抬著去見劉繼元。

君臣相見，不由都淚流滿面了。

劉繼元說：「愛卿，朕無力保護國家與子民，朕愧啊！」

馬峰抹抹眼淚說：「陛下，現在趙光義親自帶兵來打我們，並把我們的幾個城池都攻下了，就剩太原這座孤城了，無論怎麼守，都不可能出現奇蹟了。現在遼國的援軍又被宋軍牽制住，我們怕是堅持不到他們援助的那天了。如果再打下去只會死更多的

人，萬一被宋軍攻進城裡，他們燒殺掠奪姦淫，老百姓就大難臨頭了。」

劉繼元本來想馬峰出山是有甚麼良策，如今聽到他也勸自己歸降，不由心如死灰。他仰頭長嘆道：「天哪，我劉繼元上對不起列祖列宗，下對不起庶民百姓啊！」

大臣們都哭了，他們表示：無論您做甚麼樣的決定，我們都支持您。有些文臣從來都沒有拿過刀劍，他們也要求上戰場。

劉繼元嘆口氣說：「眾位愛卿，也許老馬說得對，我不能爭一時之氣，害了大家與百姓。這樣吧，我向趙光義提點條件，如果他能同意，咱們就這麼著吧，如果他不同意，那我們流盡最後一滴血，也要跟他們拼到底。」

劉繼元的信裡提出，漢朝的所有官員，無論以前跟宋有甚麼過節都不能夠打擊報復，要保證他們的生活與安全。漢朝的所有子民應當享受與宋朝子民同樣的權益，不能對他們歧視，並且要尊重他們的生活習慣，保障他們的生活與安全……

這封信寫完後，他流著淚念給大家聽。

大臣們都流著眼淚跪倒在地。

有位大臣當場就哭暈過去了。

劉繼元把信交給使者，匆匆回到後宮。親近的大臣們怕他想不開，於是追了進去，發現劉繼元正哭著用頭撞牆，於是連忙把他給抱住……

信送到趙光義手裡後，他立刻回覆，同意劉繼元投降的條件，並馬上派通事舍人薛文寶，帶著詔書到太原城去宣讀詔諭。

這天夜裡，趙光義並沒有睡著，他高興啊，世宗與太祖沒有完成的事情，讓他給完成了，而且還完成得這麼漂亮！

不過趙光義也有擔心，怕劉繼元會有反覆動作。

雖然他知道能夠攻進城去，但是守城的劉繼業他們太勇敢啦，如果他們不投降，事情還說不準是甚麼結果呢！雖然你把遼朝的援兵給截住了，但是遼國肯定會派更多的兵力前來的，因為他們不會同意把自己聯盟的國家給打掉，讓自己變成下一個被攻打的目標。

天還沒有亮透，趙光義就來到城北的高台上等北漢的投降。太陽升起時，趙光義看了眼破敗的太原城上，依舊飄揚著劉繼業的將旗，他們整齊待發。我宋朝就缺這樣的大將，要是有的話早把城給拿下來了。他嘆了口氣，回頭再去看看荒野，看到有幾隻野狗，他們正在屍堆裡轉悠著。

當劉繼元率領百官出城後，趙光義端坐在那裡，壓抑著心裡的激動。他想這可是世宗與太祖都沒有做成的事情啊！如今讓我給辦到了，我驕傲。當劉繼元與百官穿著全身的白衣，戴著紗帽，來到城台下，低下頭喊：「罪臣請陛下降罪！」

其實有甚麼罪啊，投降了還有罪？

趙光義站起來對著台下的劉繼元等人說：「愛卿能以百姓萬民為重，歸順我朝，順應天命，使天下一統，免於戰亂，這是功德一件，談何有罪啊？從今以後，我們可以共享太平，共享榮華富貴，這也將是百姓的福氣啊！」

趙光義讓劉繼元到城台上，賜給他衣服與玉帶，拍著他的肩說：「老劉啊，你回去勸勸劉繼業，讓他放棄抗爭吧，朕感到他是個人才，不忍心傷害他，想重用他。」

劉繼元只帶著兩個隨從，回到太原。他找到劉繼業哭著對他說：「對不起，這都是我的錯，跟你們沒有甚麼關係。我知道你們為了守衛太原已經做得很夠了。我希望你能夠體諒我的難處，所以歸降並不是怕他們，而是我不想讓將士們再流血了，也不想

讓他們傷害我們的老百姓了。」

劉繼業哭道：「臣能理解陛下，陛下這麼決定也是為臣們的責任。如果為臣們能夠更加強大，有更多的辦法退敵，陛下也不會受此大辱，臣想自殺謝罪！」

劉繼元說：「千萬不可，你這麼做只能成就你的大義，可是你要明白，趙光義肯定會因此而想到，我們所有的大臣與子民都有這樣的氣節，從此會加倍提防我們，以後我們的子民就不會有好日子過了，你還是以大局為重吧！」

劉繼業扔掉兵器，跟隨劉繼元出城了。

兩個人坐在馬上，誰都沒有說甚麼，但他們的心裡就像有把刀子割似的。漫山遍野裡斑駁著變黑的血斑，宋朝的很多士兵正把死屍往溝裡拉著。而遠處的山野卻綠得蔥蘢，還有燃燒般的花兒，顯得生機勃勃。

趙光義見到劉繼業後，親自把他扶起來，對他大加稱讚，當即就宣布他為右領軍衛大將軍，並解下腰間玉帶贈給他。由於劉繼業是太原人，本來姓楊名業，在劉崇時因為賞識他的忠勇賜姓劉，改名劉繼業。趙光義又恢復他的原姓，名為楊業。

這個楊業與他的兒子們，就是後來《楊家將》的原型……

第三十章

勝極必敗

北漢被滅後，宋朝的官兵都累得夠嗆，都想著班師回朝後好好休息休息，弄點好吃的補補身子，有女朋友的話去約個會甚麼的。可是總指揮趙光義卻不累，就像吸了安非他命似地興奮得不得了。他對大家說：「啊，我們要順便把遼國給收了。」

大家聽到這話就傻了，這還讓人活嗎？

趙光義以為把北漢給拿下後，阿兵哥們會像他那樣高興，身上充滿無窮的力量，會變得所向無敵，拿下遼國就像張飛吃豆腐。其實人家當兵的，哪有你當皇帝的心態與理想啊？

有時候小的成功往往是個陷阱，常會誘惑著人奔向不幸的深淵。趙光義就這樣深陷了。他的真實想法是，如果把幽雲十六州拿下，這是多麼光榮的事情啊，這是實現幾代國君的夢想啊，那我就變成偉大的不可超越的皇帝了，真的可與漢武大帝媲美了，會遠遠地把世宗與太祖甩在身後，他心頭越想越美，眼前都快出現幻覺了。

他為甚麼這麼急功近利？還是因為他當皇帝當得名不正言不順，想著用巨大的勝利來掩蓋事實，讓全天下的人都知道他趙光義不僅有兩把刷子，也是老天欽定的真命天子，沒有太后的遺囑，也會得到大家的擁戴？

潘美諫勸道：「陛下，我們連著打了幾個月的仗了，雖然取得了勝利，但我們的將士們都很累了，給養也不充足，再去打仗

怕是效果不好。不如回去重新整頓軍隊，備足糧草，然後再謀劃遼國，那樣把握性更大。否則，以疲憊之師去攻人家以逸待勞之師，也賺不到便宜的。」

這些話可以說是有根有據的，於是大家都附和著說：是啊，是啊！

趙光義不高興了，臉拉得老長。

他非常希望有人在這種時候，站出來支持他的觀點，這樣他就可以強調自己的觀點，達成打擊遼的計畫。

真的就有人站出來了，這人就是崔翰。

他說：「臣以為作為戰爭，最難得的是時機與形勢。當前我們正得勢，機不可失，時不再來啊！我們剛剛取得勝利，為何不乘勝奪回幽薊地區呢？錯過了這個機會，我們還得再來是吧，再來不是更花費時間與財力了嗎?!」

大家聽到這話，心裡只能想到三個字——馬屁精。

趙光義高興啊，對大家說：「不想打仗的回去歇著吧，反正我要打。」大家自然沒有回去的，歇著被皇帝說出來那是很要命的。趙光義又接著說：「既然大家都沒有反對的，那麼，我們就繼續進攻遼國吧！」

於是，在太平興國四年（公元九七九年）五月二十二日，宋軍從太原出發向北方挺進。將士們幾個月沒有吃頓熱乎乎的飯了，這幾個月除了行軍就是打仗，沒白沒黑地打。很多來時的戰士現在已經永遠地不見了，他們留在了太原外幾十里處的壕溝裡，被厚厚的黃土蓋著，而家裡的人還盼著他們安全回去呢！

將士們的情緒非常不好。

他們的情緒沒法好，長期戰爭，營養不良，疲勞過度，大家

身心疲憊，那些冷兵器在他們身上顯得異常的沈重。他們行走得就像俘兵，根本就不像乘勝之師。軍官們心裡也有怨言，打了勝仗也不給點獎勵，又去打遼，還讓人活嗎？這話心裡想想可以，但沒有人敢說出來，在這種時候說句泄氣的話，那別想受累了，乾脆就讓你回老家去，不用再走路也不用吃飯了。

由於他們的情緒不高，走得也緩慢。

五月二十九日，他們才抵達鎮州，然後向趙光義彙報，說他們已經來到鎮州了，請指示。趙光義於六月二十日從鎮州發兵，經過幾天的行軍來到金台鎮。前面就是遼軍的軍地邊界了。

遼朝東易州刺史劉禹，遠遠望見宋軍大兵壓境，他們不敢抵抗，趕緊帶著人馬出來投降了，這又讓趙光義興奮了。瞧這仗打得可夠爽，不用打都把敵人嚇敗了，這樣下去拿下遼國根本不費吹灰之力。

就在這樣的小勝利的誘惑下，宋軍義無反顧地朝向失敗勇往邁進了。

趙光義只留下千數人把守東易州，親自帶領大軍挺進攻涿州。由於這個城小，沒費多大力又拿下來了，趙光義對左右親信說：「有人還不讓我們伐遼，看到沒有？甚麼叫做勢如破竹了吧。如果現在不打，將會錯過多好的機會啊！」

二十三日，趙光義帶軍進駐幽州城南，以寶光寺作為臨時行宮，部署作戰計畫。

遼國耶律希達認為，宋軍連著打了幾場小勝仗，他們現在的銳氣正足，不跟他們正面交鋒為好。可以引誘宋軍往前挺進，我們從後面打他們。大家都感到這個辦法好，有可行性。他們派出少量的軍隊跟趙光義交手，打敗就跑，引他們到埋伏圈裡。

趙光義正得意呢，哪考慮那麼多啊？當他發現敵人衝過來

了，便指揮迎戰，沒幾個回合就把敵人給打跑了！他們乘勝追擊。突然，他們發現遠處飄蕩著剛被打敗的耶律希達的軍旗，也沒有多想，下令繼續追趕。

宋軍又把耶律希達給打敗了，軍旗都被士兵當裙子用了。因為他在打仗的時候被人家給把褲子挑破了，感到這旗還能遮遮羞，於是就美麗了自己。趙光義正與他的將士們高聲歡呼，慶祝勝利，突聽到傳來了喊殺聲。

他們愣愣地四處張望，這才發現耶律色珍帶兵從後面襲擊他們，來勢凶猛。宋軍還沒有反應過來，就被人家衝得沒有陣形了。他們根本就敵不過人家，只得邊打邊退。耶律色珍也沒有再往前追，而是在清沙河駐軍，以方便到時候援助幽州城。

趙光義吃了敗仗後，調整了作戰方案，要去攻打幽州城。只要把這個城給拿下來，其他小城不攻自破。他採用的戰略是將大軍分成四隊，由定國節度使宋渥攻打城南，河陽節度使崔彥進攻打城北，彰信節度使劉遇攻打東面，定武節度使孟玄哲攻打西面。這是四面開花的作戰方案。

當趙光義的兵力布好之後，幽州就像高粱地裡的小房子。

遼國的御婉郎君耶律學古聽說幽州被宋軍圍困，立刻帶兵前來援助。當他帶兵前來，發現宋軍把城給圍得像個鐵桶似的，知道想突進去是不可能了。但他必須盡快把兵力輸送到城內，只有這樣才能保住幽州。耶律學古想通過宋軍的層層防線進入幽州，那就必須得長出翅膀來。

可他們長不出翅膀，於是就得學習耗子打洞。

宋朝並沒有因為耶律學古他們的到來而調整作戰計畫，現在他們所有的主力都在這裡，也不怕遼軍來打。他們反倒希望遼軍來打他們。幾天後的早晨，當趙光義攀到指揮台上，發現耶律學

古的部隊突然消失了，他還以為嚇跑了呢，可又回頭看看幽州城牆，發現人家耶律學古早已經站在城牆上了。

他有些不敢相信自己的眼睛了。

這時候前去偵察的兵回來彙報說，他們是挖地道進城的。眾將跟趙光義建議：「我們也可以挖地道攻城啊！」

趙光義皺眉頭說：「早不提出這個建議，現在挖能來得及嗎？我們的糧草越來越少，在這裡待久了，遼國的軍隊都趕過來了，我們不就沒戲唱了，必須馬上攻城，再不攻就只剩下挨打的份了。」

宋軍組織了一個三百多人的飛虎隊，讓他們趁著夜色悄悄地攀登幽州城。當他們剛爬到城牆半截，城上面突然亮起火把來，把他們給照得分明。箭如雨下，三百個人只剩幾個人。趙光義感到這個計畫失敗了，再沒有別的辦法了，只得親自督戰，要求不分晝夜地攻城，遼軍的防守越來越吃力了！

就在他們將要攻破城時，派出去的偵察兵飛馳而來向趙光義彙報說：「陛下，不好啦，有大批的遼軍，正往這裡趕！」

趙光義問：「大約多少時間？」

「估計半個時辰就過來了，我們還是趕緊想個辦法吧！」

趙光義馬上下令，只留下部分兵力假裝著攻城，牽制住城內的敵人，然後派出重兵狙擊援兵。等把援兵打敗了，說不定還能弄些給養，再回來攻打幽州。隨後又派出重兵前往高粱河狙擊耶律沙，一定要把他們消滅在高粱河，絕不能讓他們接近幽州。

當耶律沙帶軍來到高粱河前，抬頭看看遠處影綽綽的幽州城，又看看這大河，感到有些為難。他明白，如果不在宋朝主力到達之前渡過河，後果將不堪設想。

問題是這水很深，很多士兵都不敢下河。

他一馬當先跑進了水裡，大家這才沒命地向河裡撲通。

當他們三分之一兵力上岸後，正好碰到前來狙擊他們的宋軍，於是就在岸邊開始激戰。耶律沙因為在援助太原時，在白馬嶺被郭進打敗了，至今都感到羞愧，今天他要在這條河畔找回自己的尊嚴。他對遼軍喊道：「雪恥的時候到了，衝啊衝啊！」

自上次被宋軍打敗後，不只將領們折份兒，當兵的也被別的部隊瞧不起。他們都繃著勁兒跟宋軍廝殺。河水變成紅色，上面浮著一層屍體，兩方還在玩命地廝殺。耶律沙發現他們根本就不佔優勢，再說他的大部隊還在河中，而宋軍就堵著岸狙擊他們，這樣打下去怕是都得餵魚了。

耶律沙只得帶著部隊，逃跑了。

宋軍乘勝追擊，一直追到天色漸暗，眼看就要追上耶律沙了。耶律沙突見兩隊人馬從旁邊溝裡擁出來，都舉著火把，他就感到絕望了。他沒想到宋軍早已埋伏下兵力了。可是隨後他就喜極而泣，因為擁出來的兵是他們自己人。

原來耶律休格與耶律色珍為了顯出他們的兵力多，讓士兵們點起火把，每人都要舉兩支，這樣看上去就更壯觀了。趙光義正追得帶勁兒，沒想到突然冒出這麼多的遼軍來，他就開始慌了。現在想撤退已經來不及，兩軍就地展開了混戰。

幽州城內的耶律學古與韓德讓聽說援軍大兵正與宋軍激戰，他明白，宋軍只留下三成的兵力來牽制他，現在出城打他們，完全可以把他們打敗。於是突然把城門打開，帶兵衝出去，把牽制幽州的宋軍給打得落花流水，逃到了河邊。

趙光義發現牽制幽州城的人馬也敗下來了，又見四處晃動著火把，也鬧不清有多少人，不由心裡拔涼拔涼的。這時候他開始後悔當初不聽群臣的話了。沒有別的辦法，只有拼命抵抗。但是

他的兵力連續攻城，現在累了，四處都是遼軍，他們害怕，戰鬥力越來越弱，最後淪落到只有挨打的份了。

耶律沙是個有思想有戰術的人，他感到這樣打下去不行，事實上他們的兵力並不佔優勢，現在的勝勢只是靠火把虛出來的，打到天亮之後，宋朝就會明白你的實力，反過來就會把你給打了，他對手下說：「我們去找趙光義，只要把他給殺掉，宋軍自然大敗。」

他帶著幾百個精銳騎兵，在軍營裡橫衝直撞，尋找著趙光義。由於趙光義的穿著以及坐騎的裝飾都不同，還有桿旗子在他跟前晃著，他們很容易就找到了。

耶律沙帶著幾百人，向趙光義殺過去。

宋朝的潘美等將領在忙著應付耶律休格他們，哪顧得上去救駕。你這時候去拍馬屁，轉眼可能就被人家給掛了。

趙光義發現耶律沙他們殺過來，邊退邊打。

耶律休格把各軍聚合起來追殺宋軍，一直追到涿州。

趙光義正想勒馬喘息，突見耶律休格衝過來，宋軍頓時嚇得四散逃離，沒有人去保護趙光義了，他當然不能在這裡等死，慌不擇路，狂奔而去，當離戰場遠了，才發現身邊竟然沒有一個隨從。

這時候的趙光義只能摸索著往前走去，他也不知道會走到哪裡？如果走到他們宋朝的地盤那算命大，如果走進遼國的地盤，那就真的完了。

誰想到正在這時，他感到馬突然就不走了，他用腿猛夾馬肚子還是不走，狠拍屁股還是不走。趙光義突然發現他的馬正慢慢地矮下去，便知道他陷進沼澤裡去了。抬頭，又看到遼軍的火把遊動著向他這邊奔來……

第三十一章

王子短見

宋軍潰敗後又慢慢地聚集起來，才發現皇帝不見了。將領們立刻出現了兩種心態：一是高興，一是擔心。高興的人自然是對趙光義有成見的將領，他們盼著趙光義死得很難看，或者連屍體都找不到了。

趙光義的親信，可不想抱著的大腿沒了，四處尋找，卻沒有發現趙光義，就開始慌了。由於剛被人家打得很慘，也不敢去遠處尋找。這時候有人提議說，皇帝下落不明，可能遇難，或是被俘。國家不可一日無君，我們應該把武功郡王趙德昭立為皇帝，安定軍心，以免讓遼國有機可乘，藉機掠奪我們的國土。

趙德昭聽到這話，心裡又高興，又害怕。

現在再沒有人比德昭更盼著三叔趙光義死了。

那些趙光義的心腹不同意了，反對說：「這事可不能草率了。現在皇帝不見並不能說明他被害了，我們還是再找找吧，如果真找不到再立郡王為皇帝也晚不了。」

非常不幸，就在大家爭執不下的時候，有人前來報告說：皇帝現在還活著，已經到金台驛了。

那些力挺德昭的將帥們便開始為自己剛才的衝動而後悔，因為趙光義知道後肯定會不高興。最失望的要算德昭。要是趙光義真死了該多好，可是他到底沒死。

高粱河這次戰鬥，宋軍在小勝利的引誘下步步深入，結果差點全軍覆滅，連皇帝也差點讓人家幹掉，基本可以總結為完敗。趙光義非常悲哀，他召集殘兵敗將進行清點的時候，發現傷亡慘重，很多攻城的設備也沒剩幾套了。

這時候，他更後悔自己的衝動了。

本來滅掉漢以後班師回朝，是很有面子的事情。現在不同了，現在你回去是失敗而歸，說不定會被人家議論是灰溜溜地逃跑回來的。這些恥辱是遠遠不能夠被之前的勝利掩飾得了的。

趙光義想到當初是崔翰支持了他才釀成這樣的後果，他板著臉對他說：「崔翰，朕算是被你給害苦了。當初不是你鼓動朕，朕想班師回朝的。現在我後悔聽信了你的話，可後悔也晚了。」

本來想拍馬屁的崔翰發現拍出這樣的後果，他哪還敢說甚麼呢？他現在擔心的是趙光義會不會把所有的責任都推到他的身上，用他的鮮血來粉飾天子的臉面。

趙光義帶著大軍班師回朝，他自己待在馬車裡哭了幾次。有時候他也會勸自己，沒有把生命丟在那裡就已經夠好了。回想自己陷進沼澤裡，差點就丟了性命，他突然感到不管你是甚麼身分，你的生命跟普通人沒兩樣，都很脆弱。何謂天子啊？這只是皇帝用來武裝自己的噱頭，人死了就甚麼都不是！

回到開封後，有人對他說：「老闆啊，跟你彙報個事。」

「有甚麼事就趕緊說，賣甚麼關子。」

「在你消失的這段時間裡，有人鼓動著想把德昭立為皇帝，要是您再晚回來，怕是要麻煩了！」

趙光義聽到這裡臉拉得老長，陰得要下雨了。

他隨後又故做平靜地說：「唉！當時那種情況，誰都不知道我的處境，這麼說也是因為事情緊急，不能怪他們。」

可是他的心裡卻不這麼想，他感到這件事並不只是事情緊急那麼簡單，而是說明朝中有些大臣，抱有把德昭立為皇帝的想法，並在尋找著機會。這樣他也感到自己的處境有些危險。

你在外面打仗，他們在後方暴動怎麼辦？

你在外面打仗，他們給你放冷箭怎麼辦？

這麼想過後，越加感到問題嚴重了，嚴重到不能不解決了。從此，名譽掃地的趙光義疑心越來越重，他努力地掩飾著，但心裡早就產生了對付兩個侄子的想法了。

由於這次戰爭失利，趙光義變得無精打采的，也沒有對在北漢勝利中做出過傑出貢獻的大臣與兵士們進行獎勵。怎麼獎勵？你獎勵那些在攻打北漢中的勝利者，那你不聽從大家的勸告，強行帶兵征北，完敗給遼國，是不是就應該得到懲罰啊？

所以，他始終都沒有再提獎賞的事情。

有些將士們有情緒，私下裡議論有功不獎有錯不罰的問題，趙德昭以為他三叔忘這事了，就好心地提醒他。說實在的，自從戰敗之後，趙光義就再也沒有傳詔過他，對他顯得很生分。他知道是因為當初有人擁立他的那件事情鬧的。他為這件事情感到擔心，也想藉機去跟三叔交流交流，再順便解釋點甚麼。

趙德昭見到趙光義後，奏道：「陛下，很多將士們都有情緒，認為在北漢之戰中有功的人，應該給予獎勵的。依臣之見還是應盡快落實，平息他們的情緒才是啊！」

自打德昭進來，趙光義就沒拿過正眼看他，如今聽到這話，不由老羞成怒，用力拍桌子，指著德昭的鼻子吼道：「我說過不賞了嗎？急甚麼急？我看不是別人有情緒，是有人故意挑撥情緒。你要是等不及，等你自己做了皇帝再給他們獎賞吧，哼！」

趙光義說完甩袖而去，還朝地上唾了口痰。

德昭愣了，他明白皇帝對於之前有人要擁立自己的事情還在耿耿於懷。他神情慌張地走出宮，問幾個隨從誰帶刀了沒有？拿來用用。隨從搖頭說：「要進皇宮哪敢帶刀啊？」趙德昭深深地嘆口氣說：「娘的，我怎麼感到這日子沒有甚麼過頭了。」

隨從吃驚道：「您怎麼這麼想呢？」

德昭嘆口氣說：「說不定哪天就被人給殺了。」

他回到家裡就把自己關在房裡，誰也不讓進去。他在房裡來回踱著步子，越想越惱。說實話，自從父親去世後，所有的人都變了樣子，他們家的處境也在發生著變化。雖然三叔趙光義表面上對他們挺好，其實，他們全家人都過著軟禁似的生活！

德昭站在父親趙匡胤的像前哭道：「父親啊，您英明一世有甚麼用呢？還不是為別人打的天下。您是瞎能，不只把自己給害死了，還不能夠保護家人，您怎麼這麼沒出息呢？」

他哭夠了，抽出劍來抹了脖子。

當家人聽到動靜後撞開門，發現趙德昭就像躺在不規則的紅色布單上，已經沒有氣了。家裡人亂套了，都扯著嗓子在哭。有人知道這件事後，馬上跑到宮裡去向趙光義彙報去了。

趙光義聽到這個消息後，立時就愣了。

這倒不是他在乎德昭的死，他睡不著的時候曾多次謀劃殺死德昭，只是他不能接受德昭這樣的死法。自己因為太祖死的第二天登基已經被人懷疑，如今剛打了敗仗，影響本來就很壞了，德昭前來找他，回去就死了，這豈不更說不清了？

他跑到武功郡王府，抱著趙德昭的屍體，放開嗓子哭道：「傻孩子啊，皇叔我只是說了幾句氣頭上的話，你怎麼就當真了？就這點事你值得自尋短見嗎？」

隨後趙光義假仁假義地對死人進行了追封，然後下令辦了場

像樣的喪事兒，日子又回復原來的平靜了。

德昭去世後，趙德芳明白自己的處境，他平時為人非常低調，也非常小心。他越是這樣，趙光義便越認為他是臥薪嘗膽、大有作為的表現。但是怎麼殺死他？辦法不好想，這讓趙光義苦悶了很久。殺人容易，殺得合理很不容易。

他趙光義身上背著弒兄奪位之嫌，而今又背上謀害侄子之嫌，如何才能把趙德芳給殺掉，這讓他頗費了番心思。

他想：不是很多人都在背後議論是我把二哥殺死的嗎？為甚麼不讓德芳來證明他父親確實是病死的呢？當他想到這裡，不由感到非常驕傲，因為再也沒有比這個好的想法了。就這樣，在某天早晨，家人發現趙德芳就像他父親那樣死去了。

趙光義馬上領著群臣，當然還有御醫趕到家裡，讓御醫去救人。御醫說救不了。

他就吼道：「那你要查清他的死因。」

御醫說：「跟太祖得的是一樣的病。」

御醫的意思是他有這種病的遺傳，現在又像太祖那樣心肺衰竭猝死了。

趙光義點點頭說：「噢，原來是這樣啊，怪不得呢！」

看到這裡，是不是感到很搞笑啊！

其實，回頭看歷史上的很多事件都像笑話，卻是富有哲理的笑話，充分說明了人類生存中的「動物世界」。

我們永遠都不會相信趙匡胤的兒子這麼脆弱，一個遇到點壓力就自殺了，而另一個則遺傳了太祖的病死了。這時候我們結合趙匡胤的死，似乎明白那個夜晚的皮影戲，是誰導演的了……

第三十二章

生存代表

除了宗室之內，趙光義最想對付的人就是前任宰相趙普了。他每想起這個傢伙在太祖時代給他下絆子，就恨得牙根兒癢，想把他給治了。但趙普並不是普通人，他代表著絕大多數的舊臣，又處世小心，還真不好找他的碴兒。

其實趙普也明白趙光義不會放過自己，現在雖沒有具體行動，但他不能被動等著後果，必須主動想辦法解決這個問題。辦法還沒有想出來，趙光義就派與他有仇的高保寅，來到他管轄的懷州擔任知州。

趙普明白自己的麻煩來了。

果然，高保寅事後向趙光義彙報說：「趙普壓制我，我不想幹了，我辭職。」隨後趙光義就對趙普進行了處理，只保留太子少保的榮銜，留在京城，等於是個閒職。

趙光義沒事的時候就拿整趙普當樂子，動不動就拿他說事兒，常常當著大家的面把他給K得像孫子。最過分的是，他還常打發人故意去問趙普：「您還活著啊？」趙普常會施禮說：「請並告知陛下，臣還想為國出力，所以必須活著。」

當趙光義聽到這話後，當著群臣的面笑著說：「我大宋人才濟濟，他趙普以為離了他不行啊，行，很行。」於是他打發人牽了頭牛去讓趙普給吹死。侍從就牽著牛來到趙普家，對趙普說：「這是陛下賞你的。」

趙普施禮說：「謝謝陛下。」

侍從笑道：「陛下說了，不能殺之。」

趙普點頭說：「陛下的意思是，讓我給牠養老是嗎？」

侍從又笑了，回了一句：「陛下說你嘴上的功夫厲害，讓你把牠給吹死。」

趙普點點頭說：「那請回陛下，臣先把《論語》掛在牠的角上看。」

由於皇帝常常戲弄趙普，下面的大臣與小臣們也對趙普輕看了。特別是之前與趙普有矛盾的人，這時候也都跳出來欺負他。一天，趙普發現自家大門上被抹了大便。他蹲在那裡瞅了半天。家人要提水清洗，他說：你們不要清洗。他跑到宮門前說我想進去見皇帝，守門的根本就不讓他進去。

趙普就在外面大喊大叫，說：出大事了，出大事了。

趙光義以為甚麼大事啦！就讓他進去彙報，他走進大殿，對趙光義說：「陛下，臣家的大門上被人家給抹了糞便了，臣想知道是誰給抹的。」

趙光義怒道：「大膽趙普，你竟然前來戲弄朕。」

趙普說：「臣沒有那個意思，臣只是感到現在的社會風氣差了。我作為舊臣，還拿著國家的退休金，就等於是國家幹部，只是個沒有實權的幹部，大家就都這麼欺負我。這說明甚麼，說明將來有一天大臣退休之後就會被人家這麼欺負。我今天不是替我講的道理，而是替所有的大臣在呼籲。」

趙光義心想：這個趙普太可恨了，你竟拿些糞便來往我的大臣頭上潑涼水。但是又不能因為這件事跟他較真。就怒道：「我們正在商量國家大事，你門上的那些東西還想讓朕去給你擦去不成。出去，馬上出去。」

趙普假裝大哭，然後抹著眼淚出去了。

他走出皇宮，回頭看著金碧輝煌的大殿，回想跟隨太祖時那種風光場面，不由真的就流下眼淚了，但他知道開封不相信眼淚的，大宋也不相信眼淚。世態炎涼啊，人還是以前的人，只是頭髮白了些，鬍子長了些，少的只是實權，但整個氣候都變了。

趙普在回去的路上，顯得鬱鬱寡歡，無精打采。這時，一隊人馬呼隆呼隆來了，開頭的那兵喊道：滾開滾開。

趙普趕忙走到路邊。這時候有輛車停在他的面前。從車上走下來個小軍官。他認出這個人曾經在他家裡當過下人，當時因為偷東西被他給趕出去了。而這小軍官恰恰變成了現在的丞相盧多遜家裡的警衛班的班長了。

這位班長大搖大擺地走到他的面前，歪著頭笑著說：「喲，您還活著呢？」

趙普說：「我哪敢走在您的前頭裡呢！」

班長笑著說：「都到現在了還這麼嘴硬啊？我真想把你的牙砸下來。」

趙普說：「在下也是國家幹部，請你放尊重點。」

班長聽到這裡狂笑起來，他笑，他的下屬們也都哈哈大笑。他猛然收住笑，然後跳上馬，故意甩鞭子甩到趙普身上，然後說：「對不起，我打馬來著，沒想到打著相爺您身上了，沒抽死您，算您命大了。」

趙普低著頭從人群中走過，他獨自來到城牆上，趴在牆上望著外面的風景，回想著與太祖時代的戎馬生活，回想自己的輝煌與失意，進行著深刻的反思。

他感到自己某些時候確實有些不自愛了，才落到現在的地步。這時候，有位巡城的兵丁過來，見他趴在牆頭上看外面，便

喊道：「老頭，滾開。」

趙普對那人說：「我是趙普。」

那兵丁瞪眼說：「我管你甚麼普，馬上滾開。」

趙普只得從城牆上下來了，回想他跟隨太祖巡視的時候，兵士們整齊地站在兩旁，那樣子誠惶誠恐的。現在呢？看看外面都被人家趕。趙普回去後，見門上的糞便都開始變乾，他親自提來水清洗，誰都不讓幫忙。

趙普把門清洗乾淨後，慢慢地抬起頭來，對自己說：我是趙普啊，我雖然沒有多少文化，但相當有才啊，我怎麼混到現在的程度了。如果再這樣下去，這不僅是自己的尊嚴問題，而會讓家人與後代也遭受屈辱的。

這不是他所想要的結果。

他知道自己應該做點甚麼了。

趙普開始想：怎麼才可以改變現在的處境，重新獲得尊嚴。問題很明白，那就是重新獲得皇帝的重用，那麼怎麼才能獲得皇帝的重用？這是他需要考慮的關鍵所在。

甚麼叫做人才，有才能的人考慮問題，會更多地思考事情的原因，而不是只考慮結果。就像你很想賺錢，眼裡只有錢是不行的，你得考慮真的可以賺到錢的辦法。

經過細緻的思考，趙普終於想到了重獲尊嚴的理由了。

想到了理由，他顯得很平靜。像平時那樣喝了二兩薄酒。其實現在家裡開銷大，來錢項少，想喝點好酒都困難。飯後，他獨自走在大街上，看到大街再也不像以前那麼灰暗了，而是豐富多彩，充滿了生機。在路上，他見到人都會給人家行禮，讓人家罵了好幾句神經病。他見到有官兒走過，認識的，不認識的，他都一律向對方行禮。

那些本來想開他幾句玩笑的人，感到今天的趙普不同尋常，便打消了這種念頭。可是，他今天多麼想有人能夠欺負欺負他，因為這會變成讓他最愉悅的事情，可也怪了，今天卻沒有。

這時候趙普突然明白了一個道理，那就是你的心強大了，你自然就會強大起來。趙普想明白這個道理他笑了，他真的笑了。

他知道從今以後，一個不同凡響的趙普又來了……

一個傍晚，一個跟每個傍晚都差不多的傍晚，反正都是要黑天了。趙普來到三妾房裡問她：「有沒有錢啊？跟你借點。」

小妾瞪眼道：「有沒有你還不知道嗎？現在家裡窮得都揭不開鍋了。」

趙普聽到這裡苦笑著，搖搖頭說：「以前我不是送給你很多珠寶很多財物，你難道就沒有保留幾件？」

小妾一聽不高興地說：「哪年哪月的事了，現在還提，你羞不羞啊？」

趙普走出來，去到妻子那裡，說他需要點錢。

妻子二話沒說，去箱子裡拿出些銀子遞給他，嘆了口氣說：「你那點工資，根本就不夠家裡開支的。現在就剩這些了，你看著辦吧！」

趙普心裡感動啊！也許現在他才知道，情歌還是老的好，走遍天涯海角忘不了。

他揣著這些銀子走出了家門，向後宮走去。

趙普來到後宮門前，向值班的禁軍官員說：「老弟，麻煩你去跟陛下說一聲，就說我趙普手裡有件他想要的東西，如果不見，我立刻就毀掉。」

小軍官知道他是趙普，也知道現在大家都不理他，於是就裝

作沒有聽到，站在那裡像大爺那樣，耷著眼皮說：「老頭兒，一邊玩去，少在這裡轉悠。」

趙普從袖裡掏出那些銀子，塞到了軍官手裡。

軍官把東西塞進自己袖裡，然後晃啊晃地進了宮門，找到皇帝的侍從，說了趙普求見的事情，侍從眨巴眨巴眼，點頭說：「知道啦，我馬上去稟報！」

這時候趙光義正與妃子在喝酒取樂，侍從進來說：「陛下，趙普求見。」

趙光義聽到這裡就火了：「他想見朕，朕還不想見他呢，讓他滾回去。甚麼東西，還想來見我，沒那資格。」

侍從並沒有離去，繼續說：趙普那老頭說手裡有件東西，不見他就毀掉。

趙光義愣了愣，把酒杯慢慢放下，眼睛慢慢地開始發亮，猛地站起來。把侍從與貴妃都嚇了一跳。他說：「快！快！馬上讓他進來！」

貴妃以為他要懲罰那老頭，就說：「陛下何必動怒呢？不過就是個糟老頭兒，不見他還能怎的。」

趙光把她的手打開說：「去去去，馬上迴避。」

貴妃不高興地說：「人家還沒有喝盡興嘛！」

趙光瞪眼道：「滾開！」

貴妃就撇著嘴，不高興地扭著屁股走了。

趙光義馬上吩咐侍從，把桌上的殘湯剩菜都給撤了下去，再重新擺上新的。

這時，趙普隨著侍從進來。

趙光義馬上站起來拉著趙普入座，還說：「朕這幾天還想親自去請教您呢！」

趙普入座後，嘆口氣說：「陛下，臣還記得您跟太祖深夜去臣家裡，不過現在大不如從前了。現在您去了，怕是臣連杯茶都管不起了。」

趙光義聽到這裡，有些尷尬地說：「過去的事情都過去了，我們不提它。來來來，喝酒。」說著親自給趙普倒上酒。

兩個人談到半夜，趙普出來的時候，是趙光義親自送到宮門口的。趙普走到禁軍面前，伸出手說：「我還需要那些錢回去買米吃，還給我吧！」

小軍官從兜裡掏出銀子放到他的手裡，撲通就跪倒在趙光義面前。趙光義問趙普怎麼處置他，趙普看看手裡的銀子笑著說：「要讓所有有要事的人來求見您，都能見到您。還有，最好不要讓他出去亂說我今天晚上來過。」

這句話，就等於判了那軍官的死刑了。

就在趙普夜訪的第三天早上，上朝後的趙光義那是滿面春光。有人說某某大臣請病假，不能上朝了。

「甚麼，請病假，不批，抬也要抬過來。」

大家聽到這裡不由感到吃驚。今兒皇帝是怎麼了，有病也不讓人在家歇，是不是又有甚麼大的行動了。他們都在猜測著今天可能發生的事情，大家心裡忐忑，生怕甚麼事兒會燒到自己。

話說趙普來到大殿前，傳喚官馬上把他領進殿裡。

大家看到趙普進來了，都沒有拿正眼看他。趙普故意踩了位大臣的腳，那大臣叫道：「你沒長眼睛啊？」

趙普馬上借著這話對著趙光義說：「陛下，臣雖然沒長眼睛，但是有件事情事關國家大事，需要向陛下稟報。」

趙光義臉上有著壓抑不出的笑容，說：「愛卿請講。」

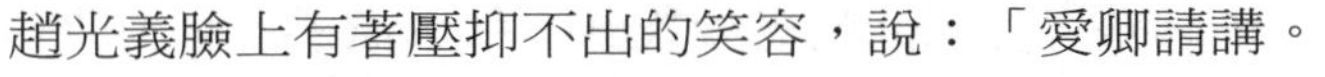

大家聽到趙光義說「愛卿」，還看到他臉上泛出了壓抑不住的喜悅，都在猜測接下去事情的發展。

趙普於是說道：「在建隆二年，杜太后召我過去，當時太祖就在床側。太后曾問太祖，是怎麼得來的天下。太祖說：『以祖宗和太后的積德造化而來的。』太后聽了立即說：『這是不對的，你之所以能奪得皇帝，就是因為周世宗的幼兒接了班。如果後周有年齡大點的君王接班的話，天下哪有你的份兒？所以呢？等你百年之後，應將你的位子傳給你的兄弟。只有立年齡大點的君主，這才是社稷之福啊！』」

哇，大臣們聽到這話，不由得對趙普崇拜死了。

太有才了，相當有才。

那些曾經欺負過他的人聽到這裡就害怕了，知道自己真的狗眼看人低了，知道自己之前太過分了。

大家都知道，這種馬屁，也就是趙普能想像得出來，也就是他能夠用，別人想用這個辦法都沒有資格。

趙普又說：「太后當時對臣說：『你記下我的話，不可違背。』當時臣就在榻前執筆，寫了太祖的誓約，一式兩份，並在紙尾騎縫處簽上自己的名銜。事後，一份隨太后葬入墓棺，另一份一直由太祖手封收藏著。只是因為太祖暴病而崩，未能交入陛下手中。」

趙光義激動得臉都紅了，點頭說：「聽說過、聽說過……」

趙普說：「太祖已經誤了，太宗您怎麼可以再誤呢？」

大臣們都知道，當初杜太后彌留之際，曾把趙普叫過去。無論真假都沒有第二個人在現場，這件事因此成為趙光義繼位合理性的鐵證。

隨後，趙普果然幫助趙光義找到了那個盒子，拿出盟約，趙

光義繼承皇位終於變得光明正大起來了。

趙普自然也得到了重用。

他趙光義變得光明正大了，同時就有了另外的問題，那就是他百年之後，也需要把位子傳給自己的弟弟趙廷美，趙廷美就變成了鐵的儲君了。

趙廷美感到了壓力，第二天，他就要求把自己的官位降於趙普之下。

歷代皇儲的地位與官職，都應該比現在的丞相要高的，因為這是皇帝的接班人嘛，他必須要擁有相對的權力，鍛鍊自己的從政能力，並有實力保住自己將來的皇位。歷來皇儲都是最危險的位置，死亡率很高，他能不怕嗎？

第三十三章

危險角色

自從趙廷美被公認為是未來的接班人後，他開始為自己的處境擔心。他比誰都知道三哥是甚麼德行，也明白二哥是怎麼死的，還親自幫著給兩個侄子辦了後事兒。

他成了默認的皇位繼承人，不想死都找不到理由了，現在能做的，就是儘量收斂鋒芒，顯得不求進取。

他窩在家裡不敢會見朋友，不敢讓別人來家裡玩。為了表現自己對皇位不感興趣，盡可能地讓自己墮落，把自己武裝得像死狗扶不上南牆。於是他在府裡養了些歌舞演員，每天對酒當歌，不再把心思用在工作上了。一個被逼得墮落的人，最終還是沒有保住自己，這是人世間最悲慘的悲劇了。

到了太平興國六年（公元九八一年）九月，原來在趙廷美晉王府的舊幕僚們，比如京使柴禹錫、趙鎔、楊守一等人，突然向趙光義告密說：「秦王趙廷美最近在家裡生活放縱，可能會有陰謀活動。」

趙光義非常不高興，告密都不會告，蠢材！

現在趙光義是在想找合適的理由把趙廷美整趴下，可憑著他放縱與可能搞有陰謀活動哪夠啊？所以他並沒有給那些馬屁精們好臉色看。

他為甚麼要搞掉趙廷美，這還用問嗎？

他編造了杜太后的遺詔當上皇帝，掩飾了他篡權奪位的事

實，勉強擋了擋凶殘的臉面。趙普的復出，又給他提供了強有力的證據，讓他終於從心裡感到這皇帝當得硬氣了，但問題是，按照他娘的遺囑，在他死後也得把位子傳給弟弟。

這是很危險的事情，因為趙光義知道自己等不及把哥哥給幹掉了，他很怕弟弟也等不及把他給幹掉。於是他對趙廷美格外的敏感，平時派人監視著他的行動，以防他發動政變。

人家趙廷美消極，他就更加懷疑。

你心裡沒鬼為甚麼要表現得墮落呢？所以肯定是有問題的。

那些善於拍馬屁的人總是把揣摩領導意圖放在首位，也想找到趙廷美的把柄向趙光義告密，換取自己的在領導心裡的好感，但是趙廷美這麼低調，這麼頹廢地生活，還真的不容易抓呢。

趙光義對他們感到失望，認為他們根本就沒有辦法。

於是，趙光義馬上想到了趙普這個整人的高手，就跟他商量說：「老趙啊！有人告發秦王廷美陰謀作亂，這讓朕感到吃驚。我對他這麼好，如果他有這種心那可真是讓朕寒心了。別人我是信不過，愛卿，你是開國元勳，向來辦事公道，所以呢？朕想聽聽你的意見。」

他趙普是甚麼人啊，是官場上的老油條了，知道趙光義的真實想法，是想讓他想辦法來整趙廷美。他倒是不太想做這件事情，因為你把他整不死就有當皇帝的可能，你整他就是風險投資。可是他忍不住想借用這次機會把他的仇人給整了。

趙普說：「臣願幫助陛下查明奸臣的陰謀。」

趙光義聽了很高興，連說：好啊，好啊！

他當然高興了，如果別人說趙廷美有問題，這事兒還真的不好辦，如果趙普說趙廷美有問題那就可以辦他了。因為趙普是前朝元老，是德高望重的，也可以說是沒有人敢跟他抗衡的，他說

出去的話僅僅比他趙光義稍微遜點威力。

趙普祕密地調查秦王趙廷美陰謀的事件，在這個工作過程中，他把著重點放在了盧多遜身上。因為正是這個傢伙當初在太祖面前告他的狀，讓他丟掉了相位。這麼多年以來，趙普連做夢都想把盧多遜給搯死，可就是一直沒找到機會。

到了太平興國七年（公元九八二年）三月，宮裡建成了金明池水心殿，趙光義想與愛妃們坐著船，在水面上划划。還沒有下水呢！就有人前來密告說：「秦王趙廷美想在皇上遊玩時，發動政變。」

趙光義不遊船了，馬上把大臣們叫來，跟他們商量這件事情。大臣們都知道這是捕風捉影的事情，但沒有人敢說這事沒有。

趙光義苦著臉說：「天啊，我極力地保護他，他為甚麼這麼對我啊！」

大臣們聽到這裡，知道趙光義開始對他的弟弟下手了。果然，趙光義下令免掉趙廷美開封府尹的職務，改命為西京（洛陽）留守，賜給了他些東西，還給了他不小的一筆錢，讓他去上任了。

趙光義還命令樞密使曹彬，在瓊林苑為趙廷美餞行。一個莫須有的罪名就讓趙廷美淪落到這種地步，自然鬱悶。在他從開封動身去西京時，對送行的曹彬等人說：「何必送個死人呢？」

曹彬吃驚道：「您怎麼這麼說呢？」

趙廷美苦笑著搖搖頭說：「人總是會死的。」

在去往洛陽的路上，妻子對趙廷美說：「陛下是您的親哥哥啊，他怎麼憑著別人的陷害，就把您下放了呢？」

趙廷美忙捂住了她的嘴，小聲地說：「這種事萬萬不能說。

我們甚麼都沒說，甚麼都沒做，還被貶到西京，如果讓別人聽到我們的話，又會生出事來。」

顯然，趙光義對於趙廷美去了洛陽還是不放心的。因為只要趙廷美不死，他就是太后傳弟不傳子的遺囑中表明的繼承人。

他明白，只要留著趙廷美，他就是默認的儲君。一個可能當皇帝的人，他無論走到哪裡都有人追隨，都很容易發展勢力。因為大臣們知道他是未來的皇帝，都會把自己的前程跟未來的皇帝進行關聯。

趙光義想把趙廷美給解決掉，徹底解決掉。

他又把趙普叫來，不高興地說：「讓你查了這麼久，甚麼結果？說說看。」

趙普明白，主子是嫌他沒有找到讓趙廷美徹底完蛋的辦法，不高興了。他慌忙對趙光義說：「在傳位的問題上，太祖皇帝已經失誤了，陛下豈容再誤啊！」

這句話有點兒厲害了，那意思是說，太祖因為立場不堅定，所以導致那種後果，您怎麼可以再失誤呢？反正這句話說得模棱兩可，但側面地表現出，支持把趙廷美給整得不能抬頭。

趙光義又把趙普恢復了相位，令他馬上去辦理這件事情。

在封建社會就是這樣，富貴貧窮就全憑皇帝老子一句話。

趙普知道自己的相位是怎麼來的，這不是幹工作幹出來的，而是殘酷的政治鬥爭中火拼而來的機遇。他要抓住這個機會穩定自己的職位。於是他開始搜尋趙廷美的罪證。事實上他有很多辦法去整趙廷美，主子想辦他了，理由還不是好編的嗎？

他最頭痛的是，抓不住盧多遜的把柄，但他必須要抓住。

而盧多遜也在政治的深水裡游了些時間了，明白趙普上台之後肯定不會放過他，於是他變得非常小心，說話小心，交友小

心，在外頭小心，在家裡也小心，事事都小心，處處都小心，這樣生活很有壓力，很累。

就算這樣，趙普還找到他滿臉猙獰地說：「老盧啊，革命一輩子了，也該歇歇了。人生見好的時候也得收收，否則會招來禍事的。你可別多心，我是為你好啊！」

「謝謝您的關心，我會注意身體的。」

「那好。別怪我沒告訴你。」趙普冷笑。

盧多遜心裡非常不服，娘的，我又不老過你，為甚麼你不休息，帶著滿身的腐屍味來上班，還努力往上爬？他當然捨不得自己的官職，因為這個官來之不易，這是他上層優渥生活的保障。

他能做的就是更加小心，以求不讓趙普抓住他的小辮子。可是人倒楣了，放屁都能毀條新褲子。趙普終於查到，盧多遜曾把重要的文件私自交給秦王趙廷美看，還跟他暗中有來往。

趙普借著這件事，彙報給了趙光義：「盧多遜身居要職，他為甚麼跟廷美搞那些活動，還不是認為您年齡大了，想扶他早日登上皇位啊！」

趙光義非常惱火，大罵盧多遜吃裡扒外。他當即命令御史立案審問此事，並由翰林學士承旨李日方、學士扈蒙、衛尉卿崔仁冀、御史滕中正等人監審。

趙普知道，這是整掉盧多遜最佳的機會了，無論他有沒有謀反的心，都得讓他承認有這種打算。於是就授意自己的親信，在行刑的時候要懂得重點……

剛開始，盧多遜還嘴硬說：「你們私自用刑這是不對的。在沒有證明我謀反的情況下，你們沒有權力這麼對我。」

管你甚麼權力，反正這是老闆交代的，甚麼難受給你用甚麼。反正我們老闆的上級是皇帝，是他要審你的。你不說是嗎？

那我們就從你的親信中書堂官趙白、秦府孔目官閻密、小吏王繼勳、樊德明、趙懷祿、閻懷忠身上下手。

這些人被折磨得痛了，於是就交代盧多遜的罪行。就是沒有，也得給他編個本，何況還是有點兒的。

由於親信們都招了，盧多遜知道逃不過的，只得招認曾經多次派遣趙白，把中書機密要事，密告給秦王趙廷美。還曾讓趙白對趙廷美說願為他牽馬綴凳，盡心盡意地侍奉他。

既然盧多遜招了，那事情就好辦了！

趙光義命令文武百官共同商議處置辦法，在這次會議中，馬屁精大臣們給盧多遜定的罪是，身為宰相，私通親王蓄意謀反，上負國恩下虧臣節，應當削奪他的官爵執行死刑。對秦王廷美與其他涉案的人，也應該同盧多遜一樣執行死刑。

這正是趙光義想要的結果，但他覺得因為這件事情把趙廷美給殺掉，對自己的聲譽是不利的。在太祖的兩個兒子死後，再殺掉可能繼承皇位的趙廷美，顯得目的性太強了。於是他表明：「兄弟之情，君臣之誼，朕實在不忍心啊！」

他說著說著眼眶還紅了，還抹了眼淚，多好的演員啊！

他接著說：「盧多遜雖然有罪，但看在他過去的功勞上，就不要執行死刑了，只削去他的官職，把他們全家流放崖州吧！廷美嘛，讓他退出職位，回到家裡歇著吧。家中的男女全部削去爵位，恢復本來的名稱，貴州防禦使趙德恭等仍稱為皇侄，皇侄女嫁給韓崇業，削去雲陽公主、駙馬的稱號……」

至於其他人，如：趙白、樊德明、閻密、王繼勳、趙懷祿、閻懷忠等人，全部在城門外斬首，沒收他們的家產。

事情發展到這裡，趙光義終於把他的心病去了，但是真的去了嗎？他接下來又想了想，認為趙廷美的兩個親戚還掌握要職。

於是貶西京留守判官閻矩為涪州司戶參軍，前開封府推官孫嶼為融州司戶參軍。

事實上，整個事件的發生都是趙普策劃的。

也許盧多遜與趙廷美有甚麼聯繫，但趙廷美處在儲君的位置上，哪個大臣都想跟他走得近，因為他是未來的皇帝啊！要是因為這件事抓人，相信朝中的大臣一半都應該被抓了。

趙普心裡明白，趙廷美肯定恨死他了。如果趙廷美將來翻身，肯定會誅他九族的，那麼，他的子孫後代就再也沒有翻身的機會了。只要趙廷美還活著，就會有這樣的可能。畢竟有很多人支持他。趙普於是開始策劃，把趙廷美給活活整死。

他暗示開封府李符說：「你知道陛下現在最擔心的是甚麼嗎？他最擔心的是趙廷美死灰復燃啊！如果你前去跟陛下彙報，說趙廷美在西京並不肯悔過，內心不滿，影響極壞，請示把他發送到邊遠郡縣，離京城遠遠的，以防他再有甚麼行動。陛下肯定高興啊！」

李符想想也是，我平時想拍馬屁都拍不到，現在趙普給我出主意，我不能放過這個機會。於是他向趙光義進行了彙報。

趙光義藉機又把趙廷美降為涪陵縣公，削去妻子張氏楚國夫人的封號，還任命閻彥進為房州知州，用來監視趙廷美的活動，如果發現有甚麼事情，馬上向他彙報，如果情況緊急，可當機立斷。這就表明，你們可以隨便把他給殺了。但是他們也不敢輕易這麼做，畢竟是皇帝的弟弟，殺了他可就麻煩了。

可惡的趙普，為了自己的利益，又把可憐的趙廷美給狠狠地打擊了。事後，他擔心開封府的李符會透露出他的策劃，便想對付他。於是，他找李符個碴兒，把他流放到春州去了。

本來李符想著向皇帝告密後會得到提拔的，可現在不但沒有

得到提拔，還招來了這種禍事，他很後悔。他想對世人表明這是趙普的陰謀，但是他不敢。如果他敢這麼說，性命都不會保的。

他明白皇帝趙光義想要這種效果，不允許別人翻供的。

李符在去往春州的路上感到很悲哀。當初盧多遜被貶時，他還對趙普建議說：「朱崖雖遠在海中，而水土很好很多美人。春州雖離京城較近，但那裡瘴氣很毒，到那兒的人必死無疑，不如把盧多遜放在春州，讓他早點兒歸西去吧！」

害人害己，如今他自己也要去春州了。

更加悲哀的是，趙普把他放到春州之後，還是對他不放心，人活著還是有張嘴，於是就派人把他給殺了。

那麼，被陷害的趙廷美，到了房州後，他的生活怎麼樣呢？說實話，他現在過的是被軟禁的生活。一個被太后遺詔為未來的皇帝的人，竟然沒有了自由。他回想整個過程，心如刀割。面對著無限期的牢獄般的生活，他多麼想做個普通人，就像天上的鳥那麼自由地飛翔，但是，當個平民百姓都成了他的最大的奢望。

一天，趙廷美拉著妻子張氏的手，淚流滿面，悲哀地說：「我們要不是生在帝王之家，而是在平民百姓家的話，我們夫妻無論是種地還是打魚，兒女們繞在桌前，那該是多麼幸福的畫面啊！可是我們卻生在帝王之家，成為了政治的犧牲品。」

這番話，在中國歷史上曾有很多個儲君都曾感嘆過。

當時張氏聽了廷美的這番話，哭泣道：「夫君啊，你有甚麼罪啊！所以到了這種地步，就是因為你有繼承大位的資格。其實你也不必消極對待，等待機會除掉暴君，結束這種厄運……」

當聽到外面有腳步聲，馬上就不說了。因為現在家裡的衛兵都是上邊派來的，如果這話傳了出去，他們就真的沒命了。

第三十四章

戲罷卸妝

趙普又當上宰相之後，沒幹別的，就只專門去忙著整自己看不順眼的，跟自己有仇的人，把他們都給整得很慘。這太可怕了。很多大臣不得不開始討好趙普，倒不是想得到甚麼，主要是怕被他給整了。

而他的權勢在很短的時間裡得到了提升，這讓趙光義非常不痛快，你都黃土埋到脖子上了，還拼命爭權奪利，為甚麼呢？

趙光義懷疑趙普有甚麼野心，就想把他給整下台。

事實上，他起用趙普的目的僅是把他當槍使的，現在目的達到了，還留著他幹嘛？問題是你把人家請來，沒幾天就把人家趕走，怎麼也得找個理由吧？

趙普這人老奸巨猾，要想抓到他的把柄很難。

趙光義沒辦法就想：我是皇帝啊，我要開除一兩個人，還用得著這麼費事、這麼費勁嗎？我累不累啊！

一天在上朝的時候對群臣說：「趙普這個同志是開國元勳，跟朕是老朋友了，幾年來，對朕的幫助很大，朕心裡非常感激。只是他已年老體弱，頭髮也全白了，牙齒都掉了，朕還把繁重的事務讓他做，不讓他好好休息，這讓朕感到十分慚愧。」

趙普聽到這話，心裡很不是滋味，知道卸磨殺驢開始了。

趙光義說：「朕想了很久，選了個好的地方，讓勞苦功高的趙老去享享清福。」

大臣們都巴不得趙普離開呢！因為他現在就像瘋狗，逮住誰咬誰，還有辦法咬，讓大家都很害怕。雖然渴望趕緊讓這老不死的滾蛋，可沒有人敢說。

趙光義見冷場了，有些不悅，心想：現在的人越來越滑了，得罪人的話，一句都不肯講了。

趙普明白，趙光義不想用他，如果強留，人家就不客氣，甚至會找些卑劣的手段對付你，把你搞臭，然後把你踢出局。他很識相地站出來，行禮道：「多謝陛下對為臣的關懷。為臣確實感到老了，有些工作幹起來吃力，非常感謝您對為臣的照顧。」

大家聽到這裡，心裡就都高興地唱起歌來了。

趙光義本來以為趙普會賴著不肯走，沒想到他還挺識趣的，於是就罷免他的職務，並在長春殿擺豐盛的宴席親自為他餞行。

在席間，趙光義還作詩獻給趙普。其實這首詩昨天晚上就寫好了，還費了很多心思。在這首詩裡，肯定了趙普的功績與品德，把趙普給表揚得挺狠。

趙普接過這首詩來，眼裡流著淚說：「陛下賜給臣的詩，臣要刻在石頭上，將來臣死了就作為陪葬，生死不忘陛下恩德。」

趙普回去後心裡很難受。說實在的，他內心深處還是不想卸任的。相信大多數當官的，都想把官帶進棺材裡去。為甚麼？因為當官有很多優厚的待遇與便利唄，如果當官很難受，也就沒有人要幹了。

趙普知道自己現在不是官了，以後的富貴就看趙光義的態度了，他必須讓趙光義能夠記著他。於是他找到宋琪對他說：「我以後不能再上朝報答聖上了，希望來世能再為陛下效力。」

他說著說著，淚流滿面。其實在官場上時間久了，都會變成資深演員，他趙普就是，他說這番話就是想讓宋琪傳到趙光義那

裡，再感動感動趙光義。

果然，宋琪見到趙光義後把他的這番話說了，把趙光義給感動得不得了。

趙普被免職之後，趙光義藉機對朝中的大臣又進行了一次調整，並決定從今以後，宰相的權力要高於親王。按照以前的老規矩，王子們的權力應該大於宰相。

宰相李日方、宋琪等人，都說這樣不合適，堅決不能接受。為甚麼不能接受？誰都不想給未來可能的皇帝當上司，位置不好擺啊！

趙光義卻說：「宰相的職責是很重要的，要領導百官管理國家。親王的設置只不過是讓他們學習罷了，再說了，我的孩子都還小，讓他們知道尊重對於國家有用的大臣，還是有好處的，你們就不要推讓了。希望你們以後直言敢諫，帶領百官努力推行中央政策方針，讓我們共同把宋朝管理得繁榮富強，讓老百姓都過上好生活。」

本來趙光義感到，自己把趙普這件事情處理得挺圓滿的，既達到把他趕走的目的，又乘機對朝廷重要的位置進行了調整，可沒想到，右補闕直史館胡旦向他獻了首馬屁詩《河平頌》，其中有——「逆遜投荒，奸普屏外」的話。

胡旦的真實意思是想拍拍趙光義，說他多麼英明，把朝中的逆臣給打擊下去，把老奸巨猾的趙普給趕走了，可沒想到卻犯了趙光義的大忌，拍到馬蹄子上去了。

他最不想讓別人說的是，他把趙普給趕走的。

因為趙普給他的幫助是世人皆知的，特別是找到太后的遺囑，讓他這個皇帝變得名正言順了，這是多大的貢獻啊！如果世人知道你把他當奸臣趕下去，那不就是說他卸磨殺驢了嗎？這影

響多壞啊！再說了，奸臣說的杜太后的遺囑，不就造假了嗎？

他把宰相們叫來，讓他們看了詩文，氣憤地說：「啊，胡旦這詩簡直是胡言亂語，挑撥事端。朕把他提為進士甲科，讓他擔當重任，他沒有任何業績不說，還曾被部下上訪，已經被治罪了的，是朕愛惜他的才學才沒有跟他計較，現在他竟也這樣信口開河，胡說八道，影響極壞。你們說這樣的人還能用嗎？」

王祐說：「像胡旦這樣的人應該貶出京城。」

大家都點頭，說貶出京城就夠便宜他了。

趙光義下道文件，就把胡旦給降成商州團練副使了。

可憐的胡旦，用盡心機想拍馬屁，這次拍得相當沒水平，竟然拍到馬蹄子上去了。從今以後，他有了更多寫詩的情緒，可是再也不敢寫詩了，因為詩把他差點害死，他害怕了。

到了太平興國九年（公元九八四年），房州知州閻彥向趙光義報告——

「涪陵縣公趙廷美，去世了！」

趙廷美被貶到那兒，就等於被軟禁起來了。負責給他站崗的人，都是趙光義派去的，時間久了，站崗的根本就不拿他當回事了，都顯得像個大爺似的。

趙廷美鬱悶啊！你想，按照杜老太太臨終的遺囑，他應該當皇帝的，現在卻淪落到這種地步，他能不鬱悶出病來嗎？當趙廷美病重時對妻子說：「相信我死了以後，你們的日子也許就會有所改善。」

妻子哭道：「可別亂說了，好好活著，會有出頭之日的。」

夫妻兩人抱頭痛哭，感嘆人世間的淒涼。

沒過幾天，家人發現趙廷美死了，他才三十八歲。

趙光義聽到這個消息後，立刻就放聲大哭。其實他內心是高興的。現在他已經是資深演員，想哭的時候就能哭得出來。如果他真的傷心的話，他就不會把弟弟往死裡整了。

他哭著對宰相宋琪、李日方等人說：「廷美小時候就很邪性，長大了就更可惡了。朕念他是同胞兄弟，不忍心把他依法重辦，暫時把他遷居在涪陵，希望他能閉門思過痛改前非，然後再把他給召回來履行太后的遺囑，沒想到他竟然病逝了，我現在真是又悲又痛又無奈呀！」

大家聽到這裡，都想吐。甚麼叫把他召回來，那是天下最有水分的話。他做夢都想把廷美給整死，只是找不到理由，現在廷美真的死了，他卻又在這裡貓哭死耗子。

皇帝演戲，大臣們也得演，於是就勸他：「陛下啊，人死不能復生啊，您節哀吧！保重身體為重啊。您的身體不是您自己的啊，是全國人民的啊⋯⋯」

趙光義還在那兒搓眼睛，裝得還挺悲傷的。

正像趙廷美預想的那樣，他死後，趙光義為了顯示自己的寬仁，也會對他的家人進行照顧的。果然，趙光義下詔追封趙廷美為涪王，謚作「悼」，又詔命趙廷美的長子趙德恭為峰州刺史，次子趙德隆為襄州刺史，女婿韓崇業為靜難行軍司馬。

從此之後，趙廷美的家人沒有了對皇位的威脅，終於又過上了比上不足比下有餘的生活了。也許趙廷美看到家人跟他受累，於心不忍，用自殺來換家人的自由的。就算他是自殺的，難道真是自殺的嗎？我們相信這是謀殺，兇手就是趙光義。

趙光義這個人很不要臉，很可氣。

在趙廷美死後不久，趙光義對宰相說：「其實呢，廷美的母親是我們家的保姆。原來嘛，她是陳國夫人耿氏，後來嫁到我們

家生了趙廷美……雖然這樣，但我還是把他當親兄弟對待，還把他的沾親帶故的都給照顧了，可誰能想到，他竟然想謀殺朕。他與盧多遜勾結的事曝光後，朕只讓他住在西京，他卻不思悔過，才又把他遷徙到涪陵，沒有殺掉他，朕思前想後，朕並沒有對不起他啊！」

說著說著，趙光義眼眶又紅了。

那麼趙廷美真的不是杜氏所生的嗎？他當然是杜氏生的了。

趙光義之所以這麼說，其實更加表明他迫害廷美是個不爭的事實。

他無外乎是說，本來不是我的一母同胞，沒資格繼承皇位。他雖然不是我的同胞，但我對他夠好了。不是一母同胞，所以他想謀害我。他死了，我對他的家人這麼好，說明我更好。

為了替自己掩飾，竟然說自己的父親作風不正派，竟然把一母同胞的兄弟，給扣上小老婆養的身分。從此可以看得出，他殺掉二哥奪取皇位，還真的不容置疑……

第三十五章

壯志不酬

一直以來，趙光義老是被同樣的夢驚醒。那就是他陷進沼澤地裡，呼吸困難，醒來都會滿身大汗。夢的起因來源於當年攻遼時，他差點被沼澤給吞了，因此留下了心靈創傷。

多少年來，他時刻準備把遼滅掉，以雪敗北之恥。但每想到去攻打遼國心裡都會發虛，沒辦法，一朝被蛇咬，十年怕井繩。直到雍熙三年（公元九八六年），遼國出了大事兒，讓趙光義看到了機會。

那麼，遼國究竟發生了甚麼事情？

遼國國王耶律賢病危之時，南院樞密使韓德讓帶親兵直奔皇宮，把只剩半口氣的國王弄沒了氣，然後幫助皇后蕭燕燕，把十二歲的小兒子耶律隆緒扶上皇位了。

韓德讓為甚麼這麼賣力？據說他與蕭燕燕關係挺好，當然是男女關係。

最先提出攻打遼國的，是雄州知州賀令圖、岳州刺史賀懷浦、軍器庫使劉文裕等人。他們集體去找趙光義說：「陛下，現在遼國正在換總統呢！政權肯定會不穩，這時候應該去打他們的最好時機了。」

隨後又有很多大臣提出，應該在這時候攻打遼國。其實他們都明白，就是不提，趙光義也不會放過這個機會的，還不如提出來，顯得好像多麼為國家大事操心似的。

趙光義馬上下令各州都要選拔精良的士兵，都到開封集合。半個月的時間，北伐大軍就全部組建好了。命令曹彬為總元帥，崔彥進為副元帥，郭守文為都監，率領各部將向遼國進軍……

當趙光義把兵派出去後，打發人把自己的鎧甲拿出來，除去灰塵，準備在前方取得決定性的勝利前御駕親征。這天晚上趙光義激動得久久不能入睡，他想像著把遼給拿下後的榮譽感。

那麼，他真的會取得勝利嗎？接下來大家就知道了。

曹彬與米信帶領著部隊挺進今河北新城、涿州方向，田重進挺進今河北淶源；忠武軍節度使潘美挺進雁門關，直取遼今山西大同，與中路田重進會合然後揮兵東進，計劃從北面攻打幽州。

宋朝這次出兵三十多萬人，是抱著必勝的決心去的。

他們吸取上次失敗的教訓，決定先不直取幽州，先把其他小城給拿下，最後把幽州給變成孤城，然後想怎麼打就怎麼打。為了達到這樣的目的，宋朝先派出些兵力挺進幽州，拿出想要攻打的樣子但不打，目的就是牽制住幽州城裡的兵力，不讓他們出動與別的州的遼軍互助。

隨後，主將曹彬帶領部隊攻破固安，又攻破遼國邊境重鎮涿州，將守軍全部殲滅了。田重進自定州沿滱水河谷北上，挺進遼國冀州，也打了勝仗。楊家將原型的楊業在寰州，又把遼軍給打敗了。

捷報不停地傳到總統趙光義那裡，他高興啊，還把弓拿起來拉了拉，射了幾箭，時刻準備著御駕親征。當然，他必須要等到有絕對把握勝利的時候才能去，絕對不能再去冒險了。

由於宋軍連連取勝，遼國就感到很有壓力了。

幽州城裡的耶律休哥想出去救援別的州，但他被曹彬給牽制

住了，不敢輕易出動，現在他們就盼著蕭太后能夠派大部隊前來救援。在等著救援的時間裡，他也沒有閒著，而是派出特種兵尋找曹彬的弱點，看看能不能撕開口子？

說來也巧了，特種兵悄悄地出城之後，正好遇到了宋朝的糧草隊，於是就順便把糧草給截下了。當曹彬得知糧草丟了，便緊張了。沒有糧草哪敢守這城啊？要是餓幾天，人家出來打你，你還有能力抵抗嗎？

曹彬對幾位副將說：「不行，我們必須盡快撤退。」

副將擔心說：「如果我們控制不住耶律休哥，讓他的兵力出城，後果不堪設想。不如攻城，把城攻下來不就有糧食了。」

「甚麼，攻城，這城是容易攻的嗎？」

隨後他帶著大軍後退，返回國境之內的雄州。

這件事情讓趙光義非常氣憤，糧草是多麼重要的東西，這是勝利的保障啊，你不派人前去迎接，讓人家輕易就給弄去了。如果幽州城解禁，他們必然派出兵力去接應別的州，那麼他們的計畫就會失敗。

趙光義馬上派人給曹彬送信，讓他向米信靠攏，保持對幽州的壓力，必須把幽州看死了，不能讓他們隨意出兵。

宋朝的總指揮官趙光義急了，遼國的總指揮蕭太后也急了，如果幽州被攻破，他們遼朝就真的危險了。她馬上把征討北方女真族的遠征人馬拉回來，全部給拉到燕雲戰區，準備與宋軍決一死戰。

在這種危機之下，蕭太后做出了一個驚人的決定，她說：「我要跟皇帝一起御駕親征。」

文臣們都勸她說：「現在我們的前線部隊連連失利，千萬不能去。」

她堅定地說：「正因為失利，我們才要去振奮士氣。」

蕭太后為甚麼要冒這個險呢？她當然有更深的想法。現在皇帝還小，她一個女人不得不巴結大臣，讓他們來維護小皇帝。有時候，她還不得不動用自己的美色，爭取大臣的支持。皇帝才十二歲，那她得動多少年的美色，才能把皇帝給輔佐到大啊！

她想借著這起戰爭樹立她的威信，得到遼國老百姓的支持，也讓那些大臣們明白她不只是個花瓶，也不只是靠色相經營皇權，而是個能文能武的巾幗英雄，不是好欺負的女人。

由於蕭太后與兒子親征，無疑給了遼軍最強勁的動力。幽州的遼軍抓住曹彬稍微撤退之機，迅速與蕭太后的增援部隊會合。蕭太后的戰略計畫，宋軍雖然人數眾多，但他們鋪的面積太大了，遼軍沒有必要跟他們玩面積，要跟他們玩銳利，逮住弱點往死裡打，再一一蠶食他們。

耶律休哥有些擔心地說：「這樣行嗎？」

蕭太后說：「當然行了。我們以騎兵為主，他們以陸軍為主，沒我們跑得快。我們逮住他們就打，打不贏就換個角度，這樣打下去，宋朝就會知難而退。」

隨後，蕭太后親自率領大軍，進駐駝羅口，準備攻打涿州。曹彬剛進涿州城不久還沒有喝口水呢！聽說遼國蕭太后和皇帝帶領大軍來了，他感到有些擔心。他明白蕭太后與小皇帝都出動，說明這支部隊是絕對的主力。

他擔心守不住涿州城，於是就趕緊從涿州撤兵了。

當他們撤到歧溝附近時，耶律休哥帶領大部殺了過來。兩軍主力部隊開始了混戰，打了沒多久，曹彬越來越感到吃力了。

曹彬剛要帶領部隊逃跑，這才發現他們被遼軍給包圍了，就

真的慌了。

他跟副將們商量說：「我們沒有充足的糧草，如果被敵人給困久了，我們就得全軍覆沒。不如這樣，我帶些兵於深夜突擊，遼軍肯定是會追趕，等把他們的主力分開來了，你們再乘機打他們好了。」

他想得倒是挺好，可是當他帶著部分兵力突破了遼軍的包圍，遼軍並沒有追他們，而是對留下的宋軍進行了猛烈的攻擊，把宋軍給趕到了河邊，李繼宣帶著部分勇士，拼命地抵擋耶律休哥，這才讓殘餘的部隊過了河。

宋軍殘留部隊準備前往高陽，途中又被耶律休哥追上，又被人家給幹掉了許多弟兄。為數不多的剩兵逃進高陽城後，才得以喘口氣。

清點人數就明白了，他們經過這次戰爭，兵力剩了不到三成，所有的戰備物資全部丟棄。他們守著這破城等著全軍覆沒時，遼軍送來信說，今天是我們蕭太后的生日，放你們條生路，趕緊逃命去吧！

難道真的是蕭太后生日，她真的有這麼善良嗎？

她蕭太后當然不是菩薩，她認為高陽裡的宋軍只剩些殘兵敗將，就是把他們殺掉也沒有多大的意義，把主力部隊放在這裡對付殘兵敗將，如果宋軍乘機向遼進攻，那就是得不償失了，還不如對人家說：老娘生日，有好生之德，放了你們得了。

這場征遼戰爭發展到現在的這種情況，趙光義感到非常惱火。才打了幾天仗就被人家遼軍把主力部隊消滅了。他現在不再要求去消滅遼朝了，而對自己的邊境又開始擔心了。於是馬上通知各軍，從遼境退到宋朝的邊境，嚴密防守，狙擊遼朝侵犯。

一場侵略戰爭給打成了被侵略，不得不進行反侵略戰，這也太失敗了。

趙光義現在只能慶幸自己沒有御駕親征，否則，他的噩夢將不只是陷進沼澤裡，怕是會增加其他恐怖的內容了。

當宋朝以田重進率領的另一路大軍接到撤退命令後，他們鬆了口氣，趕緊帶著部隊後退。由於撤退的速度太快，就像在逃難似地，遼軍耶律斜軫看出他們是在逃，於是就追著屁股打。

耶律斜軫率軍正在狂追，沒想到被一支隊伍給攔住了。

他發現帶兵前來狙擊的竟然是楊業。由於以前楊業在漢朝工作，漢遼通好，他們是見過面的。耶律斜軫跟楊業對話說：「哎哎哎，我說老楊啊，真沒想到你這麼沒有立場，竟然替亡你們的國的宋朝賣力了，真為你感到恥辱。如果你還算條漢子，趕緊轉過頭去打宋軍，為北漢報仇啊！」

楊業雖然有些羞愧，但是他不能這麼做，因為他的老婆孩子都在宋朝，他要是今天把志氣給長上去，家裡人就要遭殃了，在宋朝的漢帝也不好過。他現在還能說甚麼呢？沒法說，只能堵著遼軍，不讓他們繼續深入宋朝的地盤。

耶律斜軫知道楊業的厲害，並沒有跟他發生正面衝突，而是邊打邊退，想把楊業給引到伏兵所在的狼牙村。不知情的楊業追了耶律斜軫三十里路，等來到狼牙村時，才知道自己上當了。

楊業發現被包圍了，他浴血奮戰，撕開條口子，帶領著部隊向陳家谷方向退去，想得到駐守在陳家谷的宋軍援助。可是他的命太差了，趕到陳家谷時才發現，駐軍早就撤了。

沒辦法了，只有拼命了。

楊業跟人家拼命拼得只剩百餘名戰士了，他知道再打下去，所有的將士都會死，於是對他們說：「你們各自逃命去吧！」將

士們哭著不肯離開，他又說：「我與你們不同，我是主帥，我走了會犯錯誤的，你們趕緊逃吧！」

有幾個人走幾步，回頭看看大家還站在那裡，於是就又回去了。大家當即對楊業表示，寧願與他共死。

大家拿出必死的決心與遼軍戰爭，最後楊業的兒子楊延玉戰死，岳州刺史王貴戰死，所有的士兵都被遼軍殺了，只有楊業孤身作戰。他受了十多處傷，血流不止，還是不肯就降。

那麼我們要問了：為甚麼別人都死了，楊業沒死？

因為遼朝想抓活的，沒想過要殺死他，否則他早沒命了。

耶律奚見楊業有無窮的力量，身上的血流得像披著紅蓑衣還這麼勇敢。他摘下弓來搭箭上弦，對準楊業的大腿射去。

楊業身體晃了幾晃，歪倒在地，但還執著手裡的槍還對著天空亂划拉著。遼軍用槍把他給壓住，硬把他給逮住了。

遼朝的將領對楊業進行教育，引導，威逼，勸他能夠追隨遼朝，為漢報仇，但楊業始終不開口。給他送酒菜也不開口，有人給他治療身上的傷，他差點把醫生打死。就這樣撐了三天，再也撐不住了，終於閉上了眼睛。

遼軍的將帥知道楊業死了，感到很是惋惜。

一個真正的英雄，必定會受到敵人的尊重。

宋的第二次伐遼戰爭，在公元九八六年七月份宣告結束。

總結這起戰爭，趙光義牙痛上火，小便赤黃，滿嘴燎泡，心如死灰。這次戰爭的損失，比上次征北要慘重得多得多。

趙光義哭喪著臉召開會議，高度讚揚楊業的英雄氣概。他說：「楊業奮勇殺死，不受利誘，絕食保節，讓人景仰。如果我們宋朝的將領都像他這樣勇敢，遼國早就成為宋朝的屬地了。可

有些同志遇到困難跑得比兔子還快，糧食都看不住，這叫甚麼將領啊？這樣的將領有負國家重託和人民的期望。」

隨後下令賜給楊家千匹布帛，糧食千擔，把他剩下的五個兒子都加官晉爵，讓他們繼續為國效力。其他烈士家屬也得到了政府的豐厚撫恤。這時候，大家對戰事不利的曹彬捏了把汗，因為整個戰爭的失敗都是因他丟失糧草，撤離幽州而造成的。

大家並沒想到，趙光義只是把他降為右驍衛上將軍，把崔彥進降為右武衛上將軍，米信降為右屯衛上將軍。把所有北征的將領都降半級，再無嚴厲的懲罰了。

他趙光義為甚麼變得這麼寬容了？

事情到了這個份上，他不寬容又能怎麼樣啊？戰爭的主要責任還是他，說到底是你總指揮，下邊的人辦砸了事情，最能說明選人有問題，你總不能對自己也治罪吧？

這次戰爭，讓趙光義徹底對謀取遼國死心了。

至少在短時間內，沒有再去攻打遼國的計畫了。

在這次戰爭過後，他始終都沒有拿出要雪恥的情緒來，而是說甚麼想加強內政管理，推行好的路線方針，讓老百姓過得好點。問題是你不想打是你的事情，人家打不打你是人家的事情。

就在趙光義想安心管理國家，與遼國和平相處的時候，遼國又反過來攻打宋朝了。兩個國家的實力並沒有發生多大的變化，但是戰爭的角色卻發生轉化。這時候的趙光義感到更加苦澀了，他沒想到自己會變成被打的那方……

第三十六章

勝敗輪迴

遼國的蕭太后是位才女，也可以說是女中丈夫。至於她長得是否漂亮，不用懷疑。她父親很有本事，有本事的男人，娶個好老婆當然是沒什麼大問題的，何況娶的還是燕國公主。

公主的母親是王妃，王妃的女兒自然會有好的遺傳。

她的小名叫燕燕，聽上去很溫柔的感覺，其實不然，她具有超越男性的魄力與氣質。她的心比男人的都要堅強而博大。

蕭太后的成長環境相當優越。她是遼北院樞密使兼北府宰相蕭思溫之女，蕭思溫曾輔佐過遼太宗、世宗、穆宗、景宗四朝君主，我們相信，四朝元老的影響力與號召力，並不比皇帝差。

她嫁給遼景宗耶律賢後被封為皇后，由於遼景宗身體不太好，過早地離開人世，她策劃並輔佐兒子即位，被尊為皇太后，攝政，也可以說是垂簾聽政。

燕燕是極會籠絡人心的，她在政治上依靠耶律斜軫、韓德讓處理國家大事，軍事上依靠遼朝名將耶律休哥，把遼朝給治理得相當穩定，至於她是否動用了美色，這個就不要再考證了。

一個少女級的寡婦，能操這麼大的盤，著實有些強勢。

事實上，她的強勢其實就來自於她的弱勢。婚姻的不幸，孩子還小，宮廷裡的勾心鬥角，讓她的內心不得不強大起來，她實質上也必須強大。

之前我們曾經說過，蕭太后在宋朝大軍攻打遼國時，決然帶

著小皇帝御駕親征，並在戰爭期間充分顯示出了指揮天才，並響亮地對遼國的人民宣告了，她蕭燕燕可不是花瓶，也不是瓶裡插著的花，而是跟男人同樣可以定國安民的巾幗英雄。這時候的蕭太后只有三十歲，放到現在說不定還在讀博士呢！

她與小皇帝率軍挫敗宋軍之後，回去做了相應的調整，又做出了驚人的決定，要發動戰爭，進一步鞏固她與小皇帝的地位。沒辦法，她的兒子還小，她必須保護他幾年，才能讓他順利地接管遼國，她需要這樣的戰爭，讓遼國的臣民知道，她與小皇帝的實力，絕對不是可以任人欺負的。

當趙光義聽說，蕭太后與小皇帝傾盡兵力，前來侵宋，他感到很苦，比吃了黃連還苦。你想，兩次征遼都是以失敗收場，最終還惹得人家來攻打自己，他心裡的滋味可想而知。

這時候趙光義意識到，他上台之後培養了大批文政人員，卻沒有培養或者挖掘出軍事人才，這成了最大的遺憾。那些老的將領，力氣與心態都老了，做事猶豫不決，缺少銳氣與霸氣，遇到困難過多地想著保全自己，這仍是戰爭失敗的主要原因。

問題是，培養軍事人才不是做豆腐，用鹵水點了就成，這得需要時間，需要戰爭的洗禮，這哪來得及啊？你來不及是你的問題，現在遼國來打你，你就有問題了。

趙光義召開了軍事會議，他喊出的口號是，我們要守住家門。說實在的，這樣的要求，離世宗為太祖雪恥的境界差得太遠了。可是他又有甚麼辦法呢？別說為先輩雪恥，他自己的恥都沒法雪。

讓趙光義更加吃驚的是，耶律休哥率領的侵宋先頭部隊，異常凶猛，上來就把宋軍的邊防軍給打敗了，還把他們的戰備物資放火燒了，隨後又進兵滹沱北。他就納悶了，為甚麼打人家的時

候，怎麼打怎麼敗，人家打我們，怎麼打，我們還是敗呢？

遼國的這次侵宋戰爭，是吸取了宋軍失敗的教訓的。他們並沒把戰線拉得太長或太寬，太長太寬就會嫌薄，容易被撕破。當他們的主力部隊侵入宋朝境內後，把幾路軍全部匯集起來，渡過巨馬河，開始向瀛洲進攻。

由於君子館被遼軍重重包圍，宋軍將領劉廷讓沒有把握守住這城，他盼著李繼隆能夠前來救援，誰想李繼隆已經後撤到樂壽去了。他有些絕望，現在他面臨著的選擇一是拼命，二是投降。

問題是，拼命就會真的沒命了。

如果投降，在宋朝的家人又是個頭痛的問題。

最後，他只能選擇前者，最後勇敢地全軍覆沒了。

這次的戰爭損失慘重，宋朝的大將田重進戰死，雄州知州賀令圖被人家抓去了，只有劉廷讓與幾個騎兵逃了出來。

遼軍乘勝進兵，在當月就把深州給攻下來了。過了年，他們又攻破了今河北安國。他們所向無敵，勢若破竹，打得他們都感到懷疑，這難道就是消滅北漢的宋朝嗎？這就是去打幽州的宋朝嗎？他們怎麼變得這麼虛弱了？

他們沒有想到宋軍這麼弱，趙光義也沒想到。

宋朝的城怎麼就這麼不容易守住，這仗怎麼一打就敗呢？

趙光義已經聞到了亡國的味道，這種味道對於皇帝來說，那是最刺激的味道。現在的他，只能號召全民皆兵，打場反侵略戰爭。這時候的他又鬱悶又想不通，他宋朝的國土面積如此博大，人口眾多，兵力多於對方兩倍，為甚麼被人家打得這麼難堪？

讓趙光義更想不通的是，蕭太后取得了大勝後，竟然帶兵回去了。換位思考，如果他是蕭太后的話，在這種時候肯定是不會罷手的，不打到開封都不會罷休的，可是人家卻回去了。

那麼，蕭太后為甚麼不把開封給拿下，把趙光義給幹掉？

這個女人相當不簡單，當他們節節勝利時，遼軍統帥耶律休哥建議乘宋軍連敗之際長驅南下，把遼國的疆界向南推進到黃河北岸，然後進行設防，以後就是他們的地盤了。這個想法挺誘人的，但蕭太后並沒有同意。

她的想法是，離大本營越遠這仗就越難打。再說宋朝雖然打了敗仗，但並不是沒有實力，如果把他們給打急了，打得老百姓都勇敢起來，那麼他們就該輸了。再說了，就是你把地盤奪過來有用嗎？你還得派兵前來佈防，還要承受宋朝的反攻收復之戰。

遼國侵宋大軍回去後，蕭太后對於這次戰爭中有功的將領，狠狠地進行了獎賞。然後號令全軍開始整頓，擴編，蓄備給養，準備再一次攻打宋朝。說實話，她在侵宋的戰爭中，嘗到甜頭了。兩次戰爭下來，她與小皇帝的威信越來越高。以前她還要哄著幾位重臣與大將來執政，現在大臣們都得看她的眼色行事了。

宋朝這邊，也在忙著調整，但他們在忙著嚴防邊關。

趙光義並沒有從多次失敗中吸取教訓，重新調整，拿出征伐遼國的方案來。由於他們的規劃錯了，於是難堪就接踵而來了。

如果你拿出要打遼國的樣子來，就算不是真打，遼國也不敢掉以輕心，他們必然也會加強邊防，不至於把全部的兵力都放在攻打宋朝邊境上。以攻為守的戰略方針，宋朝根本就不會用，也沒有信心用了。沒有信心的人不會得到尊重，沒信心的國家就會挨打。所以，你的心強大了才是真正的強大。

接下來，趙光義與他的團隊將會遭受遼國的沈重打擊，子民也會受害於戰火，蒙受恥辱，遭到受創。那麼曾經牛烘烘的趙光義，他又怎麼面對這些挑戰呢？

第三十七章

自衛自危

由於遼軍不停地侵略宋朝，攻進城鎮，見物搶物，見人殺人，就像後來日本鬼子進入南京，讓老百姓深受其害那般。

宋朝採用的戰術只是死守不攻，但卻還守不住。

人家蕭太后的戰略方針是，高興了不高興了，反正合適了就咬你幾口，不合適就騎著馬回自己地盤裡吃牛羊肉喝奶茶，吃飽了喝足了再去打你幾下，就讓你難受。

遼軍退了，宋朝就忙著戰後重建，剛建好，遼軍又來把城給燒了，根本就沒法兒恢復家園與生產，這讓趙光義再也忍不住了，他要不爭口氣，把失去的尊嚴給找回來。

他召開會議說：「同志們，兩次攻遼的失敗不只敗了仗，最可怕的是敗了我們的心氣。人家遼國根本就不把我們放在眼裡，接連不斷地侵略我們的城鎮，讓我們的子民無法生活，再這樣下去，我們中央政府的臉面何在？我們的子民跟著我們幹甚麼的？就是為了讓遼國欺負的？我感到這樣下去是不行的。」

大家都低著頭不敢吱聲。打了敗仗他們還能說甚麼？

趙光義接著說：「我決定向河南地區的四十個城鎮進行徵兵，每八名壯丁中就要招募一人，組成義勇軍主動向遼進攻。」

這麼個徵法還讓人活嗎？你以為人家養了兒子，是為了讓敵人給殺死的啊?!大家都沒有響應的。趙光義非常不滿。

李維清看到冷場了，再不說點甚麼大家都得挨難堪，於是

說：「陛下，如果再這樣下去，天下就沒有人耕田了!」

趙光義本來想著他支持自己的觀點，如今見是潑涼水的，不由生氣道：「朕問你，要是讓遼軍給殺死就能種田嗎？」

李維清說：「能不能把徵兵的比例縮小，既能徵兵、還要有人種田？」

趙光義生氣得大吼道：「幾十萬大軍都守不住邊防，人少了有用嗎？」

宰相李日方等人也開始說：「新徵來的兵，不經過訓練，拉上去也沒有戰鬥力。再說徵這麼多兵，人心浮動，說不定還會鬧出甚麼事來。如果真鬧出甚麼事來，別說去打人家遼國，還得麻煩去鎮壓。再說現在正是耕種的節氣，這種時候徵兵會耽誤了播種的。」

趙光義急了，說：「邊防不利，種了也是白種了呀！」

李日方說：「沒有糧食，軍隊也沒法作戰啊！」

大家七嘴八舌的都不支持趙光義的觀點，他感到很失意。他無力地揮揮手，有氣無力地說：「散會啦、散會啦！」

他邁著沈重的步子回到後宮，靜靜地想了想，感到大家說得並不是沒有道理，連年戰爭，死傷無數，再徵這麼多兵，還真的容易發生暴亂。於是，他重新調整了決策，只要河北招募義軍，其他各地就都先不徵了。

由於遼軍不斷地侵犯宋朝邊境，現在宋朝不得不多次討論邊防策略。問題是你不打人家，人家每天到門口來打你，總得想辦法守住吧！

侍御史趙孚說：「我們也別想再去打人家了，還是加強戰備積累，以防外侵，然後加強外交，與其他集團形成聯盟，增強軟實力，這樣對穩定國家也是有好處的。」

這番話，算是說到趙光義的心坎兒裡去了。

別看前幾天他大呼小叫的要去攻打遼國，那只是氣話罷了！真讓他打他也沒有這個膽了。你打了幾次都沒有收穫，死了很多人，折了很多戰備物資，誤了很多時間，你還打甚麼打啊？

現在能夠保住領土的完整，就很幸福了。

他採納了趙孚的建議，並對他進行了獎賞，隨後選拔勇猛之士，把他們加強到邊防軍裡。由於宋朝的文職官員太多，軍事人才太少，趙光義下令，懂軍事的文職可以轉為軍職，不白轉，級別與工資都提半格。比如柳開與鄭宣等文臣，都轉成了軍人。

通過趙光義的這些安排，可以看得出他現在沒有多少鬥志了，再也不提甚麼開拓疆土、追求帝範的境界了，現在只能無奈地被動防守，相信他內心是苦澀的，這是別人所體會不到的。

趙光義還總結自己的作戰經驗，親自創作了《將有五才十過》賜給了軍防將領，還要求在全軍中貫徹下去，就像莒光日上課。說實話，你把國防部給領導得這麼差勁，還有甚麼狗屁經驗可談啊？

這樣的書，沒有人會看，不拿來上大號擦屁股，就算給你十足面子了。

由於兩次北伐失敗，朝中的大臣們都不太敢給趙光義提建議獻計策了，生怕到時候推行不力，會擔責任。

趙光義感到很失意，這時候他不由又想到了趙普，於是就通知他來宮裡聊天。

兩人相見，都很激動。談起國家治理，趙普給他出主意說：為了去除北伐失敗的陰影，不如把年號給改改。

趙普的這種建議，對國家沒有任何幫助，可是趙光義聽了，還是眼睛亮了，因為他一直為這種不利的影響困擾著，想消除影

響，卻沒有辦法，但如今他知道了。

於是，宋朝改年號為「端拱」了。

到了正月裡，趙光義下令大赦天下，並親自去種田。就像咱們現代的領導，去種樹那樣，不同的是沒有記者的攝影機跟著。到了二月份，趙光義對朝廷的機構進行調整了，其實是換湯不換藥，你再改，人家遼國還是來欺負你，讓你不得安寧。

趙普與趙光義見面後，他突然又有了當官的奢望，於是，開始著手策劃事情。

於是，有個叫翟穎的平民與胡旦一起，根據現在趙光義的心情策劃了件事情。胡旦寫了表章，把翟穎的名字改為馬周，讓他寓意為貞觀時代的監察御史馬周復出。

那麼唐朝貞觀時代的馬周，是個甚麼樣的人物？

馬周（六〇一～六四八）是唐初的大臣，公元六三一年代常何上疏，深得太宗賞識，後來把他提拔成中書令。他向太宗建議，減少稅收，提倡節儉，反對實行世封制，為唐朝初年的政治穩定和經濟發展，做出了很大的貢獻。

經過胡旦包裝的馬周，擊響登聞鼓後，開始上訴宰相李日方，說他身居要職，當北方有事的時候，不為邊事準備，只知道吟詩娛樂，破壞了政府形象，影響極壞。

趙光義本來對李日方有些不滿，現在有人提出來了，於是就召集翰林學士賈黃中，讓他起草罷免李日方宰相職務的詔書，隨後把李日方降為尚書右僕射，還把他狠狠地K了一頓。

李日方感到挺鬱悶，作為文化人，誰不寫點小文章啊？作為高級官員，哪個家裡沒養幾個藝伎，聽聽歌就是娛樂了，你怎麼沒想到我是借此忘掉北伐失敗的痛苦呢？

沒辦法，皇帝說你有錯誤你不敢沒有。

為甚麼我們之前說懷疑是趙普設計的，因為在李日方倒楣後，趙光義開始重新選擇宰相，他想起用呂蒙正，又擔心他工作時間短不能夠勝任。正好趙普還沒有回去，於是就把他留下，任命為太保兼侍中，授呂蒙正同平章事。

趙光義對趙普說：「愛卿是國家元勳，朕還要依靠你多年呢！希望你不要以位高，就放縱自己，也不要以權重而驕傲自大。只要能夠政府清廉賞罰分明，國家還愁不強大嗎？」

趙普馬上表態，一定要發揮老同志的井崗山革命精神，全心全意為人民服務，以人民利益為第一優先。

呂蒙正知道趙普這人厲害，因此對他極為尊重。

趙普也很賞識呂蒙正，因為他明白，畢竟自己年齡大了，怎麼也得培養幾個有能力的下級，將來還要用人家辦事呢！這種感情投資是值得的。你倚老賣老牛烘烘，將來你不去找你的下級領退休金啊！所以有時候也得拍拍下級的馬屁，拍未來的馬屁才是為官之道吧！

趙普再次入朝為相，當他在朝廷上講話時，工部侍郎同知京朝官考課雷德驤，嚇得笏板從手中掉到地上，都沒有感覺。他之前跟趙普有過節，又知道趙普為人，生怕趙普會打擊報復，但他又是個善於報復的人。

下班後，他找到趙光義哭喪著臉說：「陛下，臣請求辭職，回家歇著。」

「好好的，為甚麼？」趙光義不解地問道：「難道你不想再為朝廷出力了嗎？」

於是，雷德驤便把從前與趙普結仇的事說了。

趙光義理解他的心情，因為沒有人比他更了解趙普的了。

趙普這個人為了自己的利益，甚麼事都能做得出來。

趙光義從保護下屬的角度出發，同意雷德驤罷去京朝官考課，但仍可以朝請。所謂朝請，是你平時不用上朝，有甚麼事通知你去的時候再去。還特批給他白銀三十兩的薪水，在當時這屬於是高薪階級了。通過這件事情，我們可以看得出來，趙普這人報復心有多強。都把人家給嚇得都主動辭職了。

第三十八章

以德治國

雖說趙普重新當上了宰相之後，比之前低調了些。

也許他年紀大了，人也變得平和了。

他曾對自己的兒子們說：「有幾句話得跟你們說說了，父親我本來是個書生，遇到了好的機會，受到了朝廷的恩寵，自然應該以身報國。你們別想得到我的照顧。你們應該勤奮自勉。」

一天，趙普正在辦公室裡看文件，趙光義打發人來找他過去。他收拾收拾文件就過去了。

落座之後，趙光義說：「老趙啊，朕剛聽到前線傳來的消息，聽說遼軍攻陷了易州，我感到擔心啊！」

趙普點點頭，卻不知道怎麼回答好？

趙光義又說：「說也奇怪，自從咱們失敗後，遼國每天不幹別的了，淨來侵犯咱們的邊境了。也不動用大軍，就跟我們玩遊擊，讓咱們不得安寧，你看怎麼辦呢？」

這個問題很難回答，你說去打他們吧？就趙光義這種水平，還是打不贏，失敗回來，會埋怨你出餿主意。如果說不打吧？人家這麼欺負你了，還說不打他們，你的愛國精神哪去了？

他點點頭說：「陛下，您有甚麼打算啊？」

趙光義無奈地說：「還能有甚麼辦法，朕想進行北伐，讓他們知道我們宋朝並不是可以隨便欺負的。只要我們把他們給打敗了，相信他們再也不敢來侵犯我們了。」

道理很清楚，你把他們打趴下了，他們肯定老實了。你把他們打個半死，他們得需要時間恢復元氣。可問題是你能打得贏嗎？都把仗打得敗到心裡去了。

趙普想了想說：「陛下，還是開個會商量商量吧！」

——在接下來的軍事會議上，趙光義提出攻打遼朝的想法。

戶部郎中張洎說：「陛下，自從對幽薊進兵以來，到現在已經過去幾年了，為甚麼沒有打勝呢？就因為我們中原失去了天時地利了。現在的兵力分散，將帥要受朝中的指派，不能夠隨機應變。再來就是經過兩次……失敗後，大家的信心不足了，士氣受到了影響。」

這等於說了通廢話，趙光義瞪眼說：「還用你說？這個誰都知道。」

李日方與王禹嗢主張與遼國重歸舊好，不要再北伐了。以宋朝現在的國情不適合再發動戰爭了。國庫赤字，民不聊生，就像大病後的人在恢復身體呢，還怎麼再去用力打仗？還是加強邊防，騰出空來多抓緊農業以及各項基本建設，把國家經濟搞上去，再去搞攻打的事吧！

事實上，他趙光義打從心裡就不想去打遼國了，他沒有信心了，也怕再次失敗，臉面更難看不說，遼國的氣焰肯定是會更高的。但是作為皇帝，多次受到挑戰而不表態要打，也不合適啊！如今有了個台階，他就趕緊下了。

「你們說得沒錯啊，打仗是需要大開銷的啊！」

會後，趙光義回想當初，寇準曾對他說起過關防的重要性，曾建議以守為攻的。現在想來，寇準的見解還是不錯的，於是就想提拔他。他對宰相們說：「朕想了想，覺得寇準這個同志，還是挺有才能的，你們看該給他個甚麼官啊？」

宰相們提議讓他擔任開封府推官。

趙光義卻搖頭說：「這個官怎麼能對得起寇準呢？」

宰相們說讓他當樞密直學士得了。

趙光義點點頭說：「那就先讓他幹著吧！」

隨後下令把寇準任命為虞部郎中、樞密直學士。這就是封建王朝官員的處境，沒有甚麼標準。皇帝高興了，讓你當官你就是官了；不高興了，你當著官也可以把你打成農民或者罪人。

雖然得到起用後，寇準提出了很多有關防守邊關的策略，但這些策略都是大路邊上的，無外乎是把牆修得厚點，把武器準備得足點，再練練兵甚麼的。這些策略，還不足以讓遼國放棄侵略宋朝。

趙光義感到失望，又跟趙普商量說：「愛卿啊，朕就想不通了，他們遼國是不是閒著沒事兒幹，為何一再侵犯我們啊？」

趙普想了想說：「因為我們的守邊將軍沒有把他們給打怕，如果他們侵犯就把他們給消滅掉，他們再來的時候就會小心，也就不會這麼囂張了，所以，選拔好的邊防將領，是很重要的。」

趙光義皺著眉頭問：「那你有甚麼更好的人選嗎？」

「當初被聖上貶到代州的張齊賢，就有這樣的能力。」

「難道……他真的能夠勝任嗎？」

於是，趙普又說了通大道理，大體意思是——我們國家這麼大，邊防為甚麼常常告急呢？就是因為沒有變通的將才。就說去年吧，遼侵入北方邊境，陛下以萬乘之尊為國為民焦慮，可是呢？文武官員卻並沒有人站出來為陛下擔憂。朝中的很多大臣，只顧自保，不敢直言相諫。

趙義光點頭說：「是啊、是啊！」

趙普又說：「張齊賢幾年前特別受到聖上的賞識，並對他重

用，所有認識他的人都說，他很有才能。沒想到過了不久，陛下您就把他給下放到地方去了，臣不知道為甚麼，也沒有過問。後來才知道，因為有傳聞說他過於直言，常讓陛下下不了台。其實朝中正需要這樣敢於直言的人，只有他們把真實的想法說出來，您才能有根據地、更加準確地進行決策啊！」

趙光義點點頭說：「嗯，說得對極了！」

隨後，他就把張齊賢召上來，任命他為刑部侍郎、樞密副使，責令他常常向朝廷提出建設性的建議來。

而就在這時，有彗星出現了。

彗星在中國歷史上叫做掃把星，我們應該知道，這種星是甚麼性質的，不信你跑到大街上，見著個美女說她是掃把星，她不用九陰白骨爪對你的臉，俺都不太相信。

負責氣象的司天說：這是遼國滅亡的天象。

哇，司天可真敢往裡摻水，竟然把這種星說成是宋朝的大好時機，這讓趙光義感到不快。如果這事傳出去，遼國有滅亡的跡象，你還不順應天象去打人家，就是領導的問題了。

可是趙光義明白，這天上的事情誰知道啊？都說皇帝是天子，可是他知道自己不是，如果他母親守節，那他是趙弘殷的兒子，而不是天子。再說了，現在的國情，哪是哪顆星星可以決定勝負的？

他在上朝的時候問趙普：「司天說彗星出現，說是遼滅亡的天象，你認為呢？」

趙普這人多聰明啊，知道趙光義是怎麼想的，肯定不想去伐遼啊！如果你說，為臣也認為他說得對，應該在這時候伐遼。要是趙光義說：啊，對啊，對啊！那你帶兵去打吧，你不傻了。

他當即說：「司天這是胡言亂語，挑撥事端。」

趙光義當朝就把司天給批評了一頓，說：「你以後看到的時候給朕看仔細點兒，別睜著眼說瞎話。如果你認為你說的是事實，那我們就等著看看，遼國是不是會滅亡，如果不滅，你就是欺君之罪。」

司天的臉，一下子變成猴子屁股了，忙說：「臣沒有看清，臣再回去想想。」

這司天沒想到，自己拍馬屁又拍到馬蹄子上了。你就沒想想現在國家是甚麼情況，還用天象鼓動打遼，讓趙光義感到難以處理。不打吧？天象都表明遼要滅亡；打吧？又沒有膽量，也沒那個實力啊！

可以說，現在的趙光義，已經徹底沒有伐遼的信心了，也沒有這種想法了。他再也不會喊，甚麼為世宗太祖雪恥了，而是故做平和地說：「朕啊，感到武力是不祥的事情，王者即使是靠武力攻伐得來帝業，終究還是要用文德治理國家的嘛！」

這表明，他從今以後，要走太祖晚年的路線，要走上抑武崇文了……

第三十九章

游擊隊長

當趙光義厭煩了戰爭，開始推行抑武崇文、以德治國的路線方針時，讓他苦惱的是，這只是他單方面的路線，你走你的路線，人家遼國該怎麼打你還怎麼打你，毫不留情，讓你難受。

本來遼國就夠趙光義頭痛的了，沒想到在雍熙二年（公元九八五年），李繼遷兄弟倆又狠狠地咬了宋朝一口，咬得還挺疼的，把趙光義給氣得夠嗆，咆哮，跳高，想：老虎不發威你還以為是病貓呢！

那麼這個李繼遷到底是何方神聖，這麼會找上機會。

要想把他說明白，必須要從很久之前說起。

那時候北方地區除了遼國之外，還有秦隴以北的羌族集團，也叫黨項族，就是歷史上所謂的拓跋氏。他們世代佔據著銀、夏、綏、宥、靜五州。唐末黃巢造反時，唐僖宗到蜀避難，拓跋思恭率領他們的軍隊，幫助征討叛軍，被封為定難軍節度使，還賜他李，這就是李繼遷的祖人。

這個集團佔據著夏州，所以宋朝把他們定位成西夏。

在趙匡胤政變成功後，定難節度使李彝興入朝納貢，被授予太尉之職，他死後有人接班，再死還有接班的，連著倒騰了五、六個皇帝，最後的這個皇帝就是李繼捧。

趙光義當上皇帝後，李繼捧主動獻出銀、夏、綏、宥四州的土地，表示自己定居開封，以表誠意。趙光義就派人把李繼捧的

家人全部接到開封，對他們進行封賞。

但是，李繼捧的堂弟李繼遷卻不肯到開封。

李繼遷拿出祖先的遺像，四處招搖，發動民眾替先族報仇。黨項各部族歷來就很野蠻，從來都不想歸服於誰，聽說要進行民族獨立，紛紛響應李繼遷，出資、出人、出力抗拒宋朝。

當時曹光實見李繼遷的聲勢越來越大，怕鬧事兒，帶兵襲擊了李繼遷，殺了他們五、六百人，燒毀了他們的帳篷，還把李繼遷的母親與妻子抓住了，所以李繼遷恨他恨得咬牙切齒，想方設法對付曹光實。

李繼遷兄弟倆率人馬來到宋朝夏州城，給守城的曹光實報信說：「你們宋朝真是強大啊！我想來想去，就想投順你們，你們歡迎嗎？不歡迎我們馬上就走。」

曹光實本來還以為是來拼命、來攻城的呢，現在一聽說是來投順的，高興啊，馬上讓人準備酒菜，然後帶人出城了。

李繼遷見著曹光實之後，笑著說：「老曹，您好，給我的士兵們講講話吧，讓他們都放心地投順你們。」

曹光實心想：是得表個態，說宋朝有多好，說政府對歸順者的態度與待遇問題，於是就來李繼遷的隊伍前，說：「在中央路線方針的指導下，在各級領導的具體指導下呢……」話還沒說完，發現人家把他包圍了，舉槍就向他撲來。

由於曹光實為表示他們的誠意，沒帶多少人馬，也沒帶槍，只有把腰刀，還沒抽出來就被人挑下馬了。

曹光實臨死之前，只說了兩個字，指著李繼遷：「你，你……！」他想說：你，你太陰險了！可他並沒有把話說完就死了，還死不瞑目。

李繼遷帶兵把銀州攻破，又攻會州。他們每進一座城都把裡

面吃的用的全部搜出來，再挑些美女帶上，把城放把火燒掉，然後消失在荒漠裡，讓邊防軍拿他們沒有任何辦法。

突然發生了這種事情，趙光義當然十分惱火。

現在我不想打誰了，沒想到你們這幫小賊就來惹我，就連李繼遷這樣的小毛賊也敢來欺負我，這不得了。他當即派人給秦州知州田仁朗等人下通知，要穩、準、狠地把李繼遷……這個，最好招撫他們……

田仁朗帶領大軍來到綏州，撫寧寨的就派來人告急，說李繼遷去攻打他們，請求支援。田仁朗心想：李繼遷動用精銳部隊去攻個小寨子，支援不支援都守不住，去也沒多大意義。

他計劃把軍隊埋伏起來，留著小部分軍隊在大本營，然後放出話兵力太少，要等朝廷的援軍。他們每天飲酒作樂，故意讓敵人感到有機可乘。他算計得倒不錯，可副將早就想把他給扳倒，自己好有上升的空間，於是就把這件事密報給了朝廷，說他每天喝酒賭博，導致三族寨失陷。

趙光義聽到這裡暴跳如雷，這也太沒有組織紀律性了，來人啊，馬上把他召回。等田仁朗回到朝廷，趙光義指著他的鼻子吼道：「朕讓你去幹嘛了，你還知道你的職責是甚麼嗎？」

田仁朗平靜地說：「陛下，三族寨失陷，並不是因為我的緣故啊！我距離綏州太遠，不是接到詔書就能及時趕到的。臣之所以喝酒賭博是想誘敵深入把李繼遷給抓住，沒想到就在這時候把我召回了，把我的計畫全給打亂了。」

趙光義更生氣了，吼道：「你還不認罪，還這麼嘴硬，那就別怪我不客氣了。」於是，就把他給流放到商州去了。田仁朗臨走的時候顯得很平靜，因為他明白，跟這種領導工作，流放是最好的結果了，如果哪件事做得不對，說不定還會被砍頭的。

田仁朗走後，副將領兵從銀州北面出發，攻破悉利各寨，殺了不少李繼遷的黨羽。麟州各番部本來是反抗宋軍的，見宋軍這麼猛，於是回過頭來巴結他們，送馬送糧，還幫助他們去討伐李繼遷。

李繼遷打了幾場敗仗，被宋軍趕得東藏西躲，日子過得很不舒服，於是就跑到了遼國請求投降。遼國當然高興，封李繼遷為夏國王，任命他為定難節度使，並任命李繼衝為副使。

李繼遷又想：我在遼國怎麼也得找點歸屬感吧？於是向遼國求婚，說臣想在這裡安家，能給介紹個對象吧！

蕭太后沒想到這李繼遷要求這麼高，不過也好，在這裡安個家就有牽掛了。於是把王子帳節度使耶律襄的女兒封為公主，嫁給了李繼遷。

從此，李繼遷就變成真正的遼國臣民了。

李繼遷與妻子纏綿了數月，又感到閒得有點皮癢肉疼，跟遼主提出要帶些人馬去打宋朝。蕭太后心想：去吧去吧，不過我們的軍隊也沒閒著，正在攻打宋朝呢，帶著你的人去吧！

這樣的結果讓李繼遷不太高興，不給派兵，這是不相信老子啊！他只得帶著自己的人馬去偷襲宋朝。由於他採用的是遊擊戰術，也沒有固定的營地，打下你的城搶了東西就跑，這讓宋朝的將領非常為難，於是向趙光義彙報情況。

趙光義聽說這種情況，也感到相當頭痛。

李繼遷投順遼國之後，他們有後路了，你還真不容易對付。於是就派人帶著敕書前往招撫李繼遷，並表態有甚麼條件你可以提出來，我們會儘量滿足你的。

甚麼重用啊？讓我當皇帝，不行吧，不行還廢甚麼話啊？他不只不肯投降，反而更加頻繁地侵犯宋朝邊境城市。

本來夏州的老百姓就對宋朝有抵抗情緒，他們都支持李繼遷的行動。想把李繼遷給抓住，這確實難了些。這讓趙光義更頭痛了，這小李子竟然給我添了這麼多麻煩，浪費這麼多人力物力，再這樣下去真的不行。

趙光義召集群臣商量，怎麼把李繼遷的問題給盡快解決了，如果連個李繼遷都解決不了，宋朝可就太悲哀了。大家分析說：為甚麼抓不住，就是因為當地老百姓支持他掩護他，很難從他們嘴裡知道李繼遷的下落。如果把李繼遷的堂哥李繼捧派過去管理夏州，讓他去說服堂弟，效果肯定好。

趙光義想：對啊，我怎麼早沒想到呢？

他把李繼捧叫進宮裡，問他：「小李啊，你當初在夏州的時候，是用甚麼辦法制伏各部落的？」

李繼捧回答道：「羌人凶猛強悍，是不容易制伏的，只有籠絡他們才行。」

趙光義點頭說：「考慮到你對於夏州的環境與風俗比較熟，把你派過去負責。記住，要把你的弟弟李繼遷招撫過來，不要再跟宋朝鬧了，朕感到他是個人才，不想下狠心殺他。」

李繼捧用力地點點頭：「陛下請放心，臣自有辦法把他招撫過來的。」

趙光義任命李繼捧為定難節度使，並賜國姓，還給他改名保忠，顯得好像多麼寵他似的。還把他原來管轄的五個州，以及東西賞賜給他，但沒讓他帶家屬。理由是你剛回去還沒有打開局面，家屬跟過去會很危險。

李繼捧明白，這不是安全不安全的問題，是趙光義怕他有甚麼異心，用家人來牽制他。不過他還是很高興地上任了。雖然在開封生活得也不錯，但寄人籬下，心理上就過不去。現在他終於

回來了，心情自然激動萬分。

在去往夏州的路上，李繼捧想：怎麼才能夠把李繼遷給說服，讓他老實下來。他又想道：如果李繼遷投降，夏州沒有安防問題了，趙光義會不會把我給調走啊？

來到夏州，李繼捧安頓下來，打發人給弟弟李繼遷送信，要跟他談談。雖然不知道他在哪兒，但李繼捧知道他跟甚麼樣的人來往，只要把信送到那兒就成了。他在信裡說：弟弟啊，大哥我又回來了，有事跟你商量。要是你不放心我，就約個地方吧！

李繼遷聽說大哥回來了，心想：太好了，你不跟我談，我還想跟你談談呢！

他們約見後，李繼遷說：當初你為了老百姓能過上平靜的生活，主動去宋朝當人質，現在夏州的老百姓都念你的好呢！再說宋朝現在也不如以前，遼國打他們都不敢還擊了，還等甚麼？馬上成立新的王國進行民族獨立啊！

李繼捧瞪眼說：「我老婆孩子還在開封呢！」

李繼遷冷笑道：「大丈夫何患無妻啊？再說把你老婆孩子殺死這不只給了你動力，還會讓我們夏州各族都勇敢起來，就算他們真出了事也是值得的。想當初郭威的家人不被殺，也沒有那麼快的決心發動政變，也就不可能有後周王朝了。」

李繼捧搖頭說：「先把我的家人給弄到夏州再說吧！」

「怎麼才能把嫂子他們給弄回來？」

「只要你投順了宋朝，我就可以把你嫂子接過來了。」

李繼遷滿口答應，心想：演場戲誰不會啊？說：「大哥，小弟我歸服宋朝了，你寫信給趙光義那老王八蛋，先把人給騙過來再說。」

第四十章

叛變大王

當李繼捧的家屬被接到夏州不久，李繼遷便勸哥哥乘機脫離宋朝，成立自己的王國，這讓李繼捧很心動，又有些擔心。之前，之所以去宋朝定居，並非心甘情願，而是怕挨打。

李繼遷說：「你怕甚麼啊？只要舉旗，老百姓就會支持咱們，遼國也會幫助咱們，到時趙光義也不敢對咱們怎麼樣。」

他勸了老半天，李繼捧還是不同意叛宋，因為母親還在開封，因為他感到這樣做還是有風險的。李繼遷感到大哥是條死狗扶不上南牆，於是就自己帶兵去攻擊宋朝的城池，想逼迫李繼捧就犯。李繼捧沒有辦法，只得帶兵去打李繼遷。

「繼遷啊，不要再胡鬧了，回你的遼國去吧！」

「你不想為祖宗爭光，可是我想。」

「實話告訴你，朝廷已經知道你叛亂的事情，正派重兵前來打你，現在跑還來得及，以後想跑也跑不了啦！」

李繼遷真害怕了，帶著自己的人馬又回到遼國。

人家遼國的人都看不起他了，甚麼玩意兒？一點立場都沒有，投降比小便都勤。可李繼遷這人臉皮厚，說：「啥叫立場？我這是謀略，懂嗎？我假降他們是為了麻痹他們，好乘機打他們。沒有成功但並不能說明我的初衷是壞的。」

遼國分析了他的說法後，感到是對的，兵不厭詐嘛！於是就封他為夏國王，讓他帶兵繼續跟宋朝玩。

遼國的這招兒聰明，反正只要耍嘴皮子，給你封號不給你遼兵，有本事就回夏州去徵兵徵糧打宋朝，你被人殺了，我們也沒有甚麼損失。

李繼捧見李繼遷又帶兵回到夏州，非常生氣，你打哪兒不好，為甚麼非打我的封地呢？沒辦法，只得帶兵前去迎擊，兩軍在安慶澤交鋒。李繼遷在這場戰爭中不慎中箭，帶兵逃跑了。

當李繼遷養好傷後，重新整頓部隊攻打夏州。

他想：你當哥的不給小弟留面子，還把我給整傷了，今天我就先把你打垮。別說是兄弟，就是父子，信仰不同、追求不同、人格不同也會立場分明，不把你給打敗，我以後叫你爺爺。

由於李繼遷攻勢猛烈，又有當地老百姓支持，守城的宋軍感到相當吃力，只得派人向京城求援。

趙光義沒想到李繼遷這麼能蹦躂，於是派了能征善戰的翟守素，率兵前往援助征討李繼遷。

當李繼遷聽說翟守素帶兵來打他，知道趙光義這次動真格的了，又裝出可憐樣兒，痛哭流涕地表明要真心歸順朝廷。

大臣們都向趙光義建議，把李繼遷給殺掉。

趙光義權衡再三，認為李繼遷深受夏州地區的各族擁戴，殺掉他可能會激起民族公憤，不利於將來的管理，於是又任命李繼遷為銀州觀察使，並賜他姓趙，名作保吉，還把他的弟弟李繼衝改名為趙保寧，表明宋朝對他們的重視。

為了讓李繼遷安心歸順，還把他們的母親罔氏封為西河郡太夫人，任命李繼遷的兒子李德明為管內番部使行軍司馬。趙光義認為自己做得仁至義盡了，這次李繼遷應該不會再出問題了吧？

李繼遷又向趙光義建議，由他來管理夏州，夏州將會平安無事。理由是，李繼捧這人只會委曲求全，在夏州地區的威信非常

低，根本就鎮不住各族。如果由他來負責，他將會把夏州治理得風調雨順，老百姓都鐵了心老老實實當宋朝子民，從此，就再也沒有問題了。

趙光義雖然認為有道理，但他不太相信李繼遷的為人，為了不激化矛盾，決定把李繼捧調離夏州。命令還沒有下，聽到風聲的李繼捧就帶著部隊與家人投奔遼國了。

遼國封他為西平王，聽說曾被趙光義改成了趙保忠，便說：真搞不懂你們，把祖宗姓給改了還當恩賜，吃錯藥了。

李繼捧有些臉紅，說：「我也不想改。」

遼國國主說：「今後你還是叫李繼捧，這名字挺好的！」

李繼捧投奔了遼國，差點就把趙光義氣得吐血。接下來發生的事情差點讓他暈死。李繼捧投奔遼國之後，李繼遷再次叛變，瘋狂圍攻夏州的城堡寨子，掠奪財產，殺害無辜之人。

這兄弟倆，真是太差勁了。趙光義恨得牙根兒癢，要不是腿上有箭傷，他就跳高了。他命令李繼隆、尹繼倫，速去夏州攻打李繼遷，要把他碎屍萬段。但是，在將士們臨行前，他又交代說：當然了，如果他真心歸順，就留著他。

當李繼隆的軍隊挺進夏州後，李繼遷想：如果我把李繼捧的兵力兼併起來，足以與宋朝抗衡。這天夜裡，他帶領部隊偷襲李繼捧，把李繼捧給嚇得捨棄所有的東西逃到夏州城。

守衛夏州城的趙光嗣聽說李繼捧來了，以為是來攻城的，後來聽說就單個人來的，就把他放進來了。

當李繼隆來到夏州後，聽說李繼捧也在城內，便下令把他抓進大牢。

他去大牢裡看他時說：「哎哎哎，你不是投奔遼國了嗎？」

李繼捧的臉就紅了，說：「臣現在真是愧恨至極！」

趙光嗣冷笑說：「你們兄弟吃甚麼長大的？這麼沒定性。」

副將侯延廣等人強烈建議，像李繼捧與李繼遷這種沒原則的人，留著他們早晚是個禍害，不如把他們殺了，省出糧食來餵馬還能跑得快呢！李繼隆沒有同意，因為他通過趙光義幾次饒過李繼遷看得出，主子還是怕引起夏州地區少數民族的公憤，不利於夏州的管理。

李繼捧被押到開封後，他穿著白色衣衫，戴著黑色紗帽，在崇政殿前的庭院等待降罪。當趙光義來到後，他跪倒在地用力磕頭，把額頭都給撞出血了，哭道：「為臣該死，為臣該死！」

趙光義瞪眼道：「哎，小心點，別把地板撞壞了。」

李斷捧這才不撞了，垂著頭等候發落。

趙光義嘆口氣說：「你說我哪點對你們兄弟差了，為甚麼三番五次地背叛朕呢？跟你說實話吧，天下再沒有比我仁慈的人了。你在關鍵時候能夠向宋朝這邊跑就說明，你是知道朕的仁慈的。唉，算啦算啦，不說啦！希望你吸取教訓好好做人。」

李繼捧又磕頭，又磕得嗵嗵響。

趙光義煩了，「別把頭撞壞啦，本來你的頭腦就不清楚。」

他免了李繼捧的罪過，還賜給他很多東西，讓他回府聽候命令。同時還慰問與賞賜了他的母親。

等趙光義他們走後，老太太對李繼捧哭道：「孩子啊，你太狠心了，你把你老婆接過去就不管娘死活了，你要是永遠不回來，娘還為你驕傲，認為你有血性，娘死也死得硬氣，可你現又跑回來了。」

李繼捧說：「娘，我正是因為不放心您，才又回來的。」

老太太聽了冷笑說：「繼捧啊，你是娘養大的，娘知道你的毛病。如果你沒有性命之憂，是不會跑回來的。以前的錯咱不

說，你既然回來了，就不要再翻來覆去的了，你沒那本事，要有本事的話早就辦成大事了。就你的本事，安心給人家當臣。保住一家老小的生命，也算是你的成功。」

這些話傳到趙光義的耳朵裡後，感到老太太非常不同。他想了想，又任命李繼捧為右千牛衛上將軍，讓他戴罪立功。

李繼捧感動得哭了。

讓趙光義哭笑不得的是，突然收到了李繼遷派人送來的千里馬，還有封情真意切的信。信裡說：「我通過李繼捧的事情看得出，陛下您是仁厚之君，臣決定死心塌地跟著您了，不胡鬧了。」──落款是早先趙光義賜給他的名字趙保吉。

趙光義跟群臣說起李繼遷的事情，大臣們都感到牙根兒癢了。像這種反覆無常的人，哪能聽信他的？他說的話除了水分就是蒸汽，根本就不可信，一定要把他殺掉，不殺他不足以解恨。

趙光義嘆口氣說：「這個朕也知道，朕就是想讓別人看到，朕胸懷有多麼的寬廣，多麼的寬容！」可當他發詔任命李繼遷為節度使時，沒想到人家根本就不肯接受。

趙光義這次簡直氣歪了，他奶奶的，拿我當吃奶的孩子呢！一會兒說來投降，沒過幾天又去投奔遼國，又給我獻馬說你歸服我，現在給你官又不做，你想做甚麼，你還有沒有主心骨了？

到了八月份，李繼遷又叛亂了。

由於宋政府禁止邊境各州的漢民與歸服的羌人通婚，這件事情讓羌人感到非常氣憤。我們都歸順你們了，還對我們實行兩個政策。再說我們又不是只娶你們漢人的閨女，你們不是也娶我們的閨女嗎？為甚麼進行種族歧視呢？李繼遷發現大家有了敵抗情緒，就藉著這個勁兒發動叛亂了。

這次趙光義真懷疑自己的以德治國的路線了，至少他對於李

繼遷這個人失望至極。李繼遷變得太快了，比六月天和小孩子的臉變得都快，簡直就是個無賴。趙光義派李繼隆率兵討伐，對他說：逮住李繼遷也不用往京裡送，直接殺掉，多砍幾刀……

第四十一章

草根領袖

雖然宋朝對李繼遷進行多次圍剿，可遺憾的是，直到趙光義死，都沒有把他給徹底殲滅。

這說明甚麼？這說明趙光義的軍隊戰鬥力不行了。當然，還有個現實問題，就是李繼遷居無定所，打的是遊擊戰，像現代的恐怖組織那樣，讓很多大國都頭痛……

到了趙光義晚年，他不只沒法杜絕遼國的侵犯，以及李繼遷的騷擾，四川還爆發了規模較大的農民起義。這起暴動就是我們歷史上著名的王小波起義。

那麼為甚麼四川會發生暴動，說白了，造反的因素早在太祖時候就種下了。當初王全斌帶軍攻蜀，就像日本鬼子進中國，讓當地的老百姓苦不堪言，記憶深刻，對宋朝的官兵反彈可大了。再就是四川本來土地（平地）少，人口又多，農作物或經濟作物長瘋了，都不太夠吃的，四川地方政府又出了霸王條款，禁止民間運銷茶葉。這讓老百姓很是氣憤。

為甚麼要禁止，不就是為了多剝層皮嗎？

本來種茶就要收稅，賣還要被剝皮，跟白種有甚麼差別？種茶沒有飯吃還種甚麼！大家憋著滿肚子的憤怒，不知道怎麼發洩？在淳化四年（公元九九三年）春天，青城的平民老百姓王小波，實在憋不住了，大喝一聲：娘的，反了！

家人害怕，忙說：你千萬別亂說，是要砍頭的。

不亂說也吃不上飯，吃不上飯還是死，既然都是死，還不如死得有些意義呢！

於是，他就到大街上演講。大體意思是——各位父老爺們，受苦受難的鄉親們，我們頂著如火的夏日冒著寒冷風雨，換來的錢不夠應付苛捐雜稅的。我們都快餓死了，政府不但不救濟我們，還來吸我們的血，還不少吸，往死裡吸，我們沒法活了。我們必須團結起來跟他們玩命，爭條活路……

沒法活了！大家都想過這個問題，也都有暴動情緒，如今見有人提出來了，還能說甚麼，響應吧！

王小波在演講詞裡，提出了中國歷史上最前衛的想法，那就是要消除貧富差距。說實話，到我們科技高度發展的當今，國民總收入不斷增長，還是為貧富差距過大的問題頭痛，可人家王小波在幾百年前就喊出來了。

當時官府自然不想讓王小波說實話，派人制止，看到人太多，情緒激昂，沒敢動王小波。一動他，老百姓每人吐口水就把他們淹死了。官府沒有辦法，只得向上級報告。上級聽說人太多，又向上級彙報，自然就彙報到趙光義那裡去了。

草根首領王小波成為了民族英雄，走到哪兒，哪兒的人就會響應他，沒幾天就發動了一萬多人。王小波也沒想到會來這麼多人，人多了，還廢甚麼話啊？領著大家來點兒真格的。

王小波帶領大家，向青城挺進，準備攻打縣城，把貪官揪出來，把他們的糧食挖出來。他們也沒甚麼武器，不過沒關係，想殺人罵人都能把人搞死，沒有核彈頭咱們有钁頭、鐵鍬、二齒鈎子。沒有冷兵器，就拉根木棍扁擔，雖然不美觀，可我們也不是去耍花槍的，我們是革命。雖然戰鬥力不強，我們人多，人多就是力量。

他們來到縣城，嚷嚷著要革命。

縣令齊元振正在縣衙裡商議怎麼再給農民加些稅，用甚麼辦法把稅給收上來，聽說農民攻打縣城，火了。甚麼？誰吃了豹子膽了敢給老爺我鬧事兒，抓起來砍了。兵丁帶著傢伙，昂著頭就去了，沒多大會兒就都低著頭回來了。

齊元振高興地點點頭說：「嗯，沒想到你們的業務水平，越來越高了。」

縣公安局長說：「我們沒抓。」

「為甚麼沒抓，鬧事的是你家的親戚嗎？」

齊元振生氣了，當聽說是因為人多不敢抓。他說：「怕甚麼，一直以來，我們就是幾個領導面對那麼多民眾。怕甚麼，我們的後台是中央政府。」

於是，親自出馬，準備把人抓起來殺掉，可當他來到城門口時，嚇得差點尿褲子，因為人實在太多了，一片黑壓壓的。

齊元振叫道：「還愣著幹嘛？趕緊去上邊報信去。」

送信的走了，齊元振也拔腿往家裡奔。本來，他是可以帶著家人逃走的，可他捨不得家裡的東西啊，收拾起來沒完。

當起義軍來到院裡時他還喊：「來來來，幫幫忙。」喊完就不對勁了，院子裡的人越來越多，上來就搶他的東西。

他護著那些東西叫道：「別搶別搶，那是我的！」

讓你喊！有人舉起钁頭來照他頭上來了下，他的頭就變得很難看了。起義軍把城裡的公務員全部整死，把東西全部分給老百姓了。大家高興啊，這才是我們的自己的隊伍，是子弟兵。

大家更是響應王小波了，很多男子都加入革命隊伍裡，因為革命才有飯吃才能討回公道。有很多姑娘也來問：我們也跟著你們去鬧革命。王小波說：無論男女老少，來吧，盡快地投入革命

隊伍中來吧，為我們的明天奮鬥吧！

就這樣，一支懷揣著吃上飯的理想，夢想著縮小貧富差距的農民起義軍，迅速形成並壯大了。首領王小波領著大家繼續北上，爭取打到開封去，把趙光義也給抓起來照他臉上啐唾沫，問問他這皇帝是怎麼當的？怎麼就不讓我們吃上飯呢？

起義軍在江原縣與宋軍進行了交戰。

西川都巡檢使張玘看到人太多了，知道這樣打下去，根本就不會贏，於是採用了最有效的戰術，專門找王小波，只要把他給殺掉，相信大家就會散了。

當他發現人群中那個又叫又喊又跳的人後，瞄準他放了一箭，這一箭非常精準地釘在王小波的前額。王小波伸手把箭折斷，頭上帶著可以掛書包的箭茬，帶領著義軍把張玘的部眾殺得片甲不留，最後用農具把張玘給砸成一團肉泥了。

受傷的王小波被大家圍著，他頭上依舊鑲著那支箭。他感到視線越來越模糊了，渾身的力量正在消失。他哭著對大家說：「我本來想帶著大家把萬惡的政府軍打垮，建立新的西蜀，我們平民百姓的西蜀，讓大家過上溫飽的生活。不想今天受了重傷，馬上就要離開你們了。大家不要因為我的受傷就散夥回家，重新過那種受壓迫的生活，你們應該繼續努力……」

義軍並沒有因為王小波的犧牲而消極。

他們懷著悲痛的心情，挖了墓坑，把領袖擺進去，把從官府裡搶出的好東西往裡扔。有人說：不行不行，放進這些東西肯定會有人盜墓的。又把這些東西撿出來。他們輪流給墓填土，最後把墓給堆得飽滿高大。

有些義軍沒輪著填土，就拾些小石頭圍在墓前。

王小波的內弟李順，把大家給攔住了。

要是每人都放塊石頭，這墳就不叫墳了，變成一座小山了。

他對大家喊道：「我們應該把悲痛化為力量，替他報仇雪恨，完成他的願望。」

大家正愁沒有領頭的，想想李順是王小波的親戚，還讀過書，就把他推上首領的位置。於是，新的起義軍領袖李順，帶領著大家向各州縣進攻。他們就像海嘯那樣淹過城鎮，把官府的糧食與富家糧食奪出來分給百姓，得到了各地百姓的支持。

他們的隊伍越來越龐大，大得讓很多州縣的政府都害怕了，為了保命主動把城門打開，想拿甚麼就拿甚麼，只要別殺我們就行了。

義軍以破竹之勢席捲了蜀州、邛州、永康軍，及其附近各縣，隊伍發展成了十多萬人。他們在淳化五年（公元九九四年）正月初六攻陷漢州，緊跟著拿下彭州，然後把四川最高行政駐地成都，也給包圍了。

第四十二章

悲壯之師

聽說暴亂分子每天數以萬計地增加，趙光義感到十分吃驚。政府徵兵比抓逃犯都難，他們竟在這麼短的時間內，發動起這麼大規模的隊伍，要是他們都去打遼國，遼國早就給拿下了。

趙光義感到很委屈，我是好皇帝啊，你們怎麼反對我啊！

事實上作為中央領導，不知道的事情多了。

一般情況，地方領導都是報喜不報憂，上邊下文說怎麼做，就會想辦法完成，還對上邊彙報國泰民安，老百姓每天都像過年那麼幸福。層層虛報，中央就會做出錯誤決策，與老百姓的矛盾就會日益加深。不管是甚麼原因造成的，朝廷當前的首要任務是，趕緊把起義軍給摁下去。最好是招順，再次是勸歸，最次就是鎮壓。

趙光義馬上召開國家安全會議研究方案，隨後派郭載為成都知府，率領部隊馬上趕往成都，盡快地把這件事給解決掉了。

郭載在去往成都的路上還在想：泥腿子，讓他們蹦躂還能蹦多高啊！可是當他輕鬆地來到成都時，就不輕鬆了。

親娘，黑壓壓的人圍著成都城，已經把西廓門燒了，馬上就要把城給奪下了。

他馬上命令部隊從後面去打起義軍。

正在攻城的起義軍發現有人打他們屁股，就帶領部隊轉向漢州、彭州去了。

郭載進入成都，沒來得及休息，馬上把帶來的士兵佈防到城牆上。他知道，用不了多久，李順就會殺回來的。

果然，李順在攻陷兩州之後，又來攻打成都了。

他們把城池圍得水泄不通，不停地進行攻擊，城門前的死屍堆得越來越厚，血都流成河了。義軍們並沒有退縮，依舊往上擁。郭載守得有些困難，只盼著撐到援軍來到，內外夾擊把義軍消滅掉。

由於起義軍越來越勇敢，郭載終於堅持不住了，城門被攻破，義軍像洪水般湧進城裡。郭載和樊知古等人，殺出條血路，帶著殘兵敗將逃往梓州。

這時候，郭載終於明白人民的力量有多麼大！

李順帶領著十萬起義軍佔領成都府，自立為王，起國號為大蜀，年號為應運，於是形成了自己的王國。他命令所有起義軍都在身上刺上「應運雄軍」四個字，並發行「應運元寶」銅錢和「應運通寶」鐵錢兩種貨幣，以表明與宋朝的區別。

隨後，義軍重整隊伍，準備新的征途。

經過多次戰爭，他們中的大多數人都有了真刀實槍了，只有少數人還扛著耙地的鈎類，看上去不好看，但殺起人來更順手，因為他用慣了這個。他們經過了數次的戰爭洗禮，已經知道打仗是怎麼一回事兒了。於是把兵力分成四股，向東南方向挺進，並控制了長江上游，把防線拉遠到劍門附近。

消息傳到了開封，趙光義坐不住了。

他沒想到堂堂的正規軍竟然不能與泥腿子抗衡，還讓人家成立了新的政府。趙光義感到懊惱。我雖然沒想過要擴大宋朝的疆土，但也不能被人家給割去一角啊！

他把早先免職的李日方、賈黃中、李沆、溫仲舒等人叫來，讓他們前來發表意見，共商制暴方法。他說：「朕沒有想到他們的勢力發展得如此之快，如果再讓他們鬧下去，遼國肯定會有大的動作，到時候我們內憂外患，可就真的危險了。」

大家七嘴八舌地提著建議，都支持派重兵前去，把暴亂分子給殲滅掉。

趙光義說：「朕就說個大體的方向吧，我們當前主要的任務是防備遼國的侵略，至於南方的暴亂，我們要曉之以理動之以情，讓他們以大局為重，不要在窩裡鬥。最好能夠說服他們歸編我們國家軍隊，把勁用到邊防上。」

「陛下，他們之所以暴動，是因為他們生活不下去了。」

「為甚麼生活不下去了？這風調雨順的又餓不著。」

「陛下，是風調雨順，可是國家徵收的太多了。」

趙光義的臉拉得老長，改變話題說：「我們說的是怎麼征服他們？不是給他們送糧食的問題。要不你去給他們送點糧食。」

大多數大臣們都支持招撫，因為他們知道，「總統」向來就講究死守不攻，盡可能地招撫，雖然不太成功。

趙昌言卻不同意招撫，他搖搖頭說：「招撫是不能夠很快解決問題的，這是個下下之策。」

「你不同意，難道你有甚麼更好的辦法嗎？」

「如果能夠順利招撫，臣倒沒意見，不過我們通過李繼遷的問題就知道，招降有時候效果根本不好。我們應該當機立斷，盡快地把他們給消滅或者鎮壓住。這件事情不能拖得太久了，一旦拖累了我們的軍隊，遼國肯定乘機大規模地發動侵略。」

趙光義聽了這番話，就開始擔心了。以前在李繼遷的問題上，由於他始終想把他招撫，結果導致李繼遷翻來覆去，不但把

他當凱子，也把他當傻子，最終還是背叛了宋朝，現在依舊逍遙法外，時常擾亂宋朝的城鎮。

趙光義聽納了趙昌言的建議，派王繼恩率軍對付暴動分子。

起義軍領袖李順得知宋朝重兵壓境，派副手楊廣率數萬兵馬向劍門進攻，並讓他務必拿下這個城作為義軍的堡壘，狙擊宋軍的挺進。義軍浩浩蕩蕩地開赴劍門，把城給團團圍住。

劍門都監上官見暴軍人數眾多，感到這城是守不住了。因為城裡的兵力本來就少，還都是些老弱病殘。他正在考慮是守，還是降？還是逃跑呢？正好宿翰率領部下來到劍門，上官才有了些底氣，打消了之前的想法。

兩軍在劍門城外進行混戰，畢竟宋軍是正規軍，有豐富的作戰經驗，也曾練過搏擊之術，他們漸漸地佔了上風。

楊廣發現不能夠取勝，只得帶著部隊撤退。

他犯了個致命的錯誤，那就是在人數多於對方的情況下，沒有及時地鼓動士氣，而選擇了撤退，其實就是逃跑。

結果，宋軍乘機追上來廝殺，他們想跑更跑不成了。

這時候我們不能不說個道理了，一隻狼領著一群羊是能夠打敗一隻羊領著一群狼的。這就是將帥的作用。

楊廣畢竟沒有多少帶兵的經驗，他在不久前還是個平民百姓，還經營著他的小家庭呢！結果不言而喻，正牌軍把義軍打得潰不成軍，大多數的人扔下手中兵器狂奔而逃，跑不及的士兵都被宋軍給殺了。

最終，楊廣只帶了三百人逃回成都。

李順都不敢相信這是事實，他領著幾萬人的軍隊出去，只帶回了三百人，這仗是怎麼打的？李順以為對方有多麼厲害呢，一

問才知道比他們的人少一半，他就惱了。

這次的戰爭失利，並不只是打敗了那麼簡單，還嚴重地挫傷了將士們的信心。李順感到不殺楊廣不足以震懾全軍。沒有個規矩，沒有分明的賞罰制度，遇到困難就逃，這仗還有法打嗎？革命的理想還能實現嗎？他要讓將士們知道，逃回來也是死，只有死在戰場上才是英雄。隨後李順派人把楊廣及逃回來的三百人全部殺掉了。

李順親自率領二十萬大軍，前去圍攻梓州。

他需要打場勝仗，以消除之前失敗的不利影響。

他們設雲梯晝夜不停地攻城，但都被投石機與箭給打回來了。這樣不行啊，李順想：我為甚麼不找個薄弱的地方攻打呢？我傻啊！於是他帶領部隊轉到城西北角，發現這裡的城牆比較陳舊，還比較矮，於是下令對付這裡。

城內的張雍他們雖然是正規軍，但他們面對多他們幾倍的反政府武裝勢力，知道這城早晚是保不住的。想退敵就必須得想出辦法來，因為打仗是門藝術，否則，就不會有空城計之說了。

他經過慎重的思考，終於想到了可行的辦法。辦法就是，派五百步兵騎兵在東門集合，拿出想出城的樣子，故意讓李順他們觀察到他們的行動。

李順設在牛頭山上的偵察兵們果然看到了東門的騎兵，馬上向李順進行彙報。李順想得過於簡單了，他想我為甚麼不設下埋伏，等他出來時，打他們個措手不及呢？他停止攻城，拉出幾隊人馬埋伏在牛頭山東邊，等宋軍到來。

張雍見敵人上當，組織了敢死隊，在夜裡偷偷吊下城來，把義軍攻城的設備澆上油，一把火給燒了。當李順他們發現之後，趕緊去撲火，當把火給撲滅，攻城設備不能用了。他發現上當受騙，不由老羞成怒，下令攻城，一定要把這城給拿下來。

死守與死攻的結果是城下的死屍慢慢堆高，馬上就可以踩著走上城牆上了，張雍又感到這城守不住了，考慮向義軍投降。

恰在這時宋朝的援軍到了，張雍這才長長地吁了一口氣，心想：要是再晚來半個時辰，我就選擇求降了，英名就折了。

張雍見盧斌的軍隊咬著義軍的後部，打得人仰馬翻，他馬上帶兵衝出城去，與義軍進行了正面交鋒。義軍腹背受敵，無法抵抗，只得帶著大軍回成都去了。

失敗後的李順痛苦地總結了原因，原因很簡單，他們的士兵都是沒有作戰經驗的莊稼人，要是跟宋軍比種茶種莊稼，他們肯定能贏，但打起仗來他們就過於外行了。

他不準備再進行大規模的戰爭了，而是找來曾經參軍打過仗的人，讓他們帶著大軍在城裡加緊練習。這就是所謂的臨陣磨槍，不快也光。然而，宋軍沒有給他們磨光的時間。

五月份，王繼恩率領大軍抵達成都，把成都給團團圍住了。

李順看到宋軍援軍不斷增多，已經把成都給圍得水泄不通了，他明白這城是保不住了，但也沒法兒突圍出去，能做的只是帶著那些有著理想與革命精神，但沒有準備好的士兵們，死守著成都。可是當他們面對宋軍的投石機與箭雨時，想到的卻是家裡的老婆孩子，還有荒蕪了的田地。

我們不能對他們有更高的要求，他們不是職業軍人，也沒經過多少實戰，他們之所以革命，就是為了顧飽肚皮，讓全家能夠有飯吃，他們真的沒有準備好，在關鍵時候退縮，也是很正常的。就這樣，訓練有素的宋軍，終於攻破了城門。

宋軍進入城後見著人就殺，反正暴動的都是平民。

他們似乎忘了自己的祖先也不是研究所的，而本來就是農民

了。他們殺起義軍來毫不手軟，直到抓住李順才停止了殺戮。

李順被抓後，駐外的張餘帶著剩餘的義軍前去攻打夔州，發現攻起來困難又去攻打施州，結果被人家給打敗了。到了七月份，義軍攻打眉州，與知州守軍僵持了半個月沒有效果，只得撤退了。

回想起義軍起義的歷程，我們就會發現，他們從零開始，人數越來越多，連連勝利，而後又連連失敗，人數越來越少，最後被宋軍全部殲滅，這簡直就像在倒帶子。

義軍雖然被打敗，但他們的革命並非沒有意義，他們用生命向政府響亮地說了不，他們不甘命運的擺布，追求幸福的激情已經深入人民心中。在後來的日子裡，在他們的影響下，國內發動了多起起義，向剝削階級說：不、不、不！

對於宋朝中央政府來說，他們用了幾年的時間，以幾十萬訓練有素的正規軍鎮壓毫無作戰經驗的義軍，他們的勝利也是失敗的，他們的勝利本來就是政府的失敗……

第四十三章

意外重重

趙光義風雨兼程地做了二十年的皇帝，他知道現在應該做件他最不想做的事情了。這件事情就是立儲。如果說他之前把太祖的兒子與自己的弟弟害死，是怕他們奪取皇位的話，那麼現在他每想到有人接他的班了，心裡就不舒服。

但他不能把自己的孩子也給殺了，把皇位帶進棺材裡去啊！

不過，想想當官的當起來那勁頭，不就是想把官職帶進棺材裡嗎？古往今來大致如此。沒辦法，當官之後就會得官迷之症。

宋朝的很多大臣都知道，趙光義最近幾年很蒼老了，腳上的箭傷始終沒好，很想勸他把立儲的事情給決定下來，省得他突然駕崩了，會造成政權的紛亂。但誰敢去提醒他，老大，你現在不行了，馬上就要掛了，應該考慮考慮後事了。

天哪，這誠懇的話會把自己給害死的。

雖然他們不敢直說，但還是側面地提起過。

就算側面地提出來，趙光義也會很氣憤，他曾在朝廷上發火說：「啊，這個有人話裡話外的，讓我交代後事。你們想過沒有？太祖的孝章宋皇后還在，太祖時代的舊臣還在，我要是立自己的兒子為太子，讓大家怎麼說啊？我於心何忍啊！」

大臣們在心裡撇嘴，你把太祖的兩個兒子殺了，把親弟弟趙廷美給殺了，不怕別人說甚麼。現在面臨著交班的時候，你卻死抱著這位子不放。只要你不怕你死後很難看，就撐著吧。到時候

你死了，你兒子肯定忙著爭皇位，沒時間埋你，讓你臭了。

趙光義雖然沒有表明要立儲，但他還是有過痛苦的思考的。他的幾個兒子中，已經去世的李妃的兒子元佐年齡最大，本來最有希望成為太子的，但他這人有血性，愛衝動。當初，由於他與四叔趙廷美的關係非常好，看到父親往死裡整四叔，就跟父親吵過架。後來廷美被迫害致死，他跟趙光義發了通火，最後精神也不正常了，時好時壞的，有一次，還差點就把宮城一把火燒了。

這是他內心深處的火。他從心裡厭倦了這冷酷無情、散發著血腥味的宮廷。就因為元佐這把火，趙光義氣得把他由楚王廢為平民老百姓，讓他失去了繼承皇位的先機。但是以李皇后為主的勢力派卻是力挺元佐的。因為他們覺得，元佐這人宅心仁厚，把他給立為儲君對他們以後的生活質量是很補的，當然也許還有更深的想法……

趙光義的身體越來越衰弱，不能不考慮立儲了。

他經過慎重的痛苦的思考，感到年長的兒子還有元僖與元侃可以選拔，於是就首先選了大一點的元僖，把他提拔為開封府尹兼侍中，目的就是想讓大家知道，並不是不想立儲君，而是在培養儲君。他還把戶部郎中張雲升為開封府判官，殿中侍御史陳載為推官，讓他們前去輔佐元僖，培養他們的勢力，好有能力承受儲君的壓力。

儲君所承受的壓力是常人不能理解的，這個位置就站在天堂與地獄的路口，生死榮華很容易在這當口上發生。

當大臣們看到元僖有當儲君的苗頭，於是戰略性地向他靠攏。大家都知道，當初太祖趙匡胤就因為在郭威手下，成功地拍了未來皇帝的馬屁而得到殊榮，最後才能夠舉成大事兒。他們雖然沒想過要舉事，但至少要對自己的前程負責。

無論在甚麼年代，你在政治上站錯了隊都是很要命的。有時候我們應該明白，選擇正確的方向，比努力更重要。

元僖發現父親有意地栽培他，就對未來有了新的要求，那就是爭取皇儲，爭取未來的皇帝。人生的意義，也許就是在產生欲求與滿足欲求的過程中形成的，當然，人犯的所有錯誤，也是因為欲望而產生的。他認為自己有爭儲的條件，於是開始網羅勢力，與大臣們來往得密切了，也因此產生了欲速不達的副作用。

為了能夠順利地當上皇儲，元僖開始思考不利的因素，自然，最大的不利就是哥哥元佐還在。如果按照歷史上的規律，老大應該是立為太子的。現在元佐雖然只是平民，但誰都不敢懷疑他不是皇帝的大兒子。重要的還有李皇后他們力挺元佑。

他認為只要元佐還活著，父親崩了，老大就會跟他爭奪皇位。於是他想把大哥給幹掉。不能直說，於是把親信們叫來商量怎麼才可以保證他當上皇帝。大家心裡都明白，把老大元佐給幹掉就保險了，可是大家不敢說出來啊！說出來就是死罪。

有個親信說：「有個人最不想元佐當皇帝。」

元僖眼睛一下瞪大，問：「誰？」

親信說：「趙普啊！」

元僖突然就醒悟了，臉上泛出笑容。

滿朝的文武官員，誰都知道元佐最恨的就是趙普，因為就是他把趙廷美給設計死的，這也是元佐精神崩潰的主要原因。趙普自然不想元佐當上皇帝，如果讓他當上，肯定會先對付自己。

元僖想：只要把趙普重新提拔起來，他就會極力阻止元佐當儲君，而他又有辦法去阻止，不就等於給自己上保險嗎？可是怎麼才能把這個老朽給提上來，讓他煥發第二次的青春，為自己的儲君夢增加些可能性呢？這是需要好好策劃的。

到了雍熙四年（公元九八七年），趙普奉詔來朝廷問事，趙光義對他顯得很尊重，還問了他家裡的情況，有甚麼困難嗎？需要甚麼幫助嗎？元僖看到父親對趙普挺好，於是就乘機建議說：「父皇，趙普是幾朝的開國元老，雖然年紀不輕，但看上去這麼硬朗，威風不減當年啊！現在國內又多有結黨營私之徒，如果讓老趙出面，定會起到震懾作用啊！」

趙光義想想也是，自己年齡大了，精力不如從前，在眼前晃的大多數是年輕人，就好像專門提醒他老了似的。再就是，跟現在年輕的大臣交流，始終有代溝，很多事都談不到一個點兒上。如果把趙普提上來，商量點事情也有共同的語言不是嗎？

於是，趙光義任命趙普為太保兼侍中，與呂蒙正並為宰相。

趙普沒想到自己會第三次當宰相，他自己都感到好笑。因為這次的任命是他根本就沒有料到的，純屬意外。雖然他敏感到自己是在政治鬥爭中作為工具被提上來的，不過他還是挺高興的。

說白了，趙普最怕的，當然就是元佐成為儲君，他擔任宰相就可以掌握主動權，把元佐成為皇儲的可能給破壞掉。

從此，趙普在元僖的幫助下，開始蒐集挺元佐派的胡旦、趙昌言等人的把柄。最後找到，也許是編造了，他們結黨營私的罪證，報到了趙光義手裡。還對趙光義強調說，縱容皇子們私自發展勢力，國家就危險了。

趙光義於是把胡旦、趙昌言等人給削職了。

當元僖成功地把元佐的實力削減之後，開始無所顧忌地私養親信，涉及的大臣就多起來了。當他感到自己現在的實力足以與其他王子抗衡時，這種優勢就在他的言行中表現出來。

他雖然時刻要求自己，要低調，要注意言行，要表現得不強

大，但是他還是在不知不覺中變化著。再就是他的親信，自感是未來皇帝的人，牛皮烘烘，竟然對朝中的大臣，也不看在眼裡。

御史中丞實在看不下去了，彈劾元僖說：「他私養親信也沒有甚麼，但是親信們把他擺到皇帝的位置上，把自己擺到輔君的位置上，這樣下去很危險的。如果他們哪天等不及要當皇帝，誰都說不清，楊廣的事情會不會再發生，很難說。」

這話厲害，等於告訴趙光義隋朝楊堅是怎麼死的。就是因為楊廣等不及當皇帝把父親的脖子給拉了。趙光義感到有些擔心，因為他知道楊廣與楊堅的故事，他也怕被拉脖子，因為他自己就等不及做皇帝而對二哥趙匡胤下的手。

於是，他把元僖叫來，痛心疾首地說：「你這孩子簡直太讓我失望了！」

元僖哭著說：「臣是您的兒子啊，冒犯了御史中丞，被他彈劾，您千萬不要聽他胡言亂語，他是在離間咱們父子感情。」

趙光義冷笑說：「王子犯法與庶民同罪，你好自為之吧！」

元僖受到嚴厲的批評後，感到自己做儲君的希望又遠了，從此再也不敢像以前那麼放縱了。由於他感到失去了父親的信任，每天疑神疑鬼的，變得很神經質了。他去拜訪趙普，想得到一些指點。

趙普嘆口氣說：「物極必反啊！你越想要的時候就越應該表現出不要，這才能夠得到你想要的東西，至於別的那就得看機會了……」

趙普對當前的局勢進行了縝密的思考，感到趙光義立元佐的可能性並不大，因為元佐精神上有問題，他是不會把國家交給衝動起來想把皇宮燒掉的人的。那麼，繼承皇位的就是元僖與元侃其中的一人了。只要元佐沒有可能當皇帝，他就不應該在這場政

治鬥爭中扮演角色，自找麻煩了。

如果他現在退出去，既沒有得罪元僖也沒有得罪元侃，無論誰上台都不能把他怎麼樣，看來，是應該罷手了。他向趙光義要求說：「陛下，臣老了，身體已經大不如從前了，腦子也不好用了，老是忘事，真的不能再為陛下您排憂解難了。」

趙光義看到他滿臉病容，想到自己也老了，於是就有了同理心，批准了他退休。

元僖見趙普退出朝廷，指望不上了，於是就向呂蒙正靠攏，求他幫著在父親面前說好話，早日確定他為太子。他還許諾說：「如果將來事成，我是不會忘記您的大恩大德的。」

意思是——如果你推舉我當了儲君，進而當了皇帝，我會重用你的。

這讓呂蒙正感到為難，如果不幫人家，要是人家當了皇帝，肯定會報復他。如果幫他，他當不了皇帝，那麼後來當皇帝的人就會恨他。不過政治上沒有夾道，他不可能兼而顧之，他必須要確定立場站好隊了。因為現在的趙光義身體越來越差勁，說不定是早晨晚上的事情了。

呂蒙正把妻舅左正言宋沆，還有尹黃裳、馮拯、右正言王世則、洪湛等人叫來，跟他們商量，大家共同寫奏摺向趙光義表明，陛下在位的時間不短了，儲君還沒決定下來，是不利於朝廷安定的。應該把開封府尹元僖給立為太子。因為他品德仁厚，堪當大任，將會繼承先志把宋朝發揚光大……

趙光義本想把元僖當儲君培養的，但並沒有想馬上就立他，如今見大臣們老是遞摺子催這件事，就惱火了。你們甚麼意思啊？催命呢，是嫌我死得慢啊！

於是，他在上朝時非常生氣地說：「啊，有那麼幾個人吧，

不知道是怎麼想的，多次向我催促，逼我馬上立儲君。朕不是不想立，可朕的幾個孩子還小，他們還沒定性，朕精挑細選了人才放到他們身邊，就是要鍛鍊他們的領導協調能力，盡快讓他們具備獨當一面的能力的……」

這件事情的發生，成了李皇后為首的挺元佐派的人的機會。他們利用趙光義這種情緒對他進言，說馮拯等人這麼急著立元僖為儲君很不正常，怕是有甚麼陰謀。讓這些人過多地接觸元僖，肯定會把他給教唆壞了。

趙光義想想也是，就把馮拯等人下放到地方工作了。

李皇后見效果這麼好，於是乘機燒了把火。

他們找到溫仲舒，讓他去彈劾呂蒙正。之所以要找他是因為溫仲舒原是呂蒙正提拔起來的，由他出去說話，趙光義才會相信。溫仲舒經過衡量之後，認為李皇后這派還是有優勢的，於是就選擇站在她的隊伍裡了，決定去點這一把火了——即使是自己的恩人呂蒙正。

有人曾經說過，沒有後娘的心是當不了領導的。我們甚至可以說只有後娘的心還不行，在皇位的繼承上那是充滿血腥的較量。歷史上很多王子為了皇位，不惜對自己的父親與兄弟放血，這是不爭的事實。想想溫仲舒為了自己的前程出賣自己的恩人，那就更平常不過了。

溫仲舒見了趙光義說：「陛下，呂蒙正見您老了，現在正急著擁立新皇帝呢！」

當然，他還說了很多別的事情，比如馮拯等人為甚麼三天兩頭催著立儲，還不是他呂蒙正背後指使的。

趙光義就信了。因為他溫仲舒是呂蒙正提拔的，他說出來的

消息極有可能親見親聽，於是就把呂蒙正降為吏部尚書。

呂蒙正被降職後，他很平靜。如果現在問他，你對溫仲舒的感覺如何，他可能會表現得生氣，但並沒有產生刻骨的仇恨。因為在官場上，本來就沒有父子沒有朋友，都在為了自己的前程與利益謀劃，做著違背良知的事情。這件事放到他身上他也會這麼做的。

當呂蒙正降職後，元僖變得非常失意。

之前他對儲君之位抱著那麼大的希望，也確實觸手可及了，可是突然間，親信們都悄悄地離開了他，讓他們來商量事兒都推說沒有空了。由此推斷出，父親並沒有讓他接班的意願。從此他鬱鬱寡歡，也就消極下去了。

到了淳化三年（公元九九二年）十一月，元僖在殿廬中坐著等候召見，還有兩個等著召見的大臣與他隔得老遠，也不敢跟他說話，他的心裡很不好受。突然，他感到肚子隱隱作痛，身上開始冒冷汗。緊接著他感到肚子越來越疼，便踉蹌著往回走。走到半路就走不動了，是侍從們把他給抬回去的。

家裡人馬上請來太醫，對他進行診治，太醫急得團團轉，但沒有任何辦法。

趙光義聽說元僖出事後，馬上趕到許王府，看到元僖臉色灰暗，眼睛裡的光鈍了，知道不行了，便對太醫吼道：「為甚麼不想法子治治他？」

太醫搖了搖頭，說：「微臣沒有本事，微臣罪該萬死。」

趙光義知道，醫生搖頭沒救了。他過去握住元僖的手，元僖的眼睛突然明亮起來，他猛地呼吸了幾口，說：「父皇，孩兒我，沒、沒，沒有野心！」

趙光義用力點頭說：「我知道你是個好孩子。」

元僖臉上泛出笑容，猛喘幾口，就過去了。

這一年，元僖才僅僅二十七歲。人生就是這樣充滿了意外，今天的歡笑可能是明天的喪歌。趙光義老年喪子，情緒自然非常低落，他親自寫了《思亡子》的詩，讓大臣們看。

當趙光義剛從喪子的悲痛中恢復過來，有人向他告發說：元僖的去世並不是病死的……元僖曾為妻子張氏在西佛寺招魂埋葬父母，因此犯了大忌招來了邪祟。陛下當年在燕京時留下的箭傷久治不癒，以及元佐當年突然發狂，都跟邪祟有關。他們還說元僖突然死去，肯定是張氏給他誤服，或有意服了有毒的東西……

雖然趙光義也相信鬼神論，但這事太邪乎了，他不敢相信。不過他感到元僖死得突然，確實有蹊蹺，於是就派王繼恩去查明事情真相，如果是有人謀殺，一定要找出兇手。如果有別的甚麼原因，也要查得水落石出。

王繼恩本來就是李皇后這派的，一直從事著打擊元僖的陰謀活動，讓他去調查這件事情，他就找了幾名道士僧人還有術士，對張氏父母的墳進行了察看，並確定確實很邪，還說經過了解，張氏確實給元僖吃過不潔的東西……

趙光義不再懷疑，當即下令把兒媳婦張氏絞死，還不能埋進祖墳裡。並挖開張氏父母的墳墓，讓術士們在那裡蹦躂一番，藉以消除邪氣。

這件事，讓張氏家的所有近親都受到牽連，被朝廷趕到遠離開封的地方去了。趙光義又下令逮捕元僖的隨從，把他們全都給砍了。因為他們並沒有盡到看護之責。趙光義還下令免去元僖職位，並下令，不給他按王子的規格下葬。

第四十四章

立儲之爭

一個皇位有力的競爭者突然肚子疼死了，難道他真的是老婆張氏沒伺候好，或者毒死的嗎？這種可能性太小。作為王子的妻子，她應該明白，她家族的所有榮耀都來自她是王子之妻，她能不好好地伺候丈夫嗎？再說，她丈夫還有繼承皇位的可能性，她就有成為皇后的可能性，她為甚麼要弄死自己的丈夫？

元僖的死並不是偶然或病死，而是政治的犧牲品。

以李皇后為首的挺佐派，自然不想讓對手成為總統。對手成了皇帝，就注定他們的命運是悲慘的。要想不慘就必須把元佐給扶到皇位上，他們沒有別的選擇。於是，他們精心策劃了這起陰謀，買通或要脅元僖身邊的人，給元僖下毒，後又把事情嫁禍到張氏身上。

這個計謀有多重效用，⑴是說趙元僖的暴死，⑵是趙光義的箭傷不好，⑶是表明元佐的精神不正常，都與張氏娘家有邪氣有關係。

樹倒猢猻散，元僖去世後，他的親信們都投奔到李皇后的身邊。李皇后與李繼降商量，以防夜長夢多，應當盡快把元佐立為太子。於是，王繼恩聯絡朝臣向趙光義強烈要求，應該立元佐為太子。

趙光義聽了，還是沒有表態，他始終猶豫不決……

過了不久，趙光義身上的箭傷復發，感到身體比之前差遠

了，於是痛苦地決定要確立接班人了。儘管李皇后等人極力推舉元佐，但趙光義還是有所擔心，怕到時候他的精神病又犯了，被別人乘機奪去王位，這不是白立了嗎？再說元佐厭惡朝廷裡的事務，就算他當上皇帝也不會好好管理，而是讓別人來持政，還是跟沒立他沒有甚麼區別。趙光義現在看好的是，元佐一母同胞的弟弟元侃。

他表現出欣賞元侃的意思，很多大臣馬上感到他會成為未來皇帝的可能性大了，於是就形成了挺侃派。挺侃派的人以呂端和寇準為首，他們在短時間內就形成了勢力集團，與李皇后的挺佐派相抗衡。

趙光義的身體本就不好，每天聽到的話就是挺佐派、挺侃派的嘮叨，他都煩了，也拿不準立誰好了。於是，他就跟王德一進行了交流。

早先王德一因有一技之長而被升官，曾幾次受到趙光義的接見，但他當了半年官就煩了，申請離職，要求把他居住的家作為道觀進行清修。趙光義之所以跟他交流，認為他澹泊名利，沒有派別，也沒有在當局中，可能看得更準。

王德一也不能上來就說誰行，要是說錯了，以後道觀也保不住。於是，就暗示說：「臣多次聽說襄王元侃品德優勝，名望較高，堪當大任。如果把他立為皇子，這也是天下之福。」

趙光義心中本來就看好元侃，見連清修的王德一都這麼說了，就感到自己的眼光是沒錯。不過他的疑心較大，猶豫不決，並沒有立刻決定，而是想再找一些大臣商量商量。他的這種性格也同時說明了，為甚麼在伐遼戰爭中兩次慘敗，還把守衛戰打得處處被動。

一個人的性格，是足以決定其人生成敗的。

他召集大臣商量立儲時，兩派又開始唇槍舌劍，把他給聒得夠嗆，只得趕緊散會了。他私下裡想：看現在的這種情況，如果想立哪位王子都得要好好進行培養，讓他有能力面對壓力，有能力在我百年之後應付變化。於是他決定支持元侃，讓他的勢力變得強大些，為他以後的接班打好基礎。

趙光義在考慮給元侃尋找幫手的時候，想到了寇準。

寇準這人挺有才，長相也很威嚴。其實他吃虧就吃在長相威嚴上。上次之所以被擼掉了官，就因為他騎著馬在開封街上，有幾個人突然跑上來跪倒在前面高呼萬歲，頓時引起大家圍觀。寇準嚇得差點滾下馬來，沒滾下來也趕緊跳下來喊道：我不是，我不是。人家就想了，就算是也不說，這叫微服私訪。

大家更是圍觀不散，寇準好不容易才脫身。回去後嚇得差點病了，好幾天都感到心跳過速。他生怕被皇帝知道會有甚麼想法。他怕甚麼就來甚麼，還是有人打了他的小報告，趙光義就把他給下放到青州去了。

所以說，如果你不是領導，別人喊你領導對你而言是最強烈的攻擊。

當然我們也不能排除，是有人故意要陷害寇準。

他寇準有才能，也敢於站出來說話，上來那性子也是六親不認的，還愛打擊報復人，自然得罪了很多人，受到陷害也屬正常。不管怎麼說，寇準絕不像我們現代電影裡演繹的那樣，真實的他並沒有那麼英明偉大。

趙光義之所以選擇寇準，主要感到他是繼趙普之後，最有手腕最有威信的人了，應該把他給調上來幫助元侃，壓倒以李皇后為首的挺佐派。於是下發文件，任命寇準為諫議大夫。甚麼叫諫議大夫？就是專門負責幫助皇帝論述定位奏摺的人。這個有點兒

厲害，他的意見更容易被皇帝參考，很有實權的。

寇準接到通知後激動得都哭了。長時間來，他做夢都想回到政治權力中心，一直沒有等到音信，現在他終於等到了。他蒐集一些青州的特產，裝滿了車向開封奔去。自然是春風得意，自然要想點甚麼。他想的不是回到京城怎麼好好工作，而是想著怎麼整治跟自己有仇的人。看到沒有？他跟趙普還真是有很多相像的地方，只是沒有趙普的手段高而已！

當寇準見到趙光義後，撲倒在地，「陛下，我好想您了。」

這時候的趙光義箭傷已經很嚴重了，臉色灰暗，肌肉也因疼痛不停地抽搐，行動變得很是遲緩。他見到寇準後想站起來可是感到費力，只是擺擺手說：「愛卿啊，快平身。賜座。」

隨後趙光義讓侍從們都退下，拉起袍來讓寇準看他的創傷，並感嘆道：「愛卿為甚麼來得這樣緩慢？朕時時刻刻都在想念你的啊！」

寇準心想：玩甚麼虛的，想我為甚麼不早把我調回來？讓我在那裡窩了這麼多年。當然心裡話是不能說的，不只不能說，還要表現出熱淚盈眶的樣子，話音也有些哽咽的效果，再加點淚水烘托。

他就用這種樣子說：「臣在青州，無時無刻不在思念陛下啊！只是臣接不到詔令，沒法來京師見您啊！」

兩個人唱罷了久別重逢的戲，真真假假地流下了眼淚，說了些官話，趙光義把話插入主題，問道：「你感到朕的哪位王子能夠繼承大業？」

這話讓寇準感到難以回答，他雖然力挺元侃，但是他很久不在京城了，不知道現在趙光義喜歡哪個王子。他想：我剛回來，千萬不要說錯了話又被打回去了，於是就很委婉地說：「陛下為

國家選擇繼承人，跟我們這些當臣子的商量是不可以的，只有陛下自己選擇，符合天下臣民所仰望的人才，這才是正確的啊！」

趙光義心想：寇準你這個老滑頭，說話是滴水不漏。我今天不是聽你講這通廢話的，我想聽實話。他知道不放出點話頭，寇準包準還跟他打太極。於是小聲問道：「你看襄王可以嗎？」

寇準馬上施禮祝賀道：「陛下您真太有眼光了，襄王那英姿，那才能，那品德，那善良，沒得說了。要是讓他當了接班人，這是我們大宋朝的福氣，將來肯定會統一江山，創造宋朝盛事的。陛下既然選定了就不要再猶豫了，應該當機立斷把他立儲，這樣也會讓那些心存異想的人，因死心而放棄陰謀啊！」

趙光義心想：這寇準，嘴皮子還這麼俐落。

由於趙光義通過寇準和王德一印證了判斷，終於吁了口氣。但是他並沒有馬上就擬定文件，表明元侃就是儲君，而是想改變他的條件，讓他發展自己的勢力。於是任命元侃為開封府尹，並由襄王改封為壽王，也算基本表明他就是皇儲了。

趙光義對元侃講了很多話，對他強調管理是門科學，管理就是管人的學問，管人就是要得人心而不是強迫，等等。

為了輔佐元侃，趙光義把寇準晉升為參知政事，讓他幫助元侃。當時呂端為右諫議大夫，見寇準升為參知政事後，感到有些為難。他本來就是寇準提拔上來的，私下裡得喊人家老師，自己的官職比他大，心裡就不安了。他深知寇準的德行，這人嫉妒心太強，在他上面是很不保險的。他向趙光義請示，把自己的位置調在寇準以下。

趙光義問：「你為甚麼這麼想啊？」

呂端當然不能說是怕寇準報復，而是說：「陛下，臣自感沒有寇準有才能。」

趙光義自然明白呂端是怎麼想的，但他不想讓兩個大臣之間產生隔閡，於是讓他擔任左諫議大夫。

呂端感到又高興又害怕，高興的是職位還在寇準之上，害怕的是寇準肯定心理不平衡。他回去想了想，還是認為自己在寇準之上非常危險，又向趙光義請求說：「臣的哥哥呂餘慶在太祖時代，擔任參知政事，和宰相權力相同，請陛下恢復這個先例。這對於我們這些臣子們和平共處是有好處的。」

趙光義批准了呂端的請求，並決定參知政事與宰相以後輪流值班處理事務，如果有甚麼特殊情況，就可以同堂議事。呂端這才稍稍安心了些。

他當天夜裡，便抱著東西來到了寇準家，對他點頭哈腰說：「小的是您提拔上來的，跟您同朝為官，職務比您高心裡就不舒服，我多次向陛下要求，提高您的職位，最後只爭取到我們輪政值日，真是抱歉。」

寇準笑著說：「不要計較這些，都是自己人嘛！」

呂端點頭說：「以後，還得請老師您多照顧我。」

寇準說：「放心吧，以後同心協力，為國家做好事情吧！」

兩個人正說著，突聽張洎拜見。呂端馬上站起來告辭，從後門走了。

有時候去拜訪領導，同事碰面挺尷尬的，如果都帶著禮物撞上更尷尬了。說白了張洎也是寇準以前提拔起來的，自從寇準被下放到青州之後，張洎從來都沒有過問，也沒有捎個信去青州問候，現在見他又爬到了高位上，於是趕緊帶禮物來了。

其實寇準也明白，世態炎涼，人走茶便涼，客滿客冷也是常事，他還是很熱情地接待了張洎。因為他知道張洎這人的城府淺，不像呂端說話就像有過濾器，很難聽到真話。寇準想通過張

洎了解自己走後的這段時間，京城裡的方方面面，利於權衡。

就這年的四月，宋太后去世了，趙光義再也沒有甚麼顧忌了，於是在八月份正式公布，由壽王元侃為皇太子，並改名為恆，大赦天下，令皇太子兼著掌管開封府的事務。立儲這件事，在當時很轟動。

為甚麼轟動？就因為自唐朝滅亡以來，中原四分五裂，稱王稱帝的人就像走馬燈似的，哪還有甚麼立儲的事情。現在聽說立儲，都感到很新鮮啊！在太子拜祭祖廟那天，老百姓都到街上看熱鬧，都說這小天子長得英俊，怎麼好怎麼好。

這話些傳到趙光義耳朵裡，他感到很不舒服。他掀開袍子看看自己的箭傷，正流著腥臭的膿水，直腰都感到困難，知道自己這種情況是堅持不了多久了！

想想馬上就有人坐在他坐過的位子上，行使著他才能行使的權力，擁有著他擁有的東西，他突然感到有些不平衡了，於是對元侃有些怨恨。他把幾個近臣叫到跟前，憂心忡忡地說：「元侃剛剛當上太子就拼命地拉攏大臣，到處張揚，還跟別人許願，如果他當了皇帝之後怎麼怎麼。你們感到把天下託付給這樣的人放心嗎？」

挺侃派聽到這裡感到不好了，知道趙光義又想反覆了。

寇準的心眼子超多，知道趙光義是怎麼想的。不就是留戀自己的皇位，突然有人要接班，心理上受不了啦！就說：「陛下您應該高興才是啊，大家都擁戴太子這是好事啊！歷史上很多皇帝立了沒威信的太子，引發了朝廷紛亂，甚至國家滅亡了。」

趙光義聽了這話，深深地嘆了口氣，再也沒有說甚麼。

說實話的，趙光義正巧是對挺侃派的人說的，要是李皇后的

人在跟前，再燒幾把火，相信他肯定就會把元侃給拿下的。

趙光義就是這種多疑、自私、反覆無常的性格，要不他也不會把宋朝給管理得處處被動，內憂外患。

事後寇準找到元侃指導他說：「太子啊，如今您能夠得到這個職位很不容易。我們當臣子的誓死捍衛您，但您也得低調些，不要過於張揚了。要表現出對所有的大臣都尊重的樣子，至於其他的事情，我們當臣的會幫您策劃的。」

元侃點點頭說：「愛卿，我知道你對我好，等以後……我當了皇帝……」

「打住打住，現在不要這麼說，現在您的處境還很危險，您也知道，我們還是有對立面的，他們正想把您給搞下去呢！以後說話，要經過三思再講。等以後當了皇帝再說吧！」

從此，太子就真的低調了，每次見到大臣都先行禮，讓大臣們感到很不自在，跟趙光義要求說：「陛下，您看太子吧，見著我們就行禮，這讓我們感到不安。能不能讓他不要再對我們行禮了？」

趙光義笑著說：「讓他行吧，就等於給他個鍛鍊的機會。如果他學不會尊重老臣，將來對你們也不利是吧？」

隨後趙光義下令建太子宮，選拔品質好而有才的人前去輔佐元侃，以期讓他有實力完成接班大任。他還私下裡對太子說：「以後也不必再刻意地對老臣行禮了。在沒繼位前行禮，你很可能在繼位之後就驕傲起來。你只要記住，心中尊重人才，這對於你的工作是有幫助的，就行了……」

第四十五章

無言而終

可憐李皇后他們，努力了半天，最終也沒有把元佐給扶上去。他們雖然失望，但沒有放棄。李皇后把幾個親信召集來，很嚴肅地對他們說：「情況到了現在這種程度你們還不覺熱啊？」

大家點點頭又搖搖頭，不知道說甚麼好。

李皇后說：「如果元侃登上皇位，他不敢對本宮怎麼樣，再怎麼說我也是皇后，將來的太后。可你們想過你們的未來嗎？」

大家都知道，如果元侃當上皇帝，他們的未來就會很慘。元侃是不會放過他的政敵的。他們七嘴八舌地討論，怎麼才能把元侃給整下去，然後把元佐給扶上來。

討論的最終結果是，想把元侃給搞倒，就必須先把寇準拿掉。問題是怎麼才能把這姓寇的給整下去呢？大家又嘰喳個沒完。李皇后不耐煩了，瞪眼說：「好啦好啦，這裡不宜久留，你們還是另找個地方去商量這件事。」

胡旦、李昌齡等人回去後，又聯繫了些人，並在京師的多寶僧舍相會。他們所以選擇多寶僧舍，主要是怕引起別人的注意。這裡每天香客往來，不容易暴露目標。

潘閬對王繼恩嘆了口氣說：「哎！如果讓元侃接了班，我們都得倒楣了。」

王繼恩咂嘴道：「還用你說，這個誰都知道。」

潘閬想了想說：「我們應該盡快想出辦法來。」

王繼恩聽到他又再說廢話，回頭去問胡旦有甚麼好的辦法，見他搖頭，就說：「這樣吧？大家回去要想想怎麼才能抓住寇準的把柄，如果誰有辦法馬上通知我。」

等大家離開後，胡旦跟王繼恩商量：「現在當前的任務是應該先把您的位置往上推，瞧咱們這些人，除了李皇后，沒有幾個掌握要職的，哪能跟寇準抗衡啊？」

於是，胡旦派韓洪辰寫封信轉到趙光義那裡，說王繼恩平息國內暴亂的時候是立了大功的，現在只讓他當個防禦使也太不重視人才了，應該把他給安排到國家重要的位置上，否則會讓國內外的人士都感到心寒。

看到這樣的信，趙光義就火了，心想：好傢伙，你個小平民都敢跟總統我指手畫腳的，不是小耗子騎貓嗎？他瞪眼道：「來人啊，韓洪辰這是妖言惑眾，讓他嘗嘗粗棍子，在臉上刺些字，發配到崖州去。」

這韓洪辰知道自己被胡旦給害死了，但他也不能亂咬啊！因為他還幻想著將來元佐當上皇帝後，把他再提上來。

這件事情發生之後，王繼恩與胡旦非常害怕。特別是王繼恩，他的心情更是複雜了，因為韓洪辰是上書推舉他的，現在趙光義都不拿正眼瞅他了，他心裡誠惶誠恐的，找到李皇后說：「壞了，我看陛下是想整我。」

李皇后說：「怕甚麼，等元佐上台後，還怕不重用你嗎？」

從此，王繼恩他們更加賣力地去尋找機會，並且找到了對付寇準的辦法。馮拯自從被貶之後，每天都想拍趙光義的馬屁，想著能夠調回開封工作。由於他跟寇準有仇，當寇準掌權後開始對他打擊報復，把他調來調去的，他也不用幹別的了，整天就淨搬

家了。他因此對寇準恨之入骨。

當馮拯被調到廣州當通判後，寇準還是不放過他，盡找些難題整他。馮拯忍氣吞聲，開始蒐集寇準的把柄，最後他把寇準以權謀私的事實掌握了，於是就報告給總統大人趙光義了。

對於這件事情，趙光義雖然心裡不舒服，但並沒有馬上做出反應。就在這時，馮拯的上司康戩也上書指責寇準專權，說寇準的權力太大，就連呂端、李昌齡和張洎都得聽他的，這樣下去很危險，將來的太子登位，怕是管不了他們。

一個皇帝最敏感的就是下邊的人弄權結派，他開始懷疑寇準有甚麼更深的目的。他越懷疑越感到寇準有問題。噢，我剛把你提拔上來，你就忙著折騰，你這傢伙到底想幹甚麼啊？

趙光義把呂端等人找來問他們，有人彈劾寇準，說他以權弄私，結黨甚麼的，你們有甚麼看法。由於寇準出去辦事了，不在現場，呂端甚麼話也敢說了。

事實上，呂端對寇準非常反感，為甚麼你剛上台就要騎到我頭上？再說我們的官職一個級別，你每天拿出老大的樣子來，有甚麼了不起的啊？於是他委婉地說：「陛下，這個人吧，就這麼自我，我們不願意跟他爭權是看在您的面上。」

趙光義盯著張洎問：「你對這件事的看法呢？」

之前，張洎因主張放棄靈州，曾被趙光義嚴厲地批評過，在他解釋原因的時候，趙光義曾吼道：「你說的是哪國話，朕一句都聽不懂。」

這件事把他給嚇著了，從此再也不敢大聲講話，也不再輕易提甚麼意見了。

張洎支支吾吾地說：「這個，那個……」

趙光義瞪眼道：「不想說就滾出去。」

張洎忙說：「臣說，馬上就說。」

他想：反正寇準也不在這裡，我也順著大家說幾句吧，於是便說道：「大家說得不錯，寇準就是這樣的人，到處拉攏勾結。他還曾對臣說，如果不好好聽他的話就有我好看的。所以臣每天都過得心驚膽戰。但臣知道臣是陛下的臣，不是他寇準的，請陛下不要再猶豫了，還是採取果斷措施，以防有甚麼意外。」

本來趙光義還半信半疑的，如今見張洎也說寇準有私心，他就不懷疑了。因為滿朝的文武官員都知道，張洎是寇準提拔上來的幹部，連他都這麼說了還能有假嗎？

當寇準回來後，趙光義在朝廷上對他說：「你太讓朕失望了，才給你幾天權力你就開始結黨營私。如果再讓你幹下去，這天下還不被你給攪壞了。」

寇準不由大驚，他不知道趙光義為甚麼突然說出這番話來，於是問：「陛下，臣不知道犯了甚麼錯誤？請陛下給指出來。」

趙光義對張洎說：「過來，你跟他說說。」

張洎知道，如果今天不把寇準搞下去，明天就得被寇準給整死了，還不如先下手為強。於是站出來，慷慨激昂地陳述寇準的種種私心，以及他不懷好意的種種陰謀，並表示他從今以後要跟寇準劃清界線，堅定地為陛下做事，不怕寇準的脅迫。

完了！這是寇準聽到這番話後心裡的呼聲。

他感到心裡就像小刀在劃，因為他親手提拔上來的人，當著全朝文武百官拿著屎盆子往他頭上扣，還說得有鼻子有眼，他還能怎麼說？要是別人說出來，他還可以據理相爭，說不定還能爭出個裡表，可現在是他的親信在告發他啊！

寇準只是無力地說出了句：「請陛下明察。」

趙光義現在身體不好精神也不好，他哪有工夫去查你，當即

宣布把寇準職務給罷免了。可憐的寇準，在中國歷史中的演藝界是那麼的聰明才智，而在他生存的年代卻沒有把握好自己，從高台上跌下來了，還摔得挺重。這能怨誰呢？你不憑良心做事，每天都想著對付別人，人人自危，誰不反過來對付你呢？

寇準下台後，以李皇后為首的胡旦、李昌齡、王繼恩派別自然高興。他們接下來策劃推倒元侃的儲君之位，把元佐給扶上儲君。從此之後，他們開始尋找種種理由，不斷地打擊元侃了。

元侃承受不了這種壓力，每天惶恐不安的，他在去看趙光義時，談起自己的處境，竟然當場流下了眼淚。趙光義看到他的眼淚後感到有些失望。每個儲君接任皇位都需要從困難中脫穎而出，而不是流眼淚。再說儲君所承受的壓力並不只是你元侃，歷來的儲君都要經過這樣的洗禮。

趙光義又在想：其他兒子還有誰能繼位？

當呂端得知元侃每天消沈，便找他談話說：「您可不能這樣啊，雖然陛下對您有點兒看法，但是好在元佐並沒有跟您爭的意思。臣了解到，雖然他的精神有所好轉，但他表明厭倦了權力的追逐與殘酷的政治鬥爭，只想過平靜的生活。」

元侃嘆口氣說：「有時候，我們皇子也是身不由己的。」

呂端當然明白這句話，如果趙光義暴病而去，皇子就會成為朝廷之中，各種勢力擁戴的工具，會進行你死我活的鬥爭。那麼，誰能在皇帝崩後第一時間來宣布？這是至關重要的。

從此他開始細緻地觀察趙光義，看到他眼圈烏暗，氣息微弱，雖然他硬撐著上朝，但有可能隨時倒下。於是他收買內侍，密切地關注著他的病情，爭取把握好最佳時機宣布元侃登位。

到了至道三年（公元九九七年），趙光義的箭傷越來越嚴

重，潰爛的面積也越來越大，膿水散發著惡臭，看情況，有早晨沒有傍晚了。這時候的趙光義也感到大限已至，不由悲慟欲絕。

沒辦法，擁有的越多的人，死的時候就會越難受。你想他趙光義的后妃都很漂亮，有著至高無上的權力，擁有整個王國，只要一口氣上不來，這些都化為烏有了，能不難受嗎？為了能夠祈求上蒼，賜福他再活個幾年，他下令免除京城以及周邊城鎮的死囚，釋放或流放關押犯人。但無論他做甚麼，都已經晚了。

他的身體已經枯敗得就要承載不住靈魂了。

趙光義躺在床上，渾濁的眼睛瞪著華麗的頂飾，回想後宮那些美麗的妃子，醇香的美酒，動聽的歌聲，美妙的舞蹈，一呼百應的場面，他眼裡流著渾濁的淚水。

有一天夜裡，他夢到趙匡胤、德昭、德芳，還有趙廷美等人對他冷笑，嚇得他狂呼亂叫著醒來。從此他再也不能說話了，氣息越來越弱，眼睛裡的光亮越來越鈍……

李皇后與王繼恩、胡旦等人正在策劃著要立元佐……

宰相呂端明白關鍵時刻到了，他故意前去探視病情，發現趙光義氣若游絲，眼看就要崩了，便馬上找來元侃讓他侍奉。隨後召集挺侃派的人，商量在趙光義閉氣之後，要趕在李皇后他們前頭，宣布元侃繼承皇位……

〈全書終〉

國家圖書館出版品預行編目資料

宋朝那些事兒，景點 著 -- 初版 --
新北市：新視野 New Vision, 2024.01
面；　公分 --
ISBN 978-626-97656-4-5（平裝）

857.7　　112017882

宋朝那些事兒

作　者　景點
主　編　林郁
出　版　新視野 New Vision
製　作　新潮社文化事業有限公司
電話 02-8666-5711
傳真 02-8666-5833
E-mail：service@xcsbook.com.tw
印前作業　東豪印刷事業有限公司
印刷作業　福霖印刷企業有限公司

總 經 銷　聯合發行股份有限公司
新北市新店區寶橋路 235 巷 6 弄 6 號 2F
電話 02-2917-8022
傳真 02-2915-6275

初　版　2024 年 04 月